반곡난중일기 하

盤谷亂中日記 下

정유재란 전후 정주목사, 청주목사로서 경험한 기록
적을 방어한 수령의 모범 사례로 평가한 다산 정약용의 산정본

반곡난중일기 하

盤谷亂中日記 下

丁景達 원저 · 申海鎭 역주

보고사

머리말

  '난중일기'라 하면 임진왜란 당시 바다에서의 전투 기록이 대부분인 이순신(李舜臣, 1542~1598)의 〈난중일기〉를 우선 떠올릴 것이다. 그와는 다른, 임진왜란 초기 영남 내륙전투에서의 전략과 전과 및 정유재란 전후의 외교적 교섭을 보여주는 〈난중일기〉가 있다. 바로 반곡(盤谷) 정경달(丁景達, 1542~1602)이 임진왜란과 정유재란에서 겪었던 것들을 중심으로 기록한 일기이다. 이를 이순신의 그것과 구별하기 위하여 〈반곡난중일기(盤谷亂中日記)〉라 한다.

  이 일기는 1592년 4월 15일부터 1595년 11월 25일까지 기록한 것과, 1597년 1월 1일부터 1602년 12월 17일까지 기록한 것이 2책으로 묶여 있다. 그 표지는 《반곡유고(盤谷遺稿)》로 되어 있는데, 권7부터 권9까지 '건(乾)'으로, 권10부터 권12까지 '곤(坤)'으로 된 2책이다. 정경달의 후손 정수칠(丁修七, 1768~1835)의 발문에 의하면, 원래 9권으로 되어 있던 것을 정조 때 탈고하여 4권으로 개록하고 신본(新本)이라 하였으며, 그 후 구본과 신본을 대본으로 삼아 강진에 유배와 있던 정약용의 산정(刪定)을 통해 6권의 산정본이 1817년 간행되었음을 알 수 있다. 이 산정본은 국립중앙도서관(분류기호: KDCP3648)에 영인되어 있다. 이 것은 정약용(丁若鏞, 1762~1836)이 모든 저작물의 저자 이름으로 표기한 '열수 정용(洌水 丁鏞)'이 그대로 적혀 있다.

  '곤'권은 '건'권이 윤동(尹峒)을 교정자로 밝힌 것과 달리 정경달의 8

세손인 정수칠이 교정한 것으로 적혀 있다. '곤'권의 《반곡유고》 권10
은 1597년 1월 1일부터 9월 29일까지, 권11은 10월 1일부터 1598년 12
월 30일까지, 권12는 1599년 1월 1일부터 1602년 12월 17일까지 기록
되어 있다. 1597년부터 1598년까지는 비교적 상세히 기록되어 있지
만, 1599년 1월 1일부터 1602년 12월 17일까지는 비교적 간단하게 기
록되어 있는데, 이 후반부에는 정경달의 임종하는 장면까지 기록되어
있어 후손들이 가필한 측면이 없지 않아 보인다.

'곤'권은 1597년 정유재란 이전 정주목사였던 그가 중국 장수 장등
운의 접반관, 양호와 소응궁의 영위사(迎慰使) 등으로서 겪었던 일과
정유재란 이후 청주목사였던 그가 중국 장수의 접반사(接伴使)로서 겪
었던 일 등이 기록된 전란일기이다. 정주와 청주에서의 외교적 교섭
양상 및 고향 장흥 일대의 지역 동향 등을 면밀히 살필 수 있는 귀중한
자료이다. 이 '곤'권을 주석하고 번역한 것이 바로 이 『반곡난중일기』
(하)이다.

정약용이 이 일기를 산정하고 남긴 글 〈반곡 정공의 난중일기에 제
함(題盤谷丁公亂中日記)〉은 내가 역주하게 된 동기를 꿰뚫고 있으니, 그
일부를 소개한다.

"서애 류성룡의 《징비록》과 백사 이항복의 《임진록》은 상세하면서
조사하지 않은 것이 아니다. 두 상공(相公)은 모두 의정부의 대신으로서
어가를 호종하고 서쪽으로 나가 군막(軍幕) 속에서 전략을 짜기도 하였
고, 부절(符節)을 받들고 남쪽으로 내려가 문서들 속에서 공과(功過)를
살피기도 하였기 때문에, 일국(一國)의 위급한 형세를 결정짓고 팔도(八
道)의 온갖 기밀들을 저울질한 데서는 위대하지 않은 것이 아니다. 그러
나 물고기가 놀라듯 산짐승이 숨듯 한 상태라든가 비바람과 이슬 맞으
며 한데서 먹고 잡았던 모진 고통에 이르러서는 이 일기가 한 폭의 생생

한 그림을 그린 것만 못하다. 이뿐만이 아니다. 벼슬이 낮은 이는 비록 상관이 명령하는 바가 나를 몰아서 함정이나 덫 속으로 넣는다 하더라도 머리를 숙이고 받들어 행할 수만 있다면 그 실패를 감수할 뿐이고, 멀리 사는 이는 비록 마음에 품은 바가 천지(天地)를 바꾸고 일월(日月)을 굴릴 수 있다 하더라도 입을 다물고 침묵할 수만 있다면 그 분수를 지킬 뿐이니, 이를 일러 '유분(幽憤)'이라 한다. 유분을 품은 이는 당세에 쓰이지 못하더라도 오직 필묵에다 발설하여 후세에는 펼쳐지기를 바랄 뿐이니, 이를 일러 '고심(苦心)'이라 한다. 백성들이 믿고서 살아가는 바를 알지 못하면 나라를 다스릴 수가 없으리니, 지사의 유분과 고심을 알지 못하면 나라를 다스릴 수가 없다. 이 일기를 읽는 사람은 먼저 그 유분과 고심에 대해 눈을 밝게 떠야만 이로움이 있을 것이다.

이어서 "대저 재난은 숨겨서는 아니 된다. 병을 숨기는 자는 그 몸을 잃고 재난을 숨기는 자는 그 나라를 잃으니, 무릇 숨기는 것은 계책이 아니다."고 한 정약용의 언명처럼, 민족수난기에 처했던 지사의 그윽한 큰 분노 '유분'과 괴로워하며 애쓰는 마음 '고심'에 대해서 눈을 밝게 뜨도록 하기 위하여 그동안 실기문학을 계속 역주해왔는데, 이 역주서도 그 일환이다.

이 〈반곡난중일기〉를 처음 접한 지가 어느덧 4년째 된다. 그 기간 동안 전남대학교 대학원 국어국문학과 BK21플러스 사업단이 선정되었고 또 그 중간평가도 통과했다. 사업단장으로서의 책무가 막중하여 시간내기가 용이치 않은데다, 해결해야 할 난제가 있어서 지난 3월 말에 '상권'만 우선 간행했었다. 성씨와 직함으로만 표기된 사람을 특정해야 하는 난제들이 완전하지는 않지만 어느 정도 해결되었고, 지명에 대한 이해도를 높이기 위한 지역별 지도도 만족스럽지 않지만 보충되었다. 이제, 『반곡난중일기』(하)를 완역하여 상재하니 대방가의 질정을 청하는 바이다.

그리고 다산의 산정본 원전을 역주서의 말미에 영인하려고 국립중앙도서관에 영인 승낙을 요청하였던 바, 권한이 없으니 원소장자의 승낙을 받아야 할 것이라는 답변을 받았다. 개인정보 보호법에 의해 원소장자 임해호(林海鎬)씨에 대한 어떠한 정보도 제공받지 못한 채, 1985년 충북대 이수봉 교수가 발견할 때의 여러 신문 보도문에 의하면 임해호씨가 당시 41세로 충북 청주시 모충동에 거주한 것으로 되어 있어 직접 찾아갔지만 아파트가 들어서고 있었다. 그럼에도 원전을 첨부하는 것은 상업적 이익을 추구하려는 것이 아니라 연구자들에게 조금이라도 더 편의를 제공하려는 것임을 임해호 어른께서 양해해 주시리라 믿기 때문이다. 그리하여 원전 자료 앞부분에 이름자를 명기하여 그 뜻을 기린다.

언제나 따뜻한 마음으로 편집을 맡아 수고해 주신 보고사 가족들의 노고에 심심한 고마움을 표한다.

2016년 9월 빛고을 용봉골에서
무등산을 바라보며 신해진

차례

반곡유고 권10 盤谷遺稿 卷之十
난중일기4

반곡유고 권11　盤谷遺稿　卷之十一
난중일기5

반곡유고 권12 盤谷遺稿 卷之十二
난중일기6

일러두기

이 책은 다음과 같은 요령으로 엮었다.

1. 번역은 직역을 원칙으로 하되, 가급적 원전의 뜻을 해치지 않는 범위 내에서 호흡을 간결하게 하고, 더러는 의역을 통해 자연스럽게 풀고자 했다.

2. 원문은 저본을 충실히 옮기는 것을 위주로 하였으나, 활자로 옮길 수 없는 古體字는 今體字로 바꾸었다.

3. 원문표기는 띄어쓰기를 하고 句讀를 달되, 그 구두에는 쉼표(,), 마침표(.), 느낌표 (!), 의문표(?), 홑따옴표(' '), 겹따옴표(" "), 가운데점(·) 등을 사용했다.

4. 주석은 원문에 번호를 붙이고 하단에 각주함을 원칙으로 했다. 독자들이 사전을 찾지 않고도 읽을 수 있도록 비교적 상세한 註를 달았다. 단, 원저자의 주석은 번역문에 '협주'라고 명기하여 구별하도록 하였다.

5. 주석 작업을 하면서 많은 문헌과 자료들을 참고하였으나 지면관계상 일일이 밝히지 않음을 양해바라며, 관계된 기관과 여러분들께 진심으로 감사드린다.

6. 이 책에 사용한 주요 부호는 다음과 같다.
    1) ( )   : 同音同義 한자를 표기함.
    2) [ ]   : 異音同義, 出典, 교정 등을 표기함.
    3) " "   : 직접적인 대화를 나타냄.
    4) ' '   : 간단한 인용이나 재인용, 강조나 간접화법을 나타냄.
    5) 〈 〉   : 편명, 작품명, 누락 부분의 보충 등을 나타냄.
    6) 「 」   : 시, 제문, 서간, 관문, 논문명 등을 나타냄.
    7) 《 》   : 문집, 작품집 등을 나타냄.
    8) 『 』   : 단행본, 논문집 등을 나타냄.

7. 이 〈반곡난중일기〉와 관련된 논문은 다음과 같다.
    김경숙, 「임진왜란 초기 지방관의 守土활동: 선산부사 정경달 형제의 활동을 중심으로」, 『조선시대사학부』65, 조선시대사학회, 2013. 131·162면.

8. 다산 정약용의 산정본 〈반곡난중일기〉와 관련하여 참고할 만한 이본 자료들은 다음과 같다.
    《반산세고》(반곡난중일기), 아세아문화사, 1987.
    《반곡선생문집》(한국역대문집총서 2263), 경인문화사, 1997.

반곡유고 권10
盤谷遺稿 卷之十

난중일기 4

반곡유고 권10

盤谷遺稿 卷之十

난중일기 4

1597년 1월

정유년(1597)

1월 1일(임진)。 고향집에서 제사를 지내고 이웃들과 술을 나누어 마셨다.

1597년 4월

4월 11일(신미)。 병조(兵曹)의 관문(關文: 공문서)이 도착하여 지난달 20일 오위장(五衛將)에 제수되었음을 알았다.

19일(기묘)。 상경하기 위해 출발하자, 부사(副使)가 와서 전송하였다. 날이 저물어 사창(社倉)에서 묵었다.

○ 24일。 한낮에 고부(古阜)에 도착하여 군수 임발영(任發英)과 이야기를 나누었다.

○ 28일。 평택현(平澤縣)으로 들어가자, 직산(稷山)현감 이신의(李信義: 李愼儀의 오기)가 나를 찾아와서 말하기를, "중원(中原: 중국)은 우리나라에 도독부(都督府)를 두고, 평안도·황해도·경성에 포정사(布政司)를 두고, 8도에 안찰어사(按察御史)를 두었다고 합니다. 일본은 배 1천7백 척을 우리나라에 보냈으나 그 사람들이 배반하여 남만(南蠻)으로 들어가 버리자, 가토 기요마사(加藤淸正)는 백금 200냥으로써 제 나라에서 군사를 모집하고 술로써 우리나라 사람을 위로하였는데, 〈우리나라 사람

은〉 길 안내꾼이 되기를 허락하였습니다." 하였다.

○ 30일. 한강 물을 건너서 은상운(殷尙云)의 집에 들어가 잠깐 쉬고는 경성에 들어왔다. 성과 궁궐에 잡초가 우거져 뒤덮었고 매우 많은 집들이 헐어 무너졌는지라 슬퍼서 눈물을 흘리지 않을 수 없었다. 박은룡(朴殷龍)의 집에 묵었는데, 오위장이 이미 갈렸다는 것을 들었다.

亂中日記 四

正月初一日壬辰。在家行祭, 與隣里飮。

四月十一日辛未。兵曹關到, 知去月二十日除五衛將[1]。

十九日己卯。發行上京, 副使來餞。夕宿社倉[2]。○二十四日。午到古阜[3], 與郡守任發英[4]話。○二十八日。入平澤[5]縣, 稷山[6]宰李信義[7]見我曰: "中原[8]置都督府[9]於我國, 置布政司[10]於平安·黃海·京城, 置按

---

1 五衛將(오위장): 조선시대의 軍職. 오위의 으뜸벼슬로, 초기에는 종2품관 12명을 두어 그때그때 각 위를 나누어 맡아 통솔하게 하였으며, 모두 他官이 이를 겸직하였다.
2 社倉(사창): 조선시대 지방의 촌락에 설치된 곡물 대여기관.
3 古阜(고부): 전라북도 정읍 지역에 있는 고을 이름.
4 任發英(임발영, 1539~1597): 본관은 長興, 자는 時彦, 호는 瓦軒. 任希聖의 둘째아들이다. 1568년 사마시에 합격하고, 왕에게 무직에 등용시켜 달라는 소를 올리자 宣祖가 그 뜻을 기특하게 여겨 南行宣傳官을 제수하였다. 1592년 임진왜란 때에는 宗廟署令으로서 종묘의 神主를 받들고 행재소에까지 따라가니, 선조가 크게 감격하였다. 그날로 무과를 보게 하여 급제시킨 후 軍糧使를 제수하였다. 그 뒤 고부, 안주, 의주 등지에서 목사가 되어 치적이 현저하였다.
5 平澤(평택): 경기도 서남쪽 끝에 있는 고을 이름.
6 稷山(직산): 충청남도 천안 지역에 있는 고을 이름.
7 李信義(이신의): 李愼儀(1551~1627)의 오기. 본관은 全義, 자는 景則, 호는 石灘. 1582년 학행으로 천거되어 예빈시봉사가 되었고, 이어 참봉·종묘서봉사 등을 지냈다. 1592년 임진왜란이 일어나자 향군 300명을 기느리고 적과 싸운 공으로 사옹원직장에 올랐으며, 이어 사재감주부·공조좌랑·고부군수 등을 지냈다. 1596년 李夢鶴의 난 때에는 직산현감으로 천안군수 鄭好仁과 함께 8,000명의 군사를 거느리고 兵使에게 가 합세하였다. 1604년 괴산군수를 거쳐 廣州牧使·남원부사·홍주목사·해주목사 등을 역임하였다.
8 中原(중원): 변경에 대하여 천하의 중앙을 이르는 말. 중국 문화의 발상지인 黃河 중상

察御史於八道云。 日本送船一千七百隻於我國, 其人叛入南蠻[11], 清正[12]以白金二百兩, 募軍於其國, 而以杯酒慰我, 許指路人[13]." ○三十日。 渡漢水, 入殷尙云家, 少憩入京城。 城闕蕪沒, 萬家頹毀, 不勝哀淚。 投朴殷龍家, 聞五衛將已遞。

류의 남북 兩岸 지대를 지칭하는 말로 中華의 중심지, 중국 문명의 搖籃 등을 뜻한다.
9 都督府(도독부): 중국에서 軍政을 맡아 다스리던 지방 관청.
10 布政司(포정사): 중국 명나라의 지방 관청.
11 南蠻(남만): 중국의 역대 왕조가 남방 민족을 멸시하여 일컫던 이름.
12 淸正(청정): 일본의 무장 加藤淸正(1562~1611). 도요토미 히데요시(豊臣秀吉)의 부하로 임진왜란과 정유재란 때 군사를 거느리고 조선을 침공하였다.
13 指路人(지로인): 사냥할 때나 행군할 때 길을 안내하던 사람.

1597년 5월

5월 1일(신묘). 경성에 머물렀다.

들건대 중국은 도독(都督) 및 포정(布政)을 경성에 두었고, 또 포정 안찰어사(布正按察御史)를 8도에 두었다고 하였다. 또 들건대 왜놈의 전함 150척을 우리나라에서 사로잡혀 간 사람 이문욱(李文旭: 李文彧의 오기)이 거느리도록 하여 보냈는데, 중도에 배반하여 남만(南蠻)으로 들어갔다고 하였다.

3일. 참의(參議: 병조참의) 정윤우(丁允祐)가 편지를 보내어 위로해주었다.

6일. 저녁에 이조판서 이 아무개 어른을 배알하니, 서명한 임명장[官案]을 주며 말하기를, "인재를 골라서 벼슬을 시키라는 어명이 있을 때마다 적당한 인재를 찾을 수가 없었는데, 지금은 그 사람을 찾았다."고 하였다.

또 영의정 서애(西厓) 류성룡(柳成龍) 선생을 배알하였는데 밤 깊도록 이야기를 나누고 또 나에게 당부하기를, "이 다음에는 모름지기 외지로 나가지 마시오." 하였다.

○**7일.** 저녁에 좌상(左相: 김응남)을 배알하였는데, 동암공(東巖公: 이영승)이 손을 잡고 탄식하기를, "그대가 살아 있어 지금 다시 서로 만나리라고는 생각지도 못했네." 하면서 한밤중까지 회포를 풀며 아울러 시국의 난문제를 토론하였다. 또 같은 마을에 집을 빌릴 수 있도록 해주어 충심에서 우러나오는 정성을 극진히 보였다.

五月初一日辛卯。留京。

聞中國置都督及布政於京城，又置布正按察御史於八道云。且聞倭船一百五十隻，以我國被虜人李文旭[1]領送，中路叛入南蠻云。初三日。丁參議允祐[2]送簡慰之。初六日。夕拜吏判李丈[3]，書名付官案[4]曰："每有擇差之命，不得其人，今則得人矣。"又拜領相柳西厓[5]先生，話到夜深，且勉余曰："今後不須出外。"○初七日。夕拜左相[6]，東巖[7]公握手

1　李文旭(이문욱): 李文彧(생몰년 미상)의 오기. 《선조실록》 1598년 11월 27일 최종기사에 의하면, 임진왜란 때 포로로 일본에 건너가 학식과 驍勇함으로 관백의 사랑을 받아 養子까지 되었는데, 그 뒤 반란군들로부터 관백의 생명을 구하여 더욱 신임이 두터웠다고 한다. 주위의 시기를 받아 小西行長의 부장으로 조선에 나와서는 일본의 적정을 알리는 등 조국을 위해 노력하다가 탈출하여 이순신 휘하의 수군에서 활약했으며, 露梁해전에서 이순신이 적탄을 맞고 쓰러짐에 그 아들이 곡을 하여 軍心이 당황해 자 이문욱이 곡을 멈추게 하고 옷으로 시신을 덮고 북을 울려 군사의 사기를 올리면서 전진케 하였다고 한다. 그리고 《선조실록》 1598년 11월 2일부터 《광해군일기》 1617년 11월 25일까지 42개의 기사에 孫文彧이라는 이름이 나오는데 같은 인물이라는 설도 있다.

2　允祐(윤우): 丁允祐(1539~1605). 본관은 羅州, 자는 天錫, 호는 草菴. 일명 丁胤祐라고도 한다. 1567년 식년시에 합격하였으며, 1589년 督捕御史가 되어 경상도에 파견되었다. 1593년 호조참판에 임명되었다. 이후 兵曹參議 등을 역임하였다.

3　吏判李丈(이판이장): 이조판서가 누구인지 알 수 없으나, 이 당시 李廷馨(1549~1607)이 이조참판이었음.

4　官案(관안): 벼슬아치의 이름과 벼슬의 이름을 적은 책.

5　西厓(서애): 柳成龍(1542~1607)의 호. 본관은 豊山, 자는 而見. 임진왜란이 일어나자 병조판서로서 도체찰사를 겸하여 軍務를 총괄하였다. 이어 영의정에 올라 왕을 扈從하여 평양에 이르러 나라를 그르쳤다는 반대파의 탄핵을 받고 면직되었다. 의주에 이르러 평안도 도체찰사가 되었고, 이듬해 명나라 장수 李如松과 함께 평양성을 수복한 뒤 충청도·경상도·전라도 3도의 도체찰사가 되어 파주까지 진격하였다. 이해 다시 영의정에 올라 4도의 도체찰사를 겸해 군사를 총지휘했으며, 이여송이 碧蹄館에서 대패해 西路로 퇴각하는 것을 극구 만류했으나 뜻을 이루지 못하였다. 1594년 훈련도감이 설치되자 提調가 되어 《紀效新書》(중국 명나라 장수 척계광이 왜구를 소탕하기 위하여 지은 병서)를 講解하였다. 또한 호서의 寺社位田을 훈련도감에 소속시켜 군량미를 보충하고 鳥嶺에 官屯田 설치를 요청하는 등 명나라 및 일본과 화의가 진행되는 동안에도 군비를 보완하기 위해 계속 노력하였다. 1598년 명나라 經略 丁應泰가 조선이 일본과 연합하여 명나라를 공격하려 한다고 본국에 무고한 사건이 일어나자, 사건의 진상을 알리러 가지 않는다는 북인들의 탄핵을 받아 삭탈관직 되었다가 1600년 복관되었으나 다시 벼슬길에 나아가지 않고 은거하였다.

嘆曰: "不圖君生存, 今復相見也." 更深[8]叙懷, 兼討時艱。 又許僦屋[9]於 同里, 極示衷赤[10]。

8일(무술). **명나라 장수 양원(楊元)이 요동의 기병 3,400여 명을 이끌고 성에 들어오자, 주상이 성문 밖에 나가서 맞이하였다.**

중국 군인들이 집을 징발하느라 어지러웠는데 가까스로 무사할 수 있었다. 저녁에는 지사(知事: 지중추부사) 홍희고(洪希古: 홍진)를 만났다. 들건대 황제의 자문(咨文: 공식적인 외교문서)에 이르기를, "군량을 조선에서 장만하려는데 우리에게 대주지 않으면 왜놈들과의 전쟁을 요청해도 우리는 응할 수가 없으니, 도어사(都御史) 및 8도 도사(都司)로 조선 경리(朝鮮經理)를 대신할 것이다."고 운운하였다. 때문에 심 판서(沈判書: 심희수)가 주문사(奏聞使)로 떠났고, 오유충(吳惟沖: 吳惟忠의 오기)의 군사 3,000명도 이미 압록강을 건넜다고 한다.

지사(知事) 홍희고는 마음을 털어놓으며 밤늦도록 있다가 돌아갔다. 정언(正言) 최홍재(崔弘載)가 나를 찾아왔는데 마음속 이야기를 나누었는데 또한 지극히 다정하였다.

○ 11일. 저녁에 오위장(五衛將)이 되어 밤늦게 영의정을 배알하였다.

---

6 左相(좌상): 金應南(1546~1598)을 가리킴. 본관은 原州, 자는 重叔, 호는 斗巖. 1591년 聖節使가 되어 명나라에 다녀와 한성부판윤으로 부임하였다. 이듬해 임진왜란으로 평안도로 피란하는 선조를 호종하였으며, 1594년 우의정, 1595년에 좌의정이 되었다. 1597년 정유재란 때에는 按撫使로 영남에 내려가 豐基에서 병을 얻어 서울에 돌아온 뒤 관직을 사퇴하였다.

7 東巖(동암): 李令承(1527~1605)의 호. 본관은 永川, 자는 言述. 李滉의 문인이다. 秉節校尉를 역임하였다.

8 更深(갱심): 한밤중. 밤이 깊다.

9 僦屋(추옥): 집을 빌림.

10 衷赤(충적): 충심에서 우러나오는 뜨거운 정성.

初八日戊戌。天將楊元¹¹, 領遼兵三千四百餘人入城, 主上郊迎¹²。

唐人覓家紛紜, 僅得無事。夕見洪知事希古¹³。聞皇帝咨曰: "因粮於朝鮮而不我給, 求戰於倭奴而不我應, 以都御史及八道都司, 代朝鮮經理。"云云。故沈判書¹⁴以奏聞使發行, 吳惟冲¹⁵軍三千, 亦已渡江云。洪知事, 吐示心肝, 夜深而還。崔正言弘載¹⁶來見, 話以心肝, 亦極從

---

11 楊元(양원): 임진왜란 때 명나라 부총병으로 참전한 인물. 摠兵 李如松의 부하로서 2,000명의 응원군을 이끌고 좌협대장으로서 평양성 전투에서 공을 세웠으며, 1593년 벽제관 전투에서도 이여송을 구하는 활약을 하였다. 1597년 정유재란 때 5월 8일 요동기병 3,000명을 이끌고 조선에 다시 응원군으로 참전하여 총병 麻貴의 휘하에 들어가 6월 18일부터 전라도 남원성에 부임해 성의 방비 강화에 힘썼다. 8월 13일부터 남원 전투가 시작되자 일본 좌군의 공격으로 고립무원 속에서 농성전을 벌였으나 8월 15일 끝내 함락되었다. 그는 다음날 겨우 탈출하였으나 패전의 죄로 명군에 의해 처형당했다.

12 郊迎(교영): 성문 밖에 나가서 맞이함.

13 希古(희고): 洪進(1541~1616)의 자. 본관은 南陽, 호는 訒齋·退村. 1592년 임진왜란이 일어나자 右承旨로서 선조를 호종하였는데 왕이 요동으로 피난하려는 것을 반대하였다. 이듬해 한성부 판윤으로 승진하여 선발로 한양에 들어와서 전쟁 중에 굶주린 백성들의 진휼에 힘썼다. 1594년 진휼사를 겸하면서는 겨울 동안 얼어 죽은 자가 나타날 것을 우려, 왜적이 소장했던 피복을 나누어 줄 것을 진언하였다. 1595년 대사헌이 되고 藥房提調를 겸하였다. 이후 동지중추부사·지춘추관사 겸 이조판서·예조판서·우참찬·지중추부사 등을 역임하였다.

14 沈判書(심판서): 沈喜壽(1548~1622)를 가리킴. 본관은 靑松, 자는 伯懼, 호는 一松·水雷累人. 1592년 임진왜란 때 왕을 모시고 龍灣으로 가 도승지와 대사헌이 되었고, 그때 명나라 詔使가 오자 중국말에 능한 그가 맞이했으며, 형조판서를 거쳐 호조판서가 되었을 때 명나라 宋應昌의 接伴使가 되어 왜란으로 황폐해진 관서 지방의 많은 백성들을 구출하였다. 그 후 예문관제학·예조판서를 거쳐 이조판서가 되고, 홍문관·예문관의 대제학을 겸하고서 안으로 辭命(왕명의 전달)을 장악하고 밖으로 외국사신의 접대에 힘썼다.

15 吳惟冲(오유충): 명나라 유격장군 吳惟忠의 오기. 정유재란 때 欽差備倭中翼副摠兵原任都督僉事로 보병 3,990명을 이끌고 6월에 압록강을 건넌 뒤 남하하여 忠州에 주둔하였으며, 영남을 왕래하면서 적을 토벌하였다. 1599년 2월에 경성으로 돌아와 4월에 돌아갔다.

16 弘載(홍재): 崔弘載(1560~1614). 본관은 海州, 자는 德興, 호는 竹隱. 崔慶會의 조카이다. 1591년 문과에 합격하고, 임진왜란이 일어나자 아버지의 명을 따라 의병을 모아 高敬命의 막하로 가는 도중 고경명의 전사 소식을 듣고, 숙부 崔慶會를 도와 군량과 의병을 모집하였다. 후에 正言으로서 招討使에 제수되어 의병을 모아 왜적을 방비할

容。○十一日。夕爲五衛將, 夜拜首相。

13일(계묘)。총병(摠兵) 양원(楊元)이 남별관(南別舘)에 들어오니, 주상께서 위로하는 연회를 베풀었다.

신하들이 멀리 떨어져 있다가 임금의 가마를 끼고 지척에서 호위하니 임금의 얼굴이 너무나도 기뻐하고 감격스러워 하였다. 온갖 맛있는 음식에 술 다섯 순배를 돌린 뒤 파하였다.

○ 14일。종과 말은 중국인들이 빌려갔다.

○ 16일。세자가 입학하였다.

○ 17일。아침에 병조참의 정숙하(鄭淑夏)를 뵙고 병란에 대해 이야기하였다. 이조와 비변사가 함께 의논하여 나를 장 참의(張參議: 장등운)의 접반사(接伴使)로 삼았다. 정원(政院)에서 장 참의의 지위가 마 도독(麻都督: 마귀)의 위에 있다고 여겨 마 도독은 가선대부(嘉善大夫)를 접반사로 삼고 장 참의의 접반사는 통정대부(通政大夫)로서 삼은 상소를 받고도 다시 내줄 수 없다고 하자, 이조참판(吏曹參判: 이정형)이 답하기를, "비변사와 함께 의논한 것을 어찌하여 다시 보낼 수 없단 말인가?" 하니, 정원에서 임금에게 상주하는 글을 올렸다.

해 저물어 돌아와서 동부승지(同副承旨) 권희(權憘)를 만나보았는데, 권희가 말하기를, "오늘 임금의 재가를 받았으니 내일 마땅히 떠나야 할 것이며, 장 참의는 문장을 잘 짓는 사람이기 때문에 특별히 접반사로 택한 것이오." 하였다. 서계(書啓: 보고서)가 구름처럼 쌓였는데도 공

수 있는 방책을 강론하였다. 정유재란 때 아버지 崔慶雲이 오성산에서 순절하자 복수를 도모하던 중 왜적이 물러나 뜻을 이루지 못했는데 이를 평생의 한으로 여겼다.

문서 드나드는 것이 밤 깊도록 그치지 않으니 나랏일의 어지러움을 이로부터 알 만한데, 2경이 되어서야 자리에서 내려왔다.

O 18일。 임금의 재가를 받은 문서가 아직 하달되지 않자, 좌상(左相: 김응남)이 편지로 안부를 물으면서 말하기를, "이러한 때에 머나먼 길[遠行]일지라도 어찌 면할 수가 있겠소? 혹 체직을 아뢰려고 했지만 내가 그만둔 것도 뜻한 바가 있어서이오." 하였다.

十三日癸卯。楊摠兵元, 入南別舘, 自上慰宴。

臣於遂違之餘, 挾輦侍衛咫尺, 天顔不勝欣感。四味五爵而罷。○十四日。奴馬, 爲唐人所借。○十六日。世子入學。○十七日。朝見兵議鄭淑夏[17]談兵。吏曹・備邊司同議, 以我爲張參議[18]接伴使[19]。政院[20]以張參議位, 在麻都督[21]之上, 而麻以嘉善[22]爲接伴, 張之接伴, 以通政[23]

17　鄭淑夏(정숙하, 1541~1599): 본관은 東萊, 호는 月湖. 1592년 임진왜란이 일어나자 의병장으로 전공을 세웠다. 1594년 청주목사를 지냈으며, 1595년 승정원동부승지로 있으면서 왜적과 싸우다 죽은 군사들의 義塚을 만들 것을 상소하였다. 이어 우부승지를 거쳐 좌승지에 임명되고, 冬至使로 명나라에 다녀와 그곳의 정세를 왕에게 보고하였다. 1596년 승정원좌승지를 거쳐 병조참지에 임명되고 1597년 병조참의로 승진하였다. 1598년 강원도관찰사로 부임하였으며, 1599년 좌승지・형조참의 등을 역임하였다.

18　張參議(장참의): 欽差分守遼海東寧道布政使右參議 張登雲을 가리킴. 명나라 장등운에 대해서 《선조실록》 1597년 5월 28일조에 나온다.

19　接伴使(접반사): 예전에, 외국의 사신을 맞아 접대하는 관원을 이르던 말. 6월 10일 접반사로서 俞大進이 오기 때문에, 정경달은 나중에 접반관이 된 셈이다.

20　政院(정원): 조선시대, 임금의 명령을 전달하고 여러 가지 사항들을 임금에게 보고하는 일을 맡아보던 관아.

21　麻都督(마도독): 정유재란 때 온 명나라 장수 麻貴를 가리킴. 1597년 정유재란이 일어나자 그는 명나라가 파견한 구원병의 提督으로 군사를 거느리고 조선에 들어왔다. 그 해 12월 도원수 權慄과 합세하여 적장 구로다 나가마사(黑田長政)에 맞서 제1차 울산성 전투를 치렀으나 성과를 올리지 못했고 왜군의 철수로 귀국하였다. 1598년 萬世德이 거느린 14만 원군을 따라 들어와 또 동래로 내려가 도산성을 공격하였다. 1599년 봄에 본국인 명나라로 돌아갔다.

22　嘉善(가선): 嘉善大夫. 조선시대 종2품의 문무관 품계.

爲之, 不可還出給²⁴. 吏曹參判²⁵答曰: "與備邊司同議, 何爲不可還送?" 政院入啓²⁶. 昏歸, 見同副承旨權憘²⁷, 權曰: "今日啓下²⁸, 則明日當發行, 張乃文翰之人, 故別擇接伴云." 書啓雲積, 公事出納, 夜深不已, 國事紛擾, 從此可知, 二更乃下來. ○十八日. 啓尙未下, 左相書問曰: "此時遠行, 何可得免? 或欲啓遞, 吾止之, 亦有意也."

19일(기유). 시어소(時御所: 임시행궁)에서 도사(都司) 유응호(劉應浩: 미상)를 접견하셨다.

궁궐에서 참의(參議: 호조참의) 심우승(沈友勝)을 만나 옛 이야기를 나누었으나, 교리(校理) 윤돈(尹暾)은 곁에서 말을 하지 않았다.

○ 이날 주상께서 접반사를 다시 추천하라고 명하시어, 나는 원행을

---

23 通政(통정): 通政大夫. 조선시대 정3품의 문관 품계.
24 還出給(환출급): 주는 것을 받지 않고 도로 내어 줌.
25 吏曹參判(이조참판): 李廷馨(1549~1607)을 가리킴. 본관은 慶州, 자는 德薰, 호는 知退堂・東閣. 1592년 임진왜란이 일어나자 우승지로 왕을 호종하였다. 개성유수가 되었으나 임진강 방어선이 무너지자 의병을 모아 聖居山을 거점으로 왜적과 항전했으며, 장단・삭녕 등지에서도 의병을 모집해 왜적을 물리쳐 그 공으로 경기도관찰사 겸 병마수군절도사가 되었다. 1593년 장례원판결사가 되고 1594년 告急使로 遼東에 다녀와 홍문관부제학・이조참판・승문원부제조・비변사당상을 역임하고, 1595년 대사헌에 이어 四道都體察副使가 되었다. 1600년 강원도관찰사가 되었고, 1602년 예조참판이 되어 聖節使로 다시 명나라에 다녀왔다.
26 入啓(입계): 임금에게 상주하는 글을 올리던 일.
27 權憘(권희, 1547~1624): 본관은 安東, 자는 思悅, 호는 南岳. 1592년 임진왜란이 일어나 선조가 의주로 피난할 때, 宗廟署令으로서 역대 왕들의 신주와 왕실의 어보를 안전하게 모시고 행재소에 도착해 난이 끝난 뒤 종묘의 典禮를 모두 복구할 수 있게 하였다. 1596년 장령・사간・종부시정・헌납・집의 등을 거쳐 陳慰使의 書狀官으로 명나라에 다녀온 뒤 호조・예조・형조의 참판을 지냈다. 1597년 헌납・집의・동부승지 등을 거쳐, 1599년 도승지・병조참지・충청감사가 되었다. 1600년 대사간으로서 사간 鄭轂, 헌납 崔忠元, 정언 李久澄 등과 함께 成渾이 山林學者로 대두하는 것을 막기 위해 관직 삭탈을 주청하였다.
28 啓下(계하): 임금의 재가를 받음.

면할 수 있었다.

○ 20일. 주상께서 남별궁(南別宮)에 나아가 양 총병(楊摠兵: 양원)을 접견하고 술 세 순배를 돌린 뒤에 파하였다.

○ 21일. 먼동이 트기 전인 이른 새벽, 주상께서 남대문 밖까지 나아가 양 총병을 전별하고 환궁하셨다.

저녁에 좌상(左相: 김응남)을 뵙고 잠시 이야기를 나누었다.

○ 22일. 대성(大成: 대사성) 이해수(李海壽)와 이조참의 허성(許筬)을 만나보고 돌아왔다.

○ 23일. 아침에는 영(令: 관직명) 김억추(金億秋)를 만나보았다. 저녁에 양 도어사(楊都御史: 양호)의 영위사(迎慰使)로 뽑혔음을 들었다.

○ 24일. 저녁에 영의정(領議政: 류성룡)에게 하직 인사하자, 영의정은 급히 떠날 것을 권하였다. 길에서 승지 권희(權憘)를 만나서 행차하는 일을 물으니 대답하기를, "내일 급히 물러나 가는 것이 좋을 것 같소." 하였고, 좌상에게 물었더니 말하기를, "첨지(僉知) 윤유기(尹惟幾)가 의주(義州)에 있는데, 만일 그대가 길을 떠나더라도 미치지 못하면 윤유기로 대신 가게 하려고 하네. 대개 오가는 여정에 폐단이 많으니 대신 가게 하는 것이 편리하네." 하였다. 미더운 좌상의 말도 이와 같았다.

윤 부원군(尹府院君: 윤근수인 듯)이 말하기를, "중국 조정의 관리명부를 살펴보니, 양 어사(楊御史)는 곧 산동참정(山東參政) 양호(楊鎬)이네." 하였다.

○ 25일. 아침에 영의정에게 편지를 보내어 좌상의 뜻을 아뢰었더니, 영의정의 답서에 이르기를, "과연 편리하겠소. 다만 주상의 분부가 엄준하신지라, 들어가 아뢰는 것은 온당치 않으니 속히 가는 것이 좋을 것이오." 하였다. 마침내 행장을 꾸렸다.

저녁에 동지(同知) 이증(李增)과 동지 류근(柳根)을 만나 옛이야기를

나누었다. 좌상이 사람을 시켜 출발시각을 물었기 때문에 또 가서 작
별하였다.

十九日己酉。時御所²⁹, 接見劉都司應浩³⁰。

庭中, 見沈參議友勝³¹話舊, 尹校理暾³², 在傍不言。○是日, 上命接
伴使改擬, 余得免行。○二十日。上就見楊摠兵於南別宮, 三酌而罷。
○二十一日。曉頭³³, 上餞楊摠兵於南大門外, 還宮。夕見左相, 暫
話。○二十二日。見李大成海壽³⁴·吏參許筬³⁵而還。○二十三日。朝

---

29 時御所(시어소): 임금이 임시로 거처하는 곳. 임진왜란 때 宣祖가 의주로부터 환도하
   여 임시 行宮으로 삼던 곳이다.

30 劉都司應浩(유도사응호): 《선조실록》 1597년 5월 19일조에 劉都司로만 언급되어 있
   는데, 여기서는 이름이 劉應浩로 밝혀져 있지만 구체적 사실은 알 수 없음.

31 友勝(우승): 沈友勝(1551~1602). 본관은 靑松, 자는 士進, 호는 晩沙. 1592년 임진왜
   란이 일어나자 선조를 호종하는 도중에 정언·지평 등을 역임하고, 이듬해 陳奏使의
   서장관으로 명나라에 구원을 청하고 돌아와 승지·춘천부사 등을 역임하였다. 1596
   년 호조참의가 되었다가 호조참판으로 승진하였으나, 이때 서울에 주둔한 명나라 군
   대의 행패가 심해지자 이를 명나라 經理 楊鎬에게 항의하고, 그 시정을 촉구하다 파
   직되었다. 1600년 한성부우윤으로 비변사유사당상을 겸하였다.

32 暾(돈): 尹暾(1551~1612). 본관은 南原, 자는 汝昇, 호는 竹窓. 1592년 임진왜란이 일
   어나자 왕을 호종하였다. 1593년 명나라 장수 摠兵 駱尙志·遊擊 吳惟忠이 나오자
   부교리로서 接伴官으로 활약했고, 이듬 해 사인을 거쳐 응교로 시강관이 되었다. 이
   어 직제학·동부승지·도승지 등을 역임하고, 1598년 병조참의를 거쳐 대사간이 되어
   戚臣의 직을 파할 것과 宗系辨誣를 위해 노력하였다. 그 뒤 형조참의·예조참판을
   거쳐 강원도관찰사로 나갔으나 임무를 다하지 못한다는 질책을 받았다. 1600년 다시
   도승지·예조참판을 거쳐 부제학이 되었을 때, 이미 고인이 된 成渾에 대해 왕을 호
   종하지 않았고 간신들과 한 당이었다고 탄핵해 追削(죽은 뒤에 생전의 벼슬을 빼앗
   음.)하게 하였다.

33 曉頭(효두): 먼동이 트기 전인 이른 새벽.

34 海壽(해수): 李海壽(1536~1599). 본관은 全義, 자는 大中, 호는 藥圃·敬齋. 1592년
   임진왜란이 일어나자 유배지에서 풀려나와 왕을 의주로 호종하자, 대사간에 제수되
   었다. 1594년에 대사성이 되었고, 사소한 일에 연좌되어 파직되었다가 1597년 정유재
   란 때 이전의 관직에 복직되었다.

35 許筬(허성, 1548~1612): 본관은 陽川, 자는 功彦, 호는 岳麓·山前. 허균의 형이고,
   허난설헌의 오빠이다. 1592년 임진왜란이 일어나자 강원도 召募御使를 자청하여 군
   병모집에 진력하였다. 1594년 이조참의로 승진되었으며, 이듬해 대사성·대사간·부

見金令[36]億秋[37]。 夕聞差楊都御史[38]迎慰使[39]。 ○二十四日。 夕下直於領相, 領相勸以急行。 路見權承旨憘, 問行事, 答曰: "明日, 似急退行可也." 問於左相, 則曰: "尹僉知惟幾[40], 在義州, 如君行未及, 則欲以尹代行。 大槩, 一路多弊, 代行爲便." 尹[41]左相之言, 亦如此。 尹府院[42]曰: "按中朝官案, 楊御史乃山東參政楊鎬也." ○二十五日。 朝簡於領相, 陳左相意, 領相答書曰: "果爲便當。 但上敎嚴峻, 入啓[43]未安, 速

제학을 역임하였다. 이어 이조참판을 지내고 전라도안찰사로 나갔다가 예조와 병조의 판서에 제수되었으며, 그 뒤 이조판서에까지 이르렀다.

36 令(영): 관직명. 조선시대 종5품 東班職이다.

37 億秋(억추): 金億秋(1548~?). 본관은 淸州, 자는 邦老. 전라남도 강진군 작천면 박산마을에서 출생하였다. 1592년 임진왜란이 일어나자 선조는 그를 방어사로 임명했고 밤을 가리지 않고 말을 급하게 몰아 평안도에 당도하여 대동강을 지켰다. 하지만 왜군과의 전투에 패하여 관직을 빼앗겼다. 1594년 滿浦鎭僉節制使가 되고, 이어 진주목사 · 高嶺鎭僉節制使를 지냈다. 1597년 정3품에 올라 전라우도수군절도사가 되어통제사 이순신을 따라 어란포해전과 명량해전에 참전한 뒤 宣武原從功臣에 녹훈되었다. 하지만 이순신 장군의 《난중일기》에는 "萬戶에나 맞지 대장의 재목이 못되는 인물이며 좌의정 김응남의 천거로 억지로 임명되어 개탄스럽다." 하였고, 또한 "울돌목[鳴梁] 싸움에서 김억추가 탄 배는 멀리 도망쳐 가물가물 거린다."고 기록하였다. 이후 밀양부사를 거쳐, 1608년 종2품에 올라 경상좌도병마절도사가 되고 뒤에 제주목사를 지냈다.

38 楊都御史(양도어사): 정유재란 때 조선에 온 명나라 장수 楊鎬. 僉知都御使였던 그는 1597년 정유재란 때 經略朝鮮軍務使가 되어 총독 邢玠, 摠兵 麻貴, 부총병 楊元 등과함께 참전하였다. 울산에서 벌어진 島山城 전투에서 크게 패하였는데 이를 승리로보고하였다가 들통 나서 파면되었다.

39 迎慰使(영위사): 조선시대에 중국의 사신을 맞아 접대하고 위로하는 임시벼슬.

40 惟幾(유기): 尹惟幾(1554~1619). 尹唯幾로도 표기됨. 본관은 海南, 자는 成甫. 윤선도의 양아버지이다. 1595년 世子侍講院弼善, 1596년 司諫院獻納, 1598년 五衛將, 1603년 兵曹參知로 임명되었다. 1607년 慶州府尹에 임명되어 지방 수령으로 나아갔고, 같은 해 9월 富平府使에 임명되었다. 1611년 南原府使로 임명되었다.

41 尹(윤): 미덥다는 뜻임.

42 尹府院(윤부원): 1592년 임진왜란 일어난 뒤 10월경 尹斗壽(1533~1601)가 海原府院君에, 尹根壽(1537~1616)가 海平府院君에 봉해져서 구체적으로 누구를 지칭하는지알 수 없음. 1592년 임진왜란 일어나자 예조판서로 다시 기용되어 問安使 · 遠接使 · 奏請使 등으로 여러 차례 명나라에 파견되었던 점을 고려하면 윤근수인 것으로 생각된다.

43 入啓(입계): 임금에게 글을 올리는 일을 이르던 말.

行爲可." 遂治任. 夕見李同知增⁴⁴, 柳同知根⁴⁵, 話舊. 左相使人問行,
故又就別.

26일(정사). 임금께 숙배하고 하직하였다. 파주(坡州)에서 묵었다.

파주의 진영(陣營)에 묵었다. 파주 성의 마을들이 모두 텅 비어 달리
발을 붙일 곳이 없었는데, 진장(陣將) 박내성(朴乃成)이 직접 밥을 지어
바쳤다.

○ 27일. 개성(開城)으로 들어가자, 유수(留守: 개성유수) 황여충(黃汝忠:
황우환)이 보러 왔다.

   二十六日丁巳。拜辭⁴⁶。宿坡州⁴⁷。

   宿于坡州陣所. 州城閭里, 皆空他無寄足處, 陣將朴乃成⁴⁸, 自備供
飯. ○二十七日. 入開城⁴⁹, 留守黃汝忠⁵⁰來見.

---

44 增(증): 李增(1525~1600). 본관은 韓山, 자는 可謙, 호는 北崖. 同知義禁府事 등을
    지냈다.
45 根(근): 柳根(1549~1627). 본관은 晉州, 자는 晦夫, 호는 西坰. 1592년 임진왜란이
    일어나자 의주로 임금을 호종했으며, 예조참의·좌승지를 거쳐 예조참판에 특진되었
    다. 1593년 도승지로 京畿安撫使가 되어 민심을 수습, 이어서 동지중추부사를 거쳐
    한성부판윤에 올라 사은부사로 명나라에 다녀와 경기도관찰사가 되었다. 그리고
    1597년 運餉檢察使로 명나라에서 들어오는 군량미의 수송을 담당하였다. 이 밖에도
    임진왜란으로 인한 명나라와의 관계에서 많은 일을 하였다.
46 拜辭(배사): 임지로 떠나는 관리가 임금에게 절하고 하직함.
47 坡州(파주): 경기도 북서부에 있는 고을 이름.
48 朴乃成(박내성, 생몰년 미상): 본관은 密陽, 자는 複馨. 1592년 임진왜란 때 명나라
    군에 군량미를 운송하는 임무를 맡아 명나라 提督 李如松 휘하에 배속되었으며, 평양
    성을 탈환하는 데 공을 세웠다. 또 선조의 몽진 길에 大駕를 호종한 공으로 部將에
    제수되었고, 전란이 끝난 직후 경상남도 마산의 屯田別將을 역임하기도 하였다.
49 開城(개성): 경기도 북서부에 있는 고을 이름.
50 汝忠(여충): 黃佑漢(1541~1606)의 자. 본관은 尙州, 호는 東山. 1591년 도승지에 올랐

으며, 1594년 聖節使가 되어 명나라에 다녀왔다. 곧 이어 경기도관찰사가 되고, 1596
년 좌윤에 부총관을 겸하였다. 1597년 개성유수를 지내고 이듬해 부제학에 오른 뒤
동지의금부사가 되었다. 1600년 지중추부사를 지내고 이듬해 강원도관찰사로 나갔
으며, 곧 이어 부제학이 되었다. 1605년 호조참판·병조참판을 지내면서 사옹원제조
를 겸하였고, 이듬해 대사헌이 되었으나 이 해에 죽었다.

1597년 6월

6월 1일(경신)。 황주(黃州)를 지나다가 오유충(吳唯冲: 吳惟忠의 오기)의 대군과 마주쳤다.

2일。 저녁에 순안(順安)으로 향하는 도중 감사(監司: 평안감사) 한응인(韓應寅)을 만났다.

○3일。 아침밥을 숙천(肅川)에서 먹었다. 듣건대 도찰원(都察院: 양호를 가리킴)이 압록강을 건너 안주(安州)에 들어와서는 가산(嘉山)으로 길을 재촉하였다고 한다.

○4일。 새벽에 출발하여 정주(定州)에 들어가자, 마 총독(麻總督: 마귀)의 대군이 정주로 들어왔다. 조도사(調度使) 홍중안(洪仲安: 홍세공)과 이야기를 나누었다.

> 六月初一日庚申。 過黃州[1], 遇吳唯冲大軍。
>
> 初二日。 夕向順安[2]路, 見監司韓應寅[3]。 ○初三日。 朝飯于肅川[4]。 聞

---

1 黃州(황주): 황해도 북쪽에 있는 고을 이름.
2 順安(순안): 평안남도 평원 지역에 있는 고을 이름.
3 韓應寅(한응인, 1554~1614): 본관은 淸州, 자는 春卿, 호는 百拙齋・柳村. 명나라에 陳奏使로 갔다가 돌아오는 길에 임진왜란이 일어났다는 소식을 듣고 개성에서 피난 길에 오른 선조를 만나 諸道都巡察使로 임진강 방어에 임하였다. 그러나 加藤淸正의 유인작전에 속아 대패하였다. 그래서 왕을 뒤따라 가 의주의 행재소에서 공조판서에 임명된 뒤 遼東에 건너가 원병의 급속한 출병을 요구하였다. 그 해 12월 李如松이 원군을 이끌고 압록강을 건너자 漢語에 능한 그가 接伴官으로 이여송을 맞이하였다. 1595년 奏請使로 명나라에 다녀왔다. 1596년 평안감사에 임명되어 당시 평안도에 있던 많은 명나라 장병과의 화합을 도모하였다. 1599년 謝恩使로 다시 명나라에 가서

都察院[5]渡江, 入于安州[6], 促向嘉山[7]。 ○初四日。 曉發, 入定州[8], 麻總督大軍入州。 與調度使洪仲安[9]話。

6일(을축). 아침에 출발하여 의주(義州)에 들어갔다.

판관(判官) 권탁(權晫), 부윤(府尹: 의주부윤) 황진(黃璡), 진주사(陳奏使) 윤유기(尹惟幾), 고급사(告急使) 권협(權悏)이 나를 보러 왔다. 오후에는 접반사(接伴使) 이덕형(李德馨) 및 성절사(聖節使) 남복흥(南復興), 서장관(書狀官) 이진빈(李軫賓)을 만나보았다.

初六日乙丑。 朝發, 入義州[10]。

判官權晫[11]·府尹黃璡[12]·陳奏使尹惟幾·告急使權悏[13]來見。 午後,

정유재란 때의 원군에 대해 사례하였다. 그 뒤 우찬성에 올랐다.

4 肅川(숙천): 평안남도 평원 지역에 있는 고을 이름.

5 都察院(도찰원): 欽差經理朝鮮軍務都察院右僉都御史 楊鎬를 가리킴.

6 安州(안주): 평안북도 兵營의 소재지.

7 嘉山(가산): 평안북도 박천 지역에 있는 고을 이름.

8 定州(정주): 평안북도 남부 해안에 있는 고을 이름.

9 仲安(중안): 洪世恭(1541~1598)의 자. 본관은 南陽, 호는 鳳溪. 1573년 식년 문과에 병과로 급제하였다. 1592년에 임진왜란이 일어나자 평안도 調度使가 되어 명나라 군의 군수조달을 책임졌다. 1594년 전라도관찰사로 전주부윤을 겸하여 곡창지대인 호남지방의 양곡을 調度하였다. 1596년 좌부승지를 거쳐 우승지·참찬 등을 역임하고, 정유재란이 일어날 징후가 보이자 다시 평안도 조도사가 되어 군량조달에 힘쓰던 중 숙환이 재발되어 군중에서 죽었다.

10 義州(의주): 평안북도 북서부에 있는 고을 이름.

11 權晫(권탁, 1549~?): 본관은 安東, 자는 明遠. 아버지는 權純이고, 아들은 權潩이다. 1583년 알성시 무과에 합격하였다.

12 黃璡(황진, 1542~1606): 본관은 昌原, 자는 景美, 호는 西潭. 1592년 임진왜란 당시 의주목사로 재직하면서, 의주로 몽진해 온 선조를 잘 供饋하였다. 1593년 공조참판에 재직 중 奏請使로서 명나라에 가서 進兵·撤兵 등을 요청하였다. 그리고 11월에는 謝恩使로서 다시 명나라에 가서 奏請하는 임무를 맡았다. 그러나 국경에서 배회하다가

見接伴使李德馨¹⁴及聖節使南復興¹⁵·書狀官李軫賓¹⁶。

鳳凰城에 이르러 임의로 사행길을 바꾸어 龍川에서 머물렀다. 그러던 중 조정의 독촉을 받고 經略地에 도착함으로써, 명나라 원병이 늦게 파병되는 실책을 범하기도 하였다. 그로 인해 잠시 문책을 받았으나 1594년 6월에 전주부윤으로 나아갔다. 하지만 전주수비를 감당할 만한 인물이 못 된다는 대간의 탄핵을 받고 체직되었다. 1595년 의주부윤이 되고, 정유재란 때에는 명나라 원병의 接伴官이 되었다. 1599년 행호군으로서 사은사가 되어 명나라에 다녀왔다.

13 權悏(권협, 1553~1618): 본관은 安東, 자는 思省, 호는 石塘. 1577년 알성시에 합격하였다. 예문관검열과 승정원주서를 거쳐 통진 현감으로 나갔다가 호조·예조·병조·형조의 낭관과 사헌부·사간원·홍문관의 직임을 맡아 典翰에 이르렀다. 宣祖가 의주로 몽진할 때 호종하여 가서는 運糧御使가 되어 서북 3도의 군량모집을 총독하여 명나라 군의 보급을 대고 이어 三南都體察使의 종사관이 되어 군무를 관여하였다. 정유재란 때 告急使로 명나라에 파견되어 義州에서 출발하여, 北京에서 명나라 원군 파병을 요청하고 화약 및 활을 만드는데 필요한 원료를 구입하는 임무를 완수하고 다시 의주로 돌아오기까지의 기록한 일기체 기행문의 〈石塘公燕行錄〉이 있다. 1597년 11월에 황해도 관찰사가 되었다.

14 李德馨(이덕형, 1561~1613): 본관은 廣州, 자는 明甫, 호는 漢陰·雙松. 1592년에 예조 참판에 올라 대제학을 겸임하였다. 임진왜란이 일어나자 동지중추부사로서 일본 사신 玄蘇와 화의를 교섭하였으나 실패했다. 그 후 왕을 정주까지 호종하였고, 請援使로 명나라에 파견되어, 원병을 요청하여 성공을 거두었다. 광해군 즉위 후에 영의정에 올랐다.

15 南復興(남복흥, 1553~?): 본관은 宜寧, 자는 起夫. 1592년 平壤庶尹으로 재직 중이었는데, 달아난 병사들을 재정비하여 수천 명을 모아 大寶山 서쪽과 狄橋浦에 진을 쳐서 적병들이 대동강 서쪽을 침범하지 못하도록 하였다. 1593년 명나라 군과 연합하여 평양을 탈환하는 데 공을 세웠다. 1593년에는 江陵府使로 있었다. 이후에 接伴使가 되어, 중국 장수들을 수행하였다.

16 李軫賓(이진빈, 1558~?): 본관은 全州, 자는 應霖. 1589년 증광문과에서 급제하여 1600년 호조정랑에 제수되었고, 이듬해 헌납을 거쳐, 지평을 역임하던 중, 臨海君을 탄핵하여 제거하는 데 앞장섰고, 경연·궁전을 엄하게 해야 할 것 등의 긴 소를 내었다.

7일(병인). 배가 아프고 설사가 나서 의주(義州)에 머물렀다.

접반사(接伴使: 이덕형)의 서장(書狀)을 보니 일렀기를, "경리(經理: 양호)의 체모가 준엄한데, 영위사(迎慰使) 정 아무개가 근일 본부(本府: 의주)에 이르렀지만 벼슬이 낮은 것 같으니, 문안할 승지(承旨)를 강상(江上)으로 보내어서 공경을 다하고 예를 극진히 함을 보이는 것이 마땅하다."고 하였다. 또 부윤(府尹: 황진)의 서장을 보니 일렀기를, "정 아무개는 당일 본부(本府)에 도착하였으나 장 참의(張參議: 장등운)를 접반할 사람이 오지 않으니, 이것이 민망스럽고 염려스럽다."고 하였다. 대개두 서장은 모두 6일에 관인(官印)이 찍힌 것들이었다.

통사(通事) 박인상(朴仁祥)이 요동(遼東)으로부터 와서 말하기를, "경리(經理: 양호)는 초순에 말을 몰아 출발하였고, 수하 사람[下人]들은 음력 8월에야 떠날 것이라고 한다."고 하였다. 여러 사신들은 통군정(統軍亭)에서 회합하자고 누차 청해도 오지 않았다.

저녁에는 부윤(府尹: 황진)이 나를 보러 찾아왔다.

○ 8일. 설사가 조금 멎었는데, 판관(判官) 권탁이 나를 보러 찾아왔다.

부윤과 이판서(李判書, 협주: 한음이다.)가 의논하여 나를 장 참의의 접반사로 삼았다. 내가 말하기를, "지위와 명망이 원래 가벼워 감히 받들지 못하겠습니다."라고 하였다.

○ 9일. 아침에는 방백(方伯: 평안감사 한응인)이 공문[關內]에서 정 첨지(丁僉知)로 접반하도록 하였다가, 저녁에는 방백이 의주부에 들어와서 접반사와 의논하여 나를 장 참의의 접반사로 정하였다.

初七日丙寅。腹痛而痢, 留義州。

見接伴使之書狀[17]曰: "經理體貌嚴峻, 迎慰使丁某近到本府, 官秩似卑, 問安承旨, 宜送于江上[18], 以示致敬盡禮之意." 又見府尹書狀曰:

"丁某當日到本府, 而張參議接伴不來, 是爲憫慮." 盖兩書狀, 皆於六日成貼也。 通事朴仁祥[19], 自遼東來曰: "經理初旬起馬, 下人則曰秋凉[20]當發." 諸使, 會于統軍亭[21], 屢請不赴。 夕府尹來見。 ○初八日。 痢少差, 判官權晫來見。 府尹與李判書(卽漢陰)議, 以我爲張參議接伴。 余曰: "地望素輕, 不敢承當." ○初九日。 朝方伯關內, 丁僉知爲接伴, 夕方伯入府, 與接伴使, 定我爲張參議接伴。

10일(기사)。 의주(義州)에 머물렀다.

장 참의(張參議)가 장차 압록강을 건너려 한다는 것을 듣고서 마침내 이 판서(李判書: 이덕형) 및 방백(方伯: 평안감사) 한응인(韓應寅)을 찾아가니, 함께 앉아있던 두 사람이 말하기를, "예조참판이라는 임시직함을 빌려서 곧장 압록강의 의막(依幕)으로 향하는 것이 마땅하다."고 하였는데 공복(公服)을 채 입기도 전에 명나라 군사와 수하 사람들이 모두 건넜다.

갑자기 접반할 사람으로 유대진(兪大進)이 달려온다는 소식을 듣고 허리띠를 벗어버리고 돌아왔다. 듣건대 양 도어사(楊都御史: 양호)와 소 참정(蕭參政: 소응궁)이 모두 가까운 시일에 발패(發牌)할 것이라고 하였

---

17 書狀(서장): 李德馨의 《漢陰先生文稿》 권9 '啓辭' 〈到義州, 楊經理迎候禮節及預備糧餉狀〉에 나옴.

18 江上(강상): 압록강 가, 곧 義州를 가리킴.

19 朴仁祥(박인상, 1562~?): 본관은 陰竹, 자는 景瑞. 임진왜란 때 差備譯官으로 조선과 명나라, 명나라와 일본의 외교담판에 많은 활약을 하였고, 1604년 遼東의 주민인 孫得春 등이 의주의 蘭子島·替子島를 무단으로 경작하자 3차에 걸쳐 명나라를 내왕하면서 사건의 마무리를 지었다.

20 秋凉(추량): 음력 8월의 다른 이름.

21 統軍亭(통군정): 평안북도 의주군 의주읍에 있는 옛 건물.

다. 한낮에 장 참의가 의주부에 들어왔다가 북을 치고 피리를 불며 수레를 타고 떠나갔다.

○11일。 저녁에 방백 및 고급사(告急使) 권협, 성절사(聖節使) 남복홍, 접반사(接伴使) 이덕형·유대진, 주문사(奏聞使) 윤유기, 접반관(接伴官) 이철, 종사관(從事官) 조정, 서장관(書狀官) 윤성·이진빈 등과 이야기를 나누었다.

初十日己巳。 留義州。

聞張參議將渡江, 遂訪李判書及方伯韓應寅, 同坐兩人曰: "宜以禮參借御, 卽向鴨江依幕²². " 未及冠帶²³, 唐軍下人皆渡。 忽聞兪接伴大進²⁴馳來, 遂脫帶而還。 聞楊都御史·蕭參政²⁵, 皆近日發牌²⁶。 午時, 張參議入府, 鼓笛乘輦而行。○十一日。 夕與方伯及告急使權悏·聖節使南復興·接伴使李德馨·兪大進·奏聞使尹惟幾·接伴官李鐵²⁷·從事官趙挺²⁸·書狀官尹惺·李軫賓等話。

22　依幕(의막): 임금이나 관원이 임시로 머물 수 있도록 마련한 막사.

23　冠帶(관대): 옛날 벼슬아치들의 公服. 관리들이 쓰는 冠冕과 허리에 두르는 紳帶를 뜻한다.

24　大進(대진): 兪大進(1554~1599). 본관은 杞溪, 자는 新甫, 호는 新浦. 1579년 사마시에 합격하였고, 임진왜란 때에는 의병장으로 공을 세우기도 하고, 1593년 공조참의·수원부사, 1594년 大護軍 등을 지냈다.

25　蕭參政(소참정): 蕭應宮을 가리킴. 直隷 蘇州府 常熟縣 사람. 이때 그는 防海禦倭專管寬奠金州右參政으로 遼陽에 주둔하고 있었다. 1597년 7월에는 欽差整飭遼陽等處海防兵備 山東按察使로 나왔다. 당시 沈惟敬이 죄에 걸려 붙잡혀 가자, 소응궁이 유경을 구해 주려 하였다가 遼東巡按御史의 탄핵을 받고 削職되어 9월에 돌아갔다.

26　發牌(발패): 조선시대에 임금이 2品 이상의 관리를 부르기 위하여 名牌를 보내거나, 금령을 위반한 사람을 잡아오게 하기 위하여 禁亂牌를 보내는 것을 말함.

27　李鐵(이철, 1540~1604): 본관은 全州, 자는 剛仲. 1592년 임진왜란 때 선조를 의주까지 호종하였고, 돌아와 양양부사에 올랐다. 1594년 공조·호조의 정랑, 성균관사성, 宗簿寺·司僕寺正과 사간원헌납, 사헌부지평, 장령 등을 거쳐 이듬해 수찬을 지냈다. 1596년 장령에 이어 이듬해 동부승지·좌부승지를 역임하였다. 1598년 형조참의, 다음해 호조참의·우승지를 지냈다.

12일(신미). 아침에 장 참의(張參議)가 먼저 출발하였다.

성절사(聖節使: 남복흥)가 출발했지만 병 때문에 가서 작별하지 못하여 글을 써서 위로하였다. 다른 사람들도 죄다 출발하여 구룡나루터[九龍津]에서 배를 띄웠다.

○ 13일. 밥을 먹은 뒤에 이 판서(李判書: 이덕형)를 만나 시국에 관한 일을 기탄없이 아뢰었다. 이공(李公)도 변란 초에 왜적과 서로 이야기했던 일들을 말하였다. 또 고급사 권사성(權思省: 권협)을 만나보았다. 듣건대 경리(經理: 양호)가 16일에 말을 몰아 출발한다고 하였다.

十二日辛未。朝張參議先出。

聖節使發行, 病未徃別, 以書慰之。他人盡出, 泛舟九龍津。○十三日。食後, 見李判書, 極陳時事。李公, 亦陳變初與賊相話事。又見權使思省[29]。聞經理十六日起馬。

15일(갑술). 오후에 이 판서(李判書: 이덕형) 및 종사관 김신국(金藎國), 좌랑(佐郎) 홍경신(洪慶臣), 고급사(告急使) 권협, 주문사(奏聞使) 윤유기, 부윤 황진, 접반관 이철, 서장관 윤성 등과 함께 통군정에 모여 승관(陞官)놀이를 하였다. 이 판서와 홍 좌랑 및 내가 같은 편이고, 부윤과 고급사

---

28 趙挺(조정, 1551~1629): 본관은 楊州, 자는 汝豪, 호는 漢叟·竹川. 1592년 임신왜란이 일어나자 보덕으로 세자를 호종하였고, 그 뒤 전적·필선을 거쳐 회양부사·廣州牧使·남양부사·안변부사로 나아갔다. 그 뒤 호조판서·대사간·동부승지·부제학·동지중추부사·대사성, 이조·호조·형조의 참판 및 지의금부사·대사헌 등을 두루 역임하였다.

29 思省(사성): 權悏(1553~1618)의 자.

및 접반관이 같은 편이고, 주문사와 수찬 및 서장관이 같은 편이었는데, 우리 편이 두 번이나 이겼다. 달이 떠오르고 술이 몇 순배 돌고난 뒤에 내려왔다.

○ 16일。 오후에 주문사(奏聞使: 윤유기)의 임시거처로 돌아왔다. 성보(成甫: 윤유기) 및 접반관 이철, 수찬 김신국, 좌랑 홍경신, 서장관 윤성 등과 함께 승관 놀이를 하였다.(협주: 정수칠이 살피건대 승관 놀이는 흡사 오늘날 풍속에서 일컫는 승정도이다.)

十五日甲戌。 午後, 與李判書及金從事藎國[30]·洪佐郎慶臣[31]·告急使權悏·奏聞使尹惟幾·府尹黃璉·接伴官李鐵·書狀官尹惺等, 會于統軍亭, 爲陞官之戱[32]。 李判書·洪佐郎及我爲一邊, 府尹·告急使·接伴官爲一邊, 奏聞·修撰[33]·書狀爲一邊, 我邊再勝。 乘月酒數巡而下來。

---

30 藎國(신국): 金藎國(1572~1657). 본관은 淸風, 자는 景進, 호는 後瘻. 임진왜란이 일어나자 영남에서 의병 1,000여 명을 모아 분전해 많은 전과를 올렸으며, 그 공으로 참봉이 되었다. 1593년 별시 문과에 병과로 급제하고, 藝文館檢閱을 거쳐 도원수 權慄의 종사관으로 공문서의 일을 관장하였다. 그 뒤 춘추관의 史官이 되어 전란으로 소실된 日錄을 보충하기 위해 사료의 수집을 간청하였다. 1597년 정유재란 때에는 軍機宣諭官으로 엄정하게 군공을 논정하였다. 그 뒤 正言을 거쳐 1599년 司僕寺正이 되었고, 어사로서 관서지방을 순무하였다.
31 慶臣(경신): 洪慶臣(1557~1623). 본관은 南陽, 자는 德公, 호는 鹿門. 1594년 별시문과에 합격하였다. 1595년 정자, 예문관검열, 세자시강원사서 등을 지내고 1596년 사간원정언을 거쳐 부교리, 교리, 이조좌랑, 사헌부지평, 이조정랑 등을 지냈다. 1598년 응교로 승진하였다. 이때 명나라 장수 陳璘의 接伴使들이 접대를 이유로 열읍으로부터 말과 각종 물품을 거두어들여 京義街道 연변에 어수선한 폐단이 심함을 들어 이들의 치죄를 상소하였다. 1600년 사인에 이어 필선, 보덕 등을 지내고 1603년에는 종부시정, 직제학, 부제학 등을 차례로 지냈다.
32 陞官之戱(승관지희): 陞官圖. 높고 낮은 벼슬자리를 종이 위에 벌여 놓고 明瓊을 던져서 점수의 많고 적은 것을 가지고 올라가고 내려가는 것을 정하는 놀이이다.
33 修撰(수찬): 金藎國을 가리킴.

○十六日。午後，歸奏聞使下處[34]，與成甫[35]及李接伴官・金修撰・洪佐郞・尹書狀，爲陞官之戲。 (修七[36]按陞官之戲，似是今俗所云承政圖[37]也。)

19일(무인)。 비가 그쳤는데도 날씨가 맑지 않았다. 소 안찰(蕭按察: 소응궁)과 진 동지(陳同知: 진등)의 통지문[牌文]이 나올 것이라고 하였다.

돌아가 이 판서(李判書: 이덕형)를 만나보았는데, 이 판서가 말하기를, "지금 도착한 어지(御旨)에 이르시기를, '중국군의 군량이 도착하는 것과 대군(大軍)이 압록강을 건너는 일에 대해 자문(咨文: 공식적인 외교문서)을 바쳐 경리에게 직접 알리도록 하라.'고 하셨으니, 이들이 도중에 돌아가겠다고 하면 어떻게 하겠소?" 하였다. 내가 말하기를, "멀리 되돌아가는 것으로 말씀드린다면 이렇게 저지해야 할 것 같소이다. 먼저 자문(咨文)을 보내고 영공(令公)께서 진강성(鎭江城)을 다녀와 아울러 어명을 기다리면 될 것이오." 하자, 이 판서는 흔쾌히 그럴 듯하게 여겼다. 마침내 계사(啓辭)의 초고를 고치고 우선 역관 표헌(表憲)을 보냈다. 또 예물을 적은 단자(單子)를 고치는 일로 영변(寧邊)의 예물을 재촉해 가져오게 했다.

수찬(修撰: 김신국)과 좌랑(佐郞: 홍경신)을 두루 만나보았고, 이어 진

---

34 下處(하처): 손이 객지에서 묵는 곳.
35 成甫(성보): 尹惟幾(1554~1619)의 자.
36 修七(수칠): 丁修七(1768~1835). 본관은 靈光, 자는 乃則, 호는 煙菴. 정경달의 8세손으로, 발문에 나오는 정수익과 정수항의 6촌 형제 사이이다. 다산 정약용의 제자이다.
37 承政圖(승정도): 민속놀이의 하나. 주로 양반집 아이들이 즐겨하던 놀이이다. 양반집에서는 어릴 때부터 등급이 많고 칭호와 상호관계가 복잡한 조선시대의 관직에 대한 체계적인 관념을 자제들에게 익혀주기 위하여 장려한 놀이이다.

주사(陳奏使) 심 판서(沈判書: 심희수)를 보았다. 고급사(告急使) 권협, 주문사(奏聞使) 윤유기, 접반사(接伴使) 이덕형 등과 함께 이야기를 나누었다. 진주(陳奏)할 자문(咨文)을 보고 저녁에야 돌아왔다.

○ 20일. 저녁에 듣건대 경리(經理: 양호)가 곧장 진강성(鎭江城)으로 왔다고 하였다.

접반사(接伴使) 이 판서(李判書: 이덕형)를 만나보고 이야기를 나누었으며, 이어 진주사(陳奏使) 판서 심희수(沈喜壽)를 만나보았다. 경미(景美: 황진)와 함께 이야기를 나누다 저녁에 돌아왔다.

○ 21일. 밥 먹은 뒤에 이 판서(李判書: 이덕형)가 고친 자문(咨文)을 보았더니, 상사(喪事) 중에 있어서 삼조(三曹: 호조·형조·공조)의 관원에 이르기까지 아직 도착하지 않았다는 등의 말이 있었다.

두 종사관(從事官: 조정·김신국)과 이야기를 나누었으며, 이어 심 판서(沈判書: 심희수)가 있는 곳에 찾아갔다. 서장관(書狀官) 좌랑(佐郎) 허균(許筠)과 함께 이야기를 나누었으며, 잠시 성보(成甫: 윤유기)와 강중(剛仲: 이철) 및 서장관 윤성(尹惺) 등을 만나보고 돌아왔다.

저녁에 담양부사(潭陽府使) 이경린(李景獜: 李景麟의 오기)을 만나보았는데, 소 참정(蕭參政: 소응궁)의 접반사로서 왔다. 듣건대 영의정(領議政: 류성룡) 및 병조판서(兵曹判書: 이항복)와 공조판서(工曹判書: 신점)와 호조 참의(戶曹參議: 심우승)가 왔다고 하였다.

○ 22일. 오후에 사통(私通: 사사로운 통지문)을 보니, 파 참장(頗參將)이 21일에 요양(遼陽)을 떠났는데 군사 2,500명을 거느렸다고 하였다.

十九日戊寅。雨收而不晴。蕭按察³⁸·陳同知³⁹, 牌文⁴⁰出來。

歸見李判書, 李曰: "今到有旨曰: '天粮⁴¹來到·大軍渡江事, 呈咨面告⁴²於經理云.' 欲歸中路, 何如?" 余曰: "遠歸而言之, 則似若爲此阻撓。先送咨文⁴³, 令公⁴⁴歸鎭江城⁴⁵, 兼以伺候⁴⁶, 則可也." 李快然之。遂改啓草, 先送表憲⁴⁷。且改禮單⁴⁸事, 促拿寧邊⁴⁹禮物。歷見修撰·佐郎, 仍見陳奏使沈判書。與權使·尹使·李使等同話。見陳奏咨文, 夕還。○二十日。夕聞經理直到鎭江城。歸見接伴李判書話, 仍歸見陳奏使沈判書喜壽。與景美⁵⁰同話, 夕還。○二十一日。食後, 見李判書改咨, 有憂服之中, 及三曹官, 未及來到等語。與兩從事話, 仍歸沈判書所。與書狀許佐郎筠⁵¹同話, 暫見成甫·剛仲⁵²及尹書狀等還。 夕見李潭陽景

---

38 蕭按察(소안찰): 蕭應宮을 가리킴.
39 陳同知(진동지): 管糧同知 陳登을 가리킴.
40 牌文(패문): 중국에서 조선에 勅使를 파견할 때, 칙사의 파견 목적과 일정 등 칙사와 관련된 제반 사항을 기록하여 사전에 보내던 통지문.
41 天粮(천량): 중국군의 군량.
42 面告(면고): 직접 알림. 만나서 알려줌.
43 咨文(자문): 조선시대 중국과의 사이에 외교적인 교섭이나 통보, 조회할 일이 있을 때에 주고받던 공식적인 외교문서.
44 令公(영공): 벼슬아치들끼리 서로 높여 부르는 말.
45 鎭江城(진강성): 만주 遼寧의 安東縣에 있던 山城.
46 伺候(사후): 웃어른의 명령을 기다림.
47 表憲(표헌, 생몰년 미상): 본관은 新昌. 宣祖 때 御前通事로서 명나라 사신을 접견하고 設宴하는 데 있어 임기응변적 통역과 조처로서 왕의 곤경을 모면하게 하는 등 기지를 발휘하였다. 특히, 임진왜란 때 명나라와 조선 사이에 일어나는 여러 문제를 해결하는 데 노력하였고, 명나라 經略使 宋應昌의 전략 수립에도 큰 도움을 주었다. 1596년에는 陳慰使로, 1597년 告急使의 통역관으로도 크게 활약하였다.
48 禮單(예단): 禮物을 적은 單子.
49 寧邊(영변): 평안북도 남동부의 九龍江 하류에 있는 고을 이름.
50 景美(경미): 黃璡(1542~1606)의 자.
51 筠(균): 許筠(1569~1618), 본관은 陽川, 자는 端甫, 호는 蛟山·白月居上·惺所. 아버지는 許曄이고, 어머니는 江陵金氏이다. 1589년 생원시 합격, 1594년 문과 급제, 1597년 문과 중시 장원, 내외직을 두루 역임한 후 벼슬이 좌참찬에까지 올랐고, 정부사로 명나라를 5차례나 다녀왔다. 시문에 뛰어났고, 소설·희곡·비평 등에도 조예가 상당히 깊었으며 《惺所覆瓿藁》·《鶴山樵談》·《惺叟詩話》 등이 있다.
52 剛仲(강중): 李鐵(1540~1604)의 자.

獜[53], 以蕭參政接伴來。聞首相及兵工判·戶參[54]來。○二十二日。午後, 見私通[55], 頗參將[56]二十一日起遼陽, 領軍二千五百云。

23일(임오)。 김응운(金應雲)이 말하기를, "경리(經理: 양호)가 다음달 1일에 압록강을 건널 것인데, 명나라 사람들이 이르기를, '왜적들이 진(陣)을 200리 앞으로 옮겨 쳤다.'고 하였습니다." 하였다.

한낮에 부윤(府尹: 의주부윤 황진)이 찾아왔으니 경리에게 회답하는 자문(咨文) 때문이었는데, 말하기를, "왜적의 대군이 이미 대마도(對馬島)에 집결하였지만, 앞서 건너온 고군(孤軍)은 그래도 막을 수 있소이다. 뒤에 오는 것이 4만인데 기마병이 6,000이고 그 나머지가 보병이니, 영남과 호남의 백성들은 어린 아이와 같은 입장에 있소이다."고 하였다.

오후에 서장관(書狀官) 윤성(尹惺)과 서장관 허균(許筠)과 판서 심희수(沈喜壽)를 만나보았고, 이어 고급사(告急使) 권협(權悏)과 함께 이야기를 나누었다. 누군가가 말하기를, "진주사(陳奏使) 심희수가 북경에 가는 것은 불안하다."고 하였다. 내가 말하기를, "반드시 명보(明甫: 이덕형)를 만나보고, 영공(令公)께서 경리의 말을 들은 연후에 출발시켜야 한다." 하였다.

---

53 景獜(경린): 李景麟(1533~?)의 오기. 본관은 完山, 자는 應聖. 進勇校尉로서 1561년 진사시에 입격하였고, 1567년 식년시에서 급제하였다. 1593년 潭陽府使를 지냈고, 1599년 여주목사에 제수되었으며, 1604년 司正을 지냈다.
54 兵工判戶參(병공판호참): 병조판서 李恒福, 공조판서 申點, 호조참의 沈友勝을 가리킴.
55 私通(사통): 공문서의 양식을 빌리지 않고 사사로이 쓰는 통지문.
56 頗參將(파참장): 여러 문헌들을 참고하면, 정유재란이 일어나기 전인 1597년 6월 조선에 들어온 명나라군의 參將으로는 楊登山과 유격으로는 頗貴가 있지만 頗參將은 없음. 그리하여 여기서는 직함보다는 성씨를 따라 번역하기로 한다. 頗貴는 欽差統領宣大調兵原任游擊將軍 도지휘동지로 마병 2천 8백을 이끌고 1597년 8월에 나왔다가 1599년 3월에 돌아갔다.

二十三日壬午。金應雲⁵⁷曰："經理初一日渡江，唐人云：'倭賊進陣二百里.'"

午時，府尹來見，以經理答咨，云："倭兵大軍，已集對馬島⁵⁸，前渡孤軍⁵⁹，猶可塞也。後來四萬，馬兵六千，其餘作步兵，兩南⁶⁰之民，有同赤子."云。午後，歸見尹書狀·許書狀·沈判書，仍與權使同話。或云："沈使赴京未安."余曰："必見明甫⁶¹，令公聽經理之言，然後發行."

24일(계미)。 소 참정(蕭參政: 소응궁)을 영접하였다.

진시(辰時: 오전 7~9시)에 갑자기 듣건대 소 참정이 막 압록강을 건넜다고 하는지라, 황망히 사관(使館)에 도착하여 사관(使館)에 들기를 기다리다가 두 번 절하는 예를 행하고 물러나며 말하기를, "나라의 임금께서 안부를 물었습니다." 하자, 대답하기를, "매우 감사하오." 하였다.

통사(通事) 이희인(李希仁)이 예단(禮單)을 올리고, 내가 초청하여 연회를 베풀려고 하였는데, 소 참정이 말하기를, "갈 길이 바쁘니 행하지 마시오." 하였고 또 말하기를, "매우 감사하오." 하였다. 무릎을 꿇고 다시 고하기를, "국왕께서 위임하여 배신(陪臣)을 보냈는데도 노야(老爺)가 연회를 베푸는 것을 허락지 않으면 우리 임금의 성의(誠意)를 펼 수가 없으니, 감히 굳이 청합니다." 하자, 대답하기를, "평양(平壤)

---

57 金應雲(김응운, 생몰년 미상): 鄭琢(1526~1605)의 《藥圃集》 권6 〈龍灣見聞錄〉에 의하면, 譯官이라고도 지칭하고 差備通事라고도 지칭한 인물. '역관'이야 통역관이지만 '봉사'란 봉역은 물론 외교에 필요한 업무를 처리하는 사람이므로, 그는 조정의 신뢰를 받고 외교 및 군량 수송, 정부 관할 상업 등 여러 가지 일을 한 인물인 것 같다.

58 對馬島(대마도): 한국과 일본 규슈 사이에 있는 섬 이름.

59 孤軍(고군): 수가 적고 도움이 없는 외로운 군대.

60 兩南(양남): 호남과 영남을 아울러 이르는 말.

61 明甫(명보): 李德馨(1561~1613)의 자.

에 도착하면 마땅히 받아들이겠소." 하였다. 부채 30자루[柄], 흰 명주 5필, 우비 5벌, 백면지(白綿紙) 1권, 채색 방석 1장 4운, 기름 먹인 종이 1장 등에서 기름 먹인 종이·흰 종이·우비만은 붓으로 점을 찍어가며 받아들였다. 기름 먹인 종이는 처음에 또한 도로 돌려주었는데, 통관 (通官) 이희인이 고하기를, "흙비 내릴 때 대비할 것이 없을 수가 없습 니다." 하였다. 이에 받아들이고 소 참정의 일행이 즉시 출발하자, 주 문사 윤유기, 서장관 윤성, 접반사 이덕형, 부윤 황진이 전송하였다. 진주사 심희수, 서장관 허균과 함께 압록강에 배를 띄우고 노를 저으 면서 종일 술을 마셨다.

저녁에는 영위(迎慰)하는 일로 장계(狀啓)를 지었다.

25일。 아침에는 공조판서 신점(申點) 및 조도사(調度使: 홍세공) 종사관 조정(趙挺)을 만나보았다. 밥 먹은 뒤에는 감사(監司: 평안감사) 한응인 (韓應寅)을 찾아보았으며, 이어 주문사 윤유기의 서장관(書狀官: 윤성), 접반사 이덕형, 종사관 조정, 참의(參議: 호조참의) 류사원(柳思瑗) 등과 함께 이야기를 나누고 승관(陞官) 놀이를 하였다.

병조판서 이항복(李恒福)을 찾아보고 죽음을 두려워하지 않는 사람 을 먼저 뽑기를 힘껏 말하니, 대답하기를, "매우 좋은 생각이오. 내가 아는 사람은 또한 50여 명이오." 하였다. 또 연변(沿邊)에 판관(判官) 두 는 일과 향병(鄕兵) 중에 노약자가 군량 거두는 일을 고하자, 모두 진심 으로 받아들였다.

들건대 경리(經理: 양호)가 7월 보름 이후에 마땅히 압록강을 건널 것 이라고 하였다. 공조판서 신점이 말하기를, "왜적 15만 명이 먼저 영 남과 호남에 들어왔고 또 제주(濟州)에 모여서 명을 기다린다고 한다." 하였다. 병조판서(兵曹判書: 이항복)가 말하기를, "왜적 100만 명이 13기 (旗)를 편성하여 떠나왔다고 한다." 하였다.

○ 26일。홀로 앉아 있었다. 오후에 감사(監司: 한응인)가 나를 보러 찾아왔다가 조용히 나의 부해시(浮海詩) 및 시폐설(時弊說)을 읽어보았다.

듣건대 경리는 몹시도 엄했다는데, 병조판서 이항복이 말하기를, "경리가 호조의 일을 물어서 답하기를 해당 관리가 이미 왔다."고 하자, 경리가 말하기를, "그대의 나라에서 5만 명의 1년 군량을 모름지기 즉시 마련해놓아라."고 하였다. 또 듣건대 오는 11일에 마땅히 건널 것이라고 하였다.

○ 27일。듣건대 요시라(要時羅)의 말에 8월 1일이면 군사를 일으켜 먼저 영남과 호남 및 제주를 쳐들어갈 것이라고 했다고 하였다. 참찬(參贊: 이덕형), 감사(監司: 한응인), 성보(成甫: 윤유기) 등을 만나 이야기를 나누었고, 또 병조판서(兵曹判書: 이항복)와 호조참의(戶曹參議: 심우승)를 만났다.

듣건대 경리가 시국에 관한 일을 묻자, 병조판서는 한산도(閑山島)에 주둔한 군사의 수를 잘못 대답했고, 호조참의는 한산도에 주둔한 군사가 먹을 군량의 수량을 대답할 수가 없었다고 하였다. 내가 말하기를, "한산도에 주둔한 군사는 1만 명으로 1개월에 6천 석을 먹으나 점심을 제외하면 4천 석이오." 하자, 온 좌석에 있던 모두가 놀라며 말하기를, "그대가 가면 반드시 무사할 것이오." 하였다. 병조판서(兵曹判書: 이항복)가 말하기를, "영감(令監: 정경달)을 접반사로 추천한 것은 실로 나에게서 나왔는데도, 오랫동안 먼 외지에 있었기 때문에 주상께서 모르셨을 뿐이오." 하였다.

○ 29일。진등(陳登)이 관량동지(管粮同知)로서 압록강을 건넜는데, 이상중(李剛仲: 이철)이 그 접반사가 되었다.

二十四日癸未。迎接蕭參政。

辰時[62], 忽聞蕭參政方渡江, 忙到舘中[63], 待下舘[64], 行再拜禮, 退曰: "國君問安." 答曰: "多謝." 通事李希仁進禮單, 余請宴, 蕭云: "行忙勿爲." 又云: "多謝." 跪而更告曰: "國王委送陪臣[65], 而老爺[66]不許排宴, 無以伸寡君誠意, 敢固以請." 答曰: "到平壤, 當受也." 扇子三十柄, 白紬五疋, 雨籠五事, 白綿紙[67]一卷, 綵席三張四連, 油紙一丈, 唯油紙 · 白紙 · 雨籠, 打點[68]入之. 油紙始亦還給. 李通官告曰: "霾雨之備, 不可無也." 於是受之, 蕭行卽出, 尹使 · 尹書狀 · 李接伴 · 府尹, 送行[69], 與沈使 · 許書狀, 泛舟鴨江蕩槳[70], 終日飲酒. 夕以迎慰事, 修狀啓.

二十五日。朝見工判申點[71]及調度從事趙挺。食後歸見監司韓應寅, 仍與尹使書狀官 · 李接伴 · 趙從事 · 柳參議思瑗[72]等同話,　作陞官之

---

62 辰時(진시): 오전 7시~9시.
63 舘中(관중): 使館. 고관이 공공으로 사용하는 집.
64 下舘(하관): 서장관의 처소.
65 陪臣(배신): 제후의 신하가 천자를 대하여 자기를 낮추어 가리키던 말.
66 老爺(노야): 남을 높여 이르는 말.
67 白綿紙(백면지): 품질이 썩 좋은 흰 종이.
68 打點(타점): 붓으로 점을 찍는 일.
69 送行(송행): 전송함. 배웅함.
70 蕩槳(탕장): 노를 저음.
71 申點(신점, 1530~1601): 본관은 平山, 자는 聖與, 호는 愓齋. 1592년 謝恩使로 명나라에 파견되어 燕京에 체류하다 임진왜란의 발발을 알게 되었다. 이에 명나라의 병부상서 石星의 도움을 받아 병부와 예부에 계속 아뢰어 위급함을 호소하였다. 그 결과 副摠兵 祖承訓, 遊擊將 史儒 등에 의한 遼東兵 3,000명의 파견이 있게 되었다. 곧 귀환하여 승지 · 부호군 · 동지중추부사 · 병조참의 · 호조참의 · 형조참판 · 형조판서 · 지중추부사 · 도총관 · 동지의금부사 등의 요직을 역임하면서 전란의 타개에 진력하였다. 1597년 강릉부사를 거쳐 巡檢使가 되어 축성을 담당했고, 이어서 판의금부사가 되었다.
72 思瑗(사원): 柳思瑗(1541~1608). 본관은 文化, 초명은 應龍, 자는 雲甫 · 景悟. 1592년 임진왜란이 일어나자 걸어서 평안도 성천까지 가서 세자를 시종하였다. 이듬해에는 宣祖를 호종하고, 병조좌랑 · 전적 · 평안도사 · 장령 · 문학 등을 역임하였다. 1596년 청병하기 위하여 急告奏聞使의 書狀官으로 명나라에 가서 명군을 조선에 출병하게 하는 데 큰 활약을 하였다. 1597년 정유재란 때 명군을 영남지방에 인도하였으며, 장례원판결사를 지냈다. 1597년 호조참의 · 여주목사를 거쳐, 1601년 고성군수

戲。歸見兵判李恒福[73]，力言先抄敢死人，答曰："甚善。吾所知，亦五十餘人。"又告沿邊設立判官事，鄉兵老弱收軍粮事，皆心受之。聞經理七月望後，當渡江云。申判書曰："倭賊十五萬，先入兩湖，又集濟州，以待命云。"兵判曰："倭百萬作十三旗[74]出來云。"○二十六日。獨坐。午後，監司來見，從容見我浮海詩及時弊說。聞經理甚嚴，李曰："經理問戶曹事，答以該官已來。"經理曰："你國五萬人，一年軍粮，須卽備出。"又聞來十一日，當渡江云。○二十七日。聞要時羅[75]言八月初一日舉兵，先入兩湖及濟州云。見參贊・監司・成甫等話，又見兵判・戶議。聞經理問時事，兵判誤答閑山軍數，戶議不能答閑山軍所食粮數。余曰："閑山軍一萬，一朔六千石，而除點心，故四千石也。"滿座皆愕曰："君去，則必無事也。"兵判曰："令監[76]接伴之薦，實出於我，而久在遐外，故上不知耳。"○二十九日。陳登，同知以管粮[77]渡江，李剛中[78]爲接伴。

로 나아갔다.

73 李恒福(이항복, 1556~1618): 본관은 慶州, 자는 子常, 호는 弼雲・白沙. 임진왜란 때
　　宣祖를 따라 의주로 갔고, 명나라 군대의 파견을 요청하는 한편 근위병을 모집하는
　　데 주력했다. 1598년 陳奏使로 명나라를 다녀왔다.

74 旗(기): 군대의 부서. 기의 빛깔에 따라 구분했던, 군대의 부서이다.

75 要時羅(요시라): 임진왜란 당시 고니시 유키나가 부대에 소속된 무관. 조선과 명에서
　　파견한 사신들의 접대와 통역을 담당하였다. 1594년 경상 우병사의 鎭에 드나들면서
　　거짓 기순히면서 첩지 활동을 벌였다. 그 뒤 1597년 삼도수군통제사 이순신을 모힘하
　　여 하옥시키기도 하였다.

76 令監(영감): 조선시대 종2품・정3품 당상관의 품계를 가진 관인을 높인 칭호. 令公이
　　라고도 한다.

77 同知以管粮(동지이관량): 以管粮同知의 어순인 듯.

78 剛中(강중): 剛仲의 오기. 李鐵(1540~1604)의 자. 이하 동일하다.

1597년 7월

7월 1일(경인). 접반사가 경리(經理: 양호)의 부름을 받고 진강성(鎭江城)에 갔다가 돌아왔다.

승지(承旨) 권희(權憘)는 문위사(問慰使)로서 의주(義州)에 들어왔다. 비변사(備邊司)의 관문(關文: 공문서)에 이르기를, "승지는 의주에 문위사로, 정 아무개는 정주(定州)에 문위사로 가는 일이 임금의 재가를 받았다." 고 하였다.

○ 2일。 저녁에는 참찬(參贊) 이덕형, 감사(監司) 한응인, 조도사(調度使) 홍세공, 부윤(府尹) 황진, 서장관(書狀官) 윤성, 고급사(告急使) 권협이 내가 내일 길 떠나는 것을 보러 왔고 밤에는 판관(判官: 권탁)도 왔는데, 참찬 등이 말하기를, "병환이 아직 다 낫지 않아서 억지로 가서는 아니 되니, 며칠을 조리하다가 떠나는 것이 어떠하오?" 하였다. 내가 말하기를, "금일 조금 차도가 있으니 마땅히 조금씩이나마 앞으로 나아가겠소이다." 하였다.

七月初一日庚寅。 接伴, 爲經理所招, 往鎭江還來。

承旨權憘, 以問慰[1]入州。 備邊司關云: "承旨問慰於義州, 丁某問慰於定州事啓下." ○初二日。 夕參贊李德馨 · 監司韓應寅 · 調度洪世恭 · 府尹黃璡 · 書狀官尹惺 · 告急使權悏, 以我明日發行來見, 夜判官亦來, 參

---

1 問慰(문위): 問慰使. 조선시대 중국에서 파견된 사신이 왕래 도중 이상이 생겼을 때 위로하기 위해 파견된 관원.

贊等曰: "病患未差, 不可强行, 調理數日, 發行何如?" 余曰: "今日少差, 當寸寸進去."

3일(임진)。 출발하여 용천(龍川)에서 묵었다.

참찬(參贊: 이덕형)이 밤중에 경리(經理: 양호)의 부름을 받고 진강성(鎭江城)에 들어갔다.

아침에 조도사(調度使) 홍세공(洪世恭), 승지 권희(權憘) 형제를 만나보고 술 한 잔을 마셨다.

○4일。 듣건대 어사(御史: 양호)의 일행이 거련역(車輦驛)에서 밥을 먹었다고 하였다.

해묵은 소나무를 보는데 중국인의 시가 벽에 가득하니, 이 객관이 야말로 제일이었다. 저녁이 되어 정반(井畔)에 들어서 그대로 묵었다. 길에서 통사(通事) 김지휘(金指揮)를 보았는데, 경리가 12일이면 마땅히 정주(定州)에 들어갈 것이라고 하였다.

○5일。 아침밥 전에 먹는 간단한 음식을 먹고 서둘러 오다가 길에서 선천군수(宣川郡守) 김정목(金廷睦)을 만나 잠시 이야기를 나누었다. 곽산(郭山)에 들어가서 접반사 이강중(李剛仲: 이철) 및 조의숙(趙毅叔)과 이야기하였다.

아침부터 설사가 심하여 저녁에는 위령탕(胃苓湯)을 마셨다.

○6일。 곽산에서 머물렀는데, 꿈에 왜적과 바다에서 싸웠다.

○7일。 접반사 유신포(兪新甫: 유대진)가 찾아와서 만난 후에 그가 묵고 있는 객관으로 옮겼다.

듣건대 경리가 11일에는 분명히 압록강을 건넌다고 하였다.

오후에는 정주(定州)에 들어가 체찰부사(體察副使) 류근(柳根)을 만나 보았고, 어두컴컴할 때에 들건대 아군이 평조신(平調信)을 붙잡았다고 하였다.

初三日壬辰。發行, 宿龍川².

參贊, 夜爲楊經理所招, 入鎭江。朝見洪使·權承旨兄弟, 得一盃。○初四日。聞御史³之行, 飯於車輦⁴。見老松, 有唐人詩滿壁, 此館⁵乃第一也。夕投井畔, 仍宿。路見金指揮⁶通事, 經理十二日, 當入定州。○初五日。早飯⁷馳來, 路見宣川⁸守金廷睦⁹, 暫話。入郭山¹⁰, 與李接伴剛中及趙毅叔話。朝泄痢甚, 夕飮胃苓湯¹¹。○初六日。留郭山, 夢與倭水戰。○初七日。兪接伴新甫¹²來見, 後移其所館。聞經理十一日分明越江。午後入定州, 見體察副使柳根, 昏聞我軍捉平調信¹³。

---

2 龍川(용천): 평안북도 북서부에 있는 고을 이름.

3 御史(어사): 왕명으로 특별한 임무를 맡아 지방에 파견되는 임시직 관리.

4 車輦(거련): 평안북도의 鐵山에 있는 역참.

5 館(관): 평안북도의 龍川에 있었던 良策館인 듯.

6 金指揮(김지휘): 金嘉猷.《선조실록》1595년 10월 27일조에 나오나, 정확한 신상을 알 수가 없다.

7 早飯(조반): 아침밥을 먹기 전에 간단하게 먹는 음식.

8 宣川(선천): 평안북도 북서부에 있는 고을 이름.

9 金廷睦(김정목, 생몰년 미상): 본관은 彦陽, 자는 而敬. 1592년 호조정랑과 獻納 등을 역임하면서 임진왜란 당시 명나라와의 교섭에 많은 일을 담당하였다. 1595년 이후 祥原·成川·宣川 등의 지방관을 맡았을 때 군사 훈련을 잘 시켜 상을 받기도 했으나, 방종한 생활을 했다 하여 처벌을 받았다. 1600년 비변사에 의해 儒將으로 천거되었으며, 다음해 司藝·內資寺正에 임명되었다.

10 郭山(곽산): 평안북도 정주 지역에 있는 고을 이름. 이때 군수는 吳定邦(1552~1625)이다. 본관은 海州, 자는 英彦, 호는 退全堂. 1592년 임진왜란이 일어나자 도총부도사로 영흥지방에서 의병 수천인과 힘을 합쳐 많은 전공을 세웠으며, 이어 부령부사·정평부사를 지냈다. 그 뒤 동지중추부사 겸 부총관·포도대장·군기시제조·서북순변사 등을 지냈으며, 1604년 이듬해 전라도병마절도사가 되고, 이어 경상우도병마절도사 겸 진주목사와 황해도병마절도사를 역임하였다.

11 胃苓湯(위령탕): 여름과 가을에 냉기에 상하여 설사하는 것을 치료하는 탕약.

12 新甫(신포): 兪大進의 호.

8일(정유)。 아침에 중국 사람들이 쳐들어와 내방(內房: 안채)으로 옮겨 들어갔다.

한낮에 엎드려 받든 성지(聖旨)에 이르기를, "경리(經理: 양호)가 부모의 상을 당했지만 강제로 불러내어 나왔으니, 만약 연회를 받지 않더라도 과일과 싱싱한 음식들을 많이 갖추어 올려야 할 것이다." 하였다. 즉시 공경스럽게 받았다는 장계를 보냈다.

○ 9일。 아침에 들건대 경리가 11일에 말을 몰아 출발할 것이라고 하였다. 저녁에 방백 한춘경(韓春卿: 한응인)이 들어왔다. 들건대 경리가 들어올 때에 의주(義州)로 들어오지 않을 것이라, 각기 담당 관원들은 대령하지 말라고 한다 하였다.

또 들건대 우리나라가 왜적 50명을 체포하고 평조신(平調信)을 포위하였지만 보성군수(寶城郡守) 안홍국(安弘國)이 탄환을 맞고 죽었으며, 심유경(沈惟敬)이 또 주화설(主和說)을 주장하자 마 총병(麻總兵: 마귀)이 사람을 시켜 잡아오려 한다고 하였다.

○ 10일。 방백은 아침 일찍 나갔고, 병사(兵使: 평안도병사 이경준)는 어제 저녁 무렵에 들어왔다.

파 참장(頗參將)의 군대 2,500명이 가산(嘉山)으로 향했다.

하루 내내 비가 몹시 내렸다. 주인집의 아이들인 강여온(姜汝溫)과 강여공(姜汝恭) 형제가 장기놀이를 배웠다.

백중열(白仲說: 백유함)이 병부주사(兵部主事: 정응태)를 접반하기 위해 왔는지라 함께 이야기를 나누었다. 들건대 왜적들이 의령(宜寧)과 경주(慶州)에 진을 치고 있으면서 강화하는 일을 진주사(陳奏使) 심희수(沈喜壽)에게 굳이 청하였다고 하였다.

---

13 平調信(평조신): 임진왜란 때 왜장.

○ 11일。 밤에 큰 비가 내렸다. 오후에 듣건대 경리(經理: 양호)가 16일에 마땅히 압록강을 건널 것이라는 백패(白牌: 통지 공문)가 도착했다는데, 큰 비 때문에 강을 건너지 못할까 염려되었다.

저녁에 객관으로 돌아가 박원상(朴元祥)과 경리를 위문하는 예절에 대해 의논하였다.

○ 13일。 듣건대 어사(御史: 양호)가 지나갔다고 하였다. 낮에 듣건대 경리가 11일에 압록강을 건너서 하루를 묵고 있었다고 하였다. 승지 권사열(權思悅: 권희)이 와서 경리를 영접하는 예식의 거행에 대해 물었는데, 대답하기를, "뜰 가운데의 노대(路臺)에서 무릎을 꿇었다가 일어나읍(揖)하고 다시 무릎을 꿇어 세 번 머리를 땅바닥에 닿도록 조아리면서 문안을 드린 후에 예단(禮單)과 조사(措辭)를 올리고 물러나되, 의정부 참찬(參贊: 이덕형)은 계단 위에서 예를 행하고 부찰사(副察使) 이하는 뜰 가운데서 예를 행한다."고 하였다.

○ 14일。 듣건대 경리가 임반역(林畔驛)에 도착하여 묵는다고 하였다. 역관에 돌아가 모든 일을 미리 대비하였다.

○ 15일。 안정관(安定館)에 도착하면 길옆에서 맞이하고자 하였는데, 접반사(接伴使: 이덕형)가 말하기를, "모름지기 나가서 맞이할 필요는 없고, 미시(未時: 오후 1시~3시)에 경리가 들어오면 곧 문을 닫고 통사(通事: 김지휘)로 하여금 영위사(迎慰使)가 오고 있음을 고하게 하면서 대례(大禮) 때문에 만패(晩牌)는 어쩔 수 없다고 답하게 하라."고 하였다.

접반사 및 종사관(從事官) 김신국(金藎國), 도차원(都差員) 삭주부사(朔州府使) 성대업(成大業), 운산군수(雲山郡守) 박경선(朴慶先), 개천군수(价川郡守) 이희민(李希閔), 희천군수(熙川郡守) 현즙(玄楫) 등과 이야기를 나누었다. 경리와 상견하는 의례는 특별히 일정한 사례가 없었기 때문에 접반사가 이에 정문(呈文: 보고문)을 지어 역관 표헌(表憲)으로 하여금 품달하여 재결을 얻도록 하였다.

初八日丁酉。朝爲唐人所侵, 移入內房。

午時, 伏奉聖旨[14]曰: "經理, 起復[15]出來, 若不受宴, 實果生物, 多備進呈, 可也." 卽送祗受狀啓。○初九日。朝聞經理十一日起馬。夕方伯韓春卿[16]入來。聞經理來時, 不入義州, 各掌官員, 勿爲待令云。又聞我國捕倭五十, 圍平調信, 寶城[17]守安弘國[18]逢丸致死, 沈惟敬[19]又作和說,

---

14　聖旨(성지): 중국 황제의 명령을 가리키는 말.
15　起復(기복): 부모의 喪中에 벼슬자리에 나아감.
16　春卿(춘경): 韓應寅(1554~1614)의 자.
17　寶城(보성): 전라남도 남부 중앙부에 있는 고을 이름.
18　安弘國(안홍국, 1555~1597): 본관은 順興, 자는 蓋卿. 1592년 임진왜란 때에는 왕을 모시고 의주까지 따라갔으며 왕명을 받들어 각 鎭을 다니며 왕의 지시를 전달하였다. 이 해 3도수군통제사 이순신의 휘하에 들어가 선봉장 등으로 전공을 세웠다. 1597년 보성군수로 3도수군통제사 元均의 휘하에 中軍으로 참전, 군무에 공을 세웠다. 정유재란이 일어나기 전 6월 18일 군선[舟師] 30여 척을 이끌고 安骨浦・加德島의 적주둔지를 공격하다가 안골포해전에서 전사하였다.
19　沈惟敬(심유경): 중국 명나라의 신하. 임진왜란이 발생했을 때 조선・일본・명 3국 사이에 강화회담을 맡아 진행하면서 농간을 부림으로써 결국 정유재란을 초래했다. 1592년 임진왜란이 발생했을 때 명나라의 병부상서 石星에 의해 遊擊將軍으로 발탁되어 遼陽副摠兵 祖承訓이 이끄는 援軍 부대와 함께 조선에 왔다. 1592년 8월 명나라군이 평양에서 일본군에게 패하자, 일본장수 고니시 유키나가[小西行長]와 강화회담을 교섭한 뒤 쌍방이 논의한 강화조항을 가지고 명나라로 갔다가 돌아오기로 약속했다. 그러던 중 1593년 1월 명나라 장수 李如松이 평양에서 일본군을 물리치자 화약은 파기되었다. 하지만 곧 이어 명군이 벽제관전투에서 일본군에게 패하게 되면서 명나라가 다시 강화회담을 시도함에 따라 심유경은 일본진영에 파견되었다. 이후 그는 명과 일본 간의 강화회담을 5년간이나 진행하게 되었다. 그는 고니시와 의견 절충 끝에 나고야[名護屋]에서 도요토미 히데요시[豊臣秀吉]를 만났는데, 도요토미는 명나라에 대해 명나라의 황녀를 일본의 후비로 보낼 것, 명이 일본과의 무역을 재개할 것, 조선 8도 중 4도를 할양할 것, 조선왕자 및 대신 12명을 인질로 삼게 할 것 등을 요구했다. 이에 심유경은 이러한 요구가 명나라에서 받아들여지지 않을 것으로 생각하고, 일본의 요구조건을 거짓으로 보고했다. 즉 도요토미를 일본의 왕으로 책봉해 줄 것과, 명에 대한 朝貢을 허락해 줄 것을 일본이 요구했다고 본국에 보고했다. 명나라는 이를 허락한다는 칙서를 보냈으나 두 나라의 요구조건이 상반되자 강화회담은 결렬되었고, 결국 일본의 재침입으로 1597년 정유재란이 발생했다. 그의 거짓 보고는

麻總兵使人捉來。○初十日。方伯早出, 兵使²⁰昨昏入來。頗參將之軍二千五百, 向嘉山。終日雨甚。主家兒姜汝溫・汝恭兄弟, 學象棋²¹。白仲說²², 以兵部主事²³, 接伴來, 同話。聞倭陣宜寧²⁴・慶州²⁵, 以講和事, 固請沈使。○十一日。夜大雨。午後聞經理十六日當越江, 白牌²⁶來到, 慮以大雨, 不越江也。夕歸客館, 與朴元祥²⁷, 議禮節。○十三日。聞御

　　정유재란으로 사실이 탄로되었으나 石星의 도움으로 화를 입지 않고 다시 조선에 들
　　어와 화의를 교섭하다가 실패하였다. 이에 심유경은 일본에 항복할 목적으로 경상도
　　宜寧까지 갔으나 명나라 장수 楊元에게 체포되어 사형 당하였다.
20　兵使(병사): 평안도병사 李慶濬(1561~?). 본관은 韓山, 자는 深源.《선조실록》1597
　　년 4월 2일조와 10월 2일조에 그를 평안도 병사로 일컫고 있기 때문이다. 그는 임진
　　왜란이 일어나 宣祖가 의주로 피난할 당시 곽산군수로 재직하다 호종하였고, 이어
　　황해도병사에 제수되었다. 1595년 공주목사에 제수되었으나 병을 핑계삼아 업무를
　　소홀히 했다는 이유로 징계되었다가 곧 만포첨사에 제수되었다. 그 뒤 관서지역의
　　형세가 위급하게 되자 嘉善大夫 자리인 평안도병사로 삼았는데, 남원・무주지역의
　　전투에서 왜적을 크게 무찌르는 공을 세웠다.
21　象棋(상기): 장기.
22　仲說(중열): 白惟咸(1546~1618)의 자. 본관은 水原. 1592년에 임진왜란이 일어나자,
　　유배가 풀려 의주로 왕을 호종했으며 弘文館直提學으로 복직되었다. 명나라 군사들
　　의 군량을 조달하라는 특수 임무를 부여받고 동분서주하면서 尹承勳과 함께 군량미
　　2만석을 조달했고, 이어서 定州에서도 많은 군량미를 모았다. 그 해 10월에 성균관사
　　성이 되어 世子侍講院輔德을 겸직하였다. 1593년 함경도에서 왕자를 왜군에게 잡히
　　게 한 黃廷彧을 탄핵하였다. 1594년에 동부승지가 되었다가 황주목사로 나가 도탄에
　　빠진 백성을 잘 어루만져 치적을 남겼다. 1596년에 우리나라의 실정을 설명하기 위해
　　명나라에 사신으로 다녀왔다. 1597년 정유재란이 일어나자 護軍이 되어 명나라 사신
　　인 丁應泰를 접반하였다. 그런데 정응태는 접대가 소홀함을 난문하면서 조선이 한낱
　　왕국에 불과한데, 황제만이 사용할 수 있는 廟號를 사용하는 것은 황제를 능멸하는
　　행위가 아니냐고 트집을 잡았다. 이에 대해 그는 조선왕의 묘호는 국초부터 당당히
　　사용해온 것임을 강조하였다.
23　兵部主事(병부주사): 丁應泰를 가리킴. 명나라 經略 邢玠의 막하로서 당시 兵部主事
　　였다. 그런데 정유재란이 일어나고 그 다음해에 그는 천자에게 讒奏를 올려 조선이
　　왜군을 끌어들여 중국을 침범하려 한다고 무고하자, 조선에서는 李恒福과 李廷龜를
　　보내 해명한 사건이 있었다.
24　宜寧(의령): 경상남도 서남부에 있는 고을 이름.
25　慶州(경주): 경상북도 남동부에 있는 고을 이름.
26　白牌(백패): 벼슬아치가 출장할 때에 출장의 목적과 그곳에 도착한 날짜 및 사정 등을
　　적어 올리는 공문. 특히 사신의 행차에서 많이 이용되었다.
27　朴元祥(박원상):《盤谷集》에 의하면 宣川에서 활동한 通事였던 인물인 것으로 보임.

史過行。午聞經理十一日渡江, 留一日。權承旨思悅, 來問其行禮, 答曰: "庭中路臺, 跪起揖, 跪三叩頭, 問安後, 進禮單·措辭而退, 議政參贊, 階上行禮, 副察以下, 庭中行禮云." ○十四日。聞經理到宿林畔[28]。歸舘, 凡事預備。○十五日。到安定[29]舘, 欲迎道左, 接伴使曰: "不須出迎, 未時經理入來, 卽閉門, 使通事告迎慰使來, 答大禮[30], 晚牌[31]不可爲也." 遂與接伴及從事金藎國·都差員[32]朔州[33]成大業[34]·雲山[35]朴慶先[36]·价川[37]李希閔·熙川[38]玄楫[39]等話。經理相見之禮, 別無定例, 接伴, 乃作呈文[40], 使表憲取稟[41]定奪[42]。

《선조실록》 1603년 6월 6일조와 7월 23일조에 上通事였던 것으로 나온다.
28 林畔(임반): 林畔驛. 평안북도 북서부의 宣川에 있는 驛. 大同道의 屬驛 중 하나이다.
29 安定(안정): 安定驛. 평안북도 평안군에 있는 驛.
30 大禮(대례): 임금이 직접 주관하는 모든 의식.
31 晚牌(만패): 申時(오후 4시 전후)에 관문에 들어갈 수 있도록 내주는 牌文. 早牌는 아침에 통과하는 패문이다.
32 都差員(도차원): 조선시대에 중요한 임무를 띠고 지방에 파견되는 差使員 중의 우두머리.
33 朔州(삭주): 평안북도 북쪽에 있는 고을 이름.
34 成大業(성대업, 1540~?): 본관은 昌寧, 자는 亨叔. 1567년 식년시에, 1582년 문과에 합격하였다. 이후 여러 관직을 거쳐서 1592년 雲山郡守를 지냈으며, 1596년 11월 會寧府使와 12월 朔州府使에 임명되었다. 1600년 5월 黃海道觀察使가 되었고, 1601년 10월 楊根郡守에 임명되었다.
35 雲山(운산): 평안북도 청진강의 지류에 있는 고을 이름.
36 朴慶先(박경선, 1552~?): 본관은 竹山, 자는 伯吉. 1582년 사마시에, 1583년 별시문과에 급제하였고 그 해 翰林으로 등용되었다. 1586년 다시 문과 중시에 급제하였다. 1588년 사헌부로 자리를 옮겼으며 여러 관직을 거쳐 1600년 掌令이 되었다. 그 뒤 이조참의가 되고 세자의 학업을 지도하는 弼善을 겸하였다.
37 价川(개천): 평안남도 북쪽에 있는 고을 이름.
38 熙川(희천): 평안북도 남동쪽에 있는 고을 이름.
39 玄楫(현즙, ?~1624): 1599년 渭原郡守를 거쳐 영암군수, 함경도첨사·무산첨사를 지냈다. 1610년 온성부사에 임명되어 북쪽의 변방을 담당하다기, 제주목사로 부임 받아 남쪽으로 부임하였다.
40 呈文(정문): 아랫사람이 윗사람에게 올리는 공문의 하나.
41 取稟(취품): 임금에게 여쭈어 그 의견을 기다리는 일.
42 定奪(정탈): 신하들이 올린 몇 가지의 논의나 계책 중에서 임금이 가부를 논하여 그 어느 한 가지만을 택함.

16일(을사). 영접하는 예를 행하였다.

먼동이 트기 전인 이른 새벽부터 관복 차림으로 교의(交椅)에 앉아 있으면서 탁자 위에 갖가지 음식들을 차려놓고 경리(經理)와 그 휘하 사람들을 기다렸는데, 와서 보고는 칭찬하지 않는 이가 없었다.

진시(辰時: 오전 7~9시)에 접반사(接伴使: 이덕형) 및 목사(牧使)가 뜰에 들어가자, 저들이 접반사 및 나로 하여금 계단 위에서 예를 행하도록 하는지라, 무릎을 꿇었다가 일어나 읍(揖)하고 다시 무릎을 꿇어 세 번 머리를 땅바닥에 닿도록 조아렸다가 일어나 읍하고는 서쪽을 향해 섰다.

마침내 다시 앞으로 나아가 국왕의 문안을 전하고 두 단자(單子)를 올렸는데, 저들이 답하기를, "국왕은 평안하신가? 위임하여 배신(陪臣)을 보내고 멀리 예물까지 보내니 감사하기가 그지없다." 하였다. 나는 머리를 땅바닥에 닿도록 조아리며 감사해 하자, 저들이 또 말하기를, "이 물건은 받지 않겠다." 하였다. 나는 다시 무릎을 꿇고 말하기를, "국왕께서 공경히 보내신 예물을 노야(老爺: 양호)가 받지 않으시면, 저는 우리 임금님의 성의(誠意)를 펴지 못한 것이니 장차 어떻게 돌아가서 보고할 수 있겠습니까?" 하자, 답하기를, "내가 우선 받아두겠다. 여러 장수들은 반드시 이것을 본받아 감히 받지 않을 것이다." 하였다.

이어 말하기를, "많은 고생 끝에 멀리 오셨는데, 언제 내려오셨습니까?" 하자, 답하기를, "6월 초에 내려왔다."고 하였다. 또 말하기를, "그렇다면 오래 머물러 더욱 고생스러웠을 것이니, 술잔으로써 위로하려는 것은 사체(事體)에 온편하지 않을 듯합니다." 하였다. 마침내 〈경리가〉 은(銀)을 넣은 봉투를 주었는데, 봉투 겉면에 씌어 있기를, '술 아낀 값으로 은 5냥.'이라고 하였다. 또 감사의 첩문(帖文)을 주었는데 다만 벽사(璧謝) 두 글자를 쓰고 말하기를, "이후로 영위사(迎慰使)

는 가는 도중에 나오지 말게 하라."고 하였다.

마침내 따라온 허상(許鏛)이 뜰 가운데서 예를 거행하는데, 전날 사은부사(謝恩副使) 류근(柳根) 이하 및 영위사(迎慰使: 정경달)와 승지(承旨: 권희) 모두 뜰 가운데서 절하였지만 나에게만 유독 계단 위에서 절하도록 허락하였다. 접대가 겸손하고 정중하자, 매우 고맙게 여겨 기뻐하였다.

마침내 여러 벗들과 고별하였고, 또 접반사에게도 고별하면서 말하기를, "중국 법[漢法] 등으로 다스린다는 칙서가 아직까지 분부되지 않았소이다. 그 칙서가 분부될 때 영공(令公)께서 만일 폐단을 방지하는 데 전력을 다하지 않으신다면 장차 국가의 무궁한 화근이 될 것이오." 하였다. 접반사 이덕형이 말하기를, "훌륭하신 말씀입니다. 마땅히 힘써 도모하겠소." 하였다.

곧 떠나와 점심을 납청정(納淸亭)에서 먹고 가산(嘉山)으로 들어갔다. 군수 김공휘(金公暉: 金公輝의 오기)가 나를 보러 왔고, 도사(都事: 평안도사) 윤양(尹暘)도 나를 보러 왔다.

○ 17일。 아침에 도사(都事: 윤양)를 만나보았고, 영변 판관(寧邊判官) 박동량(朴東亮)도 왔다. 배로 두 강을 건너서 곧장 백상루(百祥樓)를 올라 멀리 바라보았다. 영위사(迎慰使: 안주 영위사) 이덕열(李德悅)이 나를 보러 왔다. 마침내 영위사의 장계(狀啓)를 지어서 정주(定州) 사람에 주었다.

날이 저물어서 숙천(肅川)에 도착하였다. 숙천군수 최기(崔沂) 및 자산군수(慈山郡守) 김극효(金克孝)와 이야기를 나누었는데, 김극효는 동갑내기 친구라서 몹시 기뻐하며 흉금을 털어 놓았다.

○ 18일。 순안(順安)에 도착하였다. 감사(監司: 평안감사 한응인)를 만나서 말하기를, "영위사 이빈(李蘋)을 가산으로 들어가는 길에서 보았는데, 그의 말을 대략 들었소이다. 영공(令公)께서는 어찌하여 바닷가의 고을

에서 군량과 선박을 모아 군사들을 위무하면서 기다리지 않았습니까?" 하였다. 감사 한응인이 말하기를, "나는 이미 쌀 150석을 용천군수(龍川郡守: 도원량)로 하여금 신도(薪島)로 보내게 하였소." 하는지라, 대답하기를, "여순구(旅順口) 동쪽에서 온 수군 7,000명의 하루 군량이 곧 140석입니다. 만약 뜻밖에도 어느 고을에 도착했다면 쌀을 모으라는 공문을 보낸들 어찌 〈그 고을에〉 미칠 수 있겠습니까?" 하자, 한응인이 말하기를, "과연 그러하겠소. 즉시 도사(都事: 평안도사 윤양)를 보내야 하겠소." 하였다.

출영(出迎)하려는 종사관 최동망(崔東望)을 보고 말하기를, "그대는 육지에서 지휘해야 하니 모름지기 배를 타지 말아야 한다."고 하였다. 최동망도 기뻐하며 고마워하였다.

날이 저물어서 평양(平壤)에 묵었다.

○ 19일。 아침 일찍 떠나 황주(黃州)로 달려갔다. 판관(判官) 김지남(金志男)이 죄를 받았는데, 병사(兵使: 평안도병사 이경준)가 다른 곳에 있어서 볼 수가 없었다.

파 참장(頗參將)의 대군이 황주로 들어왔다. 접반사 신충일(申忠一)이 나를 보러 왔다. 날이 저물어서야 영위사 윤인함(尹仁涵)을 보았다.

○ 20일。 먼동이 트기 전 이른 새벽에 배로 앞강을 건너고 아침에는 동선령(洞仙嶺)을 넘어서 봉산(鳳山)으로 들어갔다. 봉산군수 변호겸(邊好謙)과 상견례 하였다. 경력(經歷) 나부교(羅敷敎) 및 접반관 정엽(鄭曄)이 2경(밤 9시~11시)에 들어왔다.

○ 21일。 큰비가 오는데도 출발하였다. 내와 개천이 흘러 넘쳐 산속에 있는 집으로 들어가 묵었는데 매우 무료하였다. 주인이 닭 잡고 기장밥을 지어 바쳤다. 밤새도록 근심하였다.

○ 23일。 개성(開城)으로 들어왔다. 듣건대 왜적선 800척이 바다를 건

너왔다고 하였다. 유수(留守: 개성유수) 황여충(黃汝忠: 황우환)이 만류함
에도 굳이 왔는데, 진하게 취한 몸을 가누어 동파(東坡)에 도착하니 인
가가 없었으며, 밤을 무릅쓰고 임진강을 건너니 또한 인가가 모두 불
타고 없어 배 안에서 묵었다. 비바람이 일어 시름을 읊었다.

○ 24일. 길에서 왕춘부(王春府)를 만났다. 한산도(閑山島)에서 패한 소
식을 들었다. 날이 저물어서야 경성(京城)에 들어갔더니, 패전했다는
소식 때문에 안팎의 인심이 흉흉하였다.

十六日乙巳。行迎慰禮。

曉頭冠帶, 坐于交椅, 而卓子上, 諸物排設, 以待經理下人, 莫不來
見稱好。辰時, 與接伴及牧使入庭, 彼令接伴及余, 階上行禮, 跪起揖,
跪三叩頭, 起揖西向立。遂還就前, 告國王問安, 呈兩單, 彼答曰: "國
王平安乎? 委送陪臣, 遠呈禮物, 感謝無涯." 我叩頭以謝, 彼又曰: "此
物不受." 我更跪曰: "國王祇送禮物, 老爺不受, 卑職[43]無以伸寡君誠
意, 將何以回報?" 答曰: "俺先受之。諸將必效玆, 不敢受也." 仍曰:
"辛苦遠來, 何日下來?" 答曰: "六月初下來." 曰: "然則, 久留尤苦, 欲
以酒椀慰之, 事體非便." 遂給銀封, 封面書曰: "折酒銀五錢." 又給謝
帖[44], 只書壁謝[45]二字, 曰: "此後迎慰使, 一路皆令勿來." 遂出來許
鑣[46], 庭中行禮, 前日副使柳根[47]以下及迎慰使·承旨, 皆拜於庭中, 令

---

43 卑職(비직): 낮은 관직. 혹은 말하는 이가 자신을 낮추어 부르는 말.
44 謝帖(사첩): 선물에 대한 수취증을 겸한 감사 편지. 답례편지.
45 壁謝(벽사): 원래의 물건을 되돌려주면서 아울러 후의에 감사함을 나타내는 말.
46 許鑣(허상, 1542~?): 본관은 陽川, 자는 行遠. 1561년 식년시에 합격하였다.
47 柳根(류근, 1549~1627): 본관은 晉州, 자는 晦夫, 호는 西坰. 1592년 임진왜란이 일
   어나자 의주로 임금을 호종했으며, 예조참의·좌승지를 거쳐 예조참판에 특진되었
   다. 1593년 도승지로 京城安撫使가 되어 민심을 수습, 이어 한성부판윤에 올라 사은
   사 鄭澈과 함께 謝恩副使로 명나라에 다녀와 경기도관찰사가 되었다. 그리고 1597년
   運餉檢察使로 명나라에서 들어오는 군량미의 수송을 담당하였다. 1601년 예조판서가
   되어 동지사로 다시 명나라에 다녀왔고, 1603년에는 충청도관찰사로 있으면서 溫祚

我獨許階上之拜。接對慇懃[48], 感喜感喜。遂與諸友告別, 又告接伴曰:
"齊以漢法[49]等勅書, 時未分付。其分付時, 令公若不盡力防弊, 將爲國
家無窮之禍." 李曰: "善哉言乎! 當力圖之." 仍發來, 午飯于納淸亭[50],
入嘉山。郡守金公暉[51]來見, 都事尹暘[52]亦來見。○十七日。朝見都事,
寧邊判官朴東亮[53]亦來。舟渡兩江[54], 直登百祥樓[55]觀望。迎慰使李德
悅[56]來見。遂成迎慰狀啓, 付定州人。夕到肅川。與主守[57]崔沂[58]・慈

廟를 다시 세울 것을 건의하였다.

48 慇懃(은근): 태도가 겸손하고 정중함.

49 漢法(한법): 漢高祖가 정한 約法三章을 말하나, 여기서는 명나라 법을 지칭하는 듯.
   그 약법삼장은 곧 사람을 죽인 자는 죽이고, 남을 상해하거나 도둑질한 자는 벌한다
   는 내용으로 기본적인 간단한 법을 말한다.

50 納淸亭(납청정): 평안북도 嘉山 지경에 있었던 정자 이름.

51 金公暉(김공휘): 金公輝(1550~1615)의 오기. 본관은 光山, 자는 景明. 형은 金桂輝이
   고, 조카가 沙溪 金長生이다. 1582년 청암찰방을 지내고 금오정랑을 세 번 지냈으며,
   사포 별좌를 두 번 지냈다. 상의원주부를 거쳐 이산현감을 지내고, 진위현령을 거쳐
   형조좌랑, 양근군수, 호조정랑을 역임하였다. 오천군수와 파주목사를 지내고 도감을
   거쳐 통정대부에 올랐다.

52 尹暘(윤양, 1564~1638): 본관은 海平, 자는 時晦, 호는 陶齋. 尹昕으로 개명하였다.
   尹斗壽의 아들이자 영의정 尹昉의 아우이다. 成渾의 문인으로 經歷을 지내고 1582년
   진사가 되었다. 1595년 별시에서 급제하여 승문원정자가 되었다. 할아버지의 공으로
   성균관전적으로 특진하였으며, 다시 형조・예조・호조의 正郞으로 전보되었다가 平
   安都事로 나갔다. 1605년 여주목사를 지냈다.

53 朴東亮(박동량, 1569~1635): 본관은 潘南, 자는 子龍, 호는 寄齋・梧窓・鳳洲. 1592
   년 임진왜란 때 병조좌랑으로 왕을 의주로 호종하였다. 중국어에 능통해 의주에 주재
   하는 동안 왕이 중국의 관원이나 장수들을 만날 때는 반드시 곁에서 시종해 對中外交
   에 이바지했으며, 왕의 신임도 두터웠다. 이듬해 동부승지・좌승지를 거쳐 다시 도승
   지에 이르렀다. 1596년 이조참판으로 冬至使가 되어 명나라에 다녀오고, 1597년 정
   유재란 때는 왕비와 후궁 일행을 호위해 황해도 遂安에 진주, 민폐를 제거하고 주민
   들의 생활을 살폈다. 이어 연안부사・경기도관찰사・강원도관찰사 등을 역임하면서
   도 전란 뒤의 민생 회복에 힘을 기울였다.

54 兩江(양강): 대령강과 청천강.

55 百祥樓(백상루): 평안남도 安州 북쪽 성안에 있는 누각.

56 李德悅(이덕열, 1534~1599): 본관은 廣州, 자는 得之. 1592년 임진왜란이 발발하자
   당시 星州牧使였던 그는 성주 성내에 왜적이 웅거하고 있는데도 지경을 떠나지 않고
   굳게 지키면서 도망한 군사들을 수습해 적을 토벌하였다. 1593년 장령이 되어서는
   謝恩使 鄭澈 등이 專對(왕을 홀로 대좌해 자신의 견해를 전함)의 임무를 받고 남은

山[59]守金克孝[60]話, 金乃同庚[61]故人, 極喜開懷。○十八日。到順安。見
監司曰: "迎慰使李蘋[62], 見于嘉山之路, 略聞其言矣。令公, 何不於沿
海官, 聚粮與船, 及撫軍以待之耶?" 韓曰: "吾已以米百五十石, 令龍川
守[63], 送于薪島[64]." 答曰: "旅順口[65]東來水兵七千名, 一日之粮, 乃百四
十石。若不意到某邑, 移文聚米, 何可及也?" 韓曰: "果然。當卽送都事
矣." 又見迎候[66]從事崔東望[67]曰: "君可在陸指揮, 勿須登舟."云。崔亦
喜謝。夕宿平壤。○十九日。朝發馳向黃州。判官金志男受罪, 不見兵
使在他。 頗參將大軍入州。 接伴使申忠一[68]來見。 夕見迎慰使尹仁

왜적이 없다는 설을 힘껏 변명하지 못한 데 대해 탄핵하기도 했다. 또 宣祖가 禪位의
뜻을 내놓자 극구 불가함을 피력했다. 좌부승지가 되어 명나라 장수 劉摠兵에게 燕享
하는 일로 호남에 다녀오기도 했으며, 임진왜란 당시 진주·경주 등지에서 싸우다
죽은 명나라 군사의 제사를 지내주는 것이 옳다고 청하였다. 1597년 형조참의에 올랐
으며, 1598년 명나라 장수 李如梅의 接伴使로서 시종 陪行해 蔚山에서의 승전보를
급히 전하였다. 1599년 冬至使로 중국에 가면서 오랑캐에 대비해 많은 軍官을 데려갈
수 있도록 요청하였다. 여기서는 안주에서 경리를 맞이하는 영위사이었다.

57 主守(주수): 자기가 사는 고을의 수령을 이르던 말.

58 崔沂(최기, 1553~1616): 본관은 海州, 자는 淸源, 호는 西村·雙栢堂. 1592년 임진왜
란이 일어났을 때 일부 명나라 원군들이 약탈을 자행하자 그는 창고의 곡식을 다른
곳으로 은닉시켜 백성들을 보호하는 등 일을 상황에 맞게 임기응변적으로 잘 처리하
여 선조로부터 신임을 받았다.

59 慈山(자산): 평안남도 順川 지역에 있는 고을 이름.

60 金克孝(김극효, 1542~1618): 본관은 安東, 자는 希閔, 호는 四味堂. 金尚容과 金尚憲
의 아버지이다. 1594년 慈山郡守에 제수되었다. 직임에 있는 5, 6년 동안에 중국의
장수들이 필요로 하는 물자를 공급하고, 南征하는 軍馬들의 양곡을 대 주고, 고을의
군사들을 훈련시키고, 대오를 엄명하게 하는 등의 모든 일에 있어서 온 힘을 다한
뒤에야 그만두었다. 1599년 임기가 만료되어 內職으로 들어와 宗親府典簿가 되었다.

61 同庚(동경): 同甲. 나이가 같음.

62 李蘋(이빈, 1555~?): 본관은 全州, 자는 仲潔. 1583년 別試에 합격하고, 1592년 月串
僉節制使, 京畿水使를 지냈고, 1599년 순천부사, 1602년 제주목사를 지냈다.

63 龍川守(용천수): 都元亮(1556~1616)을 가리킴. 본관은 星州, 자는 翼卿. 1583년 별시
에 합격하였다. 1594년 선전관, 1597년 용천군수, 1606년 청도군수 등을 역임하였다.

64 薪島(신도): 평안북도 압록강 하구에 있는 섬 이름.

65 旅順口(여순구): 중국 遼寧省 大連에 있는 區 이름.

66 迎候(영후): 마중 나가 기다림.

67 崔東望(최동망, 1557~?): 본관은 通川, 자는 魯瞻, 호는 在澗. 宣祖 때 호조정랑, 林
川郡守, 형조정랑, 熙川郡守, 陜川郡守 등을 차례로 역임하였다.

涵[69]。○二十日。曉頭舟渡前江，朝踰洞仙嶺[70]，入鳳山[71]。主守邊好謙[72]相見。羅經歷[73]及接伴官鄭曄[74]，二更[75]入來。○二十一日。大雨發行。川渠漲溢，入宿山家，極無聊。主人，以雞黍供之。終夜憂之。○二十三日。入開城[76]。聞倭船八百艘渡海。留守黃汝忠，留之强來，扶醉泥落，到東坡[77]，無人家，冒夜渡臨津[78]，亦無一家，宿于舟中。風雨愁吟。○二十四日。路見王春府。聞閑山敗報。夕入京城，以敗軍之故，中外洶洶。

68　申忠一(신충일, 1554~1622): 본관은 平山, 자는 恕甫. 1583년 무과에 급제, 1595년 南部主簿로 있을 때 왕명으로 建州 누르하치성[奴兒哈赤城]에 들어가 탐지하고, 97개조의 기사와 산천·지명·군비·풍속 등에 관한 정밀 지도를 작성해 보고하였다. 이것이 《建州紀程圖記》인데 韓滿關係史 연구에 귀중한 자료이다. 1596년 咸興判官이 되었으나 임진왜란 때 錦山싸움에서 도주하고 건주 누르하치에게 五拜三叩頭를 하여 국위를 손상시킨 죄로 파직되었다. 1599년 金海府使, 1617년 경상도 수군절도사 및 부총관에 올랐다.

69　尹仁涵(윤인함, 1531~1597): 본관은 坡平, 자는 養叔, 호는 竹齋·竹堂. 1592년 임진왜란 때 경주부윤이었는데, 정부에서 그가 儒臣으로 나약하고 겁을 낸다 하여 교체하였다. 경주성이 함락되자, 그는 의병을 모집해 적병 수백 명을 죽였다. 뒤에 尹斗壽의 추천으로 湖西의 관찰사가 되었으나 곧 파직되고, 호조참의에 재임한 뒤 1596년 형조참판이 되었다. 1597년 迎慰使를 겸해 명나라 장수를 영접하였다.

70　洞仙嶺(동선령): 황해북도 봉산군 구읍리의 서북쪽 사리원시, 황주군, 봉산군과의 분기점에 있는 고개.

71　鳳山(봉산): 황해도 봉산군 사리원 동쪽에 있는 고을 이름.

72　邊好謙(변호겸, 생몰년 미상): 본관은 原州, 鎭岑縣監, 鳳山郡守, 公州牧使 등을 지냈다.

73　羅經歷(나경력): 명나라 장수 經歷 羅敷敎를 일컬음.

74　鄭曄(정엽, 1563~1625): 본관은 草溪, 자는 時晦, 호는 守夢. 1593년 黃州判官으로 왜군을 격퇴, 그 공으로 中和府使가 되었다. 修撰·掌令·舒川郡守를 역임, 1597년 정유재란 때 禮曹正郎으로 急告使가 되어 명나라에 다녀온 후 司成이 되고, 水原府使를 거쳐 이듬해 應敎로 弼善을 겸임, 이어 승지·刑曹參議·羅州牧使를 거쳐 대사간에 이르렀으나, 1602년 成渾의 문인이라는 혐의를 받고 鍾城府使로 좌천되었다.

75　二更(이경): 밤 9시부터 11시 사이.

76　開城(개성): 경기도 북서쪽에 있는 고을 이름.

77　東坡(동파): 임진강에 있는 동파나루를 일컬음.

78　臨津(임진): 경기도 장단 지역에 있는 고을 이름.

25일(갑인)。 미시(未時: 오후 1시~3시)경 대궐에 들어가 보고를 드렸다.

접반사 유대진(兪大進)과 함께 궁궐에 들어가서 삼가 공손히 절을 드렸다. 영상(領相: 류성룡) 및 이조판서(吏曹判書: 홍진)가 사람을 보내어 나의 안부를 물었다. 길에서 부원군(府院君) 윤근수(尹根壽)와 예조판서 김찬(金瓚), 병조참지(兵曹參知) 정숙하(鄭叔夏)를 만나 이야기를 나누었다.

○ 27일。 아침에 영의정 류성룡을 찾아가 뵙고 매우 화기롭게 이야기하였으며, 아울러 전적(典籍) 한준겸(韓浚謙)을 만나보았다. 저녁에는 좌상(左相: 김응남)의 부름을 받고 가서 매우 화기롭게 이야기를 나누다가 2경에 돌아왔다.

나는 두 상공(相公: 영상과 좌상)을 뵙고서 주사(舟師) 세우는 일을 힘껏 말하면서 이르기를, "선박들은 3도(道)의 각 관포(官浦)에 배정하고 군인들은 면사첩(免死帖)을 주어서 보내되, 어사(御史)들이 도망한 군사들 중에 날랜 자들을 불러 모아 공명첩(空名帖)을 내려 보내어서 거두어 쓰게 하면 일을 신속히 성취할 수 있을 것입니다."고 하자, 두 상공이 모두 기쁘게 들었다.

○ 28일。 이조판서 홍진(洪進)을 만나 출사(出使: 지방 출장)하지 말라고 청하였으며, 또 참의(參議: 이조참의) 허성(許筬)을 만나보았다.

들건대 원수(元帥)의 장계(狀啓)에 21일 그 수를 알 수 없는 왜적선이 한산도(閑山島)로 향했다고 하니, 크나큰 근심이었다. 이조참판 강신(姜紳), 최원(崔遠), 권협(權悏) 등이 찾아와서 이야기를 나누었다.

두 상공(相公)의 계사(啓辭)에 "총통(銃筒) 등의 일은 정경달이 운운하였습니다 하니, 그대로 윤허한다."고 되어 있었다.

○ 29일。 아침에 고언백(高彦伯)의 장계가 들어왔는데, 왜적이 바다와 육지로 한꺼번에 호남으로 쳐들어왔다고 한다. 비변사(備邊司)가 입대

(入對: 임금을 알현함.)하였다.

二十五日甲寅。未時, 入闕復命[79]。

與兪接伴大進, 入庭肅拜。領相及吏判, 送人問安。路見尹府院根
壽[80]·金禮判瓚[81]·鄭參知叔夏[82]而話。○二十七日。朝拜柳相極穩話,
兼見韓典籍浚謙[83]。夕爲左相所招, 叙話極穩, 二更還。余見兩相公, 以
舟師[84]設立事, 力言之曰:"船隻三道各官浦[85]排定, 軍人以免死帖[86]送,
御史召募散軍中銳者, 空名帖[87]下送, 使之收用, 則事可速成矣。"兩相皆
喜聽。○二十八日。見洪吏判進, 請勿出使[88], 又見許參議筬。聞元帥狀

---

79 復命(복명): 명령을 받고 일을 처리한 그 결과를 보고함.

80 根壽(근수): 尹根壽(1537~1616). 본관은 海平, 자는 子固, 호는 月汀. 尹斗壽의 동생
이다. 1592년 임진왜란이 일어나자 예조판서로 다시 기용되었으며, 問安使·遠接
使·주청사 등으로 여러 차례 명나라에 파견되었고, 국난 극복에 노력하였다.

81 瓚(찬): 金瓚(1543~1599). 본관은 安東, 자는 叔珍, 호는 訥菴. 1592년 임진왜란이
일어났을 때 임금의 파천을 반대했으며, 임금 일행이 개경에 이르자 東人 李山海의
실책을 탄핵해 영의정에서 파직시키고, 백성들의 원성을 샀던 金公諒을 공격하는 데
앞장섰다. 뒤에 鄭澈 밑에서 體察副使를 역임하고, 兩湖調度使로 전쟁의 뒷바라지를
했으며, 接伴使로서 명나라와의 외교를 담당하였다. 또, 일본과 강화 회담을 벌일 때
李德馨과 함께 공을 세웠다. 1597년 정유재란 때부터 예조판서·지의금부사·대사
헌·이조판서를 지냈고 지돈녕부사를 거쳐 우참찬까지 승진하였다.

82 叔夏(숙하): 鄭叔夏(생몰년 미상). 동부승지를 지냈고 1595년 冬至使로 명나라를 다
녀왔다.

83 浚謙(준겸): 韓浚謙(1557~1627). 본관은 淸州, 자는 益之, 호는 柳川. 1592년 예조정
랑을 거쳐, 강원도도사·사서 등을 역임하였다. 그리고 원주목사가 되어 거처 없이
돌아다니는 백성들을 구제하는 데 힘썼다. 1595년 지평·필선·정언·교리 등을 역임
하고, 도체찰사 柳成龍의 종사관이 되었다. 이어 검상·사인·부응교·사간·집의 등
을 역임했다. 1597년 좌부승지에 올라 명나라 도독 麻貴를 도와 마초와 함께 병량의
보급에 힘썼다. 1598년 임진왜란이 끝나자 우승지·경기감사·대사성 등을 거쳐, 다
음해 경상도관찰사가 되었으나 鄭仁弘과의 알력으로 파직 당하였다. 다음해 병조참
판을 거쳐, 여러 요직을 두루 역임하고, 1605년 호조판서에 특진되었다.

84 舟師(주사): 조선시대, 바다에서 치안과 국방을 담당하던 군대.

85 官浦(관포): 해안에 위치한 수군의 관아.

86 免死帖(면사첩): 왕이 죽음을 면하게 해준 증명서.

87 空名帖(공명첩): 성명을 적지 않은 임명장.

88 出使(출사): 예전에, 벼슬아치가 지방에 출장을 나가던 일.

啓二十一日倭船不知其數向閑山云, 大憂也. 吏參姜紳[89]·崔遠[90]·權悏
等來話. 兩相啓辭, "筒銃[91]等事, 丁某云云, 依允." ○二十九日. 朝高彦
伯[92]狀啓入來, 賊水陸並進於湖南云. 備邊司入對.

---

89 姜紳(강신, 1543~1615): 본관은 晉州, 자는 勉卿, 호는 東皐. 1592년 승지·강원도관
   찰사가 되었으나 임진왜란을 맞아 함경도순찰사를 거쳐, 1594년 도승지, 1596년 西北
   面巡檢使와 대사간을 역임하였다. 정유재란 때 명나라 군사와 함께 왜군을 격퇴한
   뒤에 1602년 경기도관찰사, 1609년 우참찬, 다음해 좌참찬을 역임했다.
90 崔遠(최원, 생몰년 미상): 1592년 임진왜란이 일어나자 군사 1,000명을 거느리고 여
   산에서 왜군을 방어하며 싸웠다. 이후 강화도를 주둔지로 삼고 군사를 모집하는 한
   편, 한강 일대에서 적의 후방을 공략하였다. 이듬해 영덕에서 왜군을 격파하고 200
   여 명을 포로로 잡은 공으로 상호군으로 승진하였다. 1594년 여주목사로 재임 중 사
   간원의 탄핵을 받았다. 1596년 황해도 병마절도사를 거쳐 1597년 정유재란이 일어나
   자 후위대장이 되어 훈련도감 군사를 거느리고 도성 방위의 책임을 맡았다. 왜란이
   평정된 후 1600년에 동지중추부사에 올랐다.
91 筒銃(통총): 銃筒. 조선시대에 火器를 통틀어 이르던 말.
92 高彦伯(고언백, ?~1608): 본관은 濟州. 임진왜란이 일어나자 寧遠郡守로서 대동강
   등지에서 적을 방어하다가 패하였으나 그 해 9월 왜병을 산간으로 유인하여 62명의
   목을 베는 승리를 거두었다. 이어 1593년 양주에서 왜병 42명을 참살한 공으로 楊州
   牧使가 되었다. 利川에서 적군을 격파하고 京畿道防禦使가 되어 내원한 명나라 군사
   를 도와 서울 탈환에 공을 세웠고, 이어 경상좌도 병마절도사로 승진하여 양주·울산
   등지에서 전공을 세웠다. 1597년 정유재란 때 다시 경기도방어사가 되어 참전하였다.

1597년 8월

8월 1일(기미)。 큰 비가 내렸다. 밤중에 배설(裵楔)의 장계가 들어왔다.

그 장계에 이르기를, "평범한 고로(古老: 늙은이)들이 말하기를, '청정(淸正: 가등청정)은 27일 경주(慶州), 성주(星州), 고령(高靈)을 거쳐 남원(南原)으로 향했고, 평행장(平行長: 소서행장)은 28일 의령(宜寧), 진주(晉州)를 거쳐 순천(順天)으로 향했는데, 해로로 3운(運) 7척(隻)이 육로로 2운이 전라도를 유린하고 부산으로 돌아와 진을 치고는 조선과의 화의를 기다리고 있다.' 하였습니다. 또 말하기를, '배에서 뭍으로 내려 사망한 자는 원균(元均)과 이억기(李億祺)이며 생존한 자는 첨사(僉使, 협주: 가리포 첨사) 이응표(李應彪), 손함평(孫咸平), 경지(景祉) 등인데 나머지는 간 곳이 없었다.'고 하였습니다." 하였다.

○ 2일。 형조판서 김명원(金命元)과 관상감(觀象監) 홍인상(洪獜祥: 洪麟祥의 오기)을 만나보았다. 김명원의 집에서 경상도 군공(軍功)에 관한 책을 볼 수 있었는데, 그 책에 이르기를, "선산군수 정경달은 23급(級)을 베고 왜적의 막사를 분탕질한 것이 200칸이며, 병든 왜군 10명을 사로잡고 군기(軍器)와 군량(軍粮)을 비축하였으며, 5명을 쏘아 죽였다."고 하였다. 내가 묻기를, "이것 외에도 또 책이 있소이까?" 하자, 말하기를, "7책이 있는데 각기 사람들이 참획(斬獲)한 것으로 모두 합하면 그 수가 많소이다." 하였다. 저들이 말하기를, "나머지 전공(戰功)은 대가(代加)에 쓸 수 있을 것이외다." 하였다.

○ 3일。 4경(새벽 2시 전후)쯤 호조(戶曹)에 들어갔다. 우찬성(右贊成) 최

황(崔滉), 판서(判書: 호조판서) 박충간(朴忠侃), 우참찬(右參贊) 신잡(申磼), 참판(參判: 공조참판) 이참(李槧: 李輅의 오기인 듯)과 이야기를 나누었고, 이어서 서계(誓戒: 서약)를 받았다.

조보(朝報)에 이르기를, "황해도(黃海道)의 섬 가운데서 왜적 4명을 사로잡았다."고 하였다.

수비(守備: 천진도독부 표하중군 수비) 이응창(李應昌)이 지휘한 정중군(正中軍)은 육로로 왔고, 갈성(葛省)과 갈찰(葛察) 2인은 해로로 왔다.

이경린(李景獜: 李景麟의 오기), 이흘(李屹), 황치경(黃致敬)은 파직되었다.

어사(御史)가 아뢰기를, "중국군의 군량 450석을 실은 배가 광량(廣梁)에 도착했습니다." 하였다. 듣건대 마 도독(麻都督: 마귀)이 호조참판(戶曹參判: 심우승)과 병조참판(兵曹參判: 노직)을 데리고 곧장 호남으로 내려갔다고 하였다.

저녁에 영상(領相: 류성룡)을 찾아갔으나 보지 못했다.

○4일。 듣건대 왜인들이 말하기를, "임진년에는 소와 말이 들판에 널려 있었고 쌀과 콩이 나라에 가득하였기 때문에 쳐들어왔었다. 지금은 들판을 모두 말끔히 치워 버려서 진격하기가 어렵다고 한다." 하였다.

전라감사(全羅監司: 황신)가 상주(上奏)하기를, "왜적들이 큰소리친 대로 호남을 쳐들어오고 곧장 경성으로 올라가려 하고 있습니다." 하였다.

○5일。 아침에 좌상(左相: 김응남)을 찾아갔으나 보지 못했고, 저녁에 영상(領相: 류성룡)을 찾아갔으나 보지 못했다. 밤이 깊어서야 전라감사 황신(黃愼)을 만나고 전란에 관해 이야기를 나누었다. 윤방(尹昉)도 왔다.

○6일。 저녁에 좌상을 뵈었더니, 큰소리로 말하기를, "중진께서 피난 떠나시는 것은 옳지 못하다." 하였다. 〈내가〉 봉화(烽火)를 신중히 하는 것과 망보는 일을 바로 다스리는 것 및 도성 안의 속오군(束伍軍) 등의 일을 언급하자, 좌상이 말하기를, "나는 장차 논계(論啓)할 때에 무

릇 말할 만한 것이 있으면 매번 글로 써서 보낼 것이니, 마땅히 잊지 않고 마음에 되새겼다가 차례차례 계달(啓達)하시오." 하였다.

듣건대 수군은 사량도(蛇梁島)에 있고 왜적은 한산도(閑山島)에 있다고 하였다. 이때 도성 안의 백성들이 동요하여 대부분 피난을 떠나려고 한다 하였기 때문에, 나는 진정시킬 수 있는 방법을 힘껏 말하였다.

○7일。 장흥(長興)의 신임 부사(府使) 전봉(田鳳)이 왔다가 작별하고 떠나갔는데, 집에 보내는 편지를 부쳤다.

전주(全州)의 장사(壯士) 최영길(崔永吉)이 찾아와서 한산도의 패전 소식을 알려주고 생토란[生芋]을 가져다주었다.

○8일。 듣건대 왜적이 전라도로 쳐들어가서 왜적선 7척으로 방답진(防踏鎭)의 군량을 거두어 가자, 장흥(長興) 등의 관아 일대가 텅 비게 되었는데 배경남(裵慶男)은 왜적이 없는데도 불을 질렀는지라 좌영(左營)의 원수(元帥)가 죄주기를 청하였으며, 진주는 이미 텅 비어 왜적의 수중에 있다고 하였다.

밤새도록 눈물을 훔치며 잠을 자지 못했다.

○9일。 조보(朝報)에 이르기를, "전라감사(全羅監司: 황신)가 수군의 패전 장수들에게 우선 종군(從軍)해서 공을 세우도록 명하였다."고 하였다.

저녁에 정언(正言) 최홍재(崔弘載) 및 첨지(僉知) 권협(權悏)을 보니 근심스러운 얼굴빛으로 기꺼워하지 않으면서 말하기를, "왜적들이 이미 순천에 쳐들어왔으니 구례(求禮)에 있는 가족들을 어쩔 수 없이 교외로 피난 보내야 하겠다." 하였고, 또 병조참판 노사형(盧士馨: 노직)을 만나 보았더니, 역시 그러하였다.

○10일。 왜적에 관한 소식이 몹시 다급하자, 경성에서는 피난 나가는 사람이 많았다.

저녁에 듣건대, 심 천사(沈天使: 沈惟敬)가 말하기를, "왜인들은 긴급한 사대가 없다고 하나 그러한지의 여부는 알지 못하겠소." 했다고 하였다.

○11일。 민준(閔濬)이 양원(楊元)의 접반사로서 남원(南原)에서 왔으니, 남쪽 변방은 위급한 지경에까지 이르지 않았다.

저녁에 병조판서가 바뀌었는데, 김명원(金命元)이 병조판서가 되었다. 듣건대 왜적들이 창원(昌原) 등지에 쳐들어오자 한명련(韓明璉) 등이 그들과 접전하여 선봉대 40여 명의 머리를 베니, 적진(賊陣)이 이에 물러났다고 하였다.

○12일。 긴급한 일들을 조목조목 좌상(左相: 김응남)에게 진달하면서 또 지방관에 임명해주기를 청하자, 답하기를, "중국군이 없고 왜적이 없는 곳을 찾는다면 우리나라에서는 찾기가 어려울 것이니, 어찌 도원(桃源)에 가서 주인을 찾지 않는가?" 하면서 마침내 혀를 끌끌 찼다.

○15일。 이조판서 홍진(洪進)을 만나보았다.

듣건대 왜적이 남원(南原)을 엄습해오자, 뒤로 조금 물러나서 산성에 주둔하고 있다 하였다.

○16일。 듣건대 왜적이 임실(任實)에 이르렀다고 하니, 크나큰 근심거리였다. 좌상에게 위급한 상황에서 벗어날 수 있는 방책인 구급십책(救急十策)을 보냈다.

○17일。 듣건대 임실의 왜적이 물러났다고 하였다.

○18일。 팔조시무책(八條時務策)을 정언(正言) 최홍재(崔弘載)에게 보내어 그로 하여금 논계(論啓)하게 하였다. 미시(未時: 오후 1시~3시)에 남원의 패전 소식을 들었다. 최홍재가 정언으로서 왜적 토벌하는 일을 깨우치려고 나를 패초(牌招)하여 만나서 시국의 일을 물었다.

허잠(許潛)이 사신으로 나가기 위해 왔는데, 첨지(僉知) 이결(李潔)이 와서 이야기를 나누었고 밤이 깊도록 서로 마주보며 슬피 울었다.

듣건대 현풍(玄風) 등지에서 관군이 작은 승리를 거두었다고 하였다.

○ 19일。 아침에 듣건대 민가에 들어간 중국인들이 난동을 일으켰다고 하였다. 듣건대 통사(通事) 장춘열(張春悅)이 말한 바에 의하면 남원(南原)이 아직 패하지 않았다고 하니, 알 수가 없는 노릇이다.

○ 20일。 이축(李軸)과 허잠(許潛)이 상견례 하였다.

또 응교(應敎) 이상의(李尙毅)를 만나보고서는 부원수(副元帥)를 내려보내야 함을 역설하였으며, 또 전란에 관해 이야기를 하였다. 듣건대 이광정(李光庭)의 장계가 16일에 지어진 것인데도 패한 일이 없었다고 하였다.

八日初一日己未。 大雨。 夜裵楔¹狀啓入來。

狀啓云: "平古老²云: '淸正二十七日由慶州·星州³·高靈⁴向南原, 平

---

1 裵楔(배설, 1551~1599): 본관은 星山, 자는 仲閑. 1592년 임진왜란이 일어나자 경상우도방어사 趙儆의 군관으로 南征하였다. 조경이 왜군에 패하자 鄕兵을 규합하여 왜적과 대항하였다. 그 후 한산진, 무산진에서 연승하여 그 공으로 합천군수가 되었는데, 의병장 金沔이 符祥峴에 복병을 배치해 開寧에서 북상하는 왜적의 응원군을 차단하도록 요청했으나, 이를 무시해 아군이 크게 불리하였다. 부산첨사로 좌천되었고, 1594년 동래부사를 거쳐 진주목사가 되었다. 1595년 경상우수사가 되어 시폐에 대한 건의를 하다가 밀양부사로 좌천되었고, 선산부사로 옮겨 金烏山城을 쌓았다. 1597 다시 경상우수사가 되었다. 같은 해 7월 8일 부산에 정박 중이던 왜적선 600여 척이 웅천을 거쳐 가덕도로 향하려 하자, 통제사 元均이 한산도 본영에서 배설로 하여금 수백 척의 전함을 거느리고 공격하게 하였다. 배설은 웅천을 급습해 잘 싸웠으나, 많은 병사가 전사하고 군량 200석, 전함 수십 척을 상실하였다. 漆川海戰의 초반 전인 14, 15일 싸움에서 패한 뒤, 15일 저녁에 원균이 여러 장수를 소집해 끝까지 싸울 것을 결의했으나, 배설은 전세가 불리함을 짐작하고 비밀리에 퇴각할 것을 모의하였다. 7월 16일 적의 대선단이 원균의 주력부대를 공격해 전라우수사 李億祺가 전사하는 등 전세가 불리하게 되자, 배설은 전세를 관망하다가 전선 12척을 이끌고 후퇴했다. 한산도로 퇴각한 뒤 군사시설 및 양곡·군기와 군용자재를 불태우고 남아 있던 백성들을 피난시켰다. 李舜臣이 다시 수군통제사가 된 뒤 한때 그의 지휘를 받았으나, 1597년 신병을 치료하겠다고 허가를 받은 뒤 탈영하였다. 이에 조정에서 전국에 체포명령을 내렸으나 종적을 찾지 못하다가, 1599년 선산에서 權慄에게 붙잡혀 서울로 압송되고 1599년 3월 6일에 참형되었다.
2 古老(고로): 경험이 많고 옛일을 잘 알고 있는 늙은이.
3 星州(성주): 경상북도 남서부에 있는 고을 이름.
4 高靈(고령): 경상북도 남서부에 있는 고을 이름.

行長[5]二十八日由宜寧・晉州向順天[6], 水路三運七隻, 陸路二運, 蹂躪
全羅, 還陣釜山, 待朝鮮之和.' 又云: '下陸身死者元均[7]・李億祺[8], 生存

---

5 平行長(평행장): 고시 유키나와. 小西行長이라고도 한다. 임진왜란 당시 선봉장이었
던 일본의 장군이다. 1592년에 풍신수길이 조선을 침략하기로 결정했을 때, 그의 부
대는 조선 땅에 맨 처음 상륙했다. 조선의 남부 지방 대부분과 평양성까지 점령하는
등 처음에는 계속 승전하여 이름을 떨쳤으나, 군대의 규모에 비해 지나치게 세력을
확장하여, 결국 조선의 동맹국이던 명나라의 휴전 제안을 받아들이지 않을 수 없게
되었다.

6 順天(순천): 전라남도 동남부에 있는 고을 이름.

7 元均(원균, 1540~1597): 본관은 原州, 자는 平仲. 1592년 경상우도 수군절도사에 임
명되어 부임한 지 3개월 뒤에 임진왜란이 일어났다. 왜군이 침입하자 경상좌수영의
수사 朴泓이 달아나버려 저항도 못해보고 궤멸하고 말았다. 원균도 중과부적으로 맞
서 싸우지 못하고 있다가 퇴각했으며 전라좌도 수군절도사 李舜臣에게 원군을 요청하
였다. 이순신은 자신의 경계영역을 함부로 넘을 수 없음을 이유로 원군요청에 즉시
응하지 않다가 5월 2일에야 조정의 출전명령을 받고 지원에 나섰다. 5월 7일 옥포해전
에서 이순신과 합세하여 적선 26척을 격침시켰다. 이후 합포해전・적진포해전・사천
포해전・당포해전・당항포해전・율포해전・한산도대첩・안골포해전・부산포해전 등
에 참전하여 이순신과 함께 일본 수군을 무찔렀다. 1593년 이순신이 三道水軍統制使
가 되자 그의 휘하에서 지휘를 받게 되었다. 이순신 보다 경력이 높았기 때문에 서로
불편한 관계가 되었으며 두 장수 사이에 불화가 생기게 되었다. 이에 원균은 해군을
떠나 육군인 충청절도사로 자리를 옮겨 상당산성을 개축하였고 이후에는 전라좌병사
로 옮겼다. 1597년 정유재란 때 가토 기요마사가 쳐들어오자 수군이 앞장서 막아야
한다는 건의가 있었지만 이순신이 이를 반대하여 출병을 거부하자 수군통제사를 파직
당하고 투옥되었다. 원균은 이순신의 후임으로 수군통제사가 되었다. 기문포해전에
서 승리하였으나 안골포와 가덕도의 왜군 본진을 공격하는 작전을 두고 육군이 먼저
출병해야 수군이 출병하겠다는 건의를 했다가 권율 장군에게 곤장형을 받고 출병을
하게 된다. 그해 6월 가덕도해전에서 패하였으며, 7월 칠천량해전에서 일본군의 교란
작전에 말려 참패하고 전라우도 수군절도사 이억기 등과 함께 전사하였다.

8 李億祺(이억기, 1561~1597): 본관은 全州, 자는 景受. 임진왜란 때에는 전라우수사가
되어, 전라좌수사 李舜臣, 경상우수사 元均 등과 합세해 唐項浦・閑山島・安骨浦・釜
山浦 등지에서 왜적을 크게 격파하였다. 1596년에는 휘하의 戰船을 이끌고 전라좌・
우도 사이를 내왕하면서 진도와 제주도의 전투 준비를 돕는 한편, 한산도의 삼도수군
통제사 이순신의 본영을 응원하는 등 기동타격군의 구실을 수행하였다. 이순신이 조
정의 명령을 따르지 않았다는 죄목으로 잡혀가 조사를 받자, 李恒福・金命元 등 조정
대신들에게 서신을 보내 무죄를 적극 변론하였다. 1597년 정유재란 때 통제사 원균
휘하에서 조정의 무리한 진격명령으로 부산의 왜적을 공격하다가 漆川梁海戰에서 패
해 원균・충청수사崔湖 등과 함께 전사하였다.

者李僉使應彪⁹(加里浦僉使)·孫咸平·景祉等, 餘無去處.'" ○初二日。
見金刑判命元¹⁰·觀象監洪獜祥¹¹。金宅, 得見慶尙軍功冊, 云: "善山守
丁某, 斬二十三級, 倭幕焚蕩二百間, 病倭十名, 軍器軍粮, 射殺五名."
問曰: "此外又有冊乎?" 曰: "有七冊, 各人所斬, 都合則數多." 彼曰:
"餘功, 可用於代加¹²也." ○初三日。四更¹³入戶曹。與崔二相¹⁴滉¹⁵·朴
判書忠侃¹⁶·申四宰¹⁷礒¹⁸·李參判禊¹⁹話, 仍受誓戒²⁰。朝報²¹云: "黃海

---

9 應彪(응표): 李應彪(1556~1611). 본관은 陜川, 자는 景輝. 1580년 별시 무과에 합격하
   고, 茂山鎭 萬戶를 거쳐 1583년부터 1597년까지 완도를 관할하는 加里浦僉使를 지냈
   다. 이 기간 동안 이순신 장군의 휘하에 있으면서 각종 해전에서 많은 전공을 세웠다.
10 命元(명원): 金命元(1534~1602). 본관은 慶州, 자는 應順, 호는 酒隱. 1592년 임진왜
   란이 일어나자, 순검사에 이어 八道都元帥가 되어 한강 및 임진강을 방어했으나, 중
   과부적으로 적을 막지 못하고 적의 침공만을 지연시켰다. 평양이 함락된 뒤 순안에
   주둔해 행재소 경비에 힘썼다. 이듬해 명나라 원병이 오자 명나라 장수들의 자문에
   응했고, 그 뒤 호조·예조·공조·형조의 판서를 지냈다. 1597년 정유재란 때는 병조
   판서로 留都大將을 겸임했고, 좌찬성·이조판서·우의정을 거쳐 1601년 부원군에 봉
   해지고 좌의정에 이르렀다.
11 洪獜祥(홍인상): 洪麟祥(1549~1615)의 오기. 본관은 豊山, 자는 元禮, 호는 慕堂. 洪
   履祥으로 개명하였다. 1592년 임진왜란 때는 예조참의로 옮겨 왕을 扈駕해 西行하였
   다. 그리고 곧 부제학이 되었다가 성천에 도착해 병조참의에 전임하였다. 1593년 정
   주에서 대사간에 임명되었고, 이듬해 聖節使가 되어 명나라에 다녀왔다. 그 뒤 좌승
   지가 되었다가 곧 경상도관찰사로 나갔다. 비변사와 긴밀하게 연락해 일본의 장군
   고니시(小西行長)와 가토(加藤清正) 사이의 이간을 계획, 추진하기도 하였다. 1596년
   형조참판을 거쳐 대사성이 되었다. 그러나 영남 유생 文景虎 등이 成渾) 배척하는
   상소를 올리자, 성혼을 두둔하다가 안동부사로 좌천되었다.
12 代加(대가): 品階에 오를 사람이 경우에 따라 아들, 사위, 동생이나 조카들로 하여금
   자기 대신 그 품계를 받게 하는 일.
13 四更(사경): 새벽 1시~3시 사이를 일컫는 말.
14 二相(이상): 조선시대에, 右贊成을 달리 이르던 말.
15 滉(황): 崔滉(1529~1603). 본관은 海州, 자는 彦明, 호는 月潭. 1592년 임진왜란 때
   평양까지 宣祖를 호종하였으며, 왕비와 세자빈을 陪從하여 희천에 피난하였고, 이듬
   해 檢察使가 되어 왕과 함께 환도하여 좌찬성·世子貳師로 知經筵事를 겸하였다.
16 忠侃(충간): 朴忠侃(?~1601). 본관은 尙州, 자는 叔精. 1592년 임진왜란 때 巡檢使로
   국내 여러 성의 수축을 담당하여 서울로 진군하는 왜적에 대비하였으나 왜병과 싸우
   다 도망한 죄로 파면, 이듬해 分戶曹判書에서 다시 파면되었다가 뒤에 영남·호남
   지방에 파견되어 군량미의 조달을 담당하였다. 1594년 賑恤使가 되어 구호에 필요한
   쌀·콩 등의 신속한 조달대책을 상소하여 백성의 구제에 진력하였다. 1597년 순검

道島中, 捕倭四級." 李守備[22]所指揮正中軍陸路來, 葛省察[23]二人水路來。李景猻·李屹[24]·黃致敬[25]罷職。御史啓曰: "天粮四百五十石, 船到廣梁[26]." 聞麻都督携戶兵參判[27], 直下湖南云。夕謁領相不見。○初四日。聞倭人云: "壬辰則牛馬布野, 米豆滿國, 故入寇。今則皆是清野[28]難進."云。全羅監司[29], 啓聞[30]云: "倭聲言[31]入湖南, 直上京城." ○初五

사·繕工監提調를 역임하고, 1599년에는 忠勳府의 쌀·소금 등을 사적으로 이용하였다 하여 한때 불우하였다.

17 四宰(사재): 조선시대 때 관직의 하나로, 의정부의 우참찬을 달리 이르던 말.

18 礏(잡): 申礏(1541~1609). 본관은 平山, 자는 伯俊, 호는 獨松. 1592년 임진왜란 때 비변사당상으로 활동하였고, 이듬해에는 병조참판을 거쳐 평안도병마절도사로 부임하였으나, 관내 철산군에 탈옥사건이 발생하여 그 책임으로 파직되었다. 1593년 다시 기용되어 밀양부사·형조판서를 거쳐 特進官·동지중추부사가 되었다. 1600년에는 호조판서를 거쳐 병조판서 겸 세자빈객이 되었다.

19 槧(참): 원전에는 글자가 뭉개져 있어 잘 알 수가 없지만, 『盤山世稿』(아세아문화, 1987)에는 槧으로 되어 있음. 1597년 6월 이후의 조선왕조실록에 나타난 六曹의 參判을 살펴보면, 이조참판은 姜紳, 호조참판은 沈友勝, 예조참판은 吳億齡, 병조참판은 盧稷, 형조참판은 尹仁涵, 공조참판은 李輅인 바, 李輅의 오기인 것으로 보인다.

20 誓戒(서계): 서약.

21 朝報(조보): 조선시대, 승정원에서 처리한 일을 매일 아침 적어서 반포하던 일.

22 李守備(이수비): 정유재란 때의 명나라 장수 李應昌. 1597년 天津督府票下中軍守備로 수병 1천을 이끌고 강화에 이르러 1599년 8월에 남하했다가 1600년 10월에 돌아갔다.

23 葛省察(갈성찰): 2인으로 되어 있어 葛省과 葛察로 보나, 구체적인 인적 사항은 알 수 없음.

24 李屹(이흘, 1557~1627): 본관은 碧珍, 자는 山立, 호는 蘆坡.

25 黃致敬(황치경, 1554~1627): 본관은 昌原, 자는 而直, 호는 夢竹. 임진왜란이 일어나자 경기도순찰사 權徵의 종사관이 되어 군량미 조달에 힘썼다. 1594년에 파주목사가 되고, 1597년 接伴官이 되어 명나라의 사신을 영접하였다. 1600년 철산군수가 되고, 1604년 부평부사가 되었다.

26 廣梁(광량): 평안남도 남서부, 대동강 하류에 있는 나루터.

27 戶兵參判(호병참판): 호조참판과 병조참판. 호조참판은 沈友勝(1551~1602)이고, 병조참판은 盧稷(1545~1618)이다.

28 淸野(청야): 적군이 이용하지 못하도록 농작물이나 건물 등 지상에 있는 것들을 말끔히 없앰.

29 全羅監司(전라감사): 1597년 6월 15일 朴弘老, 26일 任國老, 7월 3일 黃愼, 14일 朴弘老, 25일 黃愼 순으로 제수되었는바, 8월에는 전라감사가 황신이었음.

30 啓聞(계문): 조선시대 지방장관이 중앙에 上奏하던 일.

31 聲言(성언): 어떤 일에 대한 자기의 입장이나 견해 또는 방침 따위를 공개적으로 발표함. 공언함.

日。朝尋左相不見, 夕尋領相不見。昏見全羅監司黃愼, 仍話兵事。尹昉³²亦來。○初六日。夕拜左相, 大言: "中殿不可出去." 及謹烽粖望及城中東伍等事, 左相曰: "吾將論啓³³凡有可言者, 每每書送, 則當記念, 次次啓達³⁴也." 聞舟師³⁵在蛇梁³⁶, 賊在閑山。時京中士民動搖, 太半出去云, 故余力言鎭定之方。○初七日。長興³⁷新府使田鳳, 來辭去, 送家書。全州³⁸壯士崔永吉³⁹來, 告閑山敗報, 獻生芋。○初八日。聞倭入全羅道, 賊船七隻, 收防踏⁴⁰軍粮而去。長興等官一空, 襄慶男⁴¹無賊而火, 左營元帥請罪, 晉州則已空, 於賊手云。終夜掩淚不眠。○初九日。朝報云: "全羅監司, 請舟師敗衄諸將, 姑令從軍自效." 夕見崔正言及權僉知悏, 愀然不樂曰: "賊已入順天, 求禮家人, 不得已出送郊外."

---

32 尹昉(윤방, 1563~1640): 본관은 海平, 자는 可晦, 호는 稚川. 1592년 임진왜란이 일어나 아버지가 재상으로 다시 기용되자, 예조정랑으로 발탁되어 宣祖를 호종하였다. 이어 병조정랑, 이조좌랑을 거쳐 홍문관응교에 올랐으며, 당시 왜적의 만행이 극심한 중에도 몰래 숨어서 어머니 빈소에 다녀오는 효성을 보였다. 곧 직강·사예가 되고 다시 당론이 일어나 아버지가 파직 당하자 스스로 파직을 요청해 臺閣에서 물러났다가 곧 군기시첨정에 제수되었다. 이어 慶尙道巡按御史로 나가 치적을 올리고, 軍器監正·평산부사를 거쳐 李夢鶴의 난이 끝나자 推官으로 활약하였다. 1597년 정유재란이 일어나자 巡按督察이 되어 군량 운반을 담당하고, 곧 철원부사로 나갔다가 동부승지로 돌아왔다. 1601년 부친상을 마친 뒤 冬至使로 명나라에 다녀와서 곧 海平府院君에 봉해졌다. 1597년 8월 당시 軍資監 正에 있었다.

33 論啓(논계): 신하가 임금의 잘못을 지적하고 고치도록 아룀.

34 啓達(계달): 조선시대, 신하가 임금에게 어떤 내용을 글로 아룀.

35 舟師(주사): 水軍을 달리 이르는 말.

36 蛇梁(사량): 蛇梁島. 경상남도 통영시에 있는 섬 이름.

37 長興(장흥): 전라남도 남쪽 남해에 면하고 있는 고을 이름.

38 全州(전주): 전라북도 중앙부에 있는 고을 이름.

39 崔永吉(최영길, 생몰년 미상): 본관은 全州, 호는 飛飛亭. 1592년 임진왜란 때 도원수權慄의 직속 무관으로 수군에 파견되어 삼도수군통제사 元均의 칠천량 패전에 직접참여하였다.

40 防踏(방답): 전라남도 順天 突山島의 防踏鎭.

41 襄慶男(배경남, ?~1597): 1592년 임진왜란 때 釜山鎭僉節制使로 있으면서 경상도의遊擊將으로 공을 세웠으나, 순찰사로 내려온 權慄의 그릇된 보고로 파직 당하였다. 그 후 종군할 것을 원하여 1594년 6월 三道水軍節制使 李舜臣 밑에서 左別都將으로唐項浦海戰에 참전, 승리를 거두었고 후에 助防將에 올랐다.

又見兵參盧士馨[42], 則亦然。○初十日。倭聲甚急, 京城多出避。夕聞
沈天使言曰: "倭無緊急云, 未知然否." ○十一日。閔濬[43], 以楊元接伴,
自南原來, 南邊不至危急,。夕兵判遆, 金命元[44]爲之。聞倭入昌原[45]等
地, 韓明璉[46]等, 與之接戰, 斬先鋒四十餘級, 賊陣乃退。○十二日。以
危急事, 條陳[47]左相, 又乞外補, 答曰: "無唐兵・無倭賊之處求之, 我國
難得, 何不向桃源問主人耶?" 遂咄咄。○十五日。見洪判書。聞倭掩襲
南原, 少退據山城。○十六日。聞倭至任實[48], 大憂也。送救急十策於

---

42 士馨(사형): 盧稷(1545~1618)의 자. 본관은 交河. 임진왜란이 일어나 왕을 호종할 때
　 말에서 떨어져 다쳤으나 계속 성천의 행재소까지 달려가 병조참판에 임명되었고 이
　 어 개성유수가 되었다. 정유재란 때는 京江舟師大將을 지내고, 接伴正使 金命元 밑
　 의 부사로서 명나라 지휘관 邢玠를 맞아 군사문제를 논의하였다. 그 뒤 부제학・황해
　 감사・병조판서・경기감사를 거쳤다. 1597년 7월 25일 전에는 노직은 대사헌이었고
　 柳永慶이 병조참판이었지만, 이날 다시 병조참판을 제수 받았으므로 원전에 있는 직
　 함이 적확하다.
43 閔濬(민준, 1532~1614): 본관은 驪興, 자는 中源・仲深, 호는 菊隱. 1592년 임진왜란
　 이 일어나 조정이 의주로 播遷하자, 임금을 호종하였다. 그해 좌부승지가 되어 어려
　 운 行宮의 국사처리에 많은 공을 세웠다. 조정이 도성으로 돌아온 뒤, 1593년 호조참
　 의가 되고, 이듬해인 1594년 병조참의의 중임을 맡아 전쟁수행에 많은 공을 세웠다.
　 1595년 외직인 安邊府使로 나갔다가, 1599년 한성부좌윤이 되었다.
44 金命元(김명원, 1534~1602): 본관은 慶州, 자는 應順, 호는 酒隱. 1592년 임진왜란이
　 일어나자, 순검사에 이어 팔도도원수가 되어 한강 및 임진강을 방어했으나, 중과부적
　 으로 적을 막지 못하고 적의 침공만을 지연시켰다. 평양이 함락된 뒤 순안에 주둔해
　 행재소 경비에 힘썼다. 이듬 해 명나라 원병이 오자 명나라 장수들의 자문에 응했고,
　 그 뒤 호조・예조・공조의 판서를 지냈다. 1597년 정유재란 때는 병조판서로 留都大
　 將을 겸임했고, 좌찬성・이조판서・우의정을 거쳐 1601년 부원군에 봉해지고 좌의정
　 에 이르렀다.
45 昌原(창원): 경상남도 남부에 있는 고을 이름.
46 韓明璉(한명련, ?~1624): 1592년 임진왜란이 일어나자 영남지방에서 적과 싸워 공을
　 세우고, 1594년 경상우도 別將이 되어 진지를 修築하고 군대를 훈련시켰다. 1597년
　 정유재란 때 도원수 權慄의 휘하에서 忠淸道防禦使와 합세, 공주에서 싸우다가 부상
　 하여 왕이 보낸 內醫에게 치료를 받았고, 羊皮를 하사받았다. 다음해 재차 권율 휘하
　 에서 의병장 鄭起龍과 합세, 경상우도에 있던 적군을 격파, 명나라 제독 麻貴의 특별
　 천거로 五衛將이 되고, 방어사를 거쳐 1623년 龜城 巡邊使가 되었다.
47 條陳(조진): 조목조목 진달함.
48 任實(임실): 전라북도 중남부에 있는 고을 이름.

左相。○十七日。聞任實賊退。○十八日。送八條時務於崔正言, 使之論啓。未時, 聞南原敗報。崔弘載以正言, 曉諭討賊事, 牌招[49]見我, 問時事。許潛[50]以出使來, 李僉知潔來話, 夜深悲泣相對。聞玄風[51]等, 官軍少捷。○十九日。朝聞入家唐人作亂。聞通事張春悅[52]所言, 南原未敗云, 不可知也。○二十日。李軸[53]·許潛相見。又見李應教尙毅[54], 力言副元帥宜下送, 又言兵事。聞李光庭[55]狀啓, 十六日成貼, 無敗事。

---

49 牌招(패초): 조선시대 임금이 비상사태나 야간에 급히 만나야 할 신하가 있을 경우, 승정원에 명하여 패를 써서 입궐하게 하던 제도.

50 許潛(허잠, 1540~1607): 본관은 陽川, 자는 景亮, 호는 寒泉. 1592년 임진왜란 때에 왕을 따라 호종했으며 호서지방에서 군사를 모아 전공을 세우기도 했다. 1595년 星州牧使가 되었으며 1597년 공조참판에서 同知中樞府事로 임명되었다. 1603년 開城留守로, 1605년 다시 동지중추부사로 임명되었다.

51 玄風(현풍): 대구광역시 달성 지역에 있는 고을 이름.

52 張春悅(장춘열, 생몰년 미상): 본관은 大元, 자는 樂而. 1567년 식년시에 장원했다.

53 李軸(이축, 1538~1614): 본관은 全州, 자는 子任, 호는 沙村. 1592년 임진왜란 때 建義大將 沈守慶의 부장으로 의병을 지휘하였고, 1594년 진휼사가 되어 서울의 백성을 구휼하였다. 이어 좌참찬을 거쳐, 1611년 完山府院君에 올랐다.

54 尙毅(상의): 李尙毅(1560~1624). 본관은 驪興, 자는 而遠, 호는 少陵·五湖·西山·巴陵. 임진왜란이 일어나 선조가 의주로 피난을 갈 때 檢察使로서 임무를 수행하였다. 이어 홍문관부응교·세자시강원필선·사헌부장령·성균관사예·홍문관교리·홍문관전한 등을 거쳐 1594년 사간원사간이 되었다. 다시 필선이 되었다가 보덕으로 승진하고, 사헌부집의·홍문관응교 등을 거쳐 1597년 말에는 陳慰使의 書狀官으로 명나라에 다녀왔다. 귀국 후 성균관사예·사간·홍문관직제학을 거쳐 이듬해 9월 통정대부에 오르고 승정원동부승지에 임명되었다.

55 李光庭(이광정, 1552~1627): 본관은 延安, 자는 德輝, 호는 海皐. 1592년 임진왜란이 일어나자 의주에 선조를 모시고 가서 정언과 知製敎, 예조·병조의 좌랑을 지냈다. 1593년 환도 후 接伴使 李德馨을 도와 실무를 담당하였다. 지평·병조정랑·동부승지 등을 지내고 이조·예조·병조의 정랑, 동부승지 등을 지냈다. 그 뒤 이조·예조·병조의 참의, 좌승지를 거쳐 대사성이 되었다. 1597년 정유재란 때 접반사로서 명나라의 부사였던 沈惟敬을 만나러 갔다. 명나라에서 돌아와 호조참판이 되어 軍餉(군수용 물품)을 정리하여 바로잡는 데 힘썼다. 공조참판을 거쳐 1598년 접반사로서 명나라의 제독 麻貴를 따라 울산을 다녀왔다. 왜적을 물리치는 데 공헌했다. 1599년 호조·공조의 판서를 거쳐 한성부윤이 되었다.

21일(기묘). 총병(摠兵) 양원(楊元)의 문안접반사(問安接伴使)로 차출되었다.

통사(通事) 류종백(柳宗白: 柳宗伯의 오기인 듯)과 함께 양 총병이 올라오는 길로 나아가 맞이하기 위하여 저녁에 임금께 숙배하고 하직한 뒤 길 떠날 여장을 준비하였다.

○ 22일。 새벽에 수원(水原)을 향해 출발했는데, 길에서 듣건대 총병이 공주(公州)에 머물러 있다고 하였다.(협주: 정수칠(丁修七)이 살피건대, 이때 양원은 남원성(南原城)에서 패하고 북쪽으로 도주하여 경성으로 돌아오는 중이었다.)

○ 23일(신사)。 총병을 교외에서 영접하고 정문(呈文)을 올리면서 서로 보며 울었다. 저녁 때 관소(館所)에 들면서 총병이 애걸하여 말하기를, "국왕께 나를 살리도록 고하고 또 전지(傳旨: 왕명서)를 받아 옷감을 지급하도록 하라."고 해서 장계를 올렸다.

○ 24일。 밥을 과천(果川)에서 먹은 뒤에 경성(京城)으로 모시고 들어갔다. 주상이 영접하러 남대문으로 갔으나, 양원은 보지 않고 들어가 저녁이 되어서야 숙배(肅拜)하였다.

二十一日己卯。 差楊總兵元問安接伴使。

與通事柳宗白[56], 將往迎中路, 夕拜辭治行[57]。 ○二十二日。 曉發向水原[58], 路聞摠兵留公州[59]。 (修七按, 此時楊元, 自南原城, 敗而逃北, 還京城也。) ○二十三日辛巳。 迎摠兵於郊外, 呈文對泣。 夕入館中, 摠兵哀乞

---

56 柳宗白(류종백):《선조실록》1593년 3월 20일조와 〈扈聖原從功臣錄券〉의 三等편에 보면, 柳宗伯으로 되어 있음.
57 治行(치행): 길 떠날 여장을 준비함.
58 水原(수원): 경기도 중남부에 위치한 고을 이름.
59 公州(공주): 충청남도 동부 중앙에 있는 고을 이름.

曰: "告國王活我, 又受有旨給衣資." 仍狀啓。 ○二十四日。 飯于果川[60], 陪入京城。 上迎于南大門, 楊不見而入, 夕肅拜。

25일(계미)。 양 총병(楊摠兵)이 뜻밖에도 서쪽으로 나가는 바람에, 나는 숙배하고 하직하며 뒤따라 나갔다.

비변사에 들어가 좌태(左台: 좌의정)의 비밀스런 말을 듣고, 영의정 및 여러 대신들과 사태를 의논하고는 집에서 묵었다.

26일。 새벽에 출발하여 저녁밥을 임진(臨津)에서 먹고 밤새도록 앞으로 나아가 개성부(開城府)에 들어가니, 새벽닭이 자주 울었다.

○ 27일。 아침에 총병에게 문안드렸다. 유수(留守: 개성유수 황우한)와 도사(都事: 신현)가 위로하러 찾아왔다.

밥을 저탄(猪灘)에서 먹고 어두워서야 평산(平山)에 들어갔는데, 관리와 사람들이 죄다 달아나 얻어먹기가 어려웠다.

○ 28일。 먼저 안성역(安城驛)으로 향했다.

듣건대 총병이 경성을 향해 돌아갔다고 하여 그대로 묵었다.

○ 29일。 총병과 필담(筆談)으로 묻고 답하였는데, 그 말은 기행(記行) 속에 있다.(협주: 문집을 보라.)

○ 30일。 아침에 도사(都事) 박동열(朴東悅), 부사(府使) 이세온(李世溫), 연안부사(延安府使) 남궁제(南宮悌)를 만나보았다. 듣건대 강진(康津)으로 들어온 배가 곧 중국의 배라고 하였다.

들어가서 접반사 이덕형(李德馨), 종사관 김신국(金藎國)을 만나보았다. 듣건대 중국의 배가 강진으로 들어가자 왜적들은 남원(南原)으로

---

60 果川(과천): 경기도 중남부에 있는 고을 이름.

물러났다고 하였다.

二十五日癸未。楊摠兵不意西出，余拜辭追出。

入備邊司，聽左台⁶¹秘言，與領相及諸大臣議事，宿于家。二十六日。曉發，夕飯臨津，徹夜前進，入開城府，鷄數聲矣。○二十七日。朝問安于摠兵。留守⁶²·都事⁶³來慰。飯于猪灘⁶⁴，昏入平山，官人盡逃，艱得食。○二十八日。先向安城⁶⁵。聞摠兵還向京城，仍宿。○二十九日。與摠兵，手書問答，其言在記行中。(見文集.) ○三十日。朝見都事朴東悅⁶⁶·府使李世溫⁶⁷·延安南宮悌⁶⁸。 聞康津⁶⁹來船，乃唐船云。入見李接伴德馨·從事金藎國。聞唐船入康津，倭退南原。

---

61 左台(좌태): 조선시대, 의정부의 정1품 벼슬을 이르던 말. 百官을 통솔하고 일반 정치 및 외교의 일을 맡아 하던 좌의정을 일컫는다.

62 留守(유수): 開城留守 黃佑漢(1541~1606)을 가리킴. 본관은 尙州, 자는 汝忠, 호는 東山. 1591년 도승지에 올랐으며, 1594년 聖節使가 되어 명나라에 다녀왔다. 1595년 경기도관찰사를 거쳐 한성부 좌윤에 올랐다. 1597년 개성유수를 지내고 1599년 홍문관 부제학에 올랐다.

63 都事(도사): 開城府都事 申眩(1559~?)인 듯. 본관은 平山, 자는 景昇. 1585년 식년시에 합격하여, 1594년 司果를 거쳐 訓鍊都監郞廳이 되었다가 파직되었다. 1596년 개성부도사가 되었다.

64 猪灘(저탄): 황해도 평산군 옥촌리 동남쪽 예성강에 있는 여울 이름.

65 安城(안성): 安城驛. 조선시대 황해도의 도로망인 金郊道에 속했던 역. 오늘날 황해도 평산군에 위치해 있다.

66 朴東悅(박동열, 1564~1622): 본관은 潘南, 자는 悅之, 호는 南郭·鳳村. 1594년 정시 문과에 장원으로 급제, 성균관전적에 제수되었다. 이어 정언, 1596년 咸鏡道巡按御史를 거쳐 지중추부사, 1600년 홍문관 수찬, 부교리가 되었다. 1601년 홍문관 교리를 거쳐 이조정랑에 올랐으며, 그해 가을 遠接使의 종사관이 되어 義州에 다녀왔다.

67 李世溫(이세온, 1547~1629): 본관은 全州, 자는 景直, 호는 竹村. 1588년 식년시에 급제하고, 1600년 원주목사, 남양부사, 1602년 양주목사가 되었다.

68 南宮悌(남궁제, 1543~?): 본관은 咸悅, 자는 友仲. 1593년 柳成龍이 監賑官에 임명하여 호남에서 조운된 곡식을 이용해 한양의 기근 문제를 해결하였다. 1596년 연안부사를 재임하는 동안 백성을 잘 다스리고 國事를 성실히 처리한 점을 인정받아 1596년 堂上을 加資받았다.

69 康津(강진): 전라남도 남서쪽에 있는 고을 이름.

1597년 9월

9월 1일(기축)。 밥을 금교(金郊)에서 먹고 개성(開城)으로 다시 들어갔다.

좌상(左相) 김중숙(金重叔: 김응남), 이빈(李蘋), 승지(承旨) 정광적(鄭光積), 응교(應敎) 이형욱(李馨郁), 김상용(金尙容) 등을 만나보았다. 듣건대 강진의 배가 부실하자, 왜적이 세 갈래로 나뉘어 쳐들어왔다고 하였다. 또 듣건대 총병(摠兵: 양원)은 다시 의주(義州)로 향했다고 하였다.

○ 2일。 화미(花美) 형제는 뒤에 처지고 총병을 따라서 다시 평산(平山)을 향하니 눈물이 무수히 흘러내렸다. 밥을 냇가에서 먹고 평산으로 들어갔다.

○ 3일。 밥을 안성역(安城驛)에서 먹고 서흥(瑞興)에 들어갔다. 보산역(甫山驛: 寶山驛 오기)에서 보낸 선문(先文: 도착 통지문)이 전해지지 않은 것은 곧 서흥의 이방(吏房)이 도망했기 때문이었다. 공문서를 보내어 이방을 찾아서 붙잡아오도록 하였다.

○ 4일。 밥을 냇가에서 먹고 봉산(鳳山)으로 들어갔다. 지응(支應: 필요한 물품의 공급)이 늦게 온데다 사람과 말이 모두 곤궁하자, 총병이 꾸짖고 말하기를, "물러가라." 하였다. 바람이 몹시 심하게 부는데도 냉방에서 묵었다.

군(郡)의 하인들이 모두 도망갔다. 가족들이 죽었는지 살았는지를 지금까지 듣지 못하여 밤낮으로 눈물이 흘러내렸다.

○ 5일。 바람이 몹시 심하게 불었다. 황주(黃州)에 도착해 밥을 먹은 뒤 중화(中和)에 도착하여 시골집에서 묵었다.

○6일。 오후에 출발하여 10리를 갔다. 들건대 소 포정(蕭布政: 소응궁)이 나왔다가 도로 중화부(中和府)에 들어갔다고 하였다. 이윽고 또 들건대 포정이 겁내자, 총병은 개성(開城)으로 돌아갔고 심유경(沈惟敬)은 강화(講和)하는 일을 이루고자 역시 올라갔다고 하였다. 접반사 윤국형(尹國馨)이 말하기를, "중국 배에 관한 이야기는 헛말이었소. 총병이 처음에는 백의종군(白衣從軍)하라 하더니 나중에는 심문하여 아뢰라는 공문이 도착했소." 하였다.

나는 병가(病暇)를 청하는 공문을 올렸는데, 총병이 말하기를, "5,6일 안에 내 마땅히 내려올 것이니, 그 기간 동안 머물러 있으면서 조리하도록 하라." 하였다.

九月初一日己丑。 飯于金郊¹, 還入開城。

見左相金重叔² · 李蘋 · 承旨鄭光積³ · 應敎李馨郁⁴ · 金尙容⁵等。　 聞

1　金郊(금교): 金郊驛. 황해도 금천에 있는 역.

2　重叔(중숙): 金應南(1546~1598)의 자.

3　鄭光積(정광적, 1551~?): 본관은 河東, 자는 景勛, 호는 南坡 · 西澗. 1579년 식년문과에 급제하였다. 1583년 병조좌랑으로 있을 때 무과초시의 합격자 명단 일부를 삭제한 죄로 북방의 軍役에 편입되었다. 1592년 掌樂院正, 1593년 호조참의, 1594년 승지, 1595년 황해도관찰사, 병조참의, 강원감사, 右承旨, 1597년 병조참의, 승정원 우승지, 승정원 도승지, 호조참판, 1598년 병조참판, 예조참판, 대사간, 1599년 동지중추부사, 대사헌 등을 역임하였다. 그는 1597년 8월 27일 승정원 도승지로, 10월 2일 호조참판에 제수되었으므로, 본문에 그의 직함 승지는 적확하다.

4　李馨郁(이형욱, 1551~1630): 본관은 全州, 자는 德懋, 호는 蘭皐. 1594년 별시문과에 급제하였다. 1595년 정언을 거쳐 사헌부지평이 되었고, 1596년 이조정랑 · 홍문관부수찬 · 사헌부지평 · 시강원문학, 1597년 侍讀官 · 홍문관의 부교리와 교리가 되었다. 1600년 사간에 이어 咸鏡道兵糧御史 · 보덕을 기쳐 東萊부사가 되었다.

5　金尙容(김상용, 1561~1637): 본관은 安東, 자는 景擇, 호는 仙源 · 楓溪 · 溪翁. 1592년 임진왜란이 일어나자 강화도 仙源村으로 피난했다가 兩湖體察使 鄭澈의 종사관이 되어 왜군 토벌과 명나라 군사 접대로 공을 세워 1598년 승지에 발탁되었다. 그 뒤 왕의 측근에서 전란 중의 여러 사무를 보필했으며, 聖節使로서 명나라에 다녀오기도 하였다. 1601년 대사간이 되었으나 북인의 배척을 받아 정주목사로 좌천, 이후 지방관을

康津船不實, 倭分三路入。又聞摠兵還向義州。○初二日。花美兄弟落後, 隨摠兵, 還向平山, 淚下無數。飯于川邊, 入平山。○初三日。飯于安城, 入瑞興[6]。甫山[7]先文[8], 不傳者, 乃瑞興逃亡吏房也。移文推捉[9]。○初四日。飯于川邊, 入鳳山。支應[10]晚來, 人馬俱困, 摠兵叱之曰："可退去。"大風, 宿冷房。郡下人皆逃。家眷存亡, 至今未聞, 日夜淚下。○初五日。大風。到黃州, 飯後, 到中和[11], 宿村家。○初六日。午後發行十里。聞蕭布政來, 還入府。俄又聞布政怊, 摠兵還向開城, 沈惟敬欲成和事, 亦上去。接伴尹國馨[12]曰："唐船虛言也。摠兵初以白衣從事[13], 後以推考[14]伸稟[15], 公文來到云。"我以病故呈文, 則摠兵曰："五六日內, 吾當下來, 其間留調也。"

전전하다가 1608년 잠시 한성우윤·도승지를 지낸 뒤 계속 한직에 머물렀다.

6 瑞興(서흥): 황해도 중북부에 있는 고을 이름.

7 甫山(보산): 寶山의 오기. 황해도 평산군에 있었던 寶山驛을 일컬음.

8 先文(선문): 예전에, 벼슬아치가 지방에 출장할 때 그 도착하는 날짜를 그곳에 미리 통지하는 공문을 이르던 말.

9 推捉(추착): 죄인을 찾아서 붙잡아 옴.

10 支應(지응): 조선시대, 관리가 공무로 출장을 갔을 때에 필요한 물건을 출장지 지방 관아에서 대주던 일.

11 中和(중화): 평안남도 남부에 있는 고을 이름.

12 尹國馨(윤국형, 1543~1611): 본관은 坡平, 초명은 先覺, 자는 粹夫, 호는 恩省·達川. 1592년 임진왜란 때 순찰사를 겸임하여 장병을 지휘, 방어에 힘쓰다가 서울이 이미 함락당하고 병으로 임무를 감당치 못하게 되자 이를 문책하는 자가 있어 관직을 삭탈당했다. 1594년 判決事·병조참판·대사헌 등이 되었다가 병으로 사임하고, 영상 柳成龍이 그를 아껴 모든 일을 협의하자 이를 싫어하는 자가 모함하려 하므로 1596년 驪州牧使로 나갔다. 1598년 돌아와 한성 우윤 겸 형조 참판이 되었다가 류성룡이 실각할 때 함께 모함당하여 파직되었다.

13 白衣從事(백의종사): 벼슬 없이 임시로 일을 맡아봄.

14 推考(추고): 벼슬아치를 심문하는 것.

15 伸稟(신품): 申稟의 오기. 웃어른이나 상사에게 여쭈어 아룀.

7일(을미). 양 총병(楊摠兵: 양원)이 다시 경성으로 향하였다.

역마(驛馬)를 중국군에게 탈취당하고 연군정(練軍亭)에 머물러 있자니 쓸쓸하고 처참하였다.

총병이 올라갔지만 병 때문에 뒤따라가지 못한 일로 장계(狀啓)하였다. 류 상공(柳相公: 류성룡)에게 편지를 올려서 접반사의 경질을 청하였다.

○8일. 아침에 박은세(朴殷世)를 보니, 그가 총병의 자문(咨文: 공식적인 외교문서)를 가지고서 구해달라고 하는데, 앞서 간 것이 곧 4일이었거늘〈이제야〉나온 것이다. 대개 우선 그 죄 묻기를 늦춘 것은 중국의 병선(兵船)을 접대하는 일로써 총병을 강진(康津)으로 내려보내야 했기 때문이라고 하였다.

○9일. 꿈에서 아들 징명열(丁鳴說)을 보았다.

이날 이여매(李如梅)가 군사 2,200명을 이끌고 지나갔다. 역관(驛官) 정생(鄭生)이 나를 보러 왔다가 이내 말하기를, "모국기(茅國器), 진우충(陳愚衷), 양만금(楊萬金) 세 유격이 최근에 나왔고, 총병 유정(劉綎)도 역시 이미 강을 건넜다고 한다." 하였다.

오늘이 중양절(重陽節)이라 고을에서 술과 떡을 제공했으나 마음이 괴로워 먹지 못했다. 여종 만화(萬化)의 남편인 이영필(李永必)이 나를 보러 찾아왔다. 그가 사는 곳은 상원(祥原)의 동쪽에 있는 적암리(赤巖里)로 군(郡: 중화군)에서 거리가 10리였다. 재산이 많고 튼실하게 살아간다고 하였다.

初七日乙未。楊摠兵還向京城。

驛馬見奪於唐兵, 留練軍亭[16], 寂寥悽愴。以摠兵上去, 病未追行事狀啓。上書于柳相公, 請遞接伴。○初八日。朝見朴殷世, 持救摠兵咨文, 前往乃初四日, 出來也。盖姑緩其罪, 以唐船接待事, 下送摠兵于康津云。○初九日。夢見鳴說。是日, 李如梅[17]領軍二千二百過行。驛官鄭生來見, 仍曰:"茅陳楊三遊擊[18], 近日出來, 劉摠兵[19], 亦已渡江云。"今乃重陽[20], 邑供酒餠, 心酸不食。婢萬化之夫, 李永[21]來見。其居乃祥原[22]東面赤巖里, 去郡十里。富實居生云。

10일(무술). 시(詩) 27운(韻)을 지어서 중화부(中和府)에 머물고 있는 양총병(楊摠兵)께 부쳐 올렸다.

좌랑(佐郎) 홍경신(洪慶臣)이 지나가다가 서로 회포를 풀었는데, 접반사를 다른 사람으로 교체해주기를 청하였다.

이 고을의 진사 정응린(鄭應獜)이 글씨를 아주 잘 쓰는지라, 총병에게 올리는 시를 쓰게 하였다.

○ 11일。아침에 약을 먹었다.

듣건대 통사(通事) 임붕(林鵬)이 말하기를, "마귀(麻貴) 장군 등이 처음 들어와 천안(天安)에 당도하여 왜적 31명의 머리를 베고 말 250필을 빼앗자 왜적이 죄다 퇴각하였습니다." 하였다.

---

16 練軍亭(연군정): 평안남도 中和에 있는 정자 이름. 李民宬의《敬亭先生集》권11〈過中和練軍亭〉이 참고가 된다.

17 李如梅(이여매): 명나라 장수. 명나라 都督僉事를 지내고 임진왜란 때 맏형 李如松, 중형 李如栢과 더불어 군사를 거느리고 조선에 들어와서 왜적을 격파하였다.

18 茅陳楊三遊擊(모진양삼유격): 유격 茅國器·陳愚衷·楊萬金을 가리킴.

19 劉摠兵(유총병): 총병 劉綎을 가리킴.

20 重陽(중양): 重陽節. 음력 9월 9일. 홀수가 두 번 겹치는 날에는 복이 온다 하여 유래된 날이다.

21 李永(이영): 뒷부분에 2번이나 祥原에 사는 인물로 李永必이 등장하여 여기서도 이영필로 봄.

22 祥原(상원): 평안남도 중화 지역에 있는 고을 이름.

또 듣건대 지난달 27일에 군산창(羣山倉)에서 왔던 사람이 경성에서 왔는데, 왜적들이 익산(益山)·전주(全州)·임실(任實)·남원(南原)을 하나도 남기지 않고 모두 불태웠으며, 감사(監司: 황신)는 감영에 없고 아전과 노비들은 배를 타고서 바다로 나갔다고 하였다.

또 듣건대 황제의 명패(命牌)로 복건성(福建省)의 남북, 절강성(浙江省)의 남북, 요양성(遼陽省)의 남북 등 30도(道)에서 포정사(布政使)의 군대 70만 명을 불러내었는데, 20만은 영파부(寧波府)에서 곧장 일본을 두들기고, 또 20만은 곧장 대마도(對馬島)를 두들기고, 또 10만은 왜적 수군을 가로막고, 또 20만은 왜적의 육로를 충격 주었다고 하였다.

○ 13일. 아침에 듣건대 왜적이 직산(稷山)으로 쳐들어오자 중국군이 한성(漢城)으로 퇴각했다고 하였다. 고을 수령(守令: 중화군수 이광준)과 함께 혀를 끌끌 차며 한없이 걱정하였다.

모국기(茅國器) 유격(游擊)이 3,000명을 이끌고 지나갔으며, 모 유격의 병장기는 116마리의 말에 실려 지나갔다.

진덕창(陳德昌)은 류근(柳根)이 있는 곳에서 와 말하기를, "수군 8,000명을 태운 배가 한산도(閑山島)에 도착하여 정박하고 있습니다." 하였다.

○ 14일. 윤곤(尹鯤)이 사명(使命)을 받들고 와서 말하기를, "중전께서 9일에 양주(楊州)로 떠나셨고 대전(大殿: 임금)께서도 11일에 가려하셨는데, 왜병이 공주(公州)에 도착했다고 합니다." 하였다.

○ 16일. 아침에 듣건대 왜적의 장수 1명과 병졸 30명이 와서 강화를 도모하였는데 죄다 베고 단지 왜적 1명만 보내주었다고 하였다. 이어서 듣건대 주상께서 마 도독(麻都督: 마귀)과 함께 강을 건너고 대전(大戰)을 치렀는데, 우리 군은 3,000명을 죽였고 중국군은 20,000명을 죽였다고 하였다.

또 최덕로(崔德老)가 11일에 쓴 편지를 보니, 이르기를, "경상도에는 왜적이 없고 김응서(金應瑞)가 운봉(雲峰)에 도착하여 왜적 70명의 머리를 베었으며, 충청 우도(忠淸右道)에는 왜적이 없고 좌도(左道)의 청주(淸州)에서 도원수(都元帥: 권율)가 왜적 20명의 머리를 베었으며, 양 경리(楊經理: 양호)가 11일 수원(水原)으로 향하자 대전께서도 뒤따르셨다."고 하였다.

또 김호성(金好成)의 편지를 보니, 이르기를, "7일 직산(稷山)에서 우유격(牛游擊: 우백영)이 왜적 31명의 머릴 베었으며, 왜적은 금강(錦江)으로 퇴각했으며, 가족들은 7일 평양으로 떠났다." 하였다.

이조판서 홍진(洪進)이 답한 편지에 이르기를, "편지로 부탁한 일은 장계(狀啓)와 같으니, 이로 인하여 도모할 수 있을 것 같습니다." 하였다.

○ 17일。 아침에 윤지병(尹之屛)이 5일에 쓴 편지를 보니, "연락병이 말하기를, (협주: 경상좌도 병사의 장계) '가등청정(加藤淸正)이 남원(南原)에서 탄환에 맞아 죽었고, 평행장(平行長: 소서행장)도 화살에 맞아 왜적은 주장(主將)이 없어서 깊숙이 달려들지 못할 것이다.' 하였다. 또 중국 장수가 말하기를, '15일에 200명의 정예병을 정탐하도록 보냈는데 왜적을 만나 33명의 머리를 베었다. 양 경리는 포상법(褒賞法)으로 왜적 1명의 머리를 벤 자는 은(銀) 10냥 내리고, 말 한 필을 획득한 자는 은 3냥을 내렸다. 이 때문에 사람들이 다투어 전장(戰場)으로 달려갔다.' 하였다."고 되어 있었다.

(협주: 정수칠이 살피건대, 이때에 전해진 소식들은 대체로 잘못 전해졌으니, 이를테면 가등청정이 탄환에 맞았다거나 소서행장이 화살에 맞았다고 한 것은 모두 허튼 소리이다. 그러하지만 기록한 것을 모두 남기는 것은 또한 당시의 흉흉함을 보이고자 함이다.)

18일。 새벽에 출발하였다. 상원(祥原)에 도착하여 이영필(李永必) 집에 머물며 쉬었다.

○ 20일。 듣건대 가등청정이 잡혔다고 하였는데, 혹은 포로로 잡혔던 사람들이 목을 베어 왔다고도 하고 혹은 총병군이 목을 베어 왔다고도 하였다.

대전(大殿: 임금)께서는 도성에 머물렀고 중전(中殿)께서도 머물러 있으며, 동궁(東宮)이 도성으로 돌아왔고 찰원(察院: 양호)은 수원(水原)에 진을 쳤다고 하였다.

○ 25일。 4,5일 동안 차가운 날씨가 이어져서 앓는 사람들이 말하기를, "오래 걸었는데도 고기반찬이 없는 밥만 먹었기 때문입니다." 하는지라, 소주를 잠시 말을 모는 역졸에게 내렸다.

김언(金彦)이 아침 일찍 중화(中和)에 와서 보고하는 공문에 이르기를, "총병(摠兵: 양원)이 22일 경성을 출발하여 24일 인시(寅時: 오전 3시~5시)에 지나갈 것입니다." 하였다. 그 서찰에 이르기를, "충청도와 전라도에서 왜적이 깨끗하게 소탕됨은 종묘사직의 경사입니다. 접반사는 이미 교체되었고, 안찰(按察: 소응궁)은 삭탈되어 갔습니다." 하였다. 통사(通事) 류종백(柳宗白)의 서찰에 이르기를, "총병(摠兵: 양원)이 영감(令監: 정경달)의 병세가 위중함을 생각하여 주상께 고하였기 때문에 윤수익(尹壽益)으로 교체되어 이제부터 총병을 모시고 따라갈 것입니다." 하였다. 통사(通事) 임붕(林鵬)의 서찰에 이르기를, "17일 청주(淸州)에서 왜적의 목을 벤 것이 7,000명이었습니다. 왜적들이 왕겨만을 먹다가 굶주려 죽은 시체가 들판에 널려 있고, 왜적의 소굴 및 왜적선을 불태워 단지 조무래기 왜적만 있을 뿐입니다." 하였다. 긴언이 말하기를, "소서행장은 50명의 군사로서 배 한 척을 훔쳐와 바다를 건넜습니다. 가등청정은 말을 타고 달아나 숨었습니다. 희량(希良)이 묶은 책을 가지고 와서 총병에게 바치자 도로 통사(通事)에게 주었습니다."

하였다.

○ 27일。 새벽닭이 울었다. 나쁜 기운이 위로 치솟아 계황피(鷄黃皮)를
소주에 타서 넘겼다.

중화 수령(中和守令: 이광준)의 서찰을 보니, 가등청정이 화살에 맞아
죽었다고 하였다. 그의 아들 이민환(李民寏)에게 필법(筆法) 10장을 보
냈다.

○ 29일。 노비를 경성으로 보내어 본가의 안부 및 왜적에 관한 기이한
소문을 알아보게 하였더니, 왜적이 남원, 전주, 광양에 머물러 있었다.
오랫동안 호남에 머무르고 있어서 몹시 염려스러웠으나, 윤국형(尹國馨)
의 서장(書狀)에 총병이 24일 이미 평양(平壤)을 지났다고 하였다.

初十日戊戌。作詩二十七韻, 寄上楊摠兵留中和府

洪佐郎慶臣, 過行相敍, 請改差。此郡進士, 鄭應璘善書, 令書上摠
兵詩。○十一日。朝服藥。聞林鵬言: "麻將[23]等, 初入到天安[24], 斬倭
三十一級, 奪馬二百五十疋, 倭盡退。"又聞京來人去二十七日, 自羣山
倉[25]來, 倭陣益山[26]・全州・任實・南原, 焚蕩無餘, 監司無營, 吏與奴
屬浮海。又聞皇帝命牌[27], 福建南北・浙江南北・遼陽南北, 三十道布
政[28]兵七十萬出去, 二十萬, 自寧波府[29], 直擣日本, 二十萬直擣對馬,
十萬以舟師遮截, 二十萬以陸路衝擊云。○十三日。朝聞賊入稷山, 唐
兵退漢城。與主倅[30]咄咄長憂。茅國器[31]游擊, 領三千過去, 茅游擊軍

---

23 麻將(마장): 정유재란 때 구원병을 거느리고 온 명나라 제독 麻貴를 가리킴.
24 天安(천안): 충청남도 북동쪽에 있는 고을 이름.
25 羣山倉(군산창): 전라북도 북서부 해안의 群山鎭 곁에 있었음.
26 益山(익산): 전라북도 북서부에 있는 고을 이름.
27 命牌(명패): 왕이 신하를 부를 때 사용한 牌.
28 布政(포정): 布政使。명나라 시대, 최고지방관청인 布政使司의 장관. 한 省 내의 행정
   전반을 관장한다.
29 寧波府(영파부): 중국 동남해안에 인접해 있는 고을 이름.

器, 一百十六馱[32]過去。陳德昌, 自柳根處, 來曰: "水軍八千, 到泊于閑山島。" ○十四日。尹鯤[33]奉使來言: "中殿初九日發向楊州[34], 大殿將行於十一日, 倭兵到公州云。" ○十六日。朝聞倭將一人, 下卒三十人, 來議和, 盡斬之, 只送一倭。繼聞主上與麻都督, 渡江大戰, 我軍殺三千, 唐人殺二萬。又見崔德老十一日書云: "慶尙道無倭, 金應瑞[35]到雲峰[36], 斬七十級, 忠淸右道無倭, 左道淸州[37], 都元帥[38]斬二十級, 楊經

---

30 主倅(주수): 中和府使를 일컫는데, 李光俊(1531~1609)을 가리킴. 본관은 永川, 자는 俊秀, 호는 鶴洞. 1592년 江陵府使로 있으면서 임진왜란을 맞이하여 두 아들 李民宬 · 李民寏과 함께 큰 공을 세웠다. 1593년 새로운 관찰사 崙篈과 뜻이 맞지 않아 물러나 행재소로 갔다. 海西의 中和郡이 府로 승격되고 府使를 선임할 때 이전의 공적을 인정받아 부사로 천거되었다. 1599년 충주 목사를 역임하였으며, 1603년 형조 참의를 거쳐 강원도 관찰사를 역임하였다.

31 茅國器(모국기): 명나라 장수. 浙勝營의 보병 3천 기를 거느리고 조선에 와서 울산전투에서 크게 전과를 올렸다. 정유재란 이후 전주에 주둔하였으며, 3월부터는 星州, 高靈으로 옮겨 주둔하였다가 제독 董一元의 지휘 아래 泗川 싸움에 참가하여 공을 세웠다.

32 馱(태): 바리. 말이나 소로 실어 나르는 짐을 세는 양. 1바리는 140근에 해당하고, 말 1필이 한 번에 실어 나를 수 있는 짐의 무게이다.

33 尹鯤(윤곤, 생몰년 미상): 본관은 漆原. 內禁衛를 지냈다. 아들이 尹忠男(1558~?)이다.

34 楊州(양주): 경기도 중북부에 있는 고을 이름.

35 金應瑞(김응서, 1564~1624): 본관은 金海, 자는 聖甫. 景瑞로 개명하였다. 1592년 임진왜란이 일어나자 助防將으로 평양 공략에 나섰으며, 싸움에서 여러 차례 공을 세워 평안도방어사에 승진되었다. 1593년 1월 명나라 李如松의 원군과 함께 평양성 탈환에 공을 세운 뒤, 전라도병마절도사가 되어 도원수 權慄의 지시로 남원 등지에서 날뛰는 토적을 소탕하였다. 1595년 경상우도 병마절도사가 되었을 때, 선조가 임진왜란이 일어난 지 이틀 만에 동래부에서 장렬하게 전사한 宋象賢의 관을 적진에서 찾아오라고 하자 그 집 사람을 시켜 일을 성사시켰다. 또한, 李弘發을 부산에 잠입시켜 적의 정황을 살피게 하고, 일본 간첩 要時羅를 매수해 정보를 수집하기도 하였다. 1597년 도원수 권율로부터 宜寧의 南山城을 수비하라는 명을 받았지만 불복해 강등되었다.

36 雲峰(운봉): 전라북도 남원 지역에 있는 고을 이름.

37 淸州(청주): 충청북도 중앙에 있는 고을 이름.

38 都元帥(도원수): 權慄(1537~1599)을 가리킴. 본관은 安東, 자는 彦愼, 호는 晩翠堂 · 暮嶽. 임진왜란 7년간 군대를 총지휘하였다. 1592년 임진왜란이 일어나자 광주 목사에 임명되었다. 한양이 함락된 후 전라도 순찰사 李洸과 방어사 郭嶸이 4만여 명의 군사를 모집하자 곽영의 아래에 들어가 중위장이 되었다. 남원에 주둔할 때는 1,000여 명의 의용군을 모집하여 동복현감 黃進과 함께 금산군 梨峙에서 고바야카와[小早

理十一日向水原, 大殿隨之." 又見金好成書: "初七日稷山, 牛游擊[39]斬
三十一級, 賊退于錦江[40], 家屬七日向平壤云." 洪判書答書曰: "示事如
狀啓, 則似可因此而圖之." ○十七日。朝見尹之屛初五日書: "交通人
云: '(慶尙左道兵使狀啓) 淸正於南原中丸死, 平行長亦中矢, 倭無主將,
不得長驅.' 又天將云: '十五日, 以二百精兵, 送探逢賊, 斬三十三級。
經理之法, 斬賊一級者賜銀十兩, 得馬一疋者賜銀三兩, 以故人爭赴
戰.'"(修七按, 此時傳聞, 率多訛誤, 如所云淸正中丸·行長中矢者, 皆非實音。然
皆存錄之, 亦所以見當時之洶洶也。)

十八日。曉發。到祥原, 李永必家留息。○二十日。聞淸正就捕, 或
云被虜人斬來, 或云摠兵軍斬來。大殿留京, 中殿亦止, 東宮還京, 察
院水原留陣云。○二十五日。四五日來連以冷氣, 作痛人曰: "久行, 素
食之故也." 以燒酒, 暫下馬頭。金彦, 朝來中和, 報狀云: "摠兵二十二
日發京, 二十四日寅時過行." 其札云: "兩湖掃淸, 宗社之慶也。接伴已

川隆景]의 정예 부대를 격파하고, 호남을 지킨 공으로 전라도 순찰사로 승진하였다.
정예병 8,000명을 이끌고 병마절도사 宣居怡를 부사령관으로 삼아 한양으로 진격하
던 중 수원 독성산성에서 유인책을 펴 우키타 나오이에[宇喜多秀家] 부대를 격퇴하였
다. 1593년 병력을 나누어 선거이에게 衿川 금주산에 진을 치게 한 뒤 2,800여 명의
군사를 이끌고 한강을 건너 의승병 1,000여 명과 합세하여 행주산성에 주둔하였다.
1593년 2월 12일 총퇴각을 위해 한양에 모인 3만의 왜군이 맹공격을 퍼부어 행주산성
은 한때 함락될 위기에 놓였다. 하지만 권율의 통솔력과 관군, 의승병, 백성이 합심하
여 왜군을 괴멸시켜 사상자가 2만 4000여 명에 이르렀다. 1597년 정유재란이 일어나
자 왜군의 북상을 막기 위해 명나라 제독 麻貴와 울산에서 대진하였으나 사령관 楊鎬
의 갑작스러운 퇴각령으로 철수하였다. 순천 曳橋에서는 주둔한 왜군을 공격하려 하
였으나 전쟁이 확산되는 것을 원치 않았던 명나라 장수들의 비협조로 실패하였다.
1598년 왜군이 스스로 물러나 정유재란은 끝이 났다. 1599년 병이 들어 관직을 내놓
고 고향으로 돌아가 7월에 세상을 떠났다.

39 牛游擊(우유격): 명나라 장수 牛伯英을 가리킴. 1597년 유격장이 되어 薊鎭馬兵 6백
기를 거느리고 울산전투에 참가했고, 그 후 安東에 주둔했다가 南原으로 옮겨 주둔하
였다. 다시 제독 劉綎의 휘하에서 倭橋(또는 曳橋) 싸움에 참가하기도 하였다. 1599
년에 귀국하였다.
40 錦江(금강): 전라북도 장수군에서 발원하여 충청북도 남서부를 거쳐 충청남도와 전
라북도의 도계를 이루면서 군산만으로 흐르는 강.

適, 按察則剝去⁴¹云." 通事柳宗白札云: "摠兵, 以令監⁴²病重之意, 告于上前, 故以尹壽益⁴³改差, 今將陪行." 通事林鵬札云: "十七日淸州, 斬賊七千。賊喫稻糠, 飢死遍野, 焚蕩賊窟及賊船, 只有零賊云." 金彦云: "行長, 以五十兵, 偸來一船, 渡海。淸正, 騎馬奔竄。希良持帖, 納摠兵, 還授通事." ○二十七日。鷄鳴。惡氣上衝, 以鷄黃⁴⁴, 燒酒調下。見中和守書, 淸正中矢而死云。送其子李民寏⁴⁵筆法十張。○二十九日。送奴京中, 問本家安否及倭奇聞, 賊留南原・全州・光陽⁴⁶。久留湖南, 極慮, 而乃尹國馨書狀⁴⁷也, 摠兵二十四日已過平壤云。

---

41 剝去(박거): 削去의 오기. 삭탈되어 감.

42 令監(영감): 조선시대 높은 벼슬아치를 부른 호칭. 본래는 정2품 이상의 判書나 議政 등 堂上官을 大監이라 부르고, 종2품 정3품의 당상관을 영감이라 불렀으나 사용하기 시작한 연대는 확실하지 않다.

43 尹壽益(윤수익, 1562~?): 본관은 坡平. 무과에 급제하고, 五衛將을 지냈다. 副護軍으로서 1597년 9월 2일부터 摠兵 楊元의 접반사로 평안도에 사명을 받들고 나아갔다.

44 鷄黃(계황): 鷄黃皮. 꿩과에 속한 닭의 모이주머니 내막을 채취하여 말린, 노란 색깔의 딱딱한 껍질을 일컫는 말. 위 운동 기능을 증강시키는 작용을 한다.

45 李民寏(이민환, 1573~1649): 본관은 永川, 자는 而壯, 호는 紫巖. 李光俊의 아들이고, 李民宬의 동생이다.

46 光陽(광양): 전라남도 남동쪽에 있는 고을 이름.

47 書狀(서장): 상대편에게 전하고 싶은 일 따위를 적어 보내는 글.

반곡유고 권11
盤谷遺稿 卷之十一

난중일기 5

1597년 10월

10월 1일(무오)。 계속해서 상원(祥原)의 이영필(李永必) 집에 머물렀다.

2일。 경성에서 온 사람인 이은세(李殷世)가 말하기를, "왜적이 부산(釜山)으로 퇴각하자, 사람들이 많이 경성으로 들어갔습니다." 하였다.

○ 8일。 윤권(允權)이 찾아왔다. 듣건대 호남은 모두 평정되었고, 왜적은 지리산(智異山) 아래에 머문다고 하였다.

○ 10일。 정(正) 김중부(金仲孚)가 말하기를, "왜적은 돌아갈 곳이 없는데 또 보고가 없습니다. 경리(經理: 양호)가 군량미에 관한 일로 좌상(左相: 김응남)을 충청도와 전라도에 보내고 영상(領相: 류성룡)을 경기도와 충청도에 보냈다고 합니다." 하였다.

봉사(奉事) 전억곤(全億鯤)이 말하기를, "관군이 왜적을 뒤쫓아 내려가다가 인동(仁同)에 이르렀습니다. 9월 27일 평안도 병사(平安道兵使: 이경준)등이 군량이 끊어져서 원수(元帥: 권율)에게 돌아가자, 호남의 여러 고을들은 쑥대밭이 되었기 때문에 상황을 살펴보려고 남원(南原)으로 옮겨 주둔하였습니다. 왜적이 죄다 동래(東萊)로 들어갔는데도 경리는 11월에 10일 동안만 한정해 전쟁하기로 약속하였고 임금께서도 또한 따르셨습니다. 여러 고을들은 텅 비어 수령 한 사람도 없고 마을에는 사람 한 명도 없었으며, 들판의 논에 있는 벼이삭들이 익어 비스듬하고 면화(綿花)들이 흩어져 떨어지는데도 수습할 사람이 없다고 합니다." 하였다.

亂中日記 五

十月初一日戊午。仍留祥原李永必家。

初二日。京來人李殷世云："賊退釜山,人多入京。" ○初八日。允權
來。聞湖南悉平,賊留智里山下云。 ○初十日。金正[1]仲孚云："賊無歸
處,又無狀啓。經理,以軍糧事,送左相於兩南,送領相於湖圻云。" 奉
事全億鯤云："官軍,追賊下去,至仁同[2]。九月二十七日,平安兵使等,
以絶糧,還元帥,以湖南諸邑蕩殘之故,欲見形止[3],移駐南原。倭則盡
入東萊[4],經理約於中冬[5],限十日赴戰,大駕亦從之。列邑蕩然,無一
守令,村無一人,野田禾實離披[6],綿花散落,無人收拾云。"

11일(무진)。 듣건대 안주 영위사(安州迎慰使)로 차출되었다고 하였다.

노비 인세(仁世)가 왔는데, 노령산맥 이하는 왜적들이 분탕질하였고,
임실(任實)과 남원(南原)에는 아직도 왜적들이 남아있으며, 경상도에는
왜적이 없다고 하였다.

　명나라 감군어사(監軍御史: 陳效인 듯)가 왔다. 때마침 안주 영위사로
차출하는 전지(傳旨: 왕명을 적은 문서)가 있었는데, 초하룻날에 내려오
라고 하였다. 그래서 경성으로 가는 것을 도로 멈추었다.

○ 12일。귀손(貴孫)을 평양(平壤)에 보내서 영위사의 일을 물었다.

1　正(정): 內醫院에 소속된 관직. 내의원은 조선시대 때 왕의 약을 조제하던 관서이다.
　　鄭琢(1526~1605)의 《藥圃集》 권5 〈避難行錄下〉에 金仲孚가 내의원이었음을 기술하
　　고 있다.
2　仁同(인동): 경상북도 구미에 있는 고을 이름.
3　形止(형지): 어떤 사실의 전말. 형편.
4　東萊(동래): 부산광역시 동래 지역을 일컫는 말.
5　中冬(중동): 仲冬. 음력 11월을 달리 이르는 말.
6　離披(이피): 비스듬함.

○ 13일。 귀손이 돌아왔다. 영위사로 차출하는 전지(傳旨)를 가지고 와서 등불 아래 뜰에 나가 공경히 받았다. 예방(禮房)의 아전이 공문서와 예단을 함께 받았다.

○ 17일。 평안 감사(平安監司: 한응인)에게 예물을 미리 마련하라는 관문(關文: 공문)을 발송하였다.

○ 18일。 이가 몹시 아팠는데 온갖 약이 효과가 없어서 밀랍(蜜蠟)을 치아에 붙이고 쇠 젓가락으로 지졌더니 오후에야 점차 나아졌다.

들건대 감군어사의 접반사 이호민(李好閔)이 13일에 지나갔다고 하였다.

十一日戊辰。 聞差安州迎慰使。

仁世來, 蘆嶺[7]以下, 賊方焚蕩, 任實·南原, 尙留賊兵, 慶尙無賊云。 天朝監軍御史[8]來。 時安州迎慰使有旨, 初一日下來云。 還停京行。 ○十二日。 送貴孫於平壤, 問迎慰事。 ○十三日。 貴孫來, 迎慰有旨來, 燈下出庭祗受。 禮吏, 關子禮單並受。 ○十七日。 平安監司處, 禮物豫備事行關。 ○十八日。 齒痛, 百藥無效, 以蠟着齒, 以鐵筯灼之, 午後差復。 聞御史接伴李好閔[9], 十三日過去。

---

7 蘆嶺(노령): 소백산맥의 중부인 추풍령 부근에서 갈라져 전라남도와 전라북도의 경계를 남서로 뻗어 내려 務安群島에 이르는 산맥.

8 監軍御史(감군어사): 陳效인 듯. 《연려실기술》 17권이나 《난중잡록》 3권에 의하면 1597년 3월 진효에게 監軍하도록 명했다는 기록이 있다. 명나라 文臣으로, 정유재란 때 監察御史로서 邢玠의 軍門을 監軍하기 위해 조선에 출정하여 합천 해인사에 주둔하였다. 1599년에 급서하니, 조정에서는 3일간 조회를 철회하고 史官을 보내어 치제하였다.

9 李好閔(이호민, 1553~1634): 본관은 延安, 자는 孝彦, 호는 五峯·南郭·睡窩. 1592년 임진왜란 때에는 이조좌랑에 있으면서 왕을 의주까지 호종했다. 임진왜란 중에는 遼陽으로 가서 명나라에 지원을 요청해 명나라의 군대를 끌어들이는 데에 크게 공헌했다. 그 뒤에는 上護軍·行司直을 거쳤으며 1595년에는 부제학으로 명나라에 보내는 외교문서를 전담했다. 1596년 參贊官을 지냈고, 1599년 동지중추부사가 되어 謝恩

20일(정축). 아침밥을 상원(祥原)에서 먹고 신시(申時: 오후 4시 전후)에 평양(平壤)으로 들어갔다.

방백(方伯: 평안감사) 한응인(韓應寅)을 보았다.

○ 21일. 아침에 판관(判官)이 나를 보러 찾아와서 말하기를, "왜적선이 진도(珍島)에 도착했을 때 통제사(統制使) 이순신(李舜臣)이 31척을 당파(撞破: 쳐서 깨트림)하고 6척을 사로잡았으니, 영공(令公)의 가족들은 조금도 의심하지 마십시오." 하였다.

저녁에 접반사 윤국형(尹國馨)을 만나보았다.

○ 22일. 이가 몹시 아팠는데 아침에 물푸레나무로 지졌더니 곧 나았다.

접반사 윤국형이 순안(順安)으로 향하였다.

응교(應敎) 김상용(金尙容)이 문례관(問禮官)으로서 어제 왔다가 새벽에 돌아갔다. 듣건대 호남의 왜적이 몹시 심하다고 하였다.

○ 26일. 저녁에 지사(知事: 지중추부사) 심희수(沈喜壽)가 진주사(陳奏使)로서 나갔다가 돌아왔는데, 찾아가 조용히 이야기 나누면서 그 답장 문서를 썼다.

○ 27일. 아침에 출발하여 앞으로 나아가다가 말을 탄 채로 진주사 심희수를 보고 숙천(肅川)으로 들어갔다. 숙천군수 최기(崔沂)와 그의 형 남원군수 최렴(崔濂) 및 종사관 장만(張晩)과 이야기를 나누었다.

○ 28일. 밤에 성절사(聖節使) 남기부(南起夫: 南復興)와 이야기를 나누었다.

○ 29일. 아침에 출발하여 안주(安州)에 도착하였다. 듣건대 가등청정(加藤淸正)이 경주(慶州)에 쳐들어갔으며, 광주(光州)와 나주(羅州)에는 왜적이 많다고 하였다.

○ 30일. 오후에 어사(御史: 함경도어사) 류인길(柳寅吉)이 들어왔다. 듣

使로서 명나라에 다녀왔다.

건대 호남의 왜적들이 죄다 물러났다고 하였다.

二十日丁丑。朝飯于祥原，申時入平壤。

見方伯韓應寅。○二十一日。朝判官來見曰："賊船到珍島[10]，李統制使[11]撞破三十一隻，其六隻生擒，令公家眷，千萬勿疑也。" 夕見尹接伴國馨。 ○二十二日。齒痛，朝以水淸木[12]灼之，卽差。尹接伴，向順安。金應敎尙容，以問禮官[13]，昨來曉歸。聞湖賊太甚云。 ○二十六日。夕沈知事喜壽，以陳奏使出來，往話從容，書其覆題[14]。 ○二十七

---

10 珍島(진도): 전라남도 해남반도 남서쪽에 있는 섬 이름.
11 李統制使(이통제사): 李舜臣(1545~1598)을 가리킴. 본관은 德水, 자는 汝諧. 1576년
    식년무과에 급제했다. 1589년 柳成龍의 천거로 高沙里僉使로 승진되었고, 절충장군
    으로 滿浦僉使 등을 거쳐 1591년 전라좌도 水軍節度使가 되어 여수로 부임했다. 이순
    신은 왜침을 예상하고 미리부터 군비확충에 힘썼다. 특히, 전라좌수영 본영 선소로
    추정되는 곳에서 거북선을 건조하여 여수 종포에서 點考와 포사격 시험까지 마치고
    돌산과 沼浦 사이 수중에 鐵鎖를 설치하는 등 전쟁을 대비하고 있었다. 임진왜란이
    일어나자 가장 먼저 전라좌수영 본영 및 관하 5관(순천·낙안·보성·광양·흥양) 5포
    (방답·사도·여도·본포·녹도)의 수령 장졸 및 전선을 여수 전라좌수영에 집결시켜
    전라좌수영 함대를 편성하였다. 이 대선단을 이끌고 玉浦에서 적선 30여 척을 격파하
    고 이어 泗川에서 적선 13척을 분쇄한 것을 비롯하여 唐浦에서 20척, 唐項浦에서 100
    여 척을 각각 격파했다. 7월 閑山島에서 적선 70척을 무찔러 閑山島大捷이라는 큰
    무공을 세웠고, 9월 적군의 근거지 부산에 쳐들어가 100여 척을 부수었다. 이 공으로
    이순신은 정헌대부에 올랐다. 1593년 다시 부산과 熊川의 일본 수군을 소탕하고 한산
    도로 진을 옮겨 本營으로 삼고 남해안 일대의 해상권을 장악, 최초로 삼도수군통제사
    가 되었다. 1596년 원균 일파의 상소로 인하여 서울로 압송되어 囹圄의 생활을 하던
    중, 우의정 鄭琢의 도움을 받아 목숨을 건진 뒤 도원수 權慄의 막하로 들어가 백의종
    군하였다. 1597년 정유재란 때 원균이 참패하자 다시 삼도수군통제사에 임명되었다.
    12척의 함선과 빈약한 병력을 거느리고 鳴梁에서 133척의 적군과 대결, 31척을 부수
    어서 명량대첩을 이끌었다. 1598년 명나라 陳璘 제독을 설득하여 함께 여수 묘도와
    남해 露梁 앞바다에서 순천 왜교성으로부터 후퇴하던 적선 500여척을 기습하여 싸우
    다 적탄에 맞아 전사했다.
12 水淸木(수청목): 水精木. 물푸레나무.
13 問禮官(문례관): 중국 사신이 왔을 때 나가서 영접하고 차후의 여러 의식에 소요되는
    예를 미리 자문하는 임무를 맡았던 임시관원.
14 覆題(복제): 답장문서.

日。朝發前進, 見沈使於馬上, 入肅川。與主倅崔沂・其兄崔南原濂[15]
及張從事晩[16]話。○二十八日。夜與聖節使南起[17]話。○二十九日。朝
發到安州。聞淸正入慶州, 光羅多賊。○三十日。午後, 御史柳寅吉[18]
入來。聞湖賊盡退。

---

15 濂(염): 崔濂(1550~1610). 본관은 海州, 자는 道源. 1592년 임진왜란 당시 전라도 남
   원지방을 방어한 공로로 儒將 16인이 천거되었는데, 그도 그 가운데 1명으로 뽑혔다.
   임진왜란 후에는 동부승지, 우부승지, 좌부승지와 경상우병사, 한성좌윤 등을 역임
   하였다.
16 晩(만): 張晩(1566~1629). 본관은 仁同, 자는 好古, 호는 洛西. 1591년 별시문과에
   급제하고, 성균관・승문원의 벼슬을 거쳐 예문관검열이 되었다. 1599년 봉산군수로
   있을 때 명나라 군사를 잘 다스린 공로로 동부승지에 임명되었다. 1600년 충청도관찰
   사로 나갔다가 다시 조정에 들어와 도승지・호조참판・대사간 등을 역임하였다.
17 起(기): 起夫의 오기. 南復興(1553~?)의 자.
18 柳寅吉(류인길, 1554~?): 본관은 文化, 자는 景休, 호는 葵塢. 1592년 임진왜란 때에
   는 임금을 호종하였으며, 1596년과 1598년에는 함경도어사가 되어 길주・명천・경성
   등지의 민심을 조사, 조정에 보고하였다. 1599년 서장관으로 명나라에 다녀왔다.

1597년 11월

11월 1일(무자). 안주(安州)에서 머물렀다.

온종일 눈이 아주 많이 왔다. 홀로 앉아서 주역(周易)을 읽었다.

十一月初一日戊子。 留安州。

終日大雪。 獨坐讀易。

3일(경인). 저녁에 접반사로 임명한 전지(傳旨: 왕명서)를 받았다.

곧바로 오노(吳奴)의 편지를 보니, 이르기를, "우리 집의 배 3척이 무사하여 흑산도(黑山島)로 들어가서 그나마 기뻐할 만합니다." 하였다. 또 홍희고(洪希古: 홍진)의 편지를 보니, 나를 병부랑(兵部郎: 양위)의 접반사로 삼았는데, 그것은 문장에 재주가 있었기 때문이었으니 부끄러울 만 했다. 저녁에 과연 전지(傳旨)가 내려져서 공경히 받았다.

○ 4일。 식사한 후에 출발하였다. 저녁이 되어서 가산(嘉山)에 도착하였다.

○ 5일。 정주(定州)를 지나서 2경(밤 9시~11시)이 되어서야 운흥관(雲興館)에 도착하였다. 낭중(郎中: 양위) 및 접반사 민인백(閔仁伯)과 서로 만나서 함께 이야기를 나누었다. 낭중이 영 내리기를, "내일 상견례를 하자." 하였다.

○ 6일。 현관례(見官禮)를 행하였다. 정주(定州)에 도착하여 장계를 써서 올리고 그대로 머물렀다. 목사(牧使: 정주목사) 허상(許鏛)과 세세한 이야기를 나누었다.

○ 7일。 가산(嘉山)에 도착하자, 낭중(郎中)이 말하기를, "배신(陪臣)이 납청정(納淸亭)에 들어와 접대하지 않으니 매우 온당하지 못하게 여겨진다. 지금 이후로 배신이 함께 밥을 먹지 않으면 내 앞에만 밥을 올리지 말도록 하라." 하였다.

○ 23일。 추위를 무릅쓰고 먼저 원외(員外: 양위)에게 갔다가 돌아왔다. 그 후에 문안하니, 대답하기를, "공(公)이 병중인데도 추위를 무릅쓴 것은 온당치 못하다." 하였다.

　통판(通判: 권탁)을 만나보았다.

○ 24일。 극히 추웠다. 먼저 의주(義州)에 들어가 잠시 부윤(府尹: 黃璉), 통판(通判)을 만나보았다. 원외(員外)가 행궁(行宮)에 들어왔다.

○ 26일。 아침에 한만수(韓萬壽)가 군기관(軍器官)으로서 나를 보러 왔다. 아침밥 먹은 후에 호부랑(戶部郎: 동한유)이 들어오자, 원외(員外)가 가서 만나보았다.

　부윤(府尹) 및 호부랑 접반사 한덕원(韓德遠)과 이야기를 나누었다. 저녁에 종사관 허균(許筠)을 만나보았고, 종사관 윤의립(尹毅立)이 돌아왔다.

○ 27일。 저녁에 예단(禮單)을 올렸는데, 벼루 2개, 먹 5개, 돗자리 2개, 칼 3자루, 흰 부채 5자루이었다.

○ 28일。 아침에 원외(員外)에게 나아갔는데, 원외가 청포(靑布) 2필, 약주머니[藥囊] 2개, 금부채 2개, 화청구(靴靑具) 1개를 나에게 선물로 주었다. 나는 관대(冠帶) 차림으로 선물을 받은데 대해 감사드리고 먼저 강가로 가 의주부의 관원들과 공경히 전송하였다.

〈원외에게〉 돌아올 것인지의 여부를 품첩(稟帖)한 것에 대답하기를, "오는 15일에 의주에 도착해야 할 것이다." 하였다. 이런 내용의 장계를 가지고서 예조판서 이호민(李好閔)과 동지(同知) 이준(李準)을 만났다. 두 영공(令公)은 안온하게 이야기하였다.

○ 29일. 15일 경성에서 온 편지를 받았는데, 통제사(統制使: 이순신)가 10월 15일 밤 해남(海南)에 주둔한 왜적을 대파하고 군량미 348석을 탈취하자, 강진(康津)·장흥(長興)·보성(寶城)의 왜적들은 모두 숨었고 순천(順天)·광양(光陽)의 왜적들도 도망치려 한다는 것을 알았다.

初三日庚寅。夕受接伴使有旨。

卽見吳奴書云: "吾家三船無事, 入黑山島[1], 差可喜也." 又見洪希古書, 以我爲兵部郎[2]接伴, 爲其有文詞之能也, 可愧. 夕果有旨, 祗受. ○初四日. 食後發行. 夕到嘉山. ○初五日. 過定州, 二更到雲興[3]. 郎中及接伴閔仁伯[4], 相逢同話. 郎中令曰: "明日相見." ○初六日. 行見官禮[5]. 到定州, 修狀啓, 仍留. 與牧使許鏛細話. ○初七日. 到嘉山, 郎中曰: "陪臣不入納淸支應, 極爲未安. 今後陪臣不飯, 毋得獨進於吾前." ○二十三日. 冒寒先行員外[6]入來. 後問安, 答曰: "公病中冒

---

1 黑山島(흑산도): 전라남도 신안군 흑산면에 속하는 섬 이름.
2 兵部郎(병부랑): 명나라 장수 楊位를 가리킴. 1597년 정유재란 때 欽差贊畫軍務 兵部職方淸吏司員外郎으로 나와 定州까지 왔다가 寧前兵備로 승진되었다는 말을 듣고 돌아갔다. 職方淸吏司는 지도·군제·城隍·鎭戌·선발과 훈련·정토 등의 일을 담당한다.
3 雲興(운흥): 雲興館. 평안도 義州牧 郭山郡에 있었던 舘 이름.
4 閔仁伯(민인백, 1552~1626): 본관은 驪興, 자는 伯春, 호는 苔泉. 1592년 임진왜란 때 황주목사로서 임진강을 지키다가 大駕를 따라 행재소에 이르렀다. 聖節使로 명나라에 다녀왔다. 天將問安官·청주목사 등을 거쳐, 1598년 驪陽君에 봉하여졌다. 1604년 奏請副使로서 또 명나라에 다녀와서 안변부사·한성부좌윤 등을 역임하였다.
5 見官禮(현관례): 現任 벼슬아치가 나라의 귀빈에게 인사를 드리던 의식.
6 員外(원외): 兵部職方淸吏司員外郎 楊位를 가리킴.

寒, 未安." 見通判。○二十四日。極寒。先入義州, 暫見府尹·通判。
員外入行宮[7]。○二十六日。朝韓萬壽, 以軍器官來見。食後戶部郞[8]入
來, 員外往見。府尹及戶部接伴韓令公德遠[9]話。夕見許從事筠, 尹從
事毅立[10]還。 ○二十七日。 夕進禮單, 硯二·墨五·席二·刀三·白扇
五也。○二十八日。朝進員外, 員外以青布二疋·藥囊二·金扇二·靴
青一贈我。我冠帶謝惠[11], 先往江上, 與府官等祗送[12]。還來與否, 稟帖
答曰: "來十五日, 可到義州, 以此狀啓, 見禮判李好閔·同知李準[13]。
兩令公穩話。 ○二十九日。 得十五日京書, 知統制使, 以十月十四日
夜, 大破海南[14]屯賊, 糧米三百四十八石奪之, 康津·長興·寶城之賊
皆遁, 順天·光陽之賊亦將遁走。

---

7 行宮(행궁): 임금이 대궐을 떠나서 머무는 곳. 行在所와 같다.
8 戶部郞(호부랑): 명나라 장수 董漢儒를 가리킴. 1597년 12월에 欽差管理備倭糧餉 戶
   部山東淸吏司郞中으로 나와 1598년 정월에 義州로 돌아갔으며 1599년 4월에 開原兵
   備로 승진되어 돌아갔다. 군량을 운반할 즈음에 가능한 한 편리하게 해주려 하였음은
   물론 우리나라의 사정을 깊이 이해하여 품달할 때 곡진하게 따라주지 않은 적이 없었
   으며 스스로 검약한 생활 태도를 견지하였으므로 당시 의주 사람들이 그를 칭찬했다
   고 한다.
9 德遠(덕원): 韓德遠(1550~1630). 본관은 淸州, 자는 毅伯, 호는 江岩. 1594년 장단부
   사·전주부윤을 역임하였는데 가는 곳마다 선정을 베푼 수령으로 명성을 떨쳤다. 1596
   년에는 備邊司에서 왜란 중 전략상 요충지인 나주에 재략이 있는 자를 수령으로 뽑아서
   임명해야 한다는 주장에 따라 나주목사가 되었다. 1597년 沈惟敬의 接伴使가 되어
   극진하게 접대하였으므로, 심유경이 선조에게 그에 대한 褒賞을 청하였다고 한다.
10 毅立(의립): 尹毅立(1568~1643). 본관은 坡平, 초명은 義立, 자는 止中, 호는 月潭.
   공조판서를 지낸 尹國馨의 아들이며, 선비화가 尹貞立의 형이다.
11 謝惠(사혜): 謝賞. 선물을 받은 데 대하여 감사를 드림.
12 祗送(지송): 百官이 공손히 예를 갖추어 임금의 행차를 보냄.
13 李準(이준, 1545~1624): 본관은 全州, 자는 平叔, 호는 懶眞子·西坡. 1592년 임진왜
   란이 일어나자 運餉使가 되어 명나라 군사의 군량미 조달책임을 맡았으나 병으로 은
   퇴하였다. 그 뒤 한성부좌윤·춘천부사를 거쳐 예조·병조의 참판을 지내고, 1600년
   대사간이 되었으나 북인 洪汝諄의 일파로 몰려 한 때 파직되었다.
14 海南(해남): 전라남도 남서쪽에 있는 고을 이름.

1597년 12월

12월 1일(정사). 의주(義州)에 머물렀다.

들건대 원외(員外: 양위)가 병비(兵備)로 승진하여 그 대신 병부주사(兵部主事) 서중소(徐中素)가 차출되었다고 하였다.

　十二月初一日丁巳。留義州。

　聞員外陞兵備, 其代兵部主事徐中素[1]差出云。

4일. 아침에 출발하여 다시 경성으로 향하였다.

부윤(府尹: 황진) 및 이공(李公: 이호민인 듯)을 관아 안에서 보았다. 소곶관(所串館)에서 밥을 먹고 양책관(良策館)에서 묵었다.

○**5일.** 거련역(車輦驛)에서 밥을 먹고 임반역(林畔驛)에서 묵었다. 선천군수(宣川郡守: 김정목)가 곡식을 운반하는 일로 보이지 않았다.

○**6일.** 운흥관(雲興館)에서 밥을 먹고 저녁이 되어서야 정주(定州)에 들어왔다.

○**7일.** 곽산(郭山)에서 밥을 먹고 저녁이 되어서야 가산(嘉山)에 들어왔다.

○**8일.** 저녁이 되어서야 안주(安州)에 도착하였다.

1　徐中素(서중소): 명나라 장수. 江西 南康府 建昌縣 사람. 1598년 5월에 欽差禦倭東路監軍兵備 山東按察使司僉事贊畫主事로 나왔다가 6월에 부친상을 당해 돌아갔다.

○ 9일。 길에서 감사(監司: 한응인)를 보았다. 저녁이 되어서야 숙천(肅川)에 들어왔다.

○ 10일。 저녁이 되어서야 순안(順安)에 도착하였다.

○ 11일。 평양(平壤)에 들어왔다.

○ 12일。 윤국형(尹國馨)이 말하기를, "영공(令公)의 병세가 위중하니 갈 수가 없거니와 오히려 이곳에서 조리하십시오." 하였다. 내가 말하기를, "서 주사(徐主事: 서중소)가 떠나왔으니 내가 혹여라도 접반사에 그대로 유임된다면 지금 마땅히 장계할 것을 결단해야 하오." 하였다. 또 윤공(尹公: 윤국형)과 함께 황조(皇朝: 명나라)의 비밀스러운 일을 의논하면서, 내가 얻어들어 온 것을 상공(相公)에게 보내어서 임금에게 아뢰도록 하는 것이 좋겠다고 하였다.

마침내 윤인함(尹仁涵, 협주: 영위사로서 객사하였다.)을 조문하고, 상원(祥原)에 도착하였다. 밥을 먹은 후에 이어서 적암리(赤巖里)에 도착하였다.

아들 정명열(丁鳴說)의 편지 및 부인의 편지를 받아보았는데, 정성일(丁聲日)의 죽음을 알고서 밤새도록 통곡하였다. 장숙부(長叔父) 및 지경(之敬)도 왜적의 칼날에 죽었지만, 동생 등은 이미 나주(羅州)에 있었고 그 나머지는 배를 타고 목포(木浦)에 있었으니, 이것은 기쁜 일이라 하겠다.

○ 13일。 한덕민(韓德敏)의 편으로 좌상(左相: 김응남)에게 올리는 편지에 비밀스러운 군사 기밀을 말하였고, 또 이조판서 이개(李槩: 李墍의 오기)와 이정(吏正) 김신국(金藎國)에게 편지를 써서 궁벽한 고을에 보임(補任)되기를 청하였다.

○ 18일。 사은부사(謝恩副使) 정창연(鄭昌衍), 서장관 이상의(李尙毅), 중화부사 이광준(李光俊), 황해도관찰사 권협(權悏) 등에게 편지를 써서

부쳤다.

○ 22일。 듣건대 좌상(左相: 김응남)과 이조판서 홍진(洪進)이 교체되었고, 군문(軍門: 軍營) 및 대가(大駕)는 도성에 머무르지만 나머지는 모두 남하한다고 하였다.

○ 25일。 황해도관찰사 권협이 답장에 이르기를, "간절히 의논할 일이 있으니 나를 보러 오시기 바랍니다." 하였다.

○ 30일。 곧 입춘이다. 한 해를 적암리(赤巖里)에서 보냈다.

初四日。 朝發, 還向京城。

見府尹及李公於衙內。 飯于所串[2], 宿于良策。 ○初五日。 飯于車輦, 宿林畔。 宣川守, 以運米事, 不見。 ○初六日。 飯于雲興, 夕入定州。 ○初七日。 飯于郭山, 夕入嘉山。 ○初八日。 夕到安州。 ○初九日。 路見監司。 夕入肅川。 ○初十日。 夕到順安。 ○十一日。 入平壤。 ○十二日。 尹國馨曰: "令公病重, 不可往, 仍調此處." 余曰: "徐主事出來, 我或仍差接伴, 此宜狀啓而決之也." 又與尹公, 議皇朝秘事, 我得聞來, 可送於相公, 使之上聞云。 遂吊尹仁涵(以迎慰使客死), 到祥原。 飯後轉到赤巖里。 得見鳴說書及夫人書, 知聲日之喪, 終夜痛哭。 長叔父及之敬, 亦死於兇鋒, 舍弟等已在羅州, 其餘乘舟, 在木浦, 是則可喜。 ○十三日。 因韓德敏便, 上左相書, 言秘密軍機事, 又書于吏判李棨[3]·吏正金藎國, 請得僻郡。 ○十八日。 謝恩副使鄭昌衍[4]·書狀李尙毅·中和守

---

2 所串(소곶): 의주에 있는 所串館을 일컬음. 龍灣館에서 30리 떨어진 곳에 있다.

3 李棨(이개): 李墍(1522~1600)의 오기. 본관은 韓山, 자는 可依, 호는 松窩. 임진왜란이 일어나자 順和君을 보필하면서 강원도에 내려가 의병을 모집하였다. 1595년 다시 부제학이 되었다. 이듬 해 대사간·대사헌·동지중추부사를 차례로 역임한 뒤 이조판서에 올랐다. 1597년에 다시 지중추부사·대사헌·지돈녕부사·예조판서 등을 차례로 역임하였다. 1599년에 다시 대사헌이 되고, 이어 예조판서·이조판서를 역임했다. 이조판서로 언급된 것은 1596년 10월 12일에 이조판서로 임명한 적이 있었기 때문이다.

4 鄭昌衍(정창연, 1552~1636): 본관은 東萊, 자는 景眞, 호는 水竹. 아버지는 鄭惟吉이

李光俊・黃海伯權俠等處, 裁書付之。○二十二日。聞左相及洪吏判見遆, 軍門[5]及大駕留都, 餘皆南下云。○二十五日。黃海伯權俠, 答書云: "要須來見, 有切議事." ○三十日。乃立春也。送歲於赤巖里。

다. 1592년 임진왜란 때는 의주까지 왕을 호종했다.
5 軍門(군문): 조선시대에 軍營을 달리 이르는 말.

1598년 1월

무술년(1598)

1월 1일(정해)。 적암리(赤巖里)에 있다.

상원(祥原)의 공형(公兄: 戶長·吏房·首刑吏)이 와서 인사하였다.

○ 3일。 상원(祥原) 아전들의 고목(告目: 보고문서)에 이르기를, "어사(御史) 진효(陳效)가 2일 가산(嘉山)에서 묵었습니다." 하였다.

○ 8일。 아침에 중화(中和)에서 보낸 편지를 보니, 지난달 24일 울산(蔚山) 전투에서 왜적 445명의 머리를 베었고 그 후에도 왜적의 머리를 벤 것이 쌓이고 쌓여 천여 급이나 되었는데, 가등청정(加藤清正)이 포위되었으나 아직 체포되지 않았을 때 그의 아내가 밖으로 나와서 말하기를, "굶주림과 목마름으로 아주 곤궁하다." 하였다고 한다.

통사(通事) 임붕(林鵬)의 보고문서에 이르기를, "가등청정 왜적이 이미 체포되어 찰원(察院: 양호)에게 바쳤다 하나 믿을 수가 없습니다." 하였다.

○ 12일。 귀손(貴孫)을 집에 보내어 아이들에게 당부하기를, "왜적이 평정되었으면 집에 들어갈 것이고 평정되지 않았으면 경성으로 올라오너라. 만약 왜적이 부산(釜山)에 있으면 영광(靈光)으로 가서 농사지어라." 하였다.

○ 13일。 정주 군관(定州軍官) 신귀극(辛貴克)이 노비를 보냈다. 차비통사(差備通事) 박원상(朴元祥)의 보고문서에 이르기를, "서 주사(徐主事: 서중소)는 12월 6일 사이에 오기로 되어 있었는데 이때에 이르러 떠나오

니 어찌해야 하겠습니까?" 하였다.

○ 14일. 중화부사(中和府使: 이광준)의 편지에 말하기를, "유 도독(劉都督: 유정)의 관문(關文: 공문)에 이르기를, '가등청정이 포위되어 있어서 마치 솥 안에 갇힌 물고기 신세와 같다.'고 하였는데, 명나라군이 서생포(西生浦)로 쳐들어갔으니 승세를 알 수 있을 것입니다. 왜적의 머리를 벤 것이 1,600명이었으나 소서행장은 관망만 할 뿐 가등청정을 구하지 않았습니다. 또 광양(光陽)의 군대가 순천(順天)의 왜적을 공격하여 멸하자, 왜적들이 두려워 달아났습니다." 하였다.

이방의 보고문서에 이르기를, "양 안찰(梁按察: 양근)과 윤국형(尹國馨)이 10일에 지나갔고, 남 유격(藍游擊: 남방위)과 섭 유격(葉游擊: 섭방영)이 6,000명을 거느리고 12일에 지나갔으며, 동 도독(董都督: 동일원)과 접위관(接慰官) 홍봉상(洪奉祥)이 12일에 지나갔는데, 왜적은 천성보(天城堡)와 가덕진(加德鎭) 및 울산(蔚山)에 있으면서 산 위의 가등청정이 포위된 지 14일이 지났는데도 소서행장이 나오지 않으니, 가등청정을 사로잡기만 하면 왜적은 의당 즉시 항복할 것이라고 합니다. 모 유격(毛游擊: 茅游擊의 오기로 모국기인 듯)이 왜적 1,500명의 머리를 베었는데, 날마다 무찔러 없애는 것을 볼 수 있다고 합니다." 하였다.

생원 전부민(田富民)이 찾아와서 조용히 이야기를 나누었다.

○ 15일. 감사(監司: 한응인)의 편지에 이르기를, "서 주사(徐主事: 서중소)가 행방이 묘연하고 소식이 없다고 한다." 하였다.

○ 21일. 들건대 명나라 군대가 후퇴하여 경성 사람들이 달아나 흩어졌다고 하였다. 중화(中和)에서 온 편지에 이르기를, "왜적의 진사자가 1만 명이었지만 아군 수백 명이 부득이하게 안동(安東)으로 되돌아가 머물고 있으며, 찰원(察院: 양호)과 도독(都督: 동일원)이 장차 경성에 들어가려 한다."고 하였다.

○ 23일。 듣건대 경성(京城) 안은 매우 어지러워 발 붙이가 어려운 형편이고, 왜적의 소리에 크게 흉흉하여 도로도 끊겼다고 하였다.

○ 24일。 전 생원(田生員: 전부민)과 이야기하였더니 말하기를, "왜적이 경성으로 향하다가 반드시 서로(西路: 황해도와 평안도의 통칭)로 옮길 것인데, 끝내 만약 형세가 급박해져 서쪽으로 오면 다시금 피할 만한 곳이 없소. 영광(靈光)은 울산(蔚山)과의 거리가 600리라도 울산이 이미 결딴난 지경이라서 가족들로 하여금 그 영광 땅으로 피난케 하려 하오." 하였다.

○ 25일。 지나가는 경성 사람이 말하기를, "양호(楊鎬)와 마귀(麻貴) 두 장군이 장차 경성으로 들어간다고 합니다." 하였다.

○ 26일。 조귀린(趙龜麟)이 말하기를, "전쟁터에 나갔던 사람들이 지나가다가 우리 집에 묵으면서 이르기를, '가등청정이 3진(陣)으로 나누고서 자기는 높은 산봉우리에 견고하게 진을 쳤다. 아군이 처음 2진을 죄다 베고 막 3진을 베려 하는데 왜적의 대군이 나팔 불며 쳐들어와서 퇴각해 안동을 지켰지만 중국말들이 죄다 굶주려 죽었다. 적군과 아군 양군은 무릇 11번이나 싸워 모두 힘이 다했다. 가등청정의 군대가 단지 눈앞에 있는데도, 가지고 있던 병장기들을 죄다 중국군에게 주었다. 두 진영은 모두 싸울 마음이 없었고 추수 때까지 기다렸다가 다시 싸우기를 기약했다.'고 합니다." 하였다.

저녁에 이조(吏曹)의 관문(關文: 공문)을 보고서 12월 20일에 병부주사(兵部主事: 서중소)의 접반사로 차출되었음을 알았다. 그런데 관문이 곧바로 의주(義州)에 도착하자, 의주부사는 감사(監司)에게 보냈고 감사는 상원(祥原)에 보냈으니 매우 한탄할 만한 일이었다.

戊戌正月初一日丁亥。在赤巖里。

祥原公兄[1]來拜。○初三日。祥吏告目[2]云：“陳御史[3]二日，宿嘉山。”
○初八日。朝見中和書，去月二十四日，蔚山[4]之戰，斬倭四百四十五
級，其後斬積至千餘，清正圍而未捕，其妻出來曰：“飢渴極困。”云。通
事林鵬告目云：“清賊已捕，獻察院，未爲信也。”○十二日。送貴孫於
家，戒兒輩曰：“賊平則入家，不平則上京。賊在釜山，則農于靈光。”○
十三日。定州軍官辛貴克[5]送奴。差備通事[6]朴元祥告目云：“徐主事，十
二月初六日間當來到，趁此發來，何如？”○十四日。中和守書云：“劉
都督關云：‘清正在圍，有如鼎魚。’唐人入西生浦[7]，勝勢可知。斬首級
千六百，而行長觀望，不救清正。又光陽之軍，討滅順天賊，賊畏走。”
吏房告目云：“梁按察[8]與尹國馨，十日過去，藍游擊[9]・葉游擊[10]，領六
千，十二日過去，董都督[11]與接慰官[12]洪奉祥，十二日過去，賊在天

---

1 公兄(공형)：각 고을의 戶長・吏房・首刑吏의 세 관속을 말함. 三公兄이라고도 한다.
2 告目(고목)：각 관청의 書吏나 지방 관아의 鄕吏 같은 하급 관리가 상급 관리에게 공
  적인 일을 보고하거나 問安할 때 사용하는 간단한 양식의 문서.
3 陳御史(진어사)：陳效를 가리킴.
4 蔚山(울산)：경상남도 동북쪽에 있는 고을 이름.
5 辛貴克(신귀극, ?~1636)：본관은 靈山. 1636년 병자호란 때 남한산성에서 적과 싸우
  다 전사하였다.
6 差備通事(차비통사)：어떤 일 또는 어떤 사람의 전담 또는 전속으로 차출되어 일에
  예비하기 위해 대기하는 통사를 가리킴. 주로 통역을 맡은 구실아치를 말한다.
7 西生浦(서생포)：울산광역시 울주군 서생면 서생리에 있는 포구 이름.
8 梁按察(양안찰)：《선조실록》 1598년 2월 17일조에 의하면, 山東布政使司右參議兼按
  察使僉事 梁近인 듯.
9 藍游擊(남유격)：藍芳威. 欽差統領浙兵游擊將軍 서도지휘첨사로 南兵 3,300명을 이
  끌고 1598년 정월에 나왔다가 1599년 7월에 돌아갔다. 〈朝鮮詩選〉을 편찬하기도 하
  였다.
10 葉游擊(십유긱)：葉邦榮. 統領浙兵遊擊將軍으로서 마병 1,500명을 이끌고 나왔다.
11 董都督(동도독)：董一元. 명나라 장수. 1597년 정유재란 당시 좌도독으로 명나라 군
  사를 인솔하여 조선에 들어왔다. 경기도, 황해도, 경상우도 등 각지 병마절도사들과
  연합하여 1만 3천 명의 병력으로 남진, 사천에 이르러 시마즈(島津義弘)의 왜군을 공
  격하다 참패하여 거창으로 철수했다. 1599년 서울로 올라온 뒤 1600년 본국으로 돌아
  갔다.

城[13]・加德[14]及蔚山, 山上淸正, 在圍十四日, 行長不出, 淸正見捕, 則倭當卽降云. 毛游擊[15]斬一千五百級, 朝夕可見剿滅云." 田生員富民[16], 來話從容. ○十五日. 監司書云: "徐主事, 杳然無聞云." ○二十一日. 聞唐兵退來, 京城奔散. 中和書云: "賊死者一萬, 我軍數百, 不得已回駐安東[17], 察院・都督將入京." ○二十三日. 聞京中極亂, 勢難接足, 倭聲大凶[18], 道路斷絶. ○二十四日. 與田生員話云: "賊向京中, 必轉及西路, 終若勢迫則西來, 更無可避. 靈光距蔚山六百里, 曾已蕩敗之地, 欲令家屬, 避亂於其地." ○二十五日. 京人過去者云: "楊麻兩將, 將入京云." ○二十六日. 趙龜麟曰: "赴戰人, 過宿吾家曰: '淸正分作三陣, 渠則上峯堅陣. 我軍伐盡初二陣, 方伐三陣, 大賊來吹角, 退守安東, 唐馬盡爲飢死. 彼我兩軍, 凡十一戰, 皆力盡. 淸正軍, 只有眼前, 所帶軍器, 盡付於唐人. 兩陣皆無鬪心, 必待秋成[19]更戰.' 云." 夕見吏曹關, 知十二月二十日, 差兵部主事接伴. 而關文直到義州, 義州送于監司, 監司送于祥原, 甚可歎也.

12　接慰官(접위관): 조선시대 때 倭使가 올 때 영접하던 관원.
13　天城(천성): 天城灣. 부산광역시 강서구 천성동에 위치한 만.
14　加德(가덕): 加德鎭. 조선시대 가덕도에 왜구 방어를 위해 설치한 수군첨절제사영이다. 1544년 사량진 왜변이 일어나자, 鎭管體制의 개편을 단행하였다. 天城堡와 加背梁城을 시설하고, 옥포의 지세포・조라포・안골포를 가덕 진관에 속하게 하였다.
15　毛游擊(모유격): 茅游擊의 오기인 듯. 茅國器를 가리킨다.
16　富民(부민): 田富民(1544~?). 본관은 泰山, 자는 顯仲. 1576년 式年試에 합격하였다. 아버지는 田允成이다.
17　安東(안동): 경상북도 북동부에 있는 고을 이름.
18　大凶(대흉): 大洶. 크게 흉흉함.
19　秋成(추성): 가을 곡식의 결실.(秋收)

1598년 2월

2월 1일(병진). 적암리(赤巖里)에 있었다.

2일. 경성에서 보내온 서신을 받았는데, 영상(領相: 류성룡)과 좌상(左相) 및 이조(吏曹)의 판서(判書: 이덕형)와 참판(參判: 강신), 홍 판서(洪判書: 홍진인 듯), 신 부학(申副學: 신식), 최 정언(崔正言: 최홍재인 듯) 모두 서신을 보내왔다.

○ **10일.** 듣건대 서 주사(徐主事: 서중소)가 압록강을 건넜다는 소문이 있자, 4일에 남 첨지(南僉知)가 재촉하여 순안(順安)으로 향했다고 하였다.

○ **11일.** 듣건대 양 경리(楊經理: 양호)가 5일에 경성으로 들어왔고 마 제독(麻提督: 마귀)도 7,8일에 경성으로 들어와서 중국군 대부분 경성에 들어왔다고 하였다.

병조(兵曹)에서 임금께 청하기를, "영상 류성룡(柳成龍), 박홍로(朴弘老), 윤경립(尹敬立), 성윤문(成允文)이 윤승훈(尹承勳)을 경상좌감사(慶尙左監司)로 이시발(李時發)을 경상우감사(慶尙右監司)로 삼기를 바라고 있습니다." 하였다고 한다.

○ **13일.** 아침에 중화(中和)에서 온 편지를 보았다. 듣건대 경리(經理: 양호)가 충주(忠州)에 머물러 있고 제독(提督: 마귀)이 안동(安東)에 머물리 있는데, 중국군 3,000여 명이 경성으로 들어오자 왜적이 다시 동요했다고 한다. 또 듣건대 왕 안찰(王按察)과 서 주사(徐主事: 서중소)가 경성 가까이에 왔다고 하였다.

○ **14일.** 듣건대 서 주사(徐主事)의 접반사를 4일에 다시 최천건(崔天健)

으로 차출하고 나를 심문하라고 하였다 한다.

들건대 왜적은 순천(順天)에 머물러 있다고 하였다.

○ 19일。 중화(中和)에서 파직되었음을 들었다.

감사(監司)의 편지에 이르기를, "군문(軍門: 형개)이 20일 전후로 평양 (平壤)을 내왕할 터인데, 서유(徐劉: 서중소와 유총부인 듯)가 아직 멀리 있다고 한다." 하였다.

정(正) 김중부(金仲孚)가 찾아와서 이야기를 나누었다. 들건대 의주 (義州)에서 보낸 장계(狀啓)에 이르기를, "정경달은 아무런 이유 없이 상경했습니다." 하였다고 한다.

二月初一日丙辰。在赤巖里。

初二日。得京書, 領左相[1]及吏判[2]參判[3]·洪判書[4]·申副學[5]·崔正言, 皆有書。○初十日。聞徐主事, 有越江之聲, 初四日南僉知, 促向順安云。○十一日。聞楊經理初五日入京, 麻提督亦初七八入京, 唐兵多入京。兵曹奏請: "柳相·朴弘老[6]·尹敬立[7]·成允文[8], 尹承勳[9]爲慶尙左監

---

1 左相(좌상): 좌의정이었던 金應南이 1597년 12월경에 체직되고 尹斗壽가 1598년 2월 25일에 제수되었기 때문에 이 당시 좌의정이 누구인지 알 수가 없음.
2 吏判(이판): 이조판서 李德馨을 가리킴.
3 參判(참판): 이조참판 姜紳을 가리킴.
4 洪判書(홍판서): 예조판서 洪進을 가리키는 듯함. 그러나 1598년 1월 10일 議政府 右參贊에 제수되었고, 2월 2일에는 大司憲이었던 것으로 원전의 직함이 부합하지 않는다.
5 申副學(신부학): 부제학 申湜(1551~1623)을 가리킴. 본관은 高靈, 자는 叔止, 호는 用拙齋. 1592년 임진왜란 때 慶尙道按撫御史로 활약하였다. 그 뒤 동부승지·좌부승지·좌승지 등을 역임하고 대사간과 부제학을 거쳐 도승지·동지중추부사·공조참판 등을 지냈다. 1599년에 謝恩使로 명나라에 다녀와서 호조참판·대사헌이 되었다.
6 朴弘老(박홍로, 1552~1624): 본관은 竹山, 자는 應邵, 호는 梨湖. 弘耈로 개명하였다. 1593년 弘文館校理가 되었으며, 군량미 조달을 위해 전라도에 調度御史로 파견되었다. 1594년 다시 교리가 되었다. 1595년 弘文館應敎로 승진해 侍讀官을 겸했으며, 우승지를 거쳐 충청도관찰사로 나갔다. 1596년 전라도관찰사가 되어 부족한 군량미 확보에 힘을 다였다. 1597년 첨지중추부사에 이어 대사성·도승지를 거쳐 병조참

司·李時發[10]爲右監司云."○十三日。朝見中和書。聞經理在忠州[11], 提

판이 되었다. 1598년 평안도관찰사로 다녀와 1599년 다시 병조참판이 되었고, 도승
지·대사간 등을 역임하였다.

7 尹敬立(윤경립, 1561~1611): 본관은 坡平, 자는 存中, 호는 牛川. 1592년 임진왜란
때에는 홍문관정자로 왕명을 받아 沿江防守의 임무를 맡았고, 다시 管糧御史·督運
御史의 소임을 맡아 군량 공급에 공을 세웠다. 1594년 부수찬에 선임되고, 뒤이어
이조좌랑으로 세자시강원사서와 지제교를 겸임하였으며, 1595년부터는 다시 사예·
응교·교리·집의·사간 등의 요직을 역임하였다. 1598년에는 동부승지로 兩湖察理
使가 되어 군량·마초를 공급하고 뒤이어 충청도관찰사가 되었다.

8 成允文(성윤문, 생몰년 미상): 본관은 昌寧. 1591년 甲山府使로 부임하여 재직 중에
1592년 임진왜란을 당하여 함경남도병마절도사 李瑛이 臨海君·順和君 두 왕자와 함
께 왜적에게 잡혀가자 그 후임이 되었고, 이어 함경북도병마절도사에 임명되었다.
1593년 형벌을 너무 엄히 하여 군민들의 불평이 크다는 탄핵을 받았다. 그해 함흥부
噓呼里 지방에서 왜적을 물리쳤다. 1594년 경상우도병마절도사로 부임하였으나 사
간원에 의해 군율이 가혹하고 탐욕스럽다는 탄핵을 받아 파직되었다. 1596년 晉州牧
使에 제수되었다가 다시 경상좌도병마절도사에 올라 義興·慶州 일대에서 적을 물리
쳤다. 1598년 왜군 포로로부터 도요토미 히데요시가 죽어 왜적이 철수할 예정이라는
정보를 입수하여 조정에 올려 이에 대비토록 하였다. 그해 제주목사로 부임하였다가
1601년 水原府使를 거쳐 충청도수군절도사·평안도병마절도사 등을 지냈다.

9 尹承勳(윤승훈, 1549~1611): 본관은 海平, 자는 子述, 호는 晴峰. 1592년 임진왜란이
일어나자 사간원사간으로서 撫諭御史·宣諭使·調度使 등의 戰時 임시직을 맡아 국
난극복을 위하여 활약하였고, 1594년 충청도관찰사에 이어 형조참의·호조참판·대
사헌 등을 거쳤다. 1597년 형조판서가 되어 謝恩使로 명나라에 다녀온 다음 이조판서
에 올랐다. 1599년 함경도관찰사 재직시 변방의 胡族이 쳐들어와 크게 난을 일으키자
병사 李守一을 시켜 적의 소굴을 소탕함으로써, 魚游澗에서 豊山堡에 이르는 함경도
일대에 호족들의 흔적을 찾아볼 수 없게 하였다.

10 李時發(이시발, 1569~1626): 본관은 慶州, 자는 養久, 호는 碧梧·後潁漁隱. 1592년
임진왜란이 일어나자 駱尙志가 인솔하는 명나라 군대가 경주에 주둔했을 때 接伴官
으로 임명되었고, 都體察使 柳成龍의 종사관으로 활약하였다. 그 뒤 전적·정언·사
서를 역임하였다. 1594년 병조좌랑에 재직 중 명나라 遊擊將 陳雲鴻을 따라 적장 고
니시 유키나가[小西行長]의 군영을 방문해 정탐의 임무를 수행하였다. 1595년 병조
정랑으로 승진해 巡撫御史를 겸임하였다. 1596년 李夢鶴이 鴻山(지금의 부여)에서
일으킨 반란을 토벌하는 데 공을 세워 난이 평정된 뒤 掌樂院正으로 승진하였다. 그
해 겨울 贊劃使로 임명되어 충주의 德周山城을 쌓고, 또 조령에 防柵을 설치하였다.
1597년 정유재란 때에는 分朝(임진왜란 당시 세자가 있던 임시 조정을 부른 이름.
선조가 있던 의주 행재소를 원조정이라 했음.)의 호조참의가 되어 명나라 원병의 군
량미 보급을 관장하였다.

11 忠州(충주): 충청북도 북부 중앙에 있는 고을 이름.

督在安東, 唐軍三千餘人入京, 賊還動心, 又聞王按察[12]·徐主事近到云。○十四日。聞徐主事接伴, 初四日更以崔天健[13]差出, 吾則推考云。聞賊在順天。○十九日。聞中和見罷。監司書云: "軍門[14]念間[15], 來往平壤, 徐劉[16]尙遠云。" 金正仲孚來話。聞義州將啓云: "丁某無端上京。"

22일(정축). 다시 경성(京城)을 향해 출발하여 수안(遂安) 지경에서 묵었다.

23일. 아침 일찍 출발하여 수안으로 들어가자, 고을 수령이 머물러 있기를 청하였다.

○ **24일.** 신계(新溪)에 도착하였다.

○ **25일.** 이른 아침에 출발하여 취적원(吹笛院)에서 묵었다.

○ **26일.** 아침에 토산(兎山)으로 들어갔다.

○ **27일.** 삭녕(朔寧)에 도착하였다.

○ **28일.** 마전(麻田)으로 들어갔다. (협주: 이하 글자 빠짐)

○ **30일.** 절의의 마을[節義鄕: 포천]에 있는 신 병사(申兵使: 신할)의 집에

---

12 王按察(왕안찰): 임진왜란 때 명나라 군대를 감찰하고 우리나라의 사정을 조사하기 위해 파견된 인물. 이름은 확실하지 않은데, 《선조실록》 1598년 2월 30일 기사에는 王仲碕로, 9월 11일 기사에는 王士碕로 되어 있기 때문이다.

13 崔天健(최천건, 1568~1617): 본관은 全州, 자는 汝以, 호는 汾陰. 1593년 居山道察訪을 거쳐 병조와 예조의 좌랑, 우승지·도승지·호조참의 등을 지냈다. 冬至使의 서장관으로 명나라에 건너가 본국의 위급한 상황을 알리고 돌아왔으며, 다시 1598년 陳奏使로 명나라에 가 경략 楊鎬의 轉任을 진주하였다. 이어 해주목사·호조참판을 지냈다.

14 軍門(군문): 군문이라는 말은 總督軍務衙門이라는 말의 약칭으로, 여기서는 그 당시 군무를 맡은 邢玠를 가리킴. 孫鑛을 대신하여 1597년 10월에 欽差總督薊遼保定等處 軍務 經略禦倭兼理糧餉 兵部尙書兼都察院右副都御史로 압록강을 건너왔다가 1598년 3월에 돌아갔으며, 1598년 7월에 다시 왔다가 1599년 5월에 돌아갔다.

15 念間(염간): 어떤 달의 20일 전후.

16 徐劉(서유): 《선조실록》 1598년 2월 4일조에 의하면, 兵部郎中 徐中素와 劉總府인 듯.

들어갔다. 중국 사람을 맞아들이는 한편. (협주: 정수칠이 살피건대, 이날 마땅히 경성으로 들어가야 하나, 원본이 떨어져 나가서 상고할 수가 없다.)

二十二日丁丑。還向京城發行，宿遂安¹⁷地。

二十三日。早發，入遂安，主守¹⁸請留。○二十四日。到新溪¹⁹。○二十五日。早發，宿吹笛院²⁰。○二十六日。朝入兔山²¹。○二十七日。到朔寧²²。○二十八日。入麻田²³。(以下缺) ○三十日。入節義鄕²⁴申兵使²⁵家。唐人許接一邊。(修七案，是日當入京城，而原本缺落²⁶，無所考。)

---

17 遂安(수안): 황해도 북동부에 있는 고을 이름.
18 主守(주수): 俞大儆(1551~1605)을 가리킴. 본관은 杞溪, 자는 省吾. 1592년 임진왜란이 일어나자 세자인 광해군을 시종하였다. 1593년 사간원정언을 지내고, 1594년 사헌부지평에 임명되었다. 외직에 나아가 巡邊使를 보좌하여 從事官이 되었고, 1595년 兵曹正郎을 거쳐 遂安郡守가 되었다. 1598년 수안군수로 있으면서 성실히 임무를 수행하여 한 품계 가자되었으나, 1599년 취중에 왕자에게 불손한 말을 하여 관직이 삭탈되었다.
19 新溪(신계): 황해도 북동부에 있는 고을 이름.
20 吹笛院(취적원): 경기도 개성에 있는 驛館.
21 兔山(토산): 경기도 개성 吹笛院의 동쪽에 있는 산.
22 朔寧(삭녕): 경기도 연천 지역에 있는 고을 이름.
23 麻田(마전): 경기도 연천 지역에 있는 고을 이름.
24 節義鄕(절의향): 경기도 포천군 내촌면 엄현리를 가리킴. 신할 형제가 태어나 살았던 곳이라 한다.
25 申兵使(신병사): 申硈(1548~1592)을 가리킴. 본관은 平山. 申砬의 동생이다. 1567년 무과에 급제하여 備邊司에 보임된 뒤 1589년 慶尙道左兵使를 지냈다. 1592년 임진왜란이 일어나자 咸鏡道兵使가 되어 선조의 몽진을 호위한 공으로 京畿守禦使兼南兵使에 임명되었다. 이후 都元帥 金命元과 임진강에서 9일간 왜적과 대치하다가 都巡察使 韓應寅의 병력을 지원받아 1592년 5월 18일 새벽에 도강을 개시 적진을 기습하였다가 복병의 역습을 받아 그 자리에서 순절하였다.
26 缺落(결락): 있어야 할 부분이 빠져서 떨어져 나감.

〈그림 1〉 정경달의 노정을 보여주는 의주대로 지도

1598년 3월

3월 1일(병술). 병으로 누워 있었다. 집안을 청소해도 나오지 않자, 두 제수 씨가 나를 보러 찾아왔다.

2일。 듣건대 윤 좌상(尹左相: 윤두수)이 논박을 당했다고 하였다.

○ 7일。 아침에 남소(南所)로 들어가 지사(知事: 지중추부사) 류영경(柳永慶) 과 함께 숙배(肅拜)하고 나왔다. 말을 탄 채 이조참판 강신(姜紳)을 만나보 았다. 판서 이호민(李好閔)을 찾아갔으나 만나지 못하고 돌아왔다.

○ 8일。 류 상공(柳相公: 류성룡)을 찾아가 뵈었다. 상공이 중국으로 하 여금 일본을 곧장 정벌케 하는 비서(秘書)를 꺼내 보여주었다. 또 원외 (員外: 양위)가 세 차례나 군량을 청하면서 내놓은 명함을 보고는 매우 기이하게 여기며 말하기를, "이와 같이 영접하는 사람은 없을 것입니 다." 하였다.

두루 이조참의 김홍징(金弘徵)을 찾다가, 상주(尙州)에서 임진년(1592) 과 계사년(1593)에 일을 함께 도모했던 김복례(金復禮)를 만나니 매우 기뻤다. 이조판서 이덕형(李德馨)을 찾아갔으나 만나지 못했다.

○ 10일。 듣건대 군문(軍門: 형개)이 가던 길을 멈추었다고 하였다.

○ 11일。 아침에 지사(知事: 지중추부사) 이호민(李好閔)을 만나보았다. 늘건대 모국기(茅國器), 전주(全州)의 조정의(趙正誼: 董正誼의 오기), 남원 (南原)의 오유충(吳惟冲: 吳惟忠의 오기)이 충주(忠州) 및 공주(公州)·예천 (醴泉)·용궁(龍宮)·안동(安東)에서 거대한 진(陣)을 치고, 총병(摠兵) 주 우덕(周于德)이 병사 2만 명을 거느려서 배에 태워 한산도(閑山島)로 향

하고, 유정(劉綎)이 병사 2만 명을 거느려서 나오자, 왜장(倭將) 가등청정이 강화(講和)를 애걸하는 편지를 보내고 후퇴하며 도독(都督) 마귀(麻貴)를 만나고 싶어 한다고 하였다.

경리(經理: 양호)가 탄핵을 받아 다시 제본(題本: 上奏文)을 올렸으나 황상(皇上: 명나라 神宗)이 아무런 비답(批答)을 하지 않았다. 그 제본에 이르기를, "신(臣)이 탄핵을 받았을지라도, 신을 적의 소굴에서 죽게 하고 혹여라도 죄를 철저히 따지되 서둘러서 헛되이 죽게 하지는 마십시오." 하였다.

○ 13일。 저녁에 들건대 전라도에 파견할 분호조참의(分戶曹參議)의 명이 있었다고 하였다.

○ 15일。 들건대 주상께서 참의를 바꾸어 이민각(李民覺)에게 맡겼다고 하였다. 어떤 사람이 말하기를, "대신이 아뢰어 교체되었다." 하였다.

○ 16일。 병을 무릅쓰고 무리하게 좌의정 김응남(金應南)을 뵙고 해임하여 고향으로 돌아갈 수 있게 해주기를 청하였다. 심문하라는 전지(傳旨)가 내려오지 않았다.

○ 17일。 조보(朝報)를 보았는데, 주상께서 말씀하시기를, "정경달은 그와 같은 일을 할 수 없을 것 같으니 조속히 조처하는 것이 좋겠다." 하였고, 비변사가 말하기를, "자문(咨文: 외교문서)에 회답하는 일은 급하니 이조(吏曹)로 하여금 시급히 다른 벼슬아치로 바꾸게 하소서." 하였다.

○ 18일。 심문하여 볼기 50대에 처하고 해임하되 공훈을 1등 감하자, 임금께서 재가했는데 볼기 40대에 처하되 해임하지 말게 하셨다고 하였다. 1차 심문에는 항거하였고, 2차 심문에는 통문(通文)에 말을 꾸며 대어서 대답하여 당연히 사실대로 기록하고 보고할 수 없었으며, 3차 심문에도 항거하여 당연히 사실대로 기록하고 보고할 수 없었으니,

너무 오래 속이고 자백하지 않은 것이 미안하였다.

○ 20일。 지사(知事: 지중추부사) 이효언(李孝彦, 협주: 곧 이호민이다.)의 아들 이경엄(李景嚴)이 찾아왔다. 저녁에 정승(政丞) 정탁(鄭琢)을 찾아뵙고 일가처럼 안온하게 이야기하였으며, 병조참의(兵曹參議) 정천석(丁天錫: 정윤우)을 찾아가서 안온하게 이야기하였다.

○ 21일。 예조참판(禮曹參判) 김우옹(金宇顒)을 만나서 이야기하였다. 마침내 류 상공(柳相公: 류성룡)을 배알하였는데, 상공이 나의 병 상태를 세세히 물어보고, 내가 명나라 장수의 접반사로 있으면서 함께 지은 시를 보고는 깊이 감탄하였다.

○ 22일。 여주(驪州)로 들어갔다. 수망(首望: 가장 높이 추천된 후보자)에 올랐으나 낙점을 받지 못했다.

○ 23일。 윤자고(尹子固: 윤근수)를 찾아갔으나 보지 못했다. 홍 판서(洪判書: 홍진)를 만나서 병으로 인해 사직소를 올리는 것에 대해 의논하니 대답하기를, "세 차례 사직소를 올려 체직된 뒤에 내왕하면서 경기감사(京畿監司) 한준겸(韓浚謙)을 만나는 것이 좋겠다." 하였다. 좌상(左相: 김응남)을 만나 안온하게 이야기하였고, 또 접반사 이효언(李孝彦: 이호민)을 찾아가서 밤이 깊도록 술을 마셨다. 이호민이 먼저 시를 짓고는 나로 하여금 차운하게 하였다.

○ 24일。 진 어사(陳御史: 진효)가 떠나갔다.

저녁에 듣건대 북호(北胡)가 나아가 사보(四堡)를 함몰하였고, 왜적이 강화(講和)를 청하는 편지를 통사(通事)에게 바쳤다고 하였다.

○ 26일。 이날 전교(傳敎)하시기를, "문관으로서 지임이 있는 자가 직무에서 벗어났거나 공무로 인해 고향으로 돌아가서 쉬고 있어서 감사(監司)로 하여금 잡아 보내게 하는데 완고하게 버티면서 꼼짝도 않으려는 자들을 기록해 보고하고 그 죄를 다스리도록 하라." 하였다.

O 27일。류 상공(柳相公: 류성룡)이 나의 편지에 답하기를, "체직되었어도 왕래하는 것이야 막힘이 없을 듯하니 잘 헤아려 처리하오. 뱃길이 불편하고 고향에는 의료기구가 없을 것이니 이곳에서 치료하고 조리하는 것이 마땅할 것이오. 그 이전에 한 번 더 의논할 수 있기를 바라오." 하였다. 김 상공(金相公: 김응남)도 답하기를, "마땅히 잊지 않을 것이오." 하였다.

O 29일。들건대 순천(順天)에서 평행장(平行長: 소서행장)의 군대 3만 명과 평수의(平水義)의 군대 9,000명이 3중의 성을 쌓았다고 하였다. 저녁에 김 참의(金參議: 김홍민)의 답서를 보니 이르기를, "이러한 때에 사생활을 살피기가 어려울 듯하니 어찌하겠습니까?" 하였다.

三月初一日丙戌。病臥。掃家不出, 兩嫂來見。

初二日。聞尹左相[1]見駁。○初七日。朝入南所[2], 與柳知事永慶[3], 肅

---

1 尹左相(윤좌상): 尹斗壽(1533~1601)를 가리킴. 본관은 海平, 자는 子昂, 호는 梧陰. 1592년 임진왜란이 발발하자 다시 기용되어, 어영대장·우의정을 거쳐 좌의정에 이르렀다. 평양 行在所에 임진강의 패배 소식이 전해지자, 명나라에 구원을 요청하자는 주장에 반대하고 우리의 힘으로 최선의 노력을 다하자고 주장하였다. 그래서 이조판서 李元翼, 도원수 金命元 등과 함께 평양성을 지켰다. 1593년 三道體察使를 겸했으며, 1595년 판중추부사가 되었고 海原府院君에 봉해졌다. 1597년 정유재란 때에는 영의정 柳成龍과 함께 난국을 수습하였다. 1598년 좌의정이 되고 영의정에 올랐으나, 대간의 계속되는 탄핵으로 사직하고 南坡에 물러났다.

2 南所(남소): 조선시대 五衛의 衛將이 숙위하던 衛將所의 하나. 창덕궁의 금호문 안과 경희궁의 개양문 안에 위치하였다.

3 永慶(영경): 柳永慶(1550~1608). 본관은 全州, 자는 善餘, 호는 春湖. 1592년 임진왜란이 일어나자 사간으로서 招諭御史가 되어 많은 의병을 모집하는 활약을 보였고, 1593년 황해도순찰사가 되어 해주에서 왜적을 맞아 60여급을 베는 공을 세웠다. 그 공로로 行在所에서 호조참의에 올랐다. 1594년 황해도관찰사가 되었고, 1597년 정유재란 때에 知中樞府事로서 가족을 먼저 피란시켰다는 혐의로 파직되었다가 1598년 병조참판에 서용되었다. 당론이 일어날 때에는 柳成龍과 함께 동인에 속했으며, 동인이 다시 남인·북인으로 갈라지자 李潑과 함께 북인에 가담하였다. 1599년 대사헌으로 있을 때에 南以恭·金藎國 등이 같은 북인인 洪汝諄을 탄핵하면서 대북·소북으로

拜而出。馬上見姜吏參紳。訪李判書好閔, 不遇而還。○初八日。拜柳相公。相公, 以中原直伐日本, 秘書出示。又見員外前三度請糧拜帖[4], 甚奇之曰: "如是接件者, 無矣." 歷訪吏議金弘徵, 見金復禮, 乃尙州[5]壬癸同事人, 極喜。訪吏判李德馨, 不遇。○初十日。聞軍門停行。○十一日。朝見李知事好閔。聞茅國器, 全州趙正誼[6], 南原吳惟冲, 忠州及公州·醴泉[7]·龍宮[8]·安東作大陣, 周摠兵于德[9], 領兵二萬, 載船向閑山, 劉綖領兵二萬出來, 倭將淸正, 書乞講和而退次, 願見麻都督云。經理被論, 再上題本[10], 皇上不答。其題本曰: "臣被參, 使臣死於賊所, 或重究, 勿令怏怏徒死云." ○十三日。夕聞有全羅分戶曹參議之命。○十五日。聞自上改參議, 付李民覺[11]。或曰: "大臣啓遞." ○十六日。力疾[12], 拜金左相, 乞解任下鄕。推考傳旨不下。○十七日。見朝報, 上曰: "丁某似不可爲如此事, 速爲處置, 可也." 備邊司曰: "回咨事急, 令吏曹從速[13]改差." ○十八日。推考以答五十解現任功減一等, 啓下[14]答四十不解任云。初度抗拒, 二度修餙答通, 不當從實記下云, 三度抗拒, 不當從實記下云, 遲晚[15]。○二十日。李知事孝彥(卽好閔), 子景嚴[16]來

갈리자, 柳希奮 등과 함께 남이공의 당이 되어 영수가 되었다.

4 拜帖(배첩): 명함. 옛날, 방문할 때 사용한 봉투 크기의 붉은 종이에 쓴 명함이다.

5 尙州(상주): 경상북도 서북부에 있는 고을 이름.

6 趙正誼(조정의): 董正誼의 오기. 《선조실록》1598년 2월 3일조, 2월 8일조, 4월 23일조에 나온다.

7 醴泉(예천): 경상북도 북서부에 있는 고을 이름.

8 龍宮(용궁): 경상북도 예천 지역에 있는 고을 이름.

9 周摠兵于德(주총병우덕): 摠兵 周于德은 《선조실록》1598년 4월 3일조에는 朱佑德으로, 4월 10일조에는 周祐德으로 되어 있어 어느 음차표기가 옳은지 알 수가 없음.

10 題本(제본): 明淸시대, 공용의 上奏文.

11 李民覺(이민각, 1535~?): 본관은 廣州, 자는 志尹, 호는 四屛. 임진왜란 중에는 안주·양주의 목사를 역임하나가 1598년 호조침의가 되어 전리도에 피견되어 군량미 조달에 공을 세웠다.

12 力疾(역질): 병을 무릅쓰고 무리하게 함.

13 從速(종속): 시급히.

14 啓下(계하): 임금의 재가를 받음.

15 遲晚(지만): 너무 오래 속이고 자백하지 않은 것이 미안하다는 뜻. 죄인을 심문하여

訪。夕謁鄭政丞琢[17]穩話如一家, 訪兵議丁天錫穩話。○二十一日。見
禮參金宇顒[18]話。遂拜柳相公, 相公甚問病狀, 見我天使時偕作詩, 深
歎。○二十二日。入驪州[19]。首望[20]未蒙點。○二十三日。尋尹子固, 不
見。見洪判書, 議呈病[21], 答曰: "三度見遞, 後可以往來, 見京圻監司韓
俊謙[22]." 謁左相穩話, 又訪李接伴孝彦, 夜深醉中。李先作詩, 令我次
韻。○二十四日。陳御史出去。夕聞北胡[23], 進陷四堡, 倭以講和書, 進
呈通事云。○二十六日。是日, 傳曰: "文官有職者, 或解職, 或因公, 歸
臥鄉曲, 令監司督送, 頑不動念者, 抄啓治罪." ○二十七日。柳相公, 答
我書曰: "遞職往還, 或似無碍, 量處也。舟行不便, 鄉無醫具, 在此調治

마지막으로 공초하고 그 진상을 다짐받아 두는 것을 말한다.

16 景嚴(경엄): 李景嚴(1579~1652). 본관은 延安, 자는 子陵, 호는 玄磯. 아버지는 延陵
府院君 李好閔이다.

17 琢(탁): 鄭琢(1526~1605). 본관은 淸州, 자는 子精, 호는 藥圃·栢谷. 1592년 임진왜
란이 일어나자 좌찬성으로 왕을 의주까지 호종하였다. 1594년 郭再祐·金德齡 등의
명장을 천거하여 전란 중에 공을 세우게 했으며, 1595년 우의정이 되었다. 1597년
정유재란이 일어나자 72세의 노령으로 스스로 전장에 나가서 군사들의 사기를 앙양
시키려고 했으나, 왕이 연로함을 들어 만류하였다. 특히, 이 해 3월에는 옥중의 李舜
臣을 극력 伸救하여 죽음을 면하게 하였으며, 水陸倂進挾攻策을 건의하였다. 1599년
병으로 잠시 귀향했다가 1600년 좌의정에 승진되고 판중추부사를 거쳐, 1603년 영중
추부사에 올랐다.

18 金宇顒(김우옹, 1540~1603): 본관은 義城, 자는 肅夫, 호는 東岡·直峰布衣. 1592년
임진왜란으로 회령에 유배된 것이 사면되어 의주 行在所로 가서 승문원제조로 기용
되고, 이어서 병조참판을 역임하였다. 1593년 명나라 贊劃 袁黃의 接伴使가 되고,
이어서 동지중추부사로 명나라의 經略 宋應昌을 위한 問慰使가 되었으며, 왕의 편지
를 명나라 장수 李如松에게 전하였다. 그 해 상호군을 거쳐 동지의금부사가 되어 왕
을 호종하고 서울로 환도하였으며, 한성부좌윤·혜민서제조 등을 역임하였다. 1594
년 대사성이 되고, 이어서 대사헌·이조참판을 거쳤다. 1597년 다시 대사성이 되었으
며, 이어서 예조참판을 역임하였다.

19 驪州(여주): 경기도 남동쪽에 있는 고을 이름.

20 首望(수망): 조선시대에 벼슬아치를 임명하기 위하여 吏曹와 兵曹에서 3인을 추천하
는데 그 중 가장 높은 제1의 추천자.

21 呈病(정병): 병을 이유로 사직소를 올리는 것.

22 韓俊謙(한준겸): 韓浚謙(1557~1627)의 오기.

23 北胡(북호): 북쪽에 있는 오랑캐.

爲宜。未前, 幸謀一叙也.” 金相公, 亦答曰: “當不忘.” ○二十九日。聞
順天平行長軍三萬, 平水義軍九千, 築三重城子[24]云。 夕見金參議[25]答
書云: “此時, 私省似難, 何如?

---

24 三重城子(삼중성자): 순천왜성의 외성, 내성(토석성), 본성(석성)을 일컬음. 성자는
    山城의 한 가지로, 적의 침입으로부터 성을 보호할 목적 하에 임시로 쌓은 소규모의
    요새이다.
25 金參議(김참의): 이조참의 金弘敏을 가리키는 듯.《선조실록》1598년 4월 29일조에
    나온다. 한편, 玉果縣監을 지낸 金範의 아들로서 尙州人 金弘敏(1540~1594)은 아니다.

1598년 4월

4월 1일(을묘). 두 번째 사직서를 올렸더니 오늘에서야 비로소 체직되어 말미를 받았다.

2일. 오위장(五衛將) 겸임직(兼任職)은 교체하지 않을 수 없었는지라, 권맹초(權孟初)에게 사람을 보내어 부탁하였다.

○ 4일. 조보(朝報)에 이르기를, "무주(茂朱)에 왜적이 쳐들어왔다." 하였다. ○ 내가 겸임한 직명도 아울러 교체되었다. 듣건대 어젯밤 강화도(江華島)의 수망(首望: 가장 높이 추천된 후보자)에 대해 주상께서 말씀하시기를, "정경달은 병세가 심하여 오위장도 수행할 수가 없는데, 어찌하여 그를 의망(擬望: 추천)하였단 말인가?" 하였고, 인천(仁川) 및 광주(廣州)의 수망(首望)에 대해서도 주상께서 또 말씀하시기를, "다시 추천하라." 하였다고 한다.

서애(西厓: 류성룡) 상공(相公)이 매우 조용히 물어보기를, "정경달의 군공(軍功)으로 왜적 120명이나 베었는데 그래도 남은 군공이 있을 것이오." 하자, 대답하기를, "가선(嘉善)의 품계에 오를 수 있습니다." 하였다. 내가 추증(追贈)해 줄 것을 청하자, 대답하기를, "감사(監司)나 부윤(府尹)은 가선대부가 할 수 있으니 또한 어렵지 않소." 하였다. 또 김지명(金之明: 김공희) 고종사촌 형의 일에 대해 말하기를, "문장이 능한데다 일을 처리하는 재능이 있거늘 등용하지 않는 것은 어째서입니까?" 하자, 대답하기를, "나와 같은 해에 함께 급제하였소." 하였다. 내가 말하기를, "급제한 것이 어느 해입니까? 나이는 또한 몇입니까?

가련하지 않습니까?" 하자, 이에 말하기를, "나이가 많은 것은 애석하나, 문장에 재주가 있는 줄은 내 미처 알지 못했소." 하였다.

상공이 또 말하기를, "영공(令公)이 말한 호남의 여덟 가지 폐단은 참으로 바른 말이니 모름지기 우상(右相: 이원익)에게 고하시오." 하였는데, 내가 말하기를, "병가(病暇) 서류를 제출한 사람은 출입하기가 어렵습니다." 하자, 상공이 말하기를, "호남 선비들의 훌륭한 것은 듣기를 원하오." 하였다. 내가 말하기를, "어찌 감히 누구누구 하면서 두루 고하겠습니까?" 하자, 상공이 말하기를, "주상께서 그르게 여기실까 두려우니 속히 오기를 바라오." 하였다.

또 동암(東巖: 이영승)의 병세가 심한 것을 보고 잠깐 동안 이야기를 나누었다.

○ 6일。 새벽에 출발하여 한강을 건넜다. 저물어서 수원(水原)에 들어갔는데, 부사(府使: 수원부사) 최철견(崔鐵堅)이 외지에 있어서 보지 못하였다.

○ 7일。 아침 일찍 출발하였는데 저물어서 온양(溫陽)에 들어갔다.

○ 8일。 아침 일찍 출발하였는데 길에서 신여경(愼余慶: 愼餘慶의 오기)을 만났다. 듣건대 왜적이 침입하여 장흥(長興)을 지났다고 하였다. 저물어서 정산(定山)에 들어갔다.

○ 9일。 아침 일찍 출발하였는데 저녁에 함열(咸悅)에서 묵었다.

○ 10일。 신창포(新倉浦)에 도착하여 아침밥을 먹었다. 저녁에 옹정(甕井)의 김영광(金靈光: 김공희) 집에서 묵었다.

○ 11일。 용안(龍安)에서 떠나 고부(古阜)를 거쳐 지녁에 무장(茂長) 땅에 들어갔다. 듣건대 가족들이 영광(靈光) 북면(北面) 지장리(地藏里)에 왔다고 하였다.

○ 12일。 아침에 말이 다리의 구멍에 빠져 무논으로 꼬꾸라지는 바람

에 몸이 말에서 바닥으로 떨어졌지만 겨우 살아나 온몸의 진흙을 씻어
냈다. 마침내 지장리에 들어가 가족들과 만났다.

○ 13일。 아무 일도 할 수 없을 만큼 지쳐서 머물러 드러누웠다. 정중
성(丁仲誠)을 만나 이야기를 나누었다.

○ 14일。 정응룡(丁應龍)과 정응호(丁應虎), 정봉래(丁鳳來)와 이야기를 나
누었다.

○ 18일。 듣건대 무주(茂朱)의 왜적들이 죄다 섬멸되었다고 하였다.

○ 24일。 정응벽(丁應璧)과 정철수(丁鐵壽)가 왔다.

四月初一日乙卯。 再度辭狀[1], 今日始入得, 蒙給由[2]。

初二日。 五衛將兼帶職, 不可不適差, 送人權孟初囑之。 ○初四日。
朝報云: "茂朱[3]倭來." ○丁某兼帶職名, 並適差。 聞昨夜江華首望, 上
曰: "丁某病甚, 五衛亦不行, 何以擬之?" 仁川[4]及廣州[5]首擬[6], 上又曰:
"改望." 西厓相公, 極從容問: "我軍功, 百二十級, 猶有餘在." 答曰:
"可陞嘉善[7]." 我乞追贈, 答曰: "監司·府尹, 可爲嘉善, 亦不難."云。
又言以金之明[8]內兄[9]事曰: "能文章而有辦事之才, 不用何也?" 答曰:

1　辭狀(사장): 직책에서 사임하겠다는 뜻을 적어 내는 문서.
2　給由(급유): 관리에게 휴가를 주는 것.
3　茂朱(무주): 전라북도 북동부 소백산맥 서쪽 사면에 있는 고을 이름.
4　仁川(인천): 우리나라 중서부, 황해에 접하여 있는 고을 이름.
5　廣州(광주): 경기도 중앙에 있는 고을 이름.
6　首擬(수의): 擬望의 三望 중 맨 첫 망에 쓴 것을 말함.(首望)
7　嘉善(가선): 嘉善大夫. 조선시대 종2품의 문관과 무관에게 주던 품계.
8　之明(지명): 金公喜(1540~1604)의 자. 본관은 光山, 호는 芝川. 아버지는 金胤이고,
　　외조부는 丁仁傑이다. 1576년 진사시에 합격하였으며, 1580년 別試에 급제하였다.
　　벼슬은 從事官·靈光君守를 거쳐 南原府使를 지냈다. 1589년 10월 全羅道都事 曺大
　　中은 백성의 재앙과 피해를 순찰하기 위하여 전라남도 보성에 이르러 軍籍講을 실시
　　하였는데, 이때 金公喜는 영광군수로서 潭陽府使 金汝岉과 함께 시험관으로 참석하
　　였다. 조대중은 보성에 도착하여 자신이 아끼던 扶安의 官妓와 이별하며 눈물을 흘린
　　일이 있었는데, 이를 두고 西人들이 "鄭汝立이 죽으니 조대중이 이를 슬퍼하여 눈물

"吾同年[10]也." 余曰: "及第何年? 年亦幾何? 不亦憐乎?" 乃曰: "年近衰
可惜, 文章及有才, 吾未知之." 相公又曰: "令公湖南八弊, 誠是格言,
須告右相[11]." 余曰: "病狀[12]人, 出入難矣." 相公曰: "湖士之善者, 願
聞." 余曰: "何敢以某某歷告?" 相公曰: "恐自上非之, 速來爲望." 又見
東巖病甚, 暫言. ○初六日. 曉發, 渡漢水. 夕入水原, 府使崔鐵堅[13]
在外, 不見. ○初七日. 早發, 夕入溫陽[14]. ○初八日. 早發, 路見愼
余慶[15]. 聞賊警過長興. 夕入定山[16]. ○初九日. 早發, 夕宿咸悅[17]. ○

을 흘리고 맨밥을 먹었다."고 날조하여 控訴당하였다. 1590년 鞫問을 당한 조대중은
정여립과 잔당이 굴복하여 죽었다는 소식을 들었을 때 자신은 光州의 鄕家에 있었으
며, 담양부사 김여물과 함께 술을 마시고 풍악을 울리며 역적의 소탕을 慶賀하였다고
답하였으나 받아들여지지 않았다. 이때 김여물이 증인으로 서기 위하여 서울에서 명
을 기다리고 있는 중이었는데도 국청에서는 그를 불러 물어보지 않았으며, 김공희
또한 조대중이 죄가 없음을 증언하기 위해 상경하여 대궐 밖에서 3일 동안이나 기다
렸다. 그러나 서인으로 당시 鞫廳大臣이었던 鄭澈이 증언하러 온 그에게 한마디도
묻지 않고 조대중을 죽이자 크게 탄식하였다.

9 內兄(내형): 정경달의 고종사촌 형임을 가리키는 말. 김공희의 외할아버지 丁仁傑이
   정경달의 할아버지이므로, 김공희와 정경달은 내외종사촌이다.
10 同年(동년): 같은 해에 과급제한 사람.
11 右相(우상): 우의정 李元翼(1547~1634)을 가리킴. 본관은 全州, 자는 公勵, 호는 梧
   里. 1592년 이조판서 때 임진왜란이 일어나자 평안도 도순찰사가 되어 왕의 피란길에
   호종하고, 1593년 李如松과 합세하여 평양 탈환작전에서 공을 세워 평안도관찰사가
   되었으며, 1595년 우의정 겸 4도체찰사에 올랐다. 이때 명나라의 丁應泰가 經理 楊鎬
   를 중상 모략한 사건이 발생해 陳奏辨誣使로 명나라에 다녀온 후 1598년 영의정이
   되었는데, 柳成龍을 변호하다 사직, 은퇴하였다.
12 病狀(병장): 병으로 인하여 휴가를 구하는 청원서.
13 崔鐵堅(최철견, 1548~1618): 본관은 全州, 자는 應久, 호는 夢隱. 1590년에는 병조정
   랑이 되어 書狀官으로 명나라에 다녀와서 전라도도사가 되었다. 1592년 임진왜란이
   일어나 관찰사 李洸이 패주하자, 죽기를 맹세하고 전주 士民에 포고하여 힘껏 싸워
   전주를 수호하였다. 1597년 수원부사로 임명되고, 1599년 內資寺正, 1601년에 황해
   도관찰사가 되었다가 호조참의로 전임되었다.
14 溫陽(온양): 충청남도 북쪽에 있는 고을 이름.
15 愼余慶(신여경): 愼餘慶(1538~?)의 오기. 본관은 居昌, 자는 惟善. 몰년으로 1592년
   이 알려져 있으나, 원전의 내용에 의하면 1598년 만난 것으로 되어 있어 어느 한쪽은
   오류인 것으로 보인다.
16 定山(정산): 충청남도 청양 지역에 있는 고을 이름.
17 咸悅(함열): 전라북도 익산 지역에 있는 고을 이름.

初十日。到新倉浦[18], 朝叛。夕宿瓮井[19]金靈光[20]家。○十一日。自龍安[21], 歷古阜, 夕入茂長[22]地。聞家屬來靈光北面地莊里[23]。○十二日。朝馬陷橋穴, 顚仆水田中, 落身馬底, 僅活, 出滿身汚泥。遂入地莊, 與家屬會。○十三日。留臥困憊[24]。見丁仲誠[25]話。○十四日。丁應龍[26]·應虎[27]·丁鳳來[28]話。○十八日。聞茂朱賊盡殲。○二十四日。丁應璧[29]·丁鐵壽[30]來。

---

18 新倉浦(신창포): 전라북도 임피 지역 남쪽에 있는 포구 이름.
19 瓮井(옹정): 전라북도 남원 지역에 있는 고을 이름.
20 金靈光(김영광): 金公喜(1540~1604)을 가리킴. 許筠의《惺所覆瓿稿》권1〈金靈光家戲題〉의 협주 "名公喜, 淪之子."에서 확인할 수 있다.
21 龍安(용안): 전라북도 익산 지역에 있는 고을 이름.
22 茂長(무장): 전라북도 고창 지역에 있는 고을 이름.
23 地莊里(지장리): 전라남도 영광군 법성면 덕흥리를 가리킴. 뒤에서 2번이나 地藏里로 표기되어 있는지라, 오늘날에는 芝庄里로 표기되어 있어 혼란스럽기는 하지만 이 역주서에서는 편의상 地藏里로 통일한다.
24 困憊(곤비): 아무 일도 할 수 없을 만큼 지쳐서 매우 고단함.
25 丁仲誠(정중성): 미상.
26 丁應龍(정응룡, 생몰년 미상): 본관은 靈光. 丁世豪의 손자이고, 丁說의 첫째아들이다.
27 應虎(응호): 丁應虎(생몰년 미상). 본관은 靈光. 丁世豪의 손자이고, 丁說의 둘째아들이다.
28 丁鳳來(정봉래): 미상.
29 丁應璧(정응벽, 생몰년 미상): 본관은 靈光. 丁舜亨의 첫째아들이다.
30 丁鐵壽(정철수, 생몰년 미상): 본관은 靈光, 자는 剛老. 丁瑗의 둘째아들이다. 龍驤衛副護軍을 지냈다.

1598년 5월

5월 1일(을유)。 장차 고향으로 가고자 행장을 마련하였다.

2일。 병을 무릅쓰고 출발했는데 길에서 큰비를 만나 굶주림을 참고 추위를 견뎌야 했다.

○3일。 홍수로 강물이 불어 넘쳤지만 가까스로 산을 넘고 물을 건너 길을 갔다. 저녁에 유치촌(有耻村: 有治村)에서 묵으며 최정언(崔廷彦)·장대현(張大絃)과 서로 이야기를 나누었다.

○4일。 아침에 부산(夫山)을 들러 이승(李昇) 등을 만나고 장흥부(長興府)로 들어가 부사(府使: 이간인 듯)를 만났다. 그리고 다시 벽사도(碧沙道)로 갔다가 간신히 마현(馬峴)에 도착하여 선영(先塋)에 곡(哭)을 하고 동생 집에서 묵었다.

○5일。 선영에 제사를 지내는데 숙헌(叔獻)과 선장(善長)이 와서 참여했다.

서당을 지나다가 진사 김정(金珽)을 보고 왕고(王考: 할아버지)의 묘갈문(墓碣文)을 청했다.

○6일。 손님들이 술에 취하여 말이 아니었다.

○7일。 아침에 출발하여 능성(綾城)에서 밥을 먹고 저물어서 남평(南平)에 도착하였다.

○8일。 강을 건너서 영광(靈光)에 묵었다.

五月初一日乙酉。將往故鄉，治行具。

初二日。扶病[1]發行，路逢大雨，忍飢耐寒。○初三日。大水漲江，艱辛跋涉[2]。夕宿有恥[3]村，崔廷彦·張大絃相話。○初四日。朝過夫山[4]，見李昇等，入府，見府使[5]。轉至碧沙[6]，艱到馬峴，哭于先塋，宿弟家。○初五日。先塋行祭，叔獻[7]·善長[8]來參。過書堂，見進士金珽[9]，請王考墓碣。○初六日。賓客醉不成話[10]。○初七日。朝發，飯于綾城[11]，昏到南平[12]。○初八日。渡江，宿靈光。

9일(계사)。 지장리(地莊里)의 임시처소에 도착하였다.

10일。 정몽우(丁夢佑)·정협(丁鋏)·정구(丁久) 등이 찾아와서 이야기를 나누었다.

○ 13일。 아들 정명열(丁鳴說)이 찾아왔다.

○ 22일。 들건대 5월 15일에 말망(末望: 끝자리 추천 후보자)으로서 청주

---

1 扶病(부병): 병을 무릅씀.
2 跋涉(발섭): 산을 넘고 물을 건너서 길을 감.
3 有恥(유치): 현재 有治로 표기되고 있음. 전라남도 장흥 지역에 있는 고을 이름이다.
4 夫山(부산): 전라남도 장흥 지역에 있는 고을 이름.
5 府使(부사): 이순신의 〈난중일기〉에 의하면, 1597년에는 田鳳, 1598년에는 李侃으로 나오는데, 아마도 이간인 것으로 추측됨.
6 碧沙(벽사): 전라남도 장흥 지역에 있던 碧沙驛. 이 역을 중심으로 장흥-강진-해남-진도로 이어지는 역로를 관할하던 碧沙道가 있었다.
7 叔獻(숙헌): 미상.
8 善長(선장): 미상.
9 金珽(김정, 1527~1613): 본관은 光山, 자는 公瑞, 호는 南溪. 1555년 진사시에 합격하였다. 당대에 문장과 절효로 이름이 났으며, 冲庵 金淨의 문인으로, 정철·김인후·양응정·박순·최경창 등과 교유하였다. 임진왜란 때 鰲川 金景壽, 鰲峰 金齊閔 등이 의병도청을 장성 남문 밖에 설치하고 의거하자 이에 참여하였다.
10 不成話(불성화): 말이 아님.
11 綾城(능성): 전라남도 화순군 능주면의 옛 지명.
12 南平(남평): 전라남도 나주에 있는 지명 이름.

목사(淸州牧使)가 되었다고 하였다.

初九日癸巳。到地莊里寓居。

初十日。丁夢佑[13]・丁鋏[14]・丁久[15]等來話。○十三日。鳴說來。○二十二日。聞五月十五日, 以末望[16]爲淸州[17]牧使。

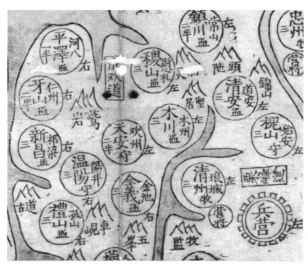

〈그림 2〉 청주목(淸州牧)의 관할지
출처: http://blog.daum.net/js8888/8858635http

---

13 丁夢佑(정몽우, 1547~1620: 본관은 靈光, 자는 天賚.

14 丁鋏(정협): 미상.

15 丁久(정구, 생몰년 미상): 본관은 靈光. 丁台弼의 아들이다. 임진왜란 때 창의하였다.

16 末望(말망): 벼슬아치를 추천하는 三望 가운데 끝자리에 오른 후보자.

17 청주(淸州): 淸州牧. 동쪽으로 淸安縣의 경계까지 42리, 같은 현 時化驛의 경계까지 44리, 남쪽은 文義縣의 경계까지 20리, 懷仁縣의 경계까지 24리, 報恩縣의 경계까지 22리, 서쪽으로 全義縣의 경계까지 54리, 木川縣의 경계까지 55리, 燕岐縣의 경계까지 38리, 북쪽으로 鎭川縣의 경계까지 32리, 서울까지의 거리는 2백 93리이다. 관할은 郡이 2개인데, 天安, 沃川이요, 縣이 17개인데, 文義, 淸安, 鎭川, 竹山, 稷山, 平澤, 牙山, 新昌, 溫水, 全義, 燕岐, 木川, 懷仁, 靑山, 黃澗, 永同, 報恩이다.

1598년 6월

6월 1일(갑인). 왼쪽다리가 아팠기 때문에 날마다 뜸을 받았다.

3일. 조정에서 청주목사(淸州牧使)로 명을 내렸는데 임금에 대한 숙배
를 면제하면서 청주로 부임하라는 경서(京書: 서울에서 온 편지)를 수하
사람이 가지고 왔다.

六月初一日甲寅。以左脚痛, 連日受灸。

初三日。朝令淸州牧使, 除朝辭[1], 赴任淸州, 下人持京書來。

9일(임술). 출발하였다.

10일. 흥덕(興德)에서 밥을 먹었다. 주감(主監) 이능운(李凌雲)을 보았고,
고부(古阜)에서 묵었다.

○ 11일. 김제(金堤)에서 묵었다.

○ 12일. 저녁에 익산(益山)에서 묵었는데, 군수 이상길(李尙吉)을 만나
보았다.

○ 13일. 저녁에 연산(連山)에서 묵었다.

○ 14일. 저녁에 진잠(鎭岑)에서 묵었다.

---

1 除朝辭(제조사): 지방 벼슬아치가 빨리 부임하도록 하기 위하여 임금에 대한 숙배를
   특별히 면제하여 주던 일.

○ 15일。 비가 오는 가운데 간신히 형각강(荊角江)에 도착하여 문의(文義)에서 묵었다.

初九日壬戌。發行。

初十日。 飯于興德[2]。 見主監李凌雲, 宿古阜。 ○十一日。 夕宿金堤[3]。 ○十二日。 夕宿益山, 見守李尙吉[4]。 ○十三日。 夕宿連山[5]。 ○十四日。 夕宿鎭岑[6]。 ○十五日。 雨中, 艱到荊角江[7], 宿文義[8]。

16일(기사)。 아침에 비가 오더니 홀연히 개었다. 사시(巳時: 오전 10시 전후)쯤 되어서 임지에 도착하였다.

○ 17일。 총관사(總管使: 류영경인 듯)의 종사관 박진원(朴震元)이 보은(報恩)에서 출발해 청주에 도착하여 서로 만났다.

2　興德(흥덕): 전라북도 고창 지역에 있는 고을 이름.
3　金堤(김제): 전라북도 중앙부 서쪽에 있는 고을 이름.
4　李尙吉(이상길, 1556~1637): 본관은 碧珍, 자는 士祐, 호는 東川. 1583년 사마시에 합격하고 1585년 문과에 급제하였다. 1592년 임진왜란이 일어났을 때 좌랑으로 선조를 호종하여 평양에 이르렀다. 적의 기세가 더욱 치열하여 계속 서행하자는 의견이 많았으나 이상길은 함경도로 옮기자고 주장하였다. 선조가 그 의견을 받아들이고 중전을 호종하고 먼저 북로로 나아가게 하였는데, 이는 그가 관동의 형편에 밝았기 때문이다. 이때 강원감사가 그를 종사관으로 임명하고 모병과 보급의 책임을 주었다. 1597년 정랑으로 있다가 익산군수로 나가서 군사를 거느리고 남원성 전투에 참여하였다. 당시 싸움이 한창 치열하여 병력과 군량이 제대로 보충되지 않아 빠져나간 사람이 있었으나 그가 이끄는 부대만은 단 한 사람도 빠져나간 사람이 없었다. 명나라 장수 劉綎과 병사 李福男 등이 이에 탄복하고 포상하였다.
5　連山(연산): 충청남도 논산 지역에 있는 고을 이름.
6　鎭岑(진잠): 대전광역시 유성구 지역에 있는 고을 이름.
7　荊角江(형각강): 전라북도 동부지역과 충청북도 남서지역을 북서류하여 충청남도 남동지역을 지나 황해로 흘러드는 錦江의 상류에 있는 강 이름.
8　文義(문의): 충청북도 청주시 상당구 지역에 있는 고을 이름.

○ 20일。 분호조참의(分戶曹參議) 이시발(李時發)이 문의(文義)에서 출발해 청주에 도착하여 종사관(從事官: 박진원)과 서로 만났다.

○ 24일。 양 포정(楊布政: 양호)의 위관(委官) 5명이 중국군의 전마(戰馬) 55필을 목천(木川)에서 호송해 청주에 도착하여 묵었다.

○ 25일。 어명을 맞이하기 위해 금성창(金城倉)에 도착하여 교서(敎書)를 받으며 엄숙하게 배례(拜禮)하였다。 순찰사(巡察使)와 서로 만났다。

十六日己巳。 朝雨忽晴。 巳時⁹赴任。

○十七日。 總管使¹⁰從事官朴震元¹¹, 自報恩¹²到州, 相會。 ○二十日。 分戶曹參議李時發, 自文義來到, 與從事官相會。 ○二十四日。 楊布政委官五人, 唐戰馬五十五疋押領, 自木川¹³到宿。 ○二十五日。 以迎命¹⁴事, 到金城倉¹⁵, 敎書肅拜。 與巡察使相會。

26일(기묘)。 청주(清州)로 돌아왔다。

27일。 성주(星州)의 역참(驛站)에서 군량을 운반하는 사람과 말을 재촉하

---

9 巳時(사시): 오전 9시부터 11시까지의 동안.

10 總管使(총관사): 柳永慶(1550~1608)을 가리키는 듯. 본관은 全州, 자는 善餘, 호는 春湖. 1592년 임진왜란 때는 사간으로서 招諭御史가 되어 많은 土兵을 모집하고 호조참의에 올랐다. 1594년 황해도관찰사를 지내고, 1597년 정유재란 때 중추부지사로서 가족을 먼저 피란시켜 처벌되었다가 이듬해 병조참판이 되었다.

11 朴震元(박진원, 1561~1626): 본관은 密陽, 자는 伯善, 호는 長洲. 1585년 진사가 되고, 1591년 별시문과에 급제하였다. 1593년 예문관검열이 된 뒤, 1597년 병조좌랑·防禦使從事官을 거쳐 사간원정언·예조좌랑·사간원헌납·사헌부지평·성균관전적·直講·강계판관 등을 역임하였다.

12 報恩(보은): 충청북도 남부에 있는 고을 이름.

13 木川(목천): 충청남도 천안 지역에 있는 고을 이름.

14 迎命(영명): 外官이 임지에서 御命을 맞이하는 일.

15 金城倉(금성창): 충청북도 청주에 있던 창고 이름.

는 일로 순찰사(巡察使)의 군관(軍官)이 관문(關文: 공문)을 가지고 왔다.

二十六日己卯。還淸州。

二十七日。星州站[16], 運糧夫馬催促事, 巡察使軍官, 持關來。

---

16 站(참): 驛路에 마련되어 公文을 중계하고 공용 여행자에게 교통 편의를 제공하던 시설.

1598년 7월

7월 1일(갑신)。 청주(淸州)에 있었는데, 마 제독(麻提督)의 차관(差官) 3명이 목천(木川)에서 출발해 도착하여 묵었다.

오운(五運)의 군량을 운반하는 사람과 말을 오산원(吾山院)에서 점검하는 일로 그곳으로 가 군인을 점고하고 보냈다. 시골집에서 묵었는데 승지 윤경립(尹敬立)이 군관(軍官)을 보내어 문안하였다.

○ 4일。 오후에 임소로 돌아왔다. 덕평향(德平鄕)에서 파발(擺撥)인 중국군 1명이 도착하여 묵었다. 진 유격(陳游擊: 진우문)의 천총(千總) 1명이 통사(通事)를 데리고 충주(忠州)에서 출발해 도착하여 묵었다. 유 제독(劉提督: 유정)이 사용할 쇄마(刷馬) 104필을 독촉하여 보냈다.

○ 6일。 쌀 400여 석을 거두어 옥천(沃川) 등의 관아에서 나누어 실으라는 관문(關文: 공문)이 도착하였다.

○ 8일。 유 제독이 행차하자, 쇄마차사원(刷馬差使員) 보은현감(報恩縣監) 류옥(柳沃)이 보은현에서 왔다.

○ 11일。 좌우로 나누어 쌀을 거두고 먼저 옥천(沃川)에 지급하였다.

왕 참정(王參政: 왕사기)이 내려올 때, 나를 도차사원(都差使員)으로 임명하여 사무를 맡기는 공문이 도착하였으나, 신병으로 나아가지 못하여 교체해주기를 청하였다. 수미독운총관사(收米督運摠管使: 류영경) 종사관(從事官)의 군관이 청안(淸安)에서 왔다가 즉시 돌아갔다. 연기(燕岐)에서 목사(牧使)가 지성으로 백성들을 깨우치는 글을 썼다.

○ 12일。 유 제독이 행차하였는데, 쇄마(刷馬) 36필을 거두지 못하여 수

신방처(修身坊處)에서 찾아내야 하는 일로 향소(鄕所)에 나누어 보냈다.

○ 17일。 총관사(摠管使: 류영경)의 종사관 박진원(朴震元)이 문의(文義)에서 출발해 청주(淸州)에 도착하였다.

○ 21일。 모 유격(茅游擊: 모국기)의 접반관 정랑(正郎) 안창(安昶), 노 유격(盧游擊)의 접반관 도사(都事) 신(申) 아무개 두 행차가 진천(鎭川)에서 출발해 청주에 도착하여 서로 모였다가 함께 즉시 문의(文義)로 향하였다.

○ 22일。 위원군수(渭原郡守) 윤정(尹定)이 찾아와서 이야기를 나누었다.(협주: 윤정은 곧 강진 사람이다.)

○ 23일。 종사관(從事官: 박진원)이 청안(淸安)을 향해 출발하였다.

양 포정(楊布政: 양호)의 차관(差官) 1명과 가정(家丁) 3명이 전마(戰馬) 98필을 이끌고 목천(木川)에서 출발해 도착하여 묵었다. 마 제독(麻提督: 마귀)의 가정 1명이 땅거미가 질 무렵에 도착하여 묵었다. 이날 포정의 차관은 출발해 갔다.

○ 26일。 순찰사(巡察使)가 마 제독의 행차를 마중 나가 기다리는 일 때문에 본영(本營)에서 청안(淸安)을 향해 출발하였다.

오근(梧根)에서 출참(出站)하라는 공문이 도착해 즉시 출발하여 와공리(瓦孔里)에서 묵었다. 도원수(都元帥: 권율)의 군관이 왜놈의 머리를 가지고 와서 묵었다.

○ 27일。 순찰사는 오시(午時: 낮 12시 전후) 회합에 왔다가 즉시 청안을 향하였고, 도원수도 떠나갔다. 목천(木川)의 표신(標信: 출입증)을 지닌 선전관이 올라왔다가 즉시 진천(鎭川)으로 향했다. 도원수의 군관이 항왜(降倭: 투항한 왜군) 2명을 이끌고 도착하여 묵었다.

○ 28일。 충주(忠州) 역참(驛站)에서 마 제독(麻提督: 마귀)의 필요한 것들을 이바지하기 위해 여러 물품들을 내어 보냈다.

○ 29일。 장 참장(蔣參將: 미상)의 차관(差官) 1명과 가정(家丁) 1명이 청안

에서 출발해 도착하여 묵었다. 군량을 운반할 사람들을 독촉하려고 분호조참의(分戶曹參議: 이시발)의 군관이 와서 묵었다.

七月初一日甲申。在清州, 麻提督差官三人, 自木川到宿。

初三日。五運運糧夫馬, 吾山[1]中點事, 到彼軍人點送。宿村家, 承旨 尹敬立, 遣軍官問安。○初四日。午後還官[2]。德平[3]擺撥[4], 唐兵一人, 到宿。陳游擊[5]千總一員, 率通事, 自忠州到宿。劉提督刷馬[6], 一百四 疋, 督送。○初六日。收米四百餘石, 沃川[7]等官分載事, 關到。○初八 日。劉提督行次, 刷馬差使員, 報恩縣監柳沃, 自縣來到。○十一日。 分左右收米, 先給沃川。王參政[8]下來時, 以余都差使員, 差定[9]關到, 而身病不進, 乞改差。收米督運摠管使從事官軍官, 自清安[10]來到, 卽 歸。燕岐[11]牧使, 至誠諭民書。○十二日。劉提督行次, 未收刷馬三十 六匹, 修身坊處[12], 以刷出事, 分遣鄕所。○十七日。摠管使從事官朴

1　吾山(오산): 吾山院。충청도 鎭岑縣 동쪽 9리에 있었던 院宇임.
2　還官(환관): 임소로 돌아옴.
3　德平(덕평): 德平鄕。충청도 淸州牧의 全義縣 서쪽, 天安 남쪽에 있었다.
4　擺撥(파발): 파발꾼。조선시대, 공문을 신속히 전달하는 사람이다.
5　陳游擊(진유격): 陳愚聞。欽差遵化營兵參將 도지휘첨사로 마병 1,490인을 이끌고 정
　유년 10월에 나왔다. 島山전투에서 선봉으로 동남쪽을 맡아 지키다가 家丁을 이끌고
　앞장을 서서 직접 적을 무찔렀으며 또 대포와 火箭을 쏘아 적선을 부수었다. 경리가
　그의 용맹을 표창하면서 성의 북쪽 지역이 험하다는 이유로 그의 군대를 그곳으로
　옮겨 공격하도록 명하였다. 우문이 먼저 목책 속으로 들어가자 가정이 섣불리 진격하
　는 것을 경계했음에도 그 말을 따르지 않다가 얼마 뒤에 적탄에 맞아 군사들에게 떠
　매여 돌아왔는데 다행히 죽지는 않았다. 1598년 6월에 돌아갔다.
6　刷馬(쇄마): 조선시대 지방에 갖추었던 관용의 말.
7　沃川(옥천): 충청북도 남부에 있는 고을 이름.
8　王參政(왕참정): 王士琦。이름은 확실하지 않음.《선조실록》1598년 2월 30일 기사에
　는 王仲琦로, 8월 17일·19일·22일 및 9월 11일의 기사에는 王士琦로 되어 있기 때문
　이다.
9　差定(차정): 임명하여 사무를 맡김.
10　淸安(청안): 충청북도 괴산 지역에 있는 고을 이름.
11　燕岐(연기): 燕岐縣。조선시대 때는 淸州牧의 屬縣이었다. 그렇다면 목사는 정경달을
　가리키는 것이 된다.

震元, 自文義到州。○二十一日。茅游擊接伴官正郎安昶[13], 盧游擊[14]
接伴官都事申某, 兩行自鎭川[15]到州, 相會與之, 卽向文義。○二十二
日。渭原[16]郡守尹定[17]來話。(尹定卽康津[18]人) ○二十三日。從事官發
向淸安。楊布政差官[19]一員, 家丁[20]三人, 領戰馬九十八匹, 自木川到
宿。麻提督家丁一人, 初昏到宿。是日, 布政差官出去。○二十六日。
巡察使, 以麻提督行次迎候事, 本營離發, 向淸安。梧根[21]出站[22]事, 關
到卽發行, 宿瓦孔里。都元帥軍官, 領倭頭來宿。○二十七日。巡察
使, 午時來會, 卽向淸安, 都元帥出去。木川票信[23], 宣傳官上來, 卽向
鎭川。都元帥軍官, 領降倭二名, 到宿。○二十八日。忠州站, 麻提督

---

12 修身坊處(수신방처): 충청남도 천안 지역에 있는 고을 이름.
13 安昶(안창, 1552~?): 본관은 竹山, 호는 石泉, 자는 景容. 1594년 別試에 급제하였다.
   예조정랑으로 명나라의 遊擊 茅國器의 接伴官이 되어 경상도 星州·陜川·高靈 등
   고을에 주둔하면서 士子들이 모은 곡식을 취하여 마치 자신이 지휘하여 곡식을 모은
   것처럼 모국기에게 속여 보고하였다. 이에 모국기가 조정에 咨文을 보내 軍資副正으
   로 승진되었으나 곧 臺諫의 탄핵을 받았다. 1603년 그의 아들이 宣祖의 아들인 信城
   君 李珝의 딸과 혼인하게 되어 회양부사·남양부사에 제수되었다.
14 盧游擊(노유격): 盧得功. 欽差統領三營屯兵游擊將軍 도지휘첨사로 마병 3천을 이끌
   고 1597년 11월에 나왔다가 1598년 10월에 泗川에서 전사하였다.
15 鎭川(진천): 충청북도 북서쪽 끝에 있는 고을 이름.
16 渭原(위원): 평안북도 북부 중앙에 있는 고을 이름.
17 尹定(윤정, 생몰년 미상):《선조실록》1594년 6월 11일조에 "本郡(위원군)에 田宅을
   널리 점유하여 난리를 피해 온 친척에게까지도 다 가옥을 갖추어 주고 경작을 하게
   함으로써 버젓이 하나의 촌락을 이루어, 축재는 날로 불어나고 관가의 저축은 날로
   줄어들게 하였는데 기타 이익을 위해 백성을 수탈한 피해는 이루 말할 수 없습니다."
   라고 탐관오리로 기록되어 있음.
18 康津(강진): 전라남도 남서쪽에 있는 고을 이름.
19 差官(차관): 중국에서 임무를 띠고 조선에 파견된 관원.
20 家丁(가정): 家兵. 특정한 개인이 양성하여 사사로운 목적으로 부리는 병사.
21 梧根(오근): 충청북도 청주 지역에 있는 고을 이름.
22 出站(출참): 예전에, 사신, 감사를 영접하고 모든 전곡과 역마를 이바지하기 위해 그
   가 숙박하는 역에 가까운 역에서 사람을 내보내는 일을 이르던 말.
23 票信(표신): 標信. 궁중 혹은 軍營에 急變을 전할 때나 궁궐을 드나들 때 사용되던
   출입증. 조선시대에는 왕명 전달·긴급호출·야간통행 등 여러 가지 목적의 표신이
   사용되었다. 그 대표적인 것은 宣傳標信·徽旨標信·內旨標信·召集標信 및 開門標
   信·通行標信 등이 있었다.

支待[24], 雜物出送。○二十九日。蔣參將差官一人, 家丁一人, 自淸安
到宿。運糧人夫督促事, 分戶曹軍官來宿。

1598년 8월

8월 1일(갑인). 청주(淸州)에 있었다.

2일. 무주(茂朱) 지경에 왜적들이 쳐들어왔다는 전통(傳通)이 도착하였다. 소속된 각 고을의 관군과 의병들을 정돈하여 사변에 대비하라는 전령(傳令)을 신속히 보냈다.

양 포정(楊布政: 양호)의 중국말 1필이 병들어 죽었다.

○ **5일.** 여러 고을의 관군과 의병들을 검열하려고 서림(西林)에서 공무를 보았다.

양 포정의 차관(差官) 1명과 가정(家丁) 2명이 전마(戰馬) 24필을 이끌고 목천(木川)에서 출발해 도착하여 묵었다.

순찰사(巡察使)의 중군(中軍) 임수형(林秀蘅)이 군사를 모아 찾아와서 만났다.

이날 총리사(總理使: 윤두수인 듯)의 종사관 강절(姜節)이 오근(梧根)에서 출발해 청주에 도착하여 서로 회합하였다. 선봉군(選鋒軍: 선발정예군) 대장(代將) 류지영(柳之榮)을 데려와 옥천(沃川)으로 보냈다.

○ **6일.** 순찰사의 관문(關文: 공문)에 이르기를, "마 제독(麻提督: 마귀)을 공경히 전송한 뒤에 본영으로 돌아갈 때 오근(梧根)에서 출참(出站)하게 하라." 하였다. 종사관과 말을 이끄는 중국 군인이 문의(文義)로 갔고, 덕평첨(德平站)에서 파발로 온 중국 군인도 또한 떠나갔다.

사시(巳時: 오전 10시 전후) 병사(兵使)의 관문(關文)에 이르기를, "6일

오시(午時: 낮 12시 전후)에 군사를 거느리고 달려올 것이다." 하였다.

○ 7일。 군사를 거느리고 문의로 갔다.

○ 8일。 군사를 모아 그대로 머무르고 있었는데, 병사(兵使)는 보고하는 장계가 올라오지 않자 화를 냈다고 하였다.

○ 9일。 새벽에 출발하여 저녁에 옥천(沃川)의 유교리(柳橋里)에 도착하였다.

○ 10일。 축시(丑時: 새벽 2시 전후)에 출발하여 양산(梁山) 땅에 도착하였다. 병사(兵使)가 진을 치고 있는 곳에서, 즉시 군사를 거느리고 오지 않은 것 때문에 수행한 아전들이 장형(杖刑)을 받았다.

이날 병사(兵使)와 서로 회합하여 오랫동안 이야기를 주고받으며 의논하였다. 돌아오려고 출발하여 우본현(牛本峴)에서 점심을 먹었고 주안리(周岸里)에 도착해 묵었다.

○ 11일。 임소로 돌아왔다.

○ 12일。 충주(忠州)에 있는 마 제독(麻提督: 마귀)과 동 도독(董都督: 동일원)을 접대하는 사람을 떠나보냈다.

○ 13일。 분호조참의(分戶曹參議) 이시발(李時發)이 문의(文義)에서 출발해 청주(淸州)에 도착하여 점심을 먹은 후 즉시 오근(梧根)을 향해 떠났다.

○ 16일。 각 방면의 군사[諸色軍士]를 점고하려고 서림(西林)에서 공무를 보았다. 총리사(總理使: 윤두수인 듯)의 종사관 강절(姜節)이 회덕(懷德)에서 출발해 청주에 도착하였다.

八月初一日甲寅。在淸州。

初二日。茂朱之境, 倭賊衝突事, 傳通到付[1]。所屬各官軍兵, 整齊待

---

1 到付(도부): 문서가 도달하여 접수함.

變事, 傳令馳送。楊布政唐馬一匹病斃。○初五日。諸邑軍兵點閱事,
西林[2]坐起[3]。楊布政差官一人, 家丁二人, 領戰馬二十三匹, 自木川到
宿。巡察使中軍林秀衡, 聚軍士來謁。是日, 總理使[4]從事官姜節[5], 自
梧根到州, 相會。選鋒軍[6]代將柳之榮[7]押領, 送于沃川。○初六日。巡
察使關云:"麻提督祇送, 後還營時, 梧根出站。"從事官與領馬唐兵, 往
文義, 德平站擺撥唐兵, 亦出去。巳時, 兵使關云:"初六日午時, 領軍
馳到。"○初七日。領軍, 往文義。○初八日。聚軍仍留, 兵使不題報
狀, 發怒云。○初九日。晨發, 夕到沃川柳橋里。○初十日。丑時發
行, 到梁山[8]地。兵使結陣處, 以不卽領來之故, 陪吏[9]論杖。是日, 兵使
相會, 良久談論。還發, 牛本峴點心, 到周岸里[10]宿。○十一日。還
官[11]。○十二日。忠州麻提督・董都督, 支應人發送。○十三日。分戶
曹參議李時發, 自文義到州, 點心後, 卽向梧根。○十六日。諸色軍士
點考事, 西林坐起。總理使從事官姜節, 自懷德[12]到州。

---

2 西林(서림): 충청남도 천안 지역에 있던 고을 이름. 천안시 寧城面으로 통합되기 이
    전 천안군 北二面에 있었던 西林里를 가리킨다.

3 坐起(좌기): 예전에, 관아의 우두머리가 출근하여 업무를 시작하는 일을 이르던 말.

4 總理使(총리사): 屯田都監摠理使 尹斗壽를 가리키는 듯. 《선조실록》1598년 8월 9일
    조에 나온다.

5 姜節(강절, 1542~?): 본관은 晉州, 자는 和仲. 아버지는 姜龜祥이다. 1576년 식년시
    에 급제하여 翰林이 되었다가 단성현감・상주목사가 되었다.

6 選鋒軍(선봉군): 선발 정예군.

7 柳之榮(류지영, 1542~?): 본관은 晉州, 자는 伯瑞. 아버지는 柳大業이다. 1576년 무
    과에 급제하여 軍器寺主簿가 되었다.

8 梁山(양산): 경상남도 동북부에 있는 고을 이름.

9 陪吏(배리): 윗사람을 모시 따라다니던 관리. 수행아전.

10 周岸里(주안리): 충청남도 회덕 지역에 있는 고을 이름.

11 還官(환관): 지방관이 임소로 돌아옴.

12 懷德(회덕): 대전광역시 대덕구에 있는 고을 이름.

17일(경오)。 동 제독(董提督: 동일원)이 내려올 때에 충주 역참(忠州驛站)에서 접대하는데 나를 도차사원(都差使員)으로 삼았는지라, 이날 출발해서 청안(淸安)에서 묵었다.

18일。 음성(陰城)에서 묵었는데, 진천(鎭川)과 청안(淸安)의 두 현감이 나를 보러 찾아왔다.

○ 19일。 신동(薪洞)에서 묵었다.

○ 20일。 신동에서 머물고 있는데, 청풍군수(淸風郡守)가 나를 보러 찾아왔다.

○ 21일。 마귀(麻貴)와 동일원(董一元) 두 제독(提督)이 용안역(龍安驛)에 도착하여 점심을 먹은 뒤 신시(申時: 오후 4시 전후)경 충주(忠州)에 도착하였다. 동일원 제독의 접반사 이충원(李忠元)과 마귀 제독의 접반사 이광정(李光庭)은 말을 다투어 수령들을 죄주는 일이 많았다. 종사관 이필영(李必榮)은 한밤중이 되어서야 흩어졌다.

○ 22일。 두 제독의 행차가 출발하여 안부역(安富驛)으로 향했으나, 화약(火藥)을 싣고 갈 쇄마(刷馬) 10여 필을 미처 마련하지 못했기 때문에 급히 달려가 그 사유를 고하였다.

오시(午時: 낮 12시 전후)에 되돌아오다가 충주 땅에 도착하여 시골집에서 묵었다.

○ 23일。 임소에 돌아왔다.

○ 24일。 서림(西林)에서 공무를 보며 각 방면의 군사[諸色軍士]를 점고하였다. 파 유격(頗游擊: 파귀)의 접반관 신충일(申忠一)과 서로 만났다.

○ 25일。 사 유격(師游擊)이 진천(鎭川)에서 출발해 청주(淸州)에 당도하리라는 접반관의 관자(關子: 공문)가 도착하였으니, 군사를 이끌고 친히 나아가 맞이하라는 병사(兵使)의 전령(傳令)이 왔다.

○ 26일。 군사를 이끌고 출발하여 문의(文義)에 도착하였다. 괴목정(槐

木亭)에서 공무를 보았는데, 군인들의 이름을 대조하며 점고하였다.

○27일。선운군(先運軍) 200여 명을 친히 거느리고 회덕(懷德)에 이르렀다. 이날 병사(兵使)가 회덕현에 도착하여 서로 만났다. 되돌아오다가 회덕의 시골집에서 묵었다. 사 유격은 진천(鎭川)에서 출발해 청주를 거치지 않고 충주(忠州)로 향하였다.

○28일。후군(後軍) 80여 명의 이름을 도중에 대조하며 점고한 뒤 군관(軍官) 정민덕(鄭敏德)과 초관(哨官) 정해립(鄭海立) 등으로 하여금 그들을 이끌고 가게 하였다. 문의(文義)의 괴목정(槐木亭)에서 점심을 먹고 저녁이 되어서야 임소로 돌아왔다.

十七日庚午。董提督下來時, 忠州站支待, 以余爲都差使員, 是日發行, 宿清安。

十八日。宿陰城[13], 鎭川·清安, 二縣監來見。○十九日。宿薪洞。○二十日。留薪洞, 清風[14]郡守來見。○二十一日。麻·董兩提督, 到龍安[15]點心, 後申時到忠州。董接伴使李忠元[16], 麻接伴使李光庭, 爭馬, 守令多罪。從事官李必榮[17], 夜半乃散。○二十二日。兩提督之行, 發向安富[18], 而火藥所載, 刷馬十餘匹, 未及辦出[19], 故馳進告由。午時, 還到忠州地, 宿村家。○二十三日。還官。○二十四日。西林起

---

13 陰城(음성): 충청북도 북서부에 있는 고을 이름.
14 清風(청풍): 충청북도 제천 지역에 있는 고을 이름.
15 龍安(용안): 龍安驛. 충청북도 충주 지역에 있던 역참이다.
16 李忠元(이충원, 1537~1605): 본관은 全州, 자는 元甫·圓圃, 호는 松菴·驢叟. 1592년 임진왜란 때 도승지로 걸어서 왕을 의주까지 扈從, 서울로 돌아와 형조참판에 특진되었다. 그 뒤 승추원의 첨지중추부사·한성부판윤·공조판서를 역임하였다.
17 李必榮(이필영, 1573~1645): 본관은 廣州, 자는 而賓, 호는 晩晦. 1597년 별시문과에 급제하여 검열·사서·병조좌랑·수찬·지평·문학·이조정랑 등을 역임하고, 1605년에 함경도어사로 나갔다가 돌아와서, 尙衣院正·司僕寺正을 지냈다.
18 安富(안부): 安富驛. 충청북도 충주 지역에 있던 역참이다.
19 辦出(판출): 어떤 일을 위하여 돈이나 물건들을 마련해 냄.

坐，諸邑軍士點考。頗游擊接伴官申忠一，相會。〇二十五日。師游擊[20]，自鎭川到州事，接伴官關子到付，領兵親進，兵使傳令到。〇二十六日。領軍發行，到文義。槐木亭[21]坐起，軍人照點。〇二十七日。先運軍二百餘名，親領至于懷德。是日，兵使到縣，相會。還發，宿懷德村家。師游擊，自鎭川，不由本州，向忠州。〇二十八日。後軍八十餘名，中路照點後，軍官鄭敏德・哨官鄭海立等，使之領去。文義槐木亭點心，夕還官。

---

20 師游擊(사유격): 師道立. 이름이 《선조실록》 1598년 8월 20일조에 나온다. 欽差統領右掖兵游擊將軍 도지휘첨사로 보병 2천 4백 80인을 이끌고 1598년 5월에 나왔다가 1599년에 사천에서의 패배로 말미암아 교체되어 돌아갔다.
21 槐木亭(괴목정): 文義縣의 客舍 북쪽에 있던 정자 이름.

1598년 9월

9월 1일(계미)。 청주(淸州)에 있었다.

마 유격(馬游擊: 마정문)의 접반관(接伴官)이 보낸 선문(先文: 도착통지문)이
도착하였다.

○ 2일。 표신선전관(票信宣傳官: 출입증을 지닌 선전관)이 진천(鎭川)에서
출발해 청주에 도착하였다. 동 제독(董提督: 동일원)의 차관(差官) 2명과
가정(家丁) 4명이 목천(木川)에서 출발해 도착하여 묵었다.

○ 3일。 호남총리사(湖南總理使)의 종사관(從事官) 병조정랑(兵曹正郞) 민
여신(閔汝信)이 청안(淸安)에서 출발해 도착하여 묵었다.

○ 5일。 고성현령(固城縣令) 이대수(李大樹)가 나를 보러 찾아왔다.

○ 6일。 금산 역참(金山驛站)에서 보낸 군량 500석을 청주의 인부로써
독촉해 보내라는 총관사(總管使: 류영경)의 관문(關文: 공문)이 도착하였다.

○ 7일。 성주 역참(星州驛站)에서 군량을 운반할 인부(人夫)를 독려하는
도차사원(都差使員)으로서 나를 임명했다는 관문이 도착하였다. 괴산(槐
山) 등의 고을에서 인부와 말을 독촉해 보내라는 이문(移文: 공문)을 만
들어 충주(忠州)로 보내고, 중국의 병장기를 실어 나를 소와 말 100여
필과 인부 150명을 복정(卜定)하라는 관문이 도착하였다.

○ 8일。 성주 역참에서 군량을 운반할 인부와 말을 독촉하려고 칠원현
감(漆原縣監: 이응기인 듯)이 문의(文義)에서 출발해 도착하여 묵었다.

○ 10일。 군사들의 실정을 자세히 조사하기 위해 병조좌랑(兵曹佐郞) 이
덕형(李德泂)이 문의에서 출발해 청주(淸州)에 도착하였다.

○ 11일。 조령(鳥嶺)에서 파견된 중국군들이 오산장(五山場) 장사치들의 처소에서 서로 싸우고서 구타를 당했다며 말하였다. 청안현감(淸安縣監: 전유형인 듯)이 봉한 문서를 가지고 왔다. 대거 군량을 운반하는 인부를 정돈하는 일로 분호조참의(分戶曹參議: 이시발)의 수행 아전이 위임받아 왔다.

○ 12일。 유 총병(劉總兵: 유정)의 천총(千總)이 가정(家丁) 1명을 데리고 문의(文義)에서 출발해 도착하여 묵었다.

○ 15일。 표신선전관(票信宣傳官) 류 아무개가 문의에서 출발해 도착하여 묵었다. 총관사(總管使)의 종사관 박진원(朴震元)이 장명역(長命驛)에서 출발해 청주에 도착하였다.

九月初一日癸未。在淸州。

馬游擊[1]接伴官, 先文到付。○初二日。票信宣傳官, 自鎭川到州。董提督差官二人·家丁四人, 自木川到宿。○初三日。湖南總理使從事官兵曹正郎閔汝信[2], 自淸安到宿。 ○初五日。 固城[3]縣令李大樹[4]來見。○初六日。金山[5]站, 軍糧五百石, 以本州人夫督運事, 總管使[6]關

---

1 馬游擊(마유격): 馬呈文. 이름이《선조실록》1598년 8월 25일조에 나온다. 欽差統領河間營兵游擊將軍 도지휘첨사로 마병 2천을 이끌고 1598년 8월에 나왔다가 1599년 1월 泗川에서 궤멸 당했으며, 이 일에 연좌되어 革職을 당하고 돌아갔다.

2 閔汝信(민여신, 1554~?): 본관은 驪興, 자는 景立. 1591년 생원시에 합격하고, 1594년 식년문과에 급제하였다. 그해 성균관典籍으로 등용되고, 승문원정자, 이어서 병조정랑이 되었다.

3 固城(고성): 경상남도 남부 중앙에 있는 고을 이름.

4 李大樹(이대수, 생몰년 미상):《선조실록》1597년 12월 14일조에 관련 기사가 있음.

5 金山(금산): 경상북도 金泉 지역의 옛 지명.

6 總管使(총관사): 韓孝純(1543~1621)을 가리킴.《선조실록》1599년 7월 6일조와 李好閔의《五峯先生集》권15〈有明朝鮮國宣務郎禮賓寺宜長贈通政大夫承政院左承旨兼經筵參贊官黃君墓碣銘〉에 나오는 "丁酉庚子年間, 總管使韓公孝純, 巡察使張公晩連." 에서 확인된다. 본관은 淸州, 자는 勉叔, 호는 月灘. 1568년 생원이 되고, 1576년 式年文科에 급제하여, 檢閱이 되고, 修撰을 거쳐 1584년 寧海府使가 되었다. 임진왜란

到。○初七日。星州站, 軍糧人夫催督, 都差使員, 以余差定, 關到。
槐山[7]等邑, 夫馬督送事, 移文成送忠州, 唐火器所載牛馬百餘匹, 人夫
百五十名, 卜定[8]關到。○初八日。星州站, 軍糧夫馬督促事, 㳫原縣
監[9], 自文義到宿。○初十日。以軍兵查覈[10]事, 兵曹佐郎李德泂[11], 自
文義到州。○十一日。鳥嶺撥兵唐人, 五山場市人處相鬪, 稱以被打,
清安縣監[12]封牒持來。大擧運糧人夫整齊事, 分戶曹參議陪吏委來。○
十二日。劉總兵千總, 率家丁一人, 自文義到宿。○十五日。票信宣傳
官柳某, 自文義到宿。總管使從事官朴震元, 自長命[13]到州。

<hr>

때 영해전투에서 왜군을 격파한 뒤 경상좌도 관찰사에 특진, 巡察使를 겸하고 군량미
조달에 힘썼다. 1594년 병조참판을 거쳐 1596년 경상·전라·충청도 體察副使가 되
었다. 1597년 中樞府知事가 되고, 1604년 이조판서에 올랐다.

7 槐山(괴산): 충청북도 중앙부에 있는 고을 이름.
8 卜定(복정): 지정한 사물에 대해 꼭 실행하도록 강용하는 일.
9 㳫原縣監(칠원현감): 李應麒(생몰년 미상)를 가리키는 듯. 《선조실록》 1597년 12월
   14일조에 관련 기사가 있다.
10 查覈(사핵): 실정을 자세히 조사하여 밝힘.
11 李德泂(이덕형, 1566~1645): 본관은 韓山, 자는 遠伯, 호는 竹泉. 1590년 진사가 되고,
   1596년 정시 문과에 급제, 예문관검열이 되었다. 1598년 여름에 명나라 都督 劉綎이
   대군을 이끌고 順天에서 적을 에워싸고 우리 병사의 징발을 독촉하였는데, 공은 병조
   의 郎廳으로서 명을 받고 호서의 병력을 총동원하여 보냈다. 1599년 洪汝諄이 대사헌
   이 되어 義綱과 더불어 선동하여 사람을 모함하므로, 공은 교리로서 차자를 올려 邪正
   을 변별하자 홍여순의 사람 蔡謙吉이 소를 올려 조정을 헐뜯는지라 공은 또 차자를
   올려 남을 해하려는 심사를 파헤치니, 여론이 훌륭하게 여겼다. 1599년 겨울에 礪山郡
   守로 보임되어 나가니, 홍여순의 무리 任國老 부자가 한을 품은 것이었다.
12 清安縣監(청안현감): 全有亨(1566~1624)을 가리키는 듯. 그의 연보에 의하면, 1594
   년 1월에 훈련도감 낭청, 청안현감 겸 助防將이 된 이후로 1603년에 時務疏를 올린
   사실만 기록되어 있으며, 《선조실록》 1594년 1월 14일조에는 그를 청안현감으로 임명
   한 뒤 6월 16일조와 1595년 3월 18일조에서 그를 청안현감이라 불렀고 5월 26일에는
   그가 청안현감으로서 시무소를 올렸는데, 1601년 10월 17일조에 洪裕를 청안현감으
   로 임명하는 기사가 있기 때문이다.
13 長命(장명): 長命驛. 충청남도 稷山에 있던 成歡道의 관할 역참이다.

19일(신축). 양 포정(梁布政: 양조령)을 지공(支供: 접대)하러 달려갔다.

양 포정이 16일에 경성에서 출발하였으니 충주(忠州) 역참에서 대접하는데 도차사원(都差使員)을 임명하라는 전령(傳令)을 보자마자 즉시 출발하여 음성(陰城) 보천리(甫川里)에서 묵었다.

○ 20일。 저녁이 되어서 충주에 도착하니 안찰사(按察使: 양조령)가 이미 도착해 있었다. 순찰사는 여러 차사원(差使員)과 접대할 여러 관원들이 모두 도착하지 않았기 때문에 연풍현감(延豊縣監)을 분호조참의(分戶曹參議)로 삼고 나를 부쇄마차사원(夫刷馬差使員: 마부·쇄마 차사원)으로 삼았다. 접반사 윤선각(尹先覺: 윤국형)과 서로 만났는데, 중국군들이 마부와 쇄마의 일로써 밤새도록 침범하여 잡아들였다. 오 경력(吳經歷: 오서린) 및 중군(中軍) 두 사람을 접반사에게 보내어 죄인을 심문하였다.

○ 21일。 포정(布政: 양조령)이 문경(聞慶)을 향해 출발한 뒤, 나는 다시 〈임소로〉 길을 나서 금탄창(金灘倉)에 도착하여 오 경력과 참의어사(參議御史)를 만났다.

○ 22일。 임소로 돌아왔다.

○ 27일。 훈련도감(訓鍊都監)의 낭청(郎廳)이 목화(木花)를 사들이려고 도착하여 묵었다.

○ 28일。 총리사(總理使: 윤두수인 듯)의 종사관이 진천(鎭川)을 향해 출발하였고, 훈련도감의 낭청은 보은(報恩)을 향해 출발하였다.

이날 동 제독(董提督: 동일원)이 길을 함께 가는 사람들에게 상으로 말 13필을 지급하고 청주에 도착하여 묵었다.

○ 29일。 듣건대 양 포정이 뒤에 쳐진 일을 장계했다고 한다.

○ 30일。 독운어사(督運御史) 정사신(鄭思愼)이 청안(淸安)에서 출발해 도착하여 묵었다.

十九日辛丑。赴梁布政¹⁴支站。

梁布政十六日, 京中起馬, 忠州站支待, 都差使員差定事, 見傳令卽
發, 宿陰城甫川里。○二十日。夕到忠州, 則按察使已到。巡察使, 以
諸差員與支待諸官, 皆不來到, 故以延豊¹⁵縣監爲分戶曹參議, 以余爲
夫刷馬差使員。接伴使尹先覺¹⁶相會, 唐人以夫馬事, 終夜侵之捉入。
吳經歷¹⁷及中軍兩人, 送于接伴, 推閱¹⁸。○二十一日。布政發向聞慶
後, 余還發, 到灘倉¹⁹, 與吳經歷・參議御使²⁰相會。○二十二日。還
官。○二十七日。訓鍊都監郎廳, 貿木花事, 到宿。○二十八日。總理
使從事官, 發向鎭川, 訓鍊郎廳, 發向報恩。是日, 董提督, 行中²¹賞給
馬十三匹, 到宿。○二十九日。聞梁布政, 以落後事狀啓。○三十日。
督運御史鄭思愼, 自淸安到宿。

---

14 梁布政(양포정): 梁祖齡. 1598년 欽差整勅遼陽寬奠等處海防兵備兼理朝鮮東中二路
    軍務 山東布政使司右參議兼按察使僉事로 나와 영남을 왕래하였는데, 부하 군사들을
    잘 단속하였으므로 그가 지나는 곳마다 편하게 여겼다.
15 延豊(연풍): 충청북도 괴산 지역에 있는 고을 이름.
16 尹先覺(윤선각): 尹國馨(1543~1611)의 初名.
17 吳經歷(오경력): 吳瑞麟. 《선조실록》1597년 8월 5일조와 9월 29일조에 나온다.
18 推閱(추열): 죄인을 심문함.
19 灘倉(탄창): 金灘倉의 오기. 충청북도 충주 탄금대 건너편에 있던 창고이다.
20 參議御使(참의어사): 參議御史의 오기.
21 行中(행중): 함께 길을 가는 모든 사람.

1598년 10월

10월 1일(계축)。 청주(淸州)에 있었다.

3일。 순찰사(巡察使)의 관문(關文: 공문)에 "청안(淸安)·괴산(槐山) 등의 고을 수령이 파면되어 나를 봉고관(封庫官: 창고를 봉인하는 관리)으로 삼았으니 당일 달려가라."고 되어 있어서 청안에 도착하여 창고를 봉인하였다.

○ 4일。 괴산으로 옮겨가서 창고를 봉인하고 되돌아오다가 청안에 도착하여 묵었다. 이날 황해도 병사(黃海道兵使) 강찬(姜澯: 姜燦의 오기)이 보은(報恩)에서 출발해 도착하여 묵었고, 양 참장(楊參將: 양호)의 접반관(接伴官: 이심인 듯)이 목천(木川)에서 출발해 도착하여 묵었다.

○ 6일。 총리사(總理使: 윤두수)의 종사관 강절(姜節)이 회인(懷仁)에서 출발해 청주에 도착하였다.

○ 7일。 순찰사의 종사관 송영구(宋英耉)가 연분(年分: 田稅 비율)을 자세히 조사하려고 청안에서 출발해 도착하여 묵었다.

○ 9일。 노 유격(盧游擊: 노득공)과 동 제독(董提督: 동일원) 두 사람의 상구(喪柩: 관)가 문의(文義)에서 출발해 도착하여 묵었는데, 접반관 신응담(申應潭)이 영도해 도착하였다.

○ 10일。 두 상구(喪柩)는 진천(鎭川)으로 방향을 돌렸다.

　총관사(總管使)의 군관(軍官)이 전령(傳令)을 가지고 도착하였다.

○ 15일。 아침 일찍 출발해 장명역(長命驛)에 도착하였다. 감사(監司)와 서로 만난 뒤 다시 〈임소로〉 길을 떠나 구지(仇地: 고개 이름인 듯)에서

묵었다.

이날 최운어사(催運御史) 송석경(宋錫慶)이 보은(報恩)에서 출발해 뜻밖에 도착하여 묵었다.

○ 16일。 임소로 돌아왔다.

○ 23일。 접반관(接伴官) 병조좌랑(兵曹佐郎) 박효성(朴孝誠)과 교서 저작(校書著作) 이여하(李汝河) 두 행차가 보은에서 출발해 도착하여 묵었다.

○ 27일。 중국군과 약속일자가 너무 촉박하니 제색군사(諸色軍士)들을 친히 거느리고 다음달 5일에 맞춰 전쟁터로 달려가라는 전령이 유시(酉時: 오후 6시 전후)에 도착하였다. 즉각 여러 마을에 군사들을 불러 모으도록 영을 전하였다.

○ 28일。 초군(抄軍: 선발군)들에게 엄명을 내리고 여러 장수들을 불러 단속하자 대장(代將) 이방언(李邦彦)과 군관(軍官) 등이 나타났다. 병사(兵使)가 말하기를, "군사를 거느리고 출발하라." 하였고, 순찰사가 말하기를, "가거든 진퇴를 어렵게 여기지 말라." 하였다.

○ 29일。 군사들을 점고하려고 신탄(新灘)으로 갔다.

十月初一日癸丑。 在淸州。

初三日。 巡察使關: "淸安·槐山等官罷黜[1], 以余爲封庫官, 卽日馳進." 到淸安, 封庫。 ○初四日。 轉到槐山, 封庫, 還到淸安宿。 是日, 黃海兵使姜潔[2], 自報恩到宿, 楊參將接伴官[3], 自木川到宿。 ○初六

---

1 罷黜(파출): 잘못을 저지른 사람에게 직무나 직업을 그만두게 함.
2 姜潔(강찬): 姜燦(1557~1603)의 오기. 본관은 衿川, 자는 德輝, 호는 東郭. 1592년 端川郡守로 있을 때 임진왜란이 일어나 두 왕자가 會寧에서 적의 포로가 되자 의병을 모아 싸우는 한편, 行在所에 결사대를 파견하여 회령 사태를 보고하였다. 1594년 동부승지·우부승지·좌부승지·우승지를 거쳐 황해도 관찰사를 지냈고, 1596년 해주목사·황해도병마절도사를 역임하였으며, 1598년 11월 강계부사를 거쳐 1600년 병조참의, 이어 여주목사로 있다가 延安에서 병사하였다.

日。 總理使姜節從事官, 自懷仁⁴到州。 ○初七日。 巡察使從事宋英
耉⁵, 以年分⁶查覈事, 自清安到宿。 ○初九日。 盧游擊·董提督, 兩喪
柩⁷, 自文義到宿, 接伴官申應潭領到。 ○初十日。 兩喪柩, 轉向鎮川。
總管使軍官, 持傳令到。 ○十五日。 早發, 到長命。 與監司, 相會還發,
宿仇地⁸。 是日, 催運御史宋錫慶⁹, 自報恩, 不意到宿。 ○十六日。 還
官。 ○二十三日。 接伴官兵曹佐郎朴孝誠¹⁰·校書著作李汝河兩行, 自
報恩到宿。 ○二十七日。 天兵師期太迫, 諸色軍兵親領, 趁初五日赴陣

---

3 楊參將接伴官(양참장접반관): 李諿(생몰년 미상)인 듯.《선조실록》1598년 3월 22일
   에 나온다. 본관은 杆城, 자는 信而. 아버지는 李三俊이다. 1552년 식년시에 합격하
   였다.
4 懷仁(회인): 충청북도 보은 지역에 있는 고을 이름.
5 宋英耉(송영구, 1556~1620): 본관은 鎮川, 자는 仁叟, 호는 瓢翁·一瓠·白蓮居士.
   1592년 임진왜란이 일어나자 都體察使가 된 鄭澈이 그를 불러 從事官으로 삼았다.
   그는 충청도·전라도에서 의병 1천여 명을 모집하여 행재소로 가던 도중에, 세자시강
   원 司書에 임명되었다는 소식을 듣고, 즉시 의병을 幕僚에게 부탁하고 單騎로써 왜적
   의 소굴을 뚫고 달려가서 간신히 세자의 行朝에 이르렀다. 1593년 사간원 正言이 되
   었다가, 사헌부 持平이 되었는데, 知製敎를 겸임하였다. 聖節使의 書狀官이 되어 중
   국 北京에 다녀온 다음 고향 전주로 돌아갔다. 지평, 獻納에 여러 번 임명되었으나
   모두 부임하지 않았다. 1599년 忠淸道都事 겸 掌舟師에 임명되었고, 1600년 弘文錄
   에 선발되어 홍문관에 들어갔다. 이어 이조 좌랑에 발탁되어 이듬해 이조 정랑으로
   승진하였으며, 의정부의 檢詳·舍人을 거쳐, 사간원 司諫으로 임명되었다.
6 年分(연분): 농작의 풍흉으로 인하여 매년 정하는 田稅의 비율.
7 喪柩(상구): 장사지낼 때의 관.
8 仇地(구지): 충청북도 보은군 수한면 후평리에 있는 고개 이름인 듯.
9 宋錫慶(송석경, 1560~1637): 본관은 恩津, 자는 景受, 호는 拙庵·春湖. 1597년 직장
   으로 별시문과에 급제하고, 1598년 승정원 주서가 되었다. 이어 세자시강원사서·사
   헌부지평·사간원헌납·성균관전적·사간원사간을 거쳐 信川郡守·홍문관수찬 등을
   역임하였다. 1603년 동지사의 서장관으로 정사 金玏과 함께 명나라에 다녀왔다.
10 朴孝誠(박효성, 1568~1617): 본관은 高靈, 자는 百源, 호는 眞川. 1593년 별시문과에
   급제, 승문원 正字·홍문관 박사 등을 역임하였다. 1596년 時弊에 대하여 통렬한 어
   조로 소를 올렸다. 1597년 정유재란 때 명나라 游擊 馬呈文의 接伴官으로 영남에 다
   녀왔고, 1598년 경기도관찰사 韓浚謙의 종사관이 되었다가 이어 성균관 典籍과 공
   조·병조·예조의 좌랑을 차례로 역임하였다. 그러나 1596년에 올린 소의 내용이 말
   썽이 되어 외직으로 나가게 되어 延曙道察訪·開城府經歷·대동도찰방 등을 거쳐,
   선산부사가 되어서 선정을 베풀었다.

事, 傳令酉時到付。卽刻傳令, 諸坊里聚軍。○二十八日。嚴令抄軍, 招諸將結束, 代將李邦彦軍官等來現。兵使曰: "領軍." 巡使曰: "勿往進退爲難." ○二十九日。以點軍事, 往新灘[11]。

---

11 新灘(신탄): 충청북도 청원군 문의면에 있는 고을 이름.

1598년 11월

11월 1일(임오). 청주(淸州)에 있어야 했지만 신탄(新灘)에 그대로 머물며 군사를 점고하였다.

2일. 임소로 돌아왔다.

○ 3일. 급사중(給事中)의 행중도차사원(行中都差使員)으로서 장차 충주 (忠州)로 가기 위해 출발하였는데, 저녁에 음성(陰城) 보천리(甫川里)에서 묵었다.

○ 4일. 용안역(用安驛)에 도착하였다.

이날 급사중 서관란(徐觀瀾)이 용안역에 도착하였는데, 진천현감(鎭 川縣監)과 청안 가관(淸安假官)이 함께 접대하였다.

○ 5일. 급사중을 모시고 충주의 숙소에 도착하였다.

十一月初一日壬午。在淸州, 留新灘點軍。

初二日。還官。○初三日。以給事中行中都差使員, 將往忠州發行, 夕宿陰城甫川。○初四日。到用安[1]。是日, 給事徐觀瀾[2]到站, 鎭川縣 監·淸安假官[3], 同爲支待。○初五日。陪給事中, 到忠州宿所。

1　用安(용안): 用安驛. 충청북도 충주시 신니면에 위치했던 驛站.
2　徐觀瀾(서관란): 欽差査勘兵科左給事中으로 丁應泰의 무고 사건을 査問하기 위해 조 선에 온 인물. 1598년 정응태가 경리 楊鎬를 무함했을 때, 중국 조정에서 서관란을 파견하여 군대의 손실과 軍功을 아울러 평가하도록 하였다. 9월에 조선으로 와서 11 월에 영남으로 내려가 4路의 군병을 두루 돌아보고 1599년 2월에 돌아가 사실에 입각 하여 상주하니, 양호가 무사할 수 있었다.
3　假官(가관): 임시로 임명하는 관원.

6일(정해)。 충주(忠州)에서 곤욕을 당하였다.

급사중(給事中: 서관란)의 행차를 문경(聞慶)까지 호송하였다.

이날 주사(主事: 병부주사) 정응태(丁應泰)의 행차가 충주에 도착하였다. 그런데 쇄마(刷馬)가 고르지 못한 일로 중장(重杖) 4대를 맞으며 밤새도록 곤욕을 치렀는데, 종사관 송영구(宋英耇)와 충주목사 김명윤(金明允: 金明胤의 오기)이 함께 고초를 겪었다.

(협주: 정수칠이 살피건대, 정응태란 자는 곧 우리나라를 엄청나게 무고한 중상 모략꾼이었다. 그가 행했던 곳은 서쪽으로 패서(浿西: 황해도와 평안도)에서 남쪽으로 영남(嶺南)에까지 이르렀는데, 도로에서는 횡포를 부르고 거슬리는 자는 분쇄하는 음험한 사람으로 사람을 해치는 것이 이와 같았다. 이는 곧 우리나라의 원수이니 잊어서는 아니 된다.)

○ 7일。 정응태의 행차가 문경으로 나갔다.

○ 8일。 진효(陳效) 어사(御史)의 행차가 충주에 도착하였는데, 접반사는 이호민(李好閔)이었다.

○ 9일。 되돌아오려고 출발하였는데, 보천리(甫川里)에서 묵었다.

○ 10일。 임소로 돌아왔다.

○ 12일。 감사(監司) 김신원(金信元: 金履元의 초명)에게 휴가를 청하여 5일간의 말미를 받았다.

○ 13일。 동 도독(董都督: 동일원)의 전마(戰馬) 119필이 진천(鎭川)에서 도착하였다.

○ 14일。 총리사(總理使: 윤두수)의 종사관(從事官: 강절)이 도착해 묵었다.

○ 17일。 총관사(總管使: 류영경)의 종사관 노경임(盧景任)이 보은(報恩)에서 도착하였다.

○ 18일。 종사관 강절(姜節)이 문의(文義)를 향해 출발하였다.

○ 19일。 동 도독(董都督)의 중군(中軍) 사 유격(師游擊: 사도립)・마 유격(馬游擊: 마정문)・학 유격(郝游擊: 학삼빙) 등이 차관(差官)과 가정(家丁) 모두 55명을 이끌고 도착하여 묵었다.

○ 26일。 듣건대 왜적이 퇴각했다고 하였다.

初六日丁亥。 厄於忠州。

給事中之行, 護送于聞慶。 是日, 丁主事應泰行, 到忠州, 以刷馬不齊事, 重杖[4]四度, 終夜困辱, 從事官宋英耆・忠牧金明允[5]同苦。(修七案, 丁應泰者, 卽厚誣我邦之說讒人也。 其行, 西自浿西[6], 南至嶺南, 而道路橫拏, 觸之者碎, 陰險之人, 其*寃害人如是矣。 此乃我國之讐, 未可忘也。) ○初七日。 丁應泰之行, 出往聞慶。 ○初八日。 陳效御史之行, 到忠州, 接伴李好閔。 ○初九日。 還發, 宿甫川里。 ○初十日。 還官。 ○十二日。 呈由[7]于金監司信元[8], 給由五日。 ○十三日。 董都督戰馬一百十九匹, 自鎭川來到。 ○十四日。 總理使從事官, 到宿。 ○十七日。 總管使從事官盧景任[9], 自報恩來到。 ○十八日。 姜從事官, 發

4　重杖(중장): 예전에, 곤장으로 볼기를 몹시 때리는 형벌을 이르던 말.
5　金明允(김명윤): 金明胤의 오기.《선조실록》1596년 1월 24일조에 나온다.
6　浿西(패서): 황해도와 평안도를 함께 이르는 말.
7　呈由(정유): 벼슬아치가 휴가를 청하던 일.
8　信元(신원): 金履元(1553~1614)의 초명. 본관은 善山, 자는 守伯, 호는 素菴. 1583년 알성문과에 급제, 호조좌랑・修撰・校理・正言을 지냈다. 1593년 의주목사로 나간 해에 큰 흉년이 들어 굶어죽는 사람이 많았으나, 의주만은 명나라 곡식을 들여온 까닭에 굶주린 백성을 구제할 수 있었다. 1597년 정유재란 때 충청도관찰사가 되었다.
9　盧景任(노경임, 1569~1620): 본관은 安康, 자는 弘仲, 호는 敬菴. 1591년 별시문과에 병과로 급제, 예문관검열을 거쳐 홍문관정자가 되었다. 1592년 임진왜란이 일어나자 고향에 돌아와서 의병을 모집하여 왜군에 대항하였다. 1594년 사헌부지평・예조좌랑을 거쳐, 1595년 江原道巡按御使가 되어 삼척부사 洪仁傑의 비행을 적발, 보고하였다. 그 뒤 다시 지평을 거쳐 예조정랑이 되었고, 體察使 李元翼의 종사관이 되어 三南 地方을 순찰하면서 임기응변으로 일을 잘 처리하여 그의 신임을 얻었으며, 1597년 이원익의 지시를 받고 올린 전쟁 상황의 상세한 보고로 선조의 신임을 얻어 교리로 임명되었다. 1598년 사간원헌납・宗簿寺典籍에 제수되었지만 부임하지 않다가 그 뒤

向文義。董都督中軍師游撃・馬游・郝游[10]等，領率差官・家丁竝五十
五人，到宿。○十九日。天將等，出往懷德。○二十六日。聞賊退。

知寧海府事・성주목사 등을 역임하였다.
10 郝游(학유): 郝游撃으로 郝三聘을 가리킴. 欽差統領大寧都司入衞春班游撃將軍 도지
    휘첨사로 마병 1천을 이끌고 1598년 8월에 나왔는데, 1599년 1월에 사천에서 패전하
    여 革職되었다.

1598년 12월

12월 1일(무신)。 청주(淸州)에 있었다.

아침에 귀손(貴孫)을 보았는데, 경성에서 왔다. 듣건대 사헌부의 장계에 이르기를, "청주목사 정경달이 주사(主事: 병부주사) 정응태(丁應泰)가 남하할 때에 혹독히 곤장을 맞은 상처로 말미암아 관청의 일을 일체 폐하자, 아전들이 농간을 부려 온갖 폐단이 한꺼번에 일어나서 중요한 요충지가 장차 폐기해야 할 고을이 되겠으니, 아뢴 대로 파직해주기를 청합니다." 하였다고 한다. 듣자니 아는 친구들이 나를 위해 애썼다고 하였다. 마침내 중기(重記: 인계 서류)를 작성하였다.

十二月初一日戊申。在淸州。

十一日。朝見貴孫, 自京來。聞司憲府啓曰: "淸州牧使丁某, 丁主事南下時, 酷被棍傷, 專廢官事, 吏緣爲奸, 百弊俱滋, 要衝重地, 將爲棄邑, 請罷職依啓。" 盖聞知舊諸公, 爲我圖之云。遂治重記[1]。

14일。 새벽에 출발하여 밥을 신탄(新灘)에서 먹었고 유성(維城: 儒城의 오기)에서 묵었다.

15일。 연산(連山)에서 묵었다.

---

1 重記(중기): 사무 인계 서류.

○ 16일。 익산(益山)에서 묵었다.

○ 17일。 익산에서 머물렀다.

○ 18일。 금구(金溝)에서 묵었는데, 주감(主監) 이희간(李希諫)이 나를 보러 나왔다.

○ 19일。 두동산(頭東山)의 아래에서 묵었다.

○ 20일。 길에서 습독(習讀) 안씨(安氏) 부자를 만났고, 복죽리(卜竹里)에서 묵었다.

○ 21일。 저녁에 영광(靈光) 땅인 지장리(地藏里)에 들어왔다.

○ 22일。 청주에서 온 수하 사람들이 되돌아갔다.

十四日。 曉發, 飯于新灘, 宿維城[2]。

十五日。 宿連山。 ○十六日。 宿益山。 ○十七日。 留益山。 ○十八日。 宿金溝[3], 主監李希諫出見。 ○十九日。 宿頭東山下。 ○二十日[4]。路逢安習讀[5]父子, 飮宿卜竹[6]。 ○二十一日。 夕入靈光地藏里。 ○二十二日。 淸州下人歸。

30일。 지장리(地藏里)에 있으면서 한 해를 보냈다.

내가 생각건대 금년에는 적병에게 시달려서 가업(家業)이 결딴났는데, 봄에는 가족들 때문에 근심하였고 여름에는 청주에서 곤욕을 겪었고 겨울에 이르러서도 충주에서 곤욕을 당하였으니, 지금까지 살아오는

---

2 維城(유성): 儒城의 오기. 대전광역시 북서부에 있는 고을 이름.
3 金溝(금구): 전라북도 김제 지역에 있는 고을 이름.
4 日(일): 원전에 없는 글자이나 삽입한 것임.
5 習讀(습독): 조선시대에 훈련원의 종9품 무관직.
6 卜竹(복죽): 卜竹里. 전라북도 고창현에 있는 마을 이름.

동안 가장 불행한 해이었다.

三十日。在地藏里, 餞歲[7]。

余念今年, 困於兵賊, 家業蕩盡, 春憂家屬, 夏困淸州, 至冬厄於忠州, 平生大不幸之年也。

---

7 餞歲(전세): 한 해가 저물 때 술과 음식으로 서로 초대하는 것을 일컬음.

반곡유고 권12

盤谷遺稿 卷之十二

난중일기6

1599년 1월

기해년(1599)

1월 1일(임오)。 영광(靈光)의 임시 처소에 있었다.

5일。 듣건대 도독(都督) 진린(陳璘)이 영광에 들어왔다고 하였다.

亂中日記 六

己亥正月初一日壬午。 在靈光寓所。
初五日。 聞陳都督璘[1]入靈光。

8일(기축)。 고향으로 출발하였다.

11일。 상산(霜山)에 들어서니 남김없이 결딴났다. 동생의 집에서 기거하기로 하고 사당과 묘소를 배알하자 저절로 눈물이 흘러내렸다.

○ 12일。 가족들을 맞이하여 옛터를 닦고 부엌을 만들어서 함께 살아

---

1 璘(린): 陳璘. 1592년 임진왜란 때 副摠兵으로 발탁되었다가 병부상서 石星의 탄핵으로 물러났다가 정유재란 때 다시 발탁되었다. 총병관으로 수병대장을 맡았고 수군 5,000명을 이끌고 강진군 고금도에 도착하였다. 진린의 계급은 제독보다 한 단계 아래인 都督이었다. 이순신과 연합함대를 이루어 싸웠으나 전투에는 소극적이고 공적에는 욕심이 많았던 인물로 알려졌다. 조선 수군에 대한 멸시와 행패가 심해 이순신과 마찰을 일으켰으나 이순신이 세운 전공을 진린에게 양보하자 두 사람의 관계가 호전되어 전투에 적극적으로 임하였다. 노량해전에서 이순신과 공동작전을 펼쳐 공적을 세웠다.

가는 방도로 삼고자 하였다.

○ 13일. 고종사촌형 김공희(金公喜)가 통영 종사관(統營從事官)으로서 병영(兵營)으로 가는 길에 두루 방문하였다.

初八日己丑。發故鄉之行。

十一日。入霜山², 蕩燼無餘。寄宿弟家, 謁廟與墓, 自然垂淚。○十二日。迎家屬, 修舊基作廚, 爲生居之計。○十三日。金兄公喜。以統營³從事官, 赴營歷訪。

17일(무술). 회령(會寧: 회진)에 갔다.

장차 회령에다 집을 지으려고 이날 터를 닦기 시작하였다.

十七日戊戌。往會寧⁴。

將築室於會寧, 是日開基⁵。

---

2 霜山(상산): 전라남도 장흥에 있는 서리산을 일컬음.
3 統營(통영): 三道 水軍統制使의 軍營. 1593년 閑山島에 처음 만들어졌으며, 1895년에 폐지되었다.
4 會寧(회령): 전라남도 장흥 지역에 있는 고을 이름.
5 開基(개기): 공사하려고 터를 닦기 시작함.

1599년 2월

2월 1일(신해)。 회령(會寧)에 있었다.

2일。 아들 정명열(丁鳴說)·조카 정득열(丁得說)이 집안 살림에 쓰는 온
갖 물건들을 싣고 법성포(法聖浦)에서 배로 도착하였다.

二月初一日辛亥。 在會寧。

初二日。 鳴說[1]·得說[2], 載傢伙[3]雜物, 自法聖浦[4], 由舟來到。

---

1 鳴說(명열): 丁鳴說(1566~1627). 본관은 靈光, 자는 帝卿, 호는 霽巖. 아버지는 參議
  丁景達이다. 일찍이 학문에 뜻을 두어 견식을 넓혔으며 문장이 뛰어나 尹善道·安邦
  俊 등과 교유하였다. 1606년 증광문과에 급제했으나, 광해군 즉위 후 대북파의 행패
  로 정치가 문란해지자 실명을 구실로 두문불출하였다. 李爾瞻 등이 그의 명성을 듣고
  여러 번 자기 일파에 가담하기를 청했으나 거절했다. 1624년 李适의 난 때 영광에서
  의병과 군량을 모아 왕이 피난해 있는 公州로 가려 했으나 이미 난이 평정되어 관찰
  사에게 보내 군량으로 쓰게 하고 고향에 돌아갔다. 그 공로로 慶尙道 都事에 임명되
  었으나 곧 사직하고, 후진 양성에 힘썼다.
2 得說(득열): 丁得說(생몰년 미상). 본관은 靈光. 아버지는 丁景彦이다. 정경언은 정경
  달의 6형제 중 셋째이다.
3 傢伙(가화): 집안 살림에 쓰는 온갖 물건.(세간살이)
4 法聖浦(법성포): 전라남도 영광군 법성면 법성리에 있는 포구.

1599년 3월

3월 1일(경진)。 회령(會寧)에 있었다.

7일。 상산(霜山)으로 돌아오는 길에 능성(綾城)의 수령 나대용(羅大用)을 만나 술을 마셨다.

○11일。 서당에 모여서 술 마시며 밤이 되도록 노래 부르고 피리 불었는데, 이것은 난리가 일어난 후로 처음 있는 일이었다. 절구시(絶句詩) 2수를 지어 창수하였으니, 이러하다.

이 소리는 어찌해 내 마음을 슬프게 하는가	此聲何使此心悲
지난 8년 이래로 처음 이 소리가 있게 되었구나.	八箇年來始此聲
붉은 살구 파란 버들 모두 다 기쁜 빛이어니	紅杏綠楊皆喜色
술잔 앞에서 난리 겪은 심정일랑 말하지 말라.	當盃休說亂離情

어제 차운한 〈버려진 못(廢池)〉이라는 시이다.

발원하는 곳이 풀에 파묻혀 물결 일렁이지 못해	源頭草沒不通波
두 손으로 진흙탕 물 뜨니 반이나 개구리일세.	掬水成泥半侵蛙
너무나 고맙게도 동풍이 내가 온 줄 알고서	多謝東風知我至
일부러 이른 봄비 뿌려 꽃 피기를 재촉하는구나.	故吹新雨促開花

三月初一日庚辰。 在會寧。

初七日。 還霜山, 路遇綾城守羅大用[1]飲。 ○十一日。 會飲于書堂,

歌笛入夜，此亂離後初事。爲唱二絶曰：“此聲何使此心悲，八箇年來
始此聲。紅杏綠楊皆喜色，當盃休說亂離情。”昨日次廢池詩，“源頭草
沒不通波，搰水成泥半侵蛙。多謝東風知我至，故吹新雨促開花.”

**15일(갑오)。 저녁에 비가 내려 만물이 모두 산뜻한데, 매화와 살구가 먼저
꽃을 피웠다.**

17일。 나귀를 타고 백사정(百沙亭)에 이르러 대나무로 발을 엮어서 고
기 잡으며 시를 읊조리다 돌아왔다. 온갖 꽃들이 숲을 이루었으니 한
잔 술에 거나해졌다.

○ 22일。 조길원(曺吉遠)과 많은 사람들이 나를 위해 술자리를 베풀어
서 서봉(西峯)에 올라 술을 마시며 노래 부르고 피리 불기를 서로 주고
받았다. 마침내 젊은 사람들과 〈낙화음(落花飮)〉 절구시(絶句詩) 한 수를
읊었으니, 이러하다.

한 해의 봄날 시간이 그리 많지 않거늘	一年春事不多時
나무에 만발한 아리따운 붉은 꽃이 또 지려하네.	滿樹妖紅又欲飛
억지로 꽃가지 꺾어 취객 귀밑머리에 꽂았으나	强折一枝栽醉鬢
바람에 실려와서 날아가는 것을 내 어찌 알랴.	飛來飛去我何知

---

1 羅大用(나대용, 1556~1612): 본관은 錦城, 자는 時望, 호는 遞菴. 1591년 전라좌수사
李舜臣의 막하에 군관으로 들어가 거북선 건조에 참여하고, 1592년 임진왜란이 일어
나자 이순신의 막하로 참전하여 여러 해전에서 공을 세웠다. 특히, 1592년 옥포해전
에서 遊軍將을 맡아 적의 大船 2척을 격파하고, 사천해전에서는 분전 끝에 총탄을
맞아 전상을 입고 한산도해전에서도 재차 부상을 당하였다. 그 뒤 정유재란 때의 명
량해전과 1598년의 노량해전에 참가하여 전공을 세웠다. 그와 같은 전공으로 1594년
강진현감으로 임명되고 연달아 金溝·綾城·固城의 현감을 역임하고, 전후에는 鎗船
을 고안하여 만들었다.

○ 24일。 아내와 첩을 데리고서 서산(西山)에 올라 화전을 부쳐 먹고 나귀를 채찍질하여 한가로이 구경하며 노닐었다.

○ 25일。 살구꽃은 이미 지고 복사꽃이 활짝 피었는데, 이성(而性: 정경언)과 함께 백사정(白沙亭)으로 갔다가 저녁에 비가 내려 나귀를 타고 돌아왔다.

○ 26일。 조길원, 두 동생(협주: 정경언과 정경영이다) 및 마을의 여러 사람들과 봉림(鳳林)에서 노닐었는데, 동백꽃이 흐드러지게 피고 석천수(石泉水)가 맑고 시원하니 봄날의 감흥이 일어났다. 갑자기 대궐을 그리는 마음이 생겨 절구시 한 수를 읊조렸으니, 이러하다.

세상만사에 지금은 흰머리만 부쩍 늘었는데	萬事如今白髮新
푸른 산에 꽃잎 지니 또 봄이 감을 슬퍼하여라.	碧山花落又傷春
높은 곳에 올라도 깊고 그윽한 흥취가 없어	登高不是深幽興
지초나 난초를 잠깐 캐고는 미인을 바라보노라.	薄採芝蘭望美人

서간(西澗)에서 술 마시면서 저녁이 될 때까지 노래 부르고 시 읊다가 돌아왔다. 조(曹) 아무개와 문(文) 아무개 두 친구는 흉금을 터놓았는데 그래도 부족하여 헤어질 때에 서로 돌아보며 몹시 서운해 하였다.

○ 27일。 새 울고 꽃 떨어지는데도 아무 일 없어 낮잠만 잤다.

○ 30일。 온갖 꽃들이 죄다 져서 봄날의 감회가 적적하지만, 문 아무개, 동생, 윤 진사(尹進士)와 함께 나귀를 타고 우암(牛巖)으로 가 시문을 지으면서 술을 마시며 노래도 부르고 읊조리기도 하다가 돌아왔다.

十五日甲午。 夕雨, 萬物皆新, 梅杏先發。

十七日。 騎驢, 至百沙亭, 結漁簑[2], 吟詠往還。 百花成林, 一盃陶然[3]。 ○二十二日。 曹吉遠諸人, 爲我設酌, 登西峯大酌, 歌笛相和。 遂與少年, 吟落花飲一絶云: "一年春事不多時, 滿樹妖紅又欲飛. 强折一枝栽醉鬢, 飛來飛去我何知?" ○二十四日. 携妻與妾, 登西山煎花, 策驢⁴遨游⁵. ○二十五日. 杏花已飛, 桃花正發, 與而性⁶, 往白沙亭, 夕雨騎驢還. ○二十六日. 與吉遠·兩弟(卽景彦·景英⁷), 及里中諸人, 游鳳林⁸, 油茶⁹爛發, 石泉蕭灑, 春興方融. 忽有戀闕之思, 爲吟一絶云: "萬事如今白髮新, 碧山花落又傷春. 登高不是深幽興, 薄採芝蘭望美人." 飲于西澗, 乘夕歌詠而還. 與曹文兩友, 開懷猶不足, 別時相顧惘然. ○二十七日. 鳥啼花落, 無事晝眠. ○三十日. 百花盡落, 春懷寂寂, 與文·弟·尹進士, 騎驢往牛巖¹⁰, 文酒歌詠而還.

2　漁箵(어홍): 대나무로 발을 엮어서 물속에 함정을 만들고 고기 잡는 것을 이르는 말.
3　陶然(도연): 술에 취하여 거나함.
4　驢(려): 원전에 없는 글자이나 문맥상 삽입한 것임.
5　遨游(오유): 한가로이 구경하며 노닒.
6　而性(이성): 丁景彦(생몰년 미상)의 자인 듯. 영광정씨 족보에는 而聖으로 되어 있다. 정경달의 6형제 중 셋째이다.
7　景英(경영): 丁景英(1547~1616). 본관은 靈光, 자는 而振, 호는 八溪. 정경달의 6형제 중 넷째이다. 임진왜란 때 의병과 군량을 모집하고 중형 정경달과 金烏山전투에서 적의 군수품을 노획하였다.
8　鳳林(봉림): 전라남도 장흥군 장평면에 있는 고을 이름.
9　油茶(유다): 동백나무의 일종.
10　牛巖(우암): 전라남도 장흥군 회령면에 있는 고을 이름.

1599년 4월

4월 1일(경술)。회령(會寧)에 있었다.

들건대 수병수비(水兵守備) 이응창(李應昌)이 수군을 이끌고 고금도(古今島)에 들어가지 않았다고 하였다.

○ 3일。해산물을 상산(霜山)에 보냈다.

○ 4일。저수지를 파고 우물을 보수하였다. 마침내 버드나무를 심은 돈대(墩臺)를 만들어 기나긴 여름철에 더위를 피해 거닐 곳으로 삼았다.

> **四月初一日庚戌。在會寧。**
>
> 聞李守[1]非領水軍入古今島[2]。　○初三日。　送海菜[3]於霜山。　○初四日。鑿池修井。遂作柳臺[4], 以爲長夏徘徊之地。

13일(임술)。상산(霜山)으로 돌아왔다.

15일。 서당(書堂)의 학도(學徒)들로 하여금 조를 나누어 풍정(楓亭)으로

---

1 李守(이수): 水兵守備 李應昌을 가리킴.《선조실록》1599년 6월 29일조에 나온다. 天津督府票下中軍守備로 수병 1천을 이끌고 강화에 이르러 1599년 8월에 남하했다가 1600년 10월에 돌아갔다.
2 古今島(고금도): 전라남도 완도군 고금면에 있는 섬 이름.
3 海菜(해채): 미역, 다시마 등과 같은 식용 해초.
4 柳臺(류대): 버드나무를 심은 臺. 臺는 흙과 돌을 높게 쌓아 평평하게 만들어 멀리 경치를 바라볼 수 있게 한 축조물이다.

절구시를 짓고 승부를 내어 산나물 캐기로 약속하게 하였다.

○ 17일。여러 사람들과 대곡(大谷)에서 산나물을 삶으면서 운(韻)을 내어 함께 시를 짓도록 하니, 이러하였다.

나물 캐어 와서 밥 짓는 동안 날씨 또 맑아지니　採來炊黍趁新晴
한번 푸른색 살짝 찍어 바른 듯 곳곳에 돋아났네.　一抹微微綠處生
바람으로 하여금 산밖으로 불지 말도록 할지어다.　莫使風吹山外去
사람들이 이러한 맑고 깨끗함을 알까 두렵도다.　　怕人知得一般淸

산나물에 꿩 1마리를 겸하였는데 지극히 맛이 있었다.

○ 23일。입석(立石)으로 유람하였다. 김진위(金振魏)와 그의 아들 김상(金湘) 등 10여 명과 잉어를 삶아 먹었다. 저녁에 돌아오다가 호랑이를 만났다.

十三日壬戌。還霜山。

十五日。令書堂學徒分曹[5], 爲楓亭絶句, 以賭勝敗, 爲山採之期。○十七日。與諸人, 煮菜於大谷, 出韻共賦詩曰: "採來炊黍趁新晴, 一抹微微[6]綠處生。 莫使風吹[7]山外去, 怕人知得一般淸[8]。" 山菜兼得一雉, 極有滋味。○二十三日。游立石。與金君振魏子湘等十餘人, 烹鯉。夕還遇虎。

5　分曹(분조): 分組. 組가 나뉨. 曹는 '함께 일하는 것'을 일컬어 '동료'라는 뜻이다.
6　微微(미미): 깊고 고요한 모양. 약간.
7　吹(취): 원전에 없는 글자이나 문맥상 삽입한 것임.
8　人知得一般淸(인지득일반청): 邵雍의 〈淸夜吟〉에 "달이 하늘 한가운데 이르고, 바람이 물 위에 불어오네. 이러한 맑고 깨끗한 의미를, 아마도 아는 사람이 적으리.(月到天心處, 風來水面時. 一般淸意味, 料得少人知。)"라고 한 데서 온 말.

윤4월 1일(기묘)。 상산(霜山)에 있으면서 사군대(使君臺)를 유람하였다.

3일。 이진(而振: 정경영)·숙회(叔晦)와 함께 아내와 첩을 데리고 바다 건너 백사장 가에 이르러서 술을 마셨다.

○ 10일。 조보(朝報)를 보니, "중국군 장수들은 모두 떠났는데 북쪽지방에 변란이 크게 일어나서 봉화를 5번이나 올렸지만 무산현(茂山縣)의 보을하(甫乙下)와 주온(朱溫)이 포위되고 함락되었으며, 병사(兵使) 이일(李鎰)은 군대가 패배하여 잡아들였다."고 하였다.

○ 18일。 비로소 보리타작을 하였다. 거문고를 손질하였다.

○ 20일。 또 가야금을 손질하였다.

○ 22일。 온종일 거문고를 탔다.

○ 25일。 동쪽 언덕의 수행정(修杏亭)에 올랐다.

閏四月初一日己卯。 在霜山, 游使君臺。

初三日。 與而振[9]·叔晦[10], 携妻妾泛海, 至沙邊飮。 ○初十日。 見朝報: "唐將盡去, 北變大作, 烽火五擧, 茂山[11]甫乙下[12]·朱溫[13], 被圍而陷, 兵使李鎰[14], 以兵破拿推[15]。 ○十八日。 始打麥。 粧琴。 ○二十日。

---

9 而振(이진): 丁景英(1547~1616)의 자.
10 叔晦(숙회): 미상.
11 茂山(무산): 함경북도 북서쪽에 있는 고을 이름.
12 甫乙下(보을하): 咸吉道 會寧都護府에서 25리쯤 떨어진 곳에 있음.
13 朱溫(주온): 朱溫堡. 온천이 나오는 곳으로 인근 시냇가 상류에 반석이 있는데 목욕통같이 생겼다고 한다.
14 李鎰(이일, 1538~1601): 본관은 龍仁, 자는 重卿. 1558년 무과에 급제하여, 전라도 수군절도사로 있다가, 1583년 尼湯介가 慶源과 鐘城에 침입하자 慶源府使가 되어 이를 격퇴하였다. 임진왜란 때 巡邊使로 尙州에서 왜군과 싸우다가 크게 패배하고 충주로 후퇴하였다. 충주에서 도순변사 申砬의 진영에 들어가 재차 왜적과 싸웠으나 패하고 황해로 도망하였다. 그 후 임진강·평양 등을 방어하고 東邊防禦使가 되었다. 이듬해 평안도병마절도사 때 명나라 원병과 평양을 수복하였다. 서울 탈환 후 訓鍊都監이 설치되자 左知事로 군대를 훈련했고, 후에 함북순변사와 충청도·전라도·경상도

又粧伽倻琴。○二十二日。彈琴終日。○二十五日。登東皐修杏亭。

등 3도 순변사를 거쳐 武勇大將을 지냈다. 1599년 북병사, 1600년 함경남도병마절도
사가 되었다가 병으로 사직하고, 1601년 부하를 죽였다는 살인죄의 혐의를 받고 붙잡
혀 호송되다가 定平에서 병사했다.
15 拿推(나추): 범인을 잡아다 죄를 문초함.

1599년 5월

5월 1일(무신)。 상산(霜山)에 있었다.

7일。 능성(綾城) 수령 나대용(羅大用)이 나를 보러 찾아왔다. 듣건대 중국군이 장차 영남과 호남으로 내려올 것이라고 하였다.

○ **18일。** 경성에서 온 편지를 보고서 해유(解由)되지 않아 서용(敍用)되지 못한다는 것을 알았다.

○ **21일。** 조보(朝報)를 보고서 중국군 장수들이 모두 들어간 것을 알았다.

○ **25일。** 듣건대 감사(監司: 한효순)가 나주(羅州)로 향했고, 좌상(左相: 이덕형)이 내려온다고 하였다.

五月初一日戊申。 在霜山。

初七日。 綾城守羅大用來見。 聞唐兵將下兩南。 ○十八日。 見京書, 知未解由[1]未敍用[2]。 ○二十一日。 見朝報, 知唐將皆入去。 ○二十五日。 聞監司向羅州, 左相下來云。

---

1 解由(해유): 관원이 벼슬에서 물러날 때, 자신이 맡아보던 회계, 물품 출납 등의 사무를 후임자에게 넘기고 이상이 없음을 호조에 보고하여 책임에서 벗어나는 일을 이르던 말.

2 敍用(서용): 죄가 있어 벼슬을 박탈했던 사람을 다시 임용함.

1599년 6월

6월 1일(무인)。 회령(會寧)에 있었다.

13일。 좌상(左相: 이덕형)이 장흥부(長興府)에 온다는 것을 듣고 문안하는 편지를 올렸으며, 또한 감사(監司) 한효순(韓孝純)에게도 편지를 보냈다.

○ **14일**。 순거(舜擧: 문희개)의 편지를 보니, 전라도에서 있었던 기축옥사(己丑獄死)의 원통함을 씻어달라는 상소(上疏)에 아들 정명열(丁鳴說)도 동참했다는 것을 알았다.

○ **15일**。 좌상(左相, 협주: 이덕형)의 답서에 대략 이르기를, "현재의 민폐를 한적한 처소에서 깊이 생각하셨을 것인데 어찌하여 한번 가르침이 없습니까?" 하였다.

○ 정수칠(丁修七)이 살피건대, 이때는 전란을 겪은 뒤인데다 극심한 가뭄이 계속되어 벼농사가 되지 않아서 8도(八道)가 같이 기근이 들었기 때문에 좌상(左相)이 백성들을 구제할 방책을 물은 것이다.

○ **16일**。 상산(霜山)으로 돌아와 서재에 머물렀다.

六月初一日戊寅。 在會寧。

十三日。 聞左相入長興府, 上書問安, 亦致書于監司韓孝純。 ○十四日。 見舜擧[1]書, 知本道有己丑[2]雪冤疏, 鳴說亦同參。 ○十五日。 左相

---

1 舜擧(순거): 文希凱(1550~1610)의 자. 본관은 南平. 1576년에 司馬試에 급제하였고, 1592년 임진왜란 때 季父 文緯世를 도와 의병을 일으켰으며 그 戰功으로 고창현감에

(李德馨)答書, 大略云: "目下³民瘼⁴, 閑居深念, 何不一敎也。○修七案, 是時, 兵革之餘, 亢旱⁵無禾, 八道同饑, 故左相問救民之策也。○十六日。歸霜山, 留書齋。

18일(을미)。 사창(社倉)에 이르러 좌상(左相)을 찾아뵈었다.

저녁에 상공(相公: 이덕형)과 술을 마시고 또 이야기를 나누었는데, 민폐에 대해 극진히 개진하자 상공이 한편으로 묻고 한편으로 기뻐하더니 내가 말한 바를 다 들어주었다. 또 말하기를, "조정이 바야흐로 어지러워 류 상국(柳相國: 류성룡)을 없애기 위해서 왜놈에게 달려가 나라를 판 것으로 기울었는데 이원익(李元翼)이 구제하려다가 함께 쫓겨났으며, 우상(右相: 우의정) 이항복(李恒福)도 베어내야 할 사람으로 지목되어 잘못하였다고 비난합니다. 나 또한 주상께 신임을 얻지 못하여 오래지 않아 의당 체직(遞職)될 것입니다." 하였다. 이야기가 2경(二更: 밤 10시 전후)까지 이어져서 달빛을 타고 서당으로 올라왔다.

조보(朝報)를 보니, 5월 17일자로 서용(敍用)되었고 19일자로 호군(護軍)에 제수되었다.

○ 일가붙이 열수(洌水) 정약용(丁若鏞)이 살피건대, 이때를 당하여 난리

제수되었다. 1597년 정유재란 때 왜적이 성을 포위하자 아들들인 文益明, 文益華 등과 함께 적을 격퇴시키고 고을을 사수하였다. 사직 후 전라남도 장흥군 부산면 부춘리 富春亭에서 만년을 보내었다.

2 己丑(기축): 己丑獄死. 己丑年인 1589년 鄭汝立이 반란을 꾀하고 있다는 告變에서 시작해 그 뒤 1591년까지 그와 연루된 수많은 東人의 인물들이 희생된 사건. 東人과 西人 사이에 대립과 갈등의 골이 깊어지는 계기가 된 사건이기도 하다.

3 目下(목하): 바로 이때. 현재.

4 民瘼(민막): 백성에게 끼치는 폐해.

5 亢旱(항한): 오랫동안 계속되는 심한 가뭄.

가 겨우 평정되자 당인(黨人, 협주: 곧 大北)을 다시 등용하는 일로 덕망이 높은 분[元老]과 나라에 큰 공을 세운 분[元勳]들이 모두 쫓겨나 축출되었으니, 서애(西厓: 류성룡)·오리(梧里: 이원익)·백사(白沙: 이항복)·한음(漢陰: 이덕형)이 모두 축출된 가운데 들어 있었다. 반곡공(盤谷公: 정경달)을 평소에 추천하고 이끌어주던 분들로 곧 이 3,4명의 대신(大臣)들이었다. 시국이 이러하니 공(公)이 다시 어찌 서용될 수 있었겠는가? 이는 청주목사(淸州牧使)에서 파직되어 고향으로 돌아간 후에 한가롭게 자연에서 지내며 남쪽 바닷가를 떠돌았을 뿐 다시는 북쪽으로 한강을 건너려는 계획을 세우지 않았고 청주목사를 마지막 벼슬자리로 여겼기 때문이었을 것이다.

아아, 슬프도다. 군자로서의 도리는 나아갈 때도 같이 나아가고 물러날 때도 같이 물러나야 하거늘, 소인배들은 그렇지가 않아서 오직 이익이 있는 곳만 찾느라 이리저리 빌붙기 때문에 그들의 나아가고 물러남은 같아야 할 필요가 없었다. 공(公)은 지조가 굳고 확실해 나라에 난리가 일어나면 군자들과 같이 나아가 환난(患難)을 함께하였으나, 평화로우면 군자들과 같이 물러나 이익과 녹봉을 구하지 않았으니, 의롭지 않은 부귀를 뜬구름처럼 가볍게 여긴 것이다. 게다가 맏아들에게 명하여 기축옥사(己丑獄死)의 원통함을 씻어달라는 상소(上疏)를 짓도록 하였으니, 그 지조를 여기에서 볼 수 있을 것이다. 공자(孔子)가 말하기를, "영무자(甯武子)는 나라에 도가 없으면 우직하였고 나라에 도가 있으면 지혜로웠다."고 하였는데, 나라에 도가 없으면 우직하였다고 한 것은 나라가 어지러워지고 위(衛)나라 군주(君主: 成公)가 가두어졌을 때 먹을 죽을 넣어주었고 의사를 매수했던 것을 이른 것이요, 나라에 도가 있으면 지혜로웠다고 한 것은 난리가 평정된 후에 공달(孔達)이 전적으로 정치할 수 있도록 물러나서 스스로 자기 재능을 감

추었던 것을 이른 것이다. 영무자와 같은 우직함과 지혜로움은 반곡
(盤谷)에게도 있었다. 이 일기를 보건대 한음(漢陰: 이덕형)과 몇 마디의
말을 주고받으면서도 공은 한음의 뜻을 넘지 않았다는 것을 거의 알
수 있을 것이다. 이것을 분명히 하지 아니할 수 없다.

十八日乙未。至社倉[6], 謁左相。

夕與相公飮且話, 極陳民瘼, 相公且問且喜, 所言皆從。又曰: "朝廷
方亂, 以柳相國鋤, 西爲趙倭賣國[7], 李元翼救之, 同被屛斥[8], 右相李恒
福, 亦以鋤削目之, 指以爲非。我亦不得於上, 不久當遞職。"[9] 話至二
更, 乘月上來書堂。見朝報五月十七日蒙敍[10], 十九日付護軍。○洌水
宗人[11]丁庸[12]案, 當此之時, 干戈甫定, 黨人復用事(卽大北), 元老元勳,
竝被斥逐, 西厓・梧里・白沙・漢陰, 盡在屛黜[13]之中。盤谷公之平日所
吹噓[14]汲引[15]者, 卽此三四大臣。而時事如此, 公安得而復用哉? 此所以

---

6 社倉(사창): 조선시대에 還穀을 저장해 두던, 각 고을의 창고.
7 國(국): 원전에 없는 글자이나 문맥상 삽입한 것임.
8 屛斥(병척): 배척됨.
9 이 부분의 구체적 내용은《선조실록》1599년 5월 11일조에 실려 있음.
10 蒙敍(몽서): 敍用됨. 敍用은 죄를 지어 免官되었던 사람을 다시 벼슬자리에 등용한다
   는 말이다.
11 宗人(종인): 한 조상에게서 태어난 자손들 가운데 비교적 촌수가 먼 일가. 羅州丁氏
   와 靈光丁氏는 丁德盛을 시조로 같이하기 때문에 표현된 것이다.
12 丁庸(정용): 丁若鏞(1762~1836). 본관은 羅州, 자는 美鏞・頌甫, 初字는 歸農, 호는
   茶山・三眉・與猶堂・俟菴. 近畿南人 가문 출신으로, 正祖 연간에 문신으로 벼슬살
   이했으나, 청년기에 접했던 西學으로 인해 장기간 유배생활을 하였다. 그는 이 유배
   기간 동안 자신의 학문을 더욱 연마해 六經四書에 대한 연구를 비롯해 一表二書(經世
   遺表・牧民心書・欽欽新書) 등 모두 500여 권에 이르는 방대한 저술을 남겼고, 이 저
   술을 통해서 조선 후기 실학사상을 집대성한 인물로 평가되고 있다. 李翼・柳馨遠
   등의 실학사상을 계승했으며, 李珥의 주자학적 실천윤리와 北學派의 사상 흡수는 물
   론 李滉과 李珥의 理氣說도 포섭한 것으로 평가되고 있다.
13 屛黜(병출): 축출함.
14 吹噓(취허): 숨을 후 하고 내 쉰다는 말로, 사람을 높이 추천한다는 뜻으로 쓰임.
15 汲引(급인): 물을 길어 올린다는 말로, 사람을 끌어 올려서 쓴다는 뜻으로 쓰임.

清州罷歸之後, 消搖林泉[16], 放浪湖海, 不復爲北涉漢水之計, 而意以清州爲末職。嗚呼, 悲夫。君子之道, 進則同進, 退則同退, 小人則不然, 東附西趨, 唯利之所在, 故其進退, 不必同也。公所守堅確, 國亂則與君子同進, 以共患難, 平則與君子同退, 不求利祿, 其視不義之富貴, 如浮雲然。方且[17]命其胤子, 爲己丑雪冤之疏, 其志操, 斯可見矣。孔子曰: "甯武子[18], 邦無道則愚, 邦有道則智." 邦無道愚者, 國亂君囚之時, 橐饘[19]賂醫[20]之謂也, 邦有道智者, 亂定之後, 孔達[21]專政, 而退然自晦[22]之謂也。若甯武子之愚且智, 盤谷有焉。觀此日此記, 與漢陰酬酢數語, 而公之不蹈漢之志, 庶可以見。此不可以不明也。

19일(병신). 회령(會寧)으로 갔다.

十九日丙申。往會寧。

---

16 林泉(임천): 숲과 샘이라는 뜻으로, 隱士가 사는 곳을 이르는 말.
17 方且(방차): 게다가. 또다시.
18 甯武子(영무자): 衛나라의 대부.
19 橐饘(탁전): 먹을 죽을 들여보냄.《춘추좌씨전》僖公 28년에 나온다.
20 賂醫(뇌의): 의사를 매수함.《춘추좌씨전》僖公 30년에 나온다.
21 孔達(공달): 衛나라의 대부.
22 自晦(자회): 자신의 재능이나 지위 따위를 스스로 감추고 드러내지 아니함.

1599년 7월

7월 1일(무신)。회령(會寧)에 있으면서 봉림(鳳林)을 유람하였다.

5일。숙헌(叔獻)이 술을 보내왔다.

　가을바람이 으스스하고 쓸쓸하니 사람들은 따뜻하게 옷 입기를 좋아하고, 하늘은 맑고 산빛은 상쾌하였다.

　七月初一日戊申。在會寧，游鳳林。

　初五日。叔獻送酒。秋風蕭瑟，人愛溫衣，天淡山色灑落。

1599년 8월

8월 1일(정축)。회령(會寧)에 있었다.

14일。상산(霜山)으로 돌아갔다.

○ 19일。백사정(白沙亭)에서 노닐었다.

○ 25일。여러 사람들과 사찰에 올라 거문고를 타며 술을 따를 때, 온 산 가득 단풍잎이었다.

　八月初一日丁丑。在會寧。

　十四日。歸霜山。○十九日。游白沙。○二十五日。與諸人上寺，鳴琴酌酒，時滿山楓葉。

1599년 9월

9월 1일(정미)。 상산(霜山)에 있었다.

7일。 감사(監司) 한효순(韓孝純)이 방문하였는데, 교서(敎書)를 단풍나무에 매달고 반송(盤松)에 옥절(玉節: 관찰사의 깃발)을 꽂았다. 가을 흥취가 완연하고 오랜 정분이 어울려서 무수히 술잔을 돌리며 백성들에게 끼치는 폐해를 온화하게 토의하였다. 아들 정명열(丁鳴說)로 하여금 붓을 들어 격군(格軍)을 옮기는 것 등을 쓰게 하니, 행낭 속에 감추어 갔다.
○ **15일。** 운승(雲僧: 행각승)으로 하여금 방을 손보게 하였더니 상쾌하고 깨끗하여 독서할 뜻이 생겼다.
○ **16일。** 비 오는 가운데 산국화가 또렷하고 향기가 서원(西園)에 가득하여 아이들과 노래를 읊조렸다.

九月初一日丁未。在霜山。

初七日。監司韓公孝純歷訪, 懸敎書於楓樹, 植玉節[1]於盤松[2]。秋興玲瓏, 故情融洽, 傳盃無數, 穩討民弊。令鳴說執筆, 書格軍[3]移營等事, 藏囊而去。○十五日。使雲僧[4]粧房, 灑落精明, 有讀書意思。○十六日。雨中, 山菊玲瓏, 香滿西園, 與兒輩吟詠。

---

1 玉節(옥절): 옥으로 만든 符節로, 관찰사의 깃발을 의미함.
2 盤松(반송): 키가 작고 가지가 옆으로 뻗어서 퍼진 소나무.
3 格軍(격군): 뱃사공의 일을 도와주는 사람.
4 雲僧(운승): 행각승.

1599년 10월

10월 1일(정축). 술을 조금 마시고 동쪽 언덕에 오르니, 가을의 흥취가 예스럽게 은근하였다.

10일. 독향사(督餉使) 판서(判書) 이광정(李光庭)이 장흥부(長興府)에 들어왔다. 즉시 가서 뵙고 아뢰었다.

　十月初一日丁丑。**少飮, 登東皐, 秋興蒼然。**

　初十日。督餉使李判書光庭, 入府。卽往入謁。

1599년 11월

11월 1일(병오). 문 첨지(文僉知)가 술과 거문고를 가지고 왔다.

10일. 장흥부(長興府)에 들어가 판관(判官)을 만났고 또 병마사(兵馬使)를 만났다. 해미현감(海美縣監) 이신원(李信元)과 바닷가에서 거문고에 맞춰 노래 부르며 탄식하였다.

○ 13일. 성(城)에 들어가 통제사(統制使: 이시언)·우수사(右水使: 김억추)·병마사(兵馬使: 이광악)를 만나보았다. 벗 문홍도(文弘道)가 종사관으로서 와 있었다.

　저녁에 관찰사(觀察使: 한효순)를 만나 백성들에게 끼치는 폐해들을 개진하였다.

○ 16일. 관찰사가 주사마련기(舟師磨鍊記)를 보내어 보여주었다.

十一月初一日丙午。文僉知携酒與瑟而至。

初十日。入府，見判官，又見兵馬使。與李海美[1]，自海瑟歌爲歡。○
十三日。入城，見統制使[2]·右水使[3]·兵馬使[4]。文友弘道[5]，以從事官
至。夕見觀察使，陳民弊。○十六日。道伯[6]送示舟師磨鍊記[7]。

---

1 李海美(이해미): 海美縣監 李信元(1571~1634)을 가리킴. 본관은 咸平, 자는 元吉, 호
   는 九畹. 1596년 정시문과에 급제하였다. 1599년 호조좌랑·형조좌랑·병조좌랑을
   차례로 역임하고 해미 현감이 되었는데, 이듬해 弘文錄에 올랐다.
2 統制使(통제사): 李時言(?~1624)을 가리킴. 1592년 임진왜란 중 황해도좌방어사로
   있다가 충청도병마절도사로 전임, 경주탈환전에서 큰 공을 세웠다. 경주탈환전 때에
   鄭起龍·權應洙 등의 의병장과 합세하고 명나라의 원군과 연합하여 공을 세웠다.
   1594년 전라도병마절도사로 나아갔으며, 임진왜란이 끝난 1599년 삼도수군통제사
   겸 전라 좌수사 때 이순신이 전라좌수영의 본영으로 사용하던 자리에 鎭南館(국보
   제324호)을 건립하였다. 1601년에는 충청도 일원에서 일어난 李夢鶴의 난을 진압하
   는 데 기여하였고, 1605년 함경도순변사로 변방을 맡았다. 1624년 李适이 반란을 일
   으키자 內應을 염려하여 奇自獻을 비롯한 35명이 처형될 때 함께 사형되었다.
3 右水使(우수사): 金億秋(생몰년 미상)를 가리킴. 본관은 淸州, 자는 邦老. 1592년 임
   진왜란이 일어나 왕이 평양으로 파천하자, 방어사로서 許淑 등과 함께 대동강을 지켰
   다. 1594년 滿浦鎭僉節制使가 되었고, 이어 진주목사·高嶺鎭僉節制使를 지냈다.
   1597년 漆川梁海戰에서 전사한 李億祺의 후임으로 전라우도수군절도사가 되었고,
   통제사 李舜臣을 따라 鳴梁海戰에서 전공을 세웠다. 1608년 경상좌병사가 되었다가
   3년 후에 제주목사에 제수되었다.
4 兵馬使(병마사): 전라도병마절도사 겸 장흥도호부사 李光岳(1557~1608)을 가리킴.
   본관은 廣州, 자는 鎭之. 1592년 昆陽郡守가 되었다가 임진왜란이 일어나자 영남지
   방에서 선봉에 나서서 왜군과 싸웠고 적이 晉州를 포위하자 招諭使 金誠一의 명으로
   진주목사 金時敏을 도와 左翼將이 되어 대승을 거두었다. 1594년 의병대장 郭再祐의
   부장으로 동래싸움에 종군했고, 그 후 100여 전투에 참전하여 선봉에서 싸워 용맹을
   날렸다. 1598년 전라도병마절도사가 되어 명나라 군대와 합세하여 錦山·咸陽 등지
   에서 왜군을 쳐부수고 포로가 된 본국인 100여 명과 우마 60여 필을 탈환하였다.
5 文弘道(문홍도, 1553~1603): 본관은 南平, 자는 汝中. 1598년 正言, 1599년 홍문관
   부수찬, 사간원 정언, 持平, 世子侍講院司書, 사헌부 지평, 성균관 직강, 弘文館修
   撰을 지냈다. 北人으로 활동하면서 정인홍과 함께 합천에서 의병을 일으켜 왜적을
   물리치기도 하였으나, 남인의 영수 류성룡을 임진왜란 때 강화를 주장하였다는 이
   유로 탄핵, 물러나게 하였다. 그러나 이 사건 때문에 크게 현달하지 못하였다. 鄭慶
   雲이 쓴《孤臺日錄》의 1603년 11월 2일과 3일에서 선산부사 文汝中의 죽음을 기록하
   고 있다.
6 道伯(도백): 관찰사를 한 道의 長官이란 뜻으로 일컫는 말.
7 舟師磨鍊記(주사마련기): 수군의 개인별 戰功 조사기록인 듯.《이충무공전서》권8 정

1599년 12월

12월 1일(병자)。 비가 와서 사냥을 나갈 수가 없었다.

9일。 해남현감(海南縣監) 위대기(魏大器)가 찾아와서 이야기를 나누었다.

○ 13일。 족도(族圖: 가계도)의 지(誌)와 시(詩)를 짓고 손수 포백(布帛)에 다 썼다.

○ 14일。 족보(族譜)를 다시 고쳐 쓰고 시(詩)와 기(記)를 지었다.

十二月初一日丙子。 雨，不能行獵。

初九日。 魏海南[8]來話。 ○十三日。 作族圖[9]誌與詩，手書一幛子[10]。
○十四日。 改書族譜，作詩與記。

유년 11월 16일조에는 軍功磨鍊記라는 어휘가 보인다.

8   魏海南(위해남): 海南縣監 魏大器(생몰년 미상)를 가리킴. 본관은 長興, 자는 子容.
    1592년 임진왜란이 일어나자 李舜臣의 助戰將으로 전공을 세웠다. 왜병이 금산에서
    熊峙를 넘이 진주지역으로 들어오리 할 때 梨峙에서 同福縣監 黃進, 將校 孔時億 능
    과 함께 光州牧使였던 權慄을 도와 호남지역의 수호에 큰 공을 세웠다. 1594년 해남
    현감을 역임하고, 1597년 정유재란 때에는 고향에서 군사를 일으켜 전공을 세워 訓鍊
    院正이 되었으며, 이어 수군절도사가 되었다.
9   族圖(족도): 이름과 대표 관직만 기재한 일종의 가계도.
10 幛子(장자): 축하 또는 애도의 글을 써 붙인 포백.

1600년 1월

경자년(1600)

1월 1일[병오]。사당에 지내는 제사를 마치고 풍악을 울려 이웃 사람들과 노래를 부르며 춤을 추었다.

2일。수사(水使) 김억추(金億秋)가 찾아와서 이야기를 나누었다.

庚子正月初一日丙午。祭廟訖, 張樂[1], 與隣里諸人, 爲歌舞。

初二日。水使金億秋來話。

1600년 2월

2월 1일(을축)。문숙회(文叔晦)와 문홍박(文弘博)이 찾아와서 이야기를 나누었다.

2일。들건대 중국군이 그냥 머물러 있다고 하였다.

○ 정수칠(丁修七)이 살피건대, 이로부터 이하의 일기가 빠졌다.

二月初一日乙丑文叔晦[2]・文弘博[3]來話

初二日。聞天兵中留。○修七案, 自此以下日記缺。

---

1 張樂(장악): 음악을 연주함.
2 文叔晦(문숙회): 미상.
3 文弘博(문홍박): 미상.

9월 5일。 병마사(兵馬使: 이광악)가 나를 보러 찾아왔다.

九月初五日。 兵馬使來見。

1601년 1월

신축년(1601)

1월 1일(경자)。 사당에 제사 지내기를 마치고 이웃 사람들과 이야기를 나누었다.

13일。 고을의 수령이 나를 보러 찾아왔다.

辛丑正月初一日庚子。 祭廟訖, 與隣里話。

十三日。 城主¹來見。

1601년 2월

2월 1일(경오)。 낙안현감(樂安縣監) 홍지(洪祉)가 나를 보러 찾아왔다.

6일。 장흥부(長興府)에 들어가 고을 수령 및 병마사(兵馬使: 이광악인 듯)를 만났다. 저녁에 도백(道伯: 이홍로)을 만나니 먼저 사과하여 나도 사

1　城主(성주): 자기 先祖의 분묘가 있는 고을의 수령을 이르는 말.

과하였다.

○ 7일。 아침에 도백을 만나 학문을 논하였다.

○ 8일。 진도군수(珍島郡守) 이성임(李聖任)이 선물을 보내주었다.

○ 9일。 도백이 상산(霜山)에 들러 잠깐 동안 이야기를 나누었으니, 가난하고 누추한 집을 빛나게 해주었다.

二月初一日庚午。 樂安¹洪祉²來見。

初六日。 入府, 見城主及兵馬使。 夕見道伯³, 彼先謝過, 我亦謝之。 ○初七日。 朝見道伯, 論學。 ○初八日。 珍島倅李聖任⁴有饋。 ○初九日。 道伯歷入霜山, 移時⁵打話, 蓬蓽⁶之光也。

---

1 樂安(낙안): 전라남도 순천 지역에 있는 고을 이름.
2 洪祉(홍지, 1546~?): 본관은 南陽, 자는 應繁. 1583년 별시에 급제하였다. 珍島郡守를 지냈다.
3 道伯(도백): 全羅監司 李弘老(1560~1608)를 가리킴. 본관은 延安, 자는 裕甫, 호는 板橋. 1592년 임진왜란이 일어나자 병조좌랑으로서 왕을 호종하다가 도망하고, 뒤에 함경도도검찰사의 종사관을 지내면서 또 도망하였으며, 다시 선전관이 되었으나 兩司(사헌부와 사간원)의 탄핵으로 유배되었다. 그 뒤 풀려나와 1595년 영광군수, 1600년 전라도 관찰사가 되었다. 1608년 柳永慶 등 소북의 일파로 몰려 다시 제주에 유배되었고, 유배지에서 사사되었으며, 1612년 부관참시 되었다.
4 李聖任(이성임, 1555~?): 본관은 全州, 자는 君重, 호는 月村. 1592년 임진왜란이 일어나자 자청하여 경상도관찰사가 되어 몸소 군사를 모집하여 왜적을 토벌하려 하였으나 전선이 막혀 뜻을 이루지 못하고 돌아왔다. 곧 순찰부사가 되어 민병 800여명을 거느리고 전선으로 나아가 참찬 韓應寅의 군무를 도왔으나, 임진강의 방어선이 무너져 사태가 급박하여지자 패주하였다. 패주한 죄로 사헌부의 탄핵을 받아 한때 파직당하였다. 그러다가 1594년에만 강원감사 · 길주목사 · 황해도관찰사가 되었다고 한다. 그런데 《선조실록》에 보면 같은 이름자로 1598년 珍山郡守, 1600년 珍島郡守에 임명된 사실이 있다. 동일한 인물인지 현재로서는 알 수 없다.
5 移時(이시): 잠깐 동안.
6 蓬蓽(봉필): 오두막의 사립문을 뜻하는 蓬門蓽戶의 준말인데, 가난하고 누추한 집이란 의미.

1601년 3월

3월 1일(기축)。 매화가 피었다.

27일。 부체찰사(副體察使: 한준겸)가 군영(軍營)의 아전을 보내어 문안하는 편지를 보내왔다.

三月初一日己丑。 梅花發。

二十七日。 副體察使[1], 送營吏, 貽書相問。

1601년 4월

4월 1일(무진)。 듣건대 공신녹권(功臣錄券)을 만든다고 하였다.

24일。 안 참봉(安參奉: 안민학인 듯)을 방문하였다.

○ 25일。 찰방(察訪) 이장원(李長源)이 찾아왔다.

四月初一日戊辰。 聞功臣錄券成。

二十四日。 訪安參奉[2]。 ○二十五日。 李察訪長源[3]來訪。

---

1 副體察使(부체찰사): 韓浚謙(1557~1627)을 가리킴. 《선조실록》 1601년의 1월 17일조와 2월 21일조 및 7월 18일조에 부체찰사와 관련된 기사가 나온다. 본관은 淸州, 자는 益之, 호는 柳川. 정여립의 사위 이진길을 천거했다는 이유로 파직되었다가 1592년 다시 기용되어 예조정랑·원주목사를 지냈으며, 1595년 도체찰사 柳成龍의 종사관이 되었다. 1597년에는 동부승지로서 명나라 제독 麻貴를 도와 전란 수습에 힘썼다. 임진왜란이 끝난 후 우승지·경기도관찰사·경상도관찰사·四道體察副使 등 지방관과 군직을 두루 역임하며 전후의 민생안정과 군무수습에 기여했다.

1601년 5월

5월 1일(무술)。 일가붙이와 생일 술을 마셨다.

五月初一日戊戌。 與宗族, 飲生辰酒

1601년 6월

6월 1일(정묘)。 천식으로 고통스러웠다.

24일。 부체찰사(副體察使) 한준겸(韓浚謙)이 찾아왔는데, 군관(軍官) 소섭

---

2 安參奉(안참봉): 安敏學(1542~1601)을 가리킴. 본관은 廣州, 자는 習之・而習으로 고
  쳤다. 호는 楓崖. 1566년 朴淳에게 나아가 사제관계를 맺은 뒤 李珥・鄭澈・李之菌・
  成渾・高敬命 등과 교유하였다. 1561년에 20세의 나이로 이미 學行이 뛰어나므로 천
  거를 받아 元陵參奉에 임명되었으나 나아가지 않았다. 1580년 이이의 추천으로 禧陵
  參奉이 되었다. 1583년에 사헌부감찰이 된 뒤, 관례에 따라 외직으로 나아가 大興・
  아산・현풍・태인 등지의 현감을 두루 거치고, 전주의 別墅에 우거하던 중 임진왜란
  을 만나 召募使로 임명되었다. 소모사로서 그는 전라도 광주를 중심으로 군량 수천
  석, 戰馬 수백 필, 정예한 군사 수천 명을 모아 북상하여 아산에 이르렀으나, 병을
  얻어 나아가지 못하자 조정에서는 그 병력과 군량을 체찰사 柳成龍에게 돌리게 하였
  다. 이 공로로 나중에 司瀁寺僉正에 제수되었으나, 노병으로 받지 아니하고 홍주의
  新平에 돌아가서 인사를 끊고 지내던 중 60세로 세상을 떠났다.
  《厚齋先生集》권43〈司瀁寺僉正楓崖安先生墓碣銘〉에서 金榦(1646~1732)이 쓴 것에
  따르면, 南彦紀(1534~?)가 안민학을 "人間師表安參奉"이라 했다고 하며 안민학이
  1601년 8월 13일에 졸한 것으로 나온다. 鄭澔(1648~1736)가 쓴 〈楓崖安先生行狀〉에
  서도 남언기의 말을 인용하고 있다. 白光勳(1537~1582)도 아들들에게 보내는 편지에
  서 "方學於安參奉敏學處"라 하였다.
3 長源(장원): 李長源(1560~1649). 본관은 延安, 자는 浩遠, 호는 草堂. 지금의 김천시
  구성면에서 태어났다. 효자로 이름났고, 宣祖 대에 음직으로 충무위 부호군에 제수되
  었다.

(蘇涉)이 모시고 왔다.

○ 29일。부체찰사의 답서에 이르기를, "다음달 2일에 만나서 이야기를 나눕시다." 하였다.

六月初一日丁卯。喘疾爲苦。

二十四日。副體察使韓公浚謙來訪, 軍官蘇涉[1]陪來。○二十九日。副禮察使, 答書曰: "二日當會話."

1601년 7월

7월 1일(병신)。보리를 올려서 제사지냈다.

2일。부체찰사(副體察使: 한준겸)의 판관(判官)과 즐겁게 술을 마셨다. 저녁에 돌아왔다.

○ 3일。들어가 판관을 만났고, 부체찰사와 세세한 이야기를 나누었으며, 병마사(兵馬使: 이광악)와 함께 술을 마셨다.

○ 13일。듣건대 제주에서 도적이 일어났다고 하였다.

○ 17일。듣건대 제주에서 반역을 꾀하는 변(變)이 일어났다고 하였다.

七月初一日丙申[2]。薦麥[3]。

1　蘇涉(소섭, 1550·-?): 본관은 晉州, 자는 汝楫.
2　《盤山世稿》(아세아문화사, 1987)에는 7월 2일, 9일, 10일, 12일, 13일, 14일, 17일, 19일, 23일, 25일, 26일의 일기가 부연되거나 첨가되어 있음.
3　薦麥(천맥): 보리를 올림. 薦新의 하나인데, 새로 나온 곡식이나 과일을 먼저 신에게 올리는 것을 일컫는 것으로, 봄에는 부추, 여름에는 보리, 가을에는 기장, 겨울에는 벼를 올린다.

初二日。與副體察判官, 杯酌爲歡, 夕還。○初三日。入見判官, 陪
副體察細話, 兵馬使共飮。○十三日。聞濟州賊起。○十七日。聞濟州
逆變。

1601년 8월

8월 1일(병인)。 서재의 규례를 만들었다.

八月初一日丙寅[1]。 立書齋規條。

1601년 9월

9월 1일(을미)。 천식으로 고통스러웠다.

九月初一日[2]乙未。 喘疾爲苦。

---

1 《盤山世稿》(아세아문화사, 1987)에는 8월 4-6일, 7일, 13일, 15일, 22일, 27일, 28일
의 일기가 첨가되어 있음.
2 《盤山世稿》(아세아문화사, 1987)에는 9월 2일, 4일, 10일, 11일, 14일, 17일, 18일, 20
일, 21일, 23일, 25일, 26일, 28일, 30일의 일기가 첨가되어 있음.

1601년 10월

10월 1일(을축). 비가 조금씩 내렸는데 송 진사(宋進士: 송영조)와 같이 술에 취하여 시가를 읊었다.

30일. 경차관(敬差官)과 능성현령(綾城縣令: 나대용)이 같이 와서 술에 함께 취하였다.

  十月初一日乙丑[1]。 小雨, 同宋進士[2]醉吟。

  三十日。 敬差官[3]與綾城守, 同至共醉。

1601년 11월

11월 1일(을미). 경차관과 능성현령이 돌아갔다.

11일. 경차관이 다시 왔다.

  十一月初一日乙未[4]。 敬差官·綾城守還去。

  十一日。 敬差官更來

---

1 《盤山世稿》(아세아문화사, 1987)에는 10월 3일, 6일, 7일, 9일, 14일, 15일, 25일, 27일, 29일의 일기가 첨가되었고, 30일의 일기는 부연되어 있음.
2 宋進士(송진사): 宋英祚.《盤山世稿》(아세아문화사, 1987)의 9월 10일 일기에 이름이 나와 있다.
3 敬差官(경차관): 조선시대 중앙 정부의 필요에 따라 특수 임무를 띠고 지방에 파견된 관직. 지방에 임시로 보내던 벼슬이다.
4 《盤山世稿》(아세아문화사, 1987)에는 11월 1일과 11일의 일기가 부연되었고, 2일, 5일, 6일, 7일, 8일, 10일, 15일, 22일, 24일, 25일, 26일, 27일, 29일의 일기가 첨가되어 있음.

1601년 12월

12월 1일(갑자). 그 변고에 대한 가르침을 들었다.

十二月初一日甲子[1]。 聞布教該之變。

1602년 1월

임인년(1602)

1월 1일(갑오). 병으로 인하여 사당에 참배하지 못하였다.

15일. 한 우후(韓虞候)가 평위산(平胃散)과 정기산(正氣散) 각기 1첩씩 보내왔는데, 병이 그대로인 채 호전되지를 않았다.

○ 19일. 조보(朝報)를 보니, 문몽호(文夢虎) 등의 상소로 인하여 조정이 뒤집혔다.

壬寅正月初一日甲午。 病不謁廟。

十五日。 韓虞候[2]送平胃[3]・正氣散[4]各一貼, 病仍無減。 ○十九日。 見朝報, 因文夢虎等上疏, 朝廷翻覆。

---

1 《盤山世稿》(아세아문화사, 1987)에는 12월 1일의 일기 내용이 전혀 다르고, 2일, 3일, 4일, 6일, 10일, 17일, 18일, 19일, 20일, 25일, 27일의 일기가 첨가되어 있음.
2 虞候(우후): 조선시대 각 도 節度使에 소속된 관직. 각 도의 主將인 절도사의 막료로서 주장을 보필한 까닭에 亞將 또는 副將이라고도 한다.
3 平胃(평위): 平胃散. 식품 중독으로 인한 설사나 배앓이 등에 복용하는 약.
4 正氣散(정기산): 위장을 범한 外感을 다스리는 탕약.

1602년 2월

2월 1일(갑자)。 새벽에 인삼을 복용하였다.

16일。 억지로 자리에서 떨치고 일어나 제사를 지냈다. 이로부터 날로 조금씩 나아졌다.

二月初一日甲子。 曉腹人蔘。

十六日。 强起行祭。 自是, 日稍勝。

윤2월 1일(갑오)。 아이들에게〈한시외전(韓詩外傳)〉을 가르치는데 숨이 가빠서 빨리 읽을 수가 없었다.

○ 12일。 도백(道伯: 관찰사) 한준겸(韓浚謙)이 찾아와서 잠깐 동안 이야기를 나누었다.
○ 15일。 도백에게 편지를 보내어 병영 옮기는 것을 빨리 아뢰도록 청하였다.
○ 16일。 도백의 답서에 이르기를, "병영 옮기는 일을 장계할 예정이다." 하였다.

閏二月初一日甲午。 授兒韓詩[1], 氣急不能速聲。

○十二日。 道伯韓公浚謙來訪, 移時打話。 ○十五日。 貽書子[2]道伯, 請速啓移營。 ○十六日。 道伯答書云: "移營事將狀啓。"

---

1 韓詩(한시): 韓詩外傳. 중국 前漢의 학자 韓嬰이 쓴〈詩經〉해설서이다.
2 書子(서자): 書信.

1602년 3월

3월 1일(계해)。 병의 더하고 덜함이 일정하지 않았다.

4일。 진도군수(珍島郡守)였던 선의문(宣義問)이 나를 보러 찾아왔다.

영상(領相: 영의정) 이덕형(李德馨)에게 편지를 올렸다.

○ 28일。 실인(室人: 아내), 아이들과 함께 나물을 볶아 북쪽 골짜기로 가마를 타고 갔다 왔다.

三月初一日癸亥[1]。 病之進退無常。

初四日。 宣珍島[2]來見。上書于領相李公德馨。○二十八日。與室人[3] 子姪煮蔬, 于北谷, 乘轎[4]往來。

---

1 《盤山世稿》(아세아문화사, 1987)에는 3월 29일의 일기가 첨가되어 있음.
2 宣珍島(선진도): 진도군수였던 宣義問(생몰년 미상)을 가리킴. 본관은 寶城, 자는 汝 晦, 호는 仁堂. 1585년 무과에 급제하였다. 1592년 임진왜란 초기에 公州判官으로서 군사를 거느렸지만 적이 이르기도 전 풍문을 듣고 도망쳤다. 그러나 정철의 《松江續集》 권2 〈又啓〉에 의하면 1592년 10월 25일 沃川郡守였으며, 趙靖의 〈黔澗先生年譜〉에 의하면 1592년 12월 19일 報恩에서 회맹할 때 善山府使 정경달과 助戰將 선의문이 함께 있었다. 〈승정원일기〉 1725년 9월 10일조에 의하면, 1593년 6월 崔慶會가 晉州전 투에서 전사하자 8월 최경회의 형인 崔慶長이 최경회의 남은 무리를 이끌고 영남으로 향했고, 또 어명을 받들어 의병들을 규합하면서 訓鍊院 副正 선의문을 副將으로 삼았 다고 한다. 그런데 1596년 4월 9일 사간원에서는 樂安郡守 선의문이 공주판관 시절에 도망친 행적을 문제 삼아 파직을 청했다. 趙應祿(1538∼1623)의 〈竹溪日記〉에 의하면 1596년 8월 26일 大邱府使, 1597년 6월 28일 珍島郡守로 임명되었다. 1599년 윤4월 6일 진도군수로서 중국 遊擊 季金과 함께 선전하였으며, 1604년 7월 15일 호남지역 도서를 침범한 賊船을 鉢浦萬戶 金成玉과 함께 목숨을 걸고 싸워 혁혁한 공을 세웠다. 한편, 1600년 1월 15일 李聖任이, 1602년 7월 3일 吳大男이 진도군수로 제수되었으 니, 원전의 선의문 직함은 현재의 것이 아니라 과거의 것을 지칭한 것이다.
3 室人(실인): 자기 아내를 일컫는 말.
4 乘轎(승교): 예전에, 조그만 집 모양으로 만들어 그 안에 사람을 태우고 앞뒤에서 두 사람 또는 네 사람이 메고 다니게 된 탈것.

1602년 4월

4월 1일(임진). 가래가 끓었지만 숨차는 것이 조금 잦아졌다.

26일. 이날부터 또 피를 토하는 증상이 생겼다.

四月初一日壬辰。痰喘[1]少歇。

二十六日。自是日, 又有吐血之證。

1602년 5월

5월 1일(임술). 가래가 끓어서 숨차는 것이 나아짐이 없었다.

3일. 인삼을 복용하였다.

○4일. 듣건대 군직(軍職)에 임명되었다고 하였다.

○7일. 이날부터 이질(痢疾)이 생겼다.

五月初一日壬戌。痰喘無減。

初三日。服人蔘。○初四日。聞付軍職[2]。○初七日。自是日, 有痢疾[3]。

---

1 痰喘(담천): 가래가 끓어서 숨이 차는 것.
2 軍職(군직): 五衛에 속한 무관 벼슬을 통틀어 이르던 말. 상호군, 대호군, 護軍, 부호군, 司直, 부사직, 司果, 부사과, 司正, 부사정, 司猛, 부사맹, 司勇, 부사용 따위이다.
3 痢疾(이질): 혈액과 粘液과 膿이 혼합된 대변을 자주 보게 되는 질병. 이 병은 배가 아프고 대변을 자주 보되 양이 적고, 속이 땅기며 뒤가 무겁고, 끈적끈적하거나 심지어 피고름 같은 대변을 보는 것이 특징이다.

1602년 6월

6월 1일(신묘)。 물 같이 설사가 나오는 이질이 멈추지 않았고, 다리 부분에 붓는 증상이 생겼다.

O 27일。 보리 가루를 먹었더니 날이 밝아올 무렵에 물 같이 설사가 나오는 이질이 조금 멎었다.

六月初一日辛卯。 水痢[1]無減, 脚部有浮氣。

○二十七日。 食大麥屑, 厥明水痢少平。

1602년 7월

7월 1일(경신)。 마음이 조금 가라앉았다.

13일。 듣건대 왜놈들이 노략질하러 들어오자, 우수사(右水使: 이응표)가 배를 거느리고 바다로 나아갔다고 하였다.

O 24일。 듣건대 전라 우도의 배들이 동해로 진입하였다고 하였다.

七月初一日庚申。 氣少平。

十三日。 聞倭來, 右水使[2]領船進海。 ○二十四日。 聞右道船進入東海。

---

1 水痢(수리): 물 같은 설사를 하는 이질. 급성이질.
2 右水使(우수사): 全羅右水使 李應彪(1556~1611)를 가리킴. 본관은 陜川, 자는 景輝. 1580년 별시 무과에 급제하고 1581년 茂山鎭 만호에 임명되었다. 1585년 선전관에서 좌천되었는데, 1592년 임진왜란 때 복직되어 순변사 李賓의 휘하에서 평양성 전투와

1602년 8월

8월 1일(경인)。 물 같이 설사가 나오는 이질에 곤욕을 치른 것이 또 이미 3일이나 되었다.

4일。 듣건대 수사(水使: 이응표)가 유생으로 번(番)을 세운 일 때문에 파직되었다고 하였다.

○8일。 듣건대 왜적들에게 병장기를 보낸다고 하니 통탄스러웠다.

八月初一日庚寅。 困於水痢, 又已三日。

初四日。 聞水使以儒生立番事罷職。 ○初八日。 聞倭送兵器, 可痛。

1602년 9월

9월 1일(기미)。 병마사(兵馬使: 이광악)가 물고기를 선물하였다.

12일。 중완(中脘)에 3~7장(壯) 뜸질을 하였다.

九月初一日己未。 兵馬使[1]饋魚。

十二日。 灸中脘[2]三七壯。

1　兵馬使(병마사): 이광악을 지칭하는 듯. 그는 1602년 8월 27일 龜城府使에 제수되었기 때문에 떠나면서 선물을 보낸 것으로 보인다.

2　中脘(중완): 침이나 뜸을 놓는 穴의 하나.

1602년 10월

10월 1일(기축)。복통이 가라앉았고 숨차는 것은 이전과 같았다.

17일。듣건대 왜놈들이 변을 일으켰다고 하였다.

　十月初一日己丑。腹平而喘如故。

　十七日。聞有倭變。

1602년 11월

11월 1일(무오)。숨찬 것이 여전하였다.

15일。병이 몹시 고통스러웠다. 이날부터 음식을 전폐하였다.

　十一月初一日戊午。喘如故。

　十五日。病極苦。自是日, 飮食全減。

1602년 12월

12월 1일(무자)。심하게 부어서 토저환(土猪丸: 오소리고기로 만든 환약)
5알을 복용하였다.

2일。순찰사(巡察使)가 장흥부(長興府)에 들어와 의약을 보내왔다.

○3일。순찰사는 심약(審藥: 약재 관리하는 버슬아치)과 음식물을 보내왔

고, 병마사도 반찬거리를 보내왔다.

○ 12일。 서울서 온 편지를 보았더니, 군공(軍功)으로 인하여 가선대부
(嘉善大夫)로 품계가 올랐다.

○ 이달 이래로 병세가 점점 위중하였고, 15일 이후로는 얼굴에 붓는
증상이 생겼다.

十二月初一日戊子。脹甚, 服土猪丸¹五丸。

初二日。巡使入府, 送醫藥。○初三日。巡使送審藥²食物, 兵馬使
亦送。○十二日。得京書, 以軍功陞嘉善大夫。○是月以來, 病勢彌
重, 十五日以後, 面目有浮氣。

17일。

이날 밤 자정에 선생은 상산(霜山) 본가에서 운명하였다.

○ 이날 차츰 정신이 들어서 명문(明文: 유언서)까지 짓도록 하였는데,
날이 어두울 무렵에 갑자기 위중하더니 한밤중에 절명하였다.

十七日。

是日之夜子時, 先生考終³于霜山本第。○是日稍醒, 命作明文⁴, 至
昏猝重, 夜分⁵而絶。

---

1 土猪丸(토저환): 오소리고기로 만든 환약. 오랜 이질에 아주 잘 듣는다고 한다.
2 審藥(심약): 궁중에 바치는 각 지방의 藥材들을 심사하고 감독하기 위해서 각 道에
  파견하던 종9품의 벼슬.
3 考終(고종): 考終命. 오복의 하나로, 제명대로 살다가 편안히 죽는 것을 이르는 말.
4 明文(명문): 어떤 사안에 대해 서로 합의하고 그 사실을 명문화하여 서로의 권리 의무
  관계를 밝힌 문서일 것이나, 여기서는 유언서를 지칭함.
5 夜分(야분): 한밤중.

《이충무공전서》에서 초록한 것을 첨부하여 보임

협주: 정수칠(丁修七)이 살피건대, 선조(先祖: 정경달)께서 이 충무공의 천거를 받았는데, 그 사실은 충무공전서(忠武公全書)에 실려 있다. 그리고 충무공전서는 이미 건릉(健陵: 정조)의 성은(聖恩: 1792년 간행하라는 어명)을 받아 간행한 지가 이미 여러 해가 되었다. 이에 지금 선조와 관계되는 것들을 뽑아서 반곡일기(盤谷日記)의 말미에 부록으로 부친다.

附見李忠武全書鈔

修七案, 先祖被李忠武辟召, 其事實載於忠武全書。旣因健陵恩, 命開雕, 有年矣。今抄取其關於先祖者, 附錄於盤谷日記之末。

문신을 종사관으로 임명하도록 청하는 장계

신(臣)은 이미 통제사의 직임을 겸하여 3도의 수군과 장수들이 모두 휘하에 있었기 때문에 점검하고 바로잡거나 조치하고 통제해야 할이 한두 가지에 그치지 아니합니다. 그러나 신은 영남 해상에 있으면서 공문으로만 먼 길을 이첩해야 하니 많은 군사에 관한 일이 빨리 행해지지 못할 뿐 아니라, 도원수(都元帥)와 순찰사가 주둔한 곳에 가서 협의하고 결제 받아야 할 일도 많이 있지만 거리가 서로 먼지라 간혹 기한 안에 닿지 못해 일이 어긋나니 극히 걱정스럽습니다.

신의 어리석은 생각에 문관 1명을 순변사(巡邊使)의 예에 따라서 종사관이라 호칭하여 왕래하면서 협의 사항을 알리고, 소속 연해의 고을들을 순찰하면서 조치하고, 사부(射夫)와 격군(格軍: 수부)의 군량을 계속 조달하여 들이게 한다면, 장래에 큰일이 닥치더라도 만분의 일일망정 구제할 수 있을 것입니다. 또 여러 섬들의 목장 안에 비어 있는 넓은 땅에서 밭 갈고 샘을 파야할 곳을 자세히 조사해 보아야 할 일이 있으므로 망령된 생각을 감히 아뢰옵니다.

조정에서는 십분 헤아리시어 만약 사리와 정황에 무방하다면, 장흥(長興)에 사는 전 부사(前府使) 정경달(丁景達)이 때마침 본가에 있다 하니, 특별히 명하여 벼슬을 내려 주시옵소서.

狀啓

請以文臣差從事官狀[6]

臣旣兼統制之任, 三道水兵將官, 皆在部下, 檢飭措制之事, 非止一

---

6 이 글은 《李忠武公全書》 권3 '狀啓二'에 그대로 실려 있음.

再。而臣在嶺海, 文移⁷遠道, 許多兵務, 趂未擧行, 都元帥·巡察使所駐
處, 就議定奪⁸者亦多有之, 而相距隔遠, 或未及期限, 事事乖方, 極爲可
慮。臣之忘意, 文官一員, 依巡邊使例, 從事官稱號, 往來通議, 所屬沿
海列邑巡檢措置, 射格⁹軍糧連續調入, 則將來大事, 庶濟萬一。諸島牧
場閑曠之地耕墾處, 亦有審檢之事, 故妄料敢稟。伏願朝廷十分商量,
若於事體無妨, 則長興居前府使丁景達, 時在本家云, 特命差下¹⁰。

---

7 文移(문이): 行文移牒. 관청에서 문서를 발송하여 조회하는 일을 이르던 말.
8 定奪(정탈): 어떤 사항에 대해 임금이 헤아려 결정하는 일을 이르던 말. 가부나 취사
   를 결정하는 일이다.
9 射格(사격): 射夫와 格軍. 격군은 조선시대에 사공의 일들 돕던 水夫이다.
10 差下(차하): 벼슬을 시킴.

진중으로 돌아가는 일을 보고하는 장계

1.

삼가 진중(陣中)으로 돌아가는 일을 아뢰옵니다. 본도(本道)에서 더 만들고 있는 전선(戰船)을 직접 살피고 실정에 맞도록 정돈하겠다는 장계를 한 뒤에 지난해 12월 12일 본도로 돌아와서 점검하였는데, 본영에 소속된 수군은 다섯 고을로써 순천이 전선 10척, 흥양이 10척, 보성이 8척, 광양이 4척, 낙안이 3척 등을 이미 다 만들었지만, 매우 많은 사부(射夫)와 격군(格軍)들을 일시에 충당할 수가 없어서 일제히 본영으로 돌려 정박시키기에는 형편이 어려운 까닭에 순천 5척, 광양 2척, 흥양 5척, 보성 4척, 낙안 2척만을 우선 단속하고 감독하여 이끌고서 금년 1월 17일 거제 지경인 한산도의 진중을 향해 출발할 것이오며, 정비되지 못한 전선들은 뒤따라 밤낮을 가리지 말고 본영으로 돌려 정박시키도록 전령하였습니다. 그런데 우도는 전선의 수효가 좌도보다 배나 되오니 매우 많은 사부와 격군을 필시 제 기한에 충당할 수가 없을 것이라서, 신(臣)은 종사관 정경달로 하여금 순찰하면서 조치하도록 우수사 이억기와 만나기로 약속한 곳에 독촉해 보내며 신칙하였습니다. 엎드려 바라옵건대 순찰사 이정암이 있는 곳에서도 아울러 각별히 독려하여 들여보내도록 해당 관청을 신칙하게 공문서를 보내주십시오.

2.

삼가 진중(陣中)으로 돌아가는 일을 아뢰옵니다. 전보다 더 만들고 있는 전선(戰船) 및 사부(射夫)와 격군(格軍)들을 직접 살피고 정리하고

자 잠시 본도로 돌아오는 연유를 급히 서면으로 상주(上奏)한 뒤에 지난해 12월 12일 본도로 돌아와서 점검하였는데, 연해안 다섯 고을의 괄장군(括壯軍)이 육지의 전투에서 징발된 적이 있었기 때문에 거의 대부분 정처 없이 흩어져 이름만 있고 실상은 없어졌습니다. 수군도 각 고을의 수령들이 태만하고 해이함에 익숙해져 점고하여 보내는데 성의가 없더니, 지금에 이르러 친족이나 이웃을 침해하지 말라는 순찰사 이정암의 공문까지 있어, 한결같이 군사를 정제하지 않고 현재 있는 사람조차도 붙잡아 보내지 않는데, 더욱 심한 관리들은 전령으로 붙잡아 보내라고 하여도 그저 핑계만 대었지 그대로 있을 뿐입니다. 전선을 이미 더 만들어 놓았지만 격군을 충당할 길이 없으니 통분하기 그지없습니다. 전라우도는 신(臣)이 종사관 정경달로 하여금 순찰하면서 조치하도록 우수사 이억기와 만나기로 약속한 곳에 급히 보냈습니다. 신(臣)에게 소속된 각 고을과 포구의 전선을 간신히 정비하고서 금년 1월 17일 진중을 향해 돌아왔습니다.

還陣狀[11]

——[12]

謹啓爲還陣事。爲本道加造戰船, 親按調整狀啓後, 去十二月十二日, 還本道檢飭矣, 所屬舟師五官, 順天戰船十隻, 興陽十隻, 寶城八隻, 光陽四隻, 樂安三隻, 已爲畢造, 許多射格軍, 一時充立[13]不得, 勢難一齊回泊, 故順天五隻, 光陽二隻, 興陽五隻, 寶城四隻, 樂安二隻, 爲先檢督率領, 今正月十七日, 發向巨濟[14]境閑山島陣中, 未整齊戰船,

---

11 이 글은 《李忠武公全書》 권4 '狀啓三'에 그대로 실려 있음.
12 이 장계는 1594년 1월 10일에 올린 것임.
13 充立(충립): 예전에, 立役을 대신 세워 충당하던 일. 병역이나 부역 따위의 의무에 충당하여 복무시키는 것을 일컫는다.

使之隨後, 不分晝夜回泊事傳令。而右道戰船之數, 倍於左道, 許多射格, 必未能及期整齊, 臣使從事官丁景達, 巡檢措置, 右水使李億祺[15] 期會處, 督送事申飭。 伏請巡察使李廷馣[16]處, 並爲各別督令入送事, 令該司申飭行移[17]。

二[18]

謹啓爲還陣事。 前加造船射格軍, 欲親按整理, 姑還本道緣由馳啓後, 去十二月十二日, 還本道檢飭, 沿海五官括壯軍, 曾因陸戰徵發, 太半流亡, 名存實無。水軍則各官守令等, 狃於怠緩, 無意點送, 今則族隣勿侵事, 有巡察使李廷馣行移, 一不整齊, 時存之人, 亦不捉送, 尤甚官吏, 傳令推捉, 則稱頉[19]下不來[20]。戰船已爲加造, 格軍充立無

---

14 巨濟(거제): 경상남도 남해안 중부에 있는 고을 이름.

15 李億祺(이억기, 1561~1597): 본관은 全州, 자는 景受. 1591년 이순신이 전라좌도 수군절도사로 부임할 때 순천부사에 발탁되었다. 임진왜란이 일어나자, 전라우도 수군절도사가 되어 唐浦·玉浦·安骨浦·絕影島 등의 해전에서 왜적을 크게 격파했다. 이순신이 무고로 투옥되자 李恒福·金命元 등과 함께 이순신의 무죄를 주장했다. 1597년 정유재란 때 통제사 元均의 휘하에서 부산에 있던 왜적을 공격하다가 漆川梁海戰에서 전사했다.

16 李廷馣(이정암, 1541~1600): 본관은 慶州, 자는 仲薰, 호는 四留齋·退憂堂·月塘. 1592년 임진왜란이 일어날 때 이조참의로 있었는데, 宣祖가 평안도로 피난하자 뒤늦게 호종했으나 이미 체직되어 소임이 없었다. 그 뒤 황해도로 들어가 招討使가 되어 의병을 모집해 延安城을 지킬 것을 결심하고 준비 작업을 서두르던 중 도내에 주둔한 왜장 구로다 나가마사[黑田長政]가 5,000~6,000명의 장졸을 이끌고 침입하자, 주야 4일간에 걸친 치열한 싸움 끝에 승리해 그 공으로 황해도관찰사 겸 순찰사가 되었다. 1593년 병조참판·전주부윤·전라도관찰사 등을 역임하고, 1596년 충청도관찰사가 되어 李夢鶴의 난을 평정하는데 공을 세웠다. 그러나 죄수를 임의로 처벌했다는 누명을 쓰고 파직되었다가 다시 지중추부사가 되고, 황해도관찰사 겸 도순찰사가 되었다. 이듬해 정유재란이 일어나자 海西招討使로 해주의 首陽山城을 지키기도 하였다.

17 行移(행이): 行文移牒. 해당 관청에서 맡았던 한 사건의 처리할 것을 다른 관청으로 옮겨 보낼 때 보내는 문서를 이르던 말.

18 이 장계는 1594년 1월 17일에 올린 것임.

19 稱頉(칭탈): 문제가 있다고 핑계를 대고 책임을 모면함.

20 下不來(하불래): 결말이 나지 않음. 그대로 있음.

路, 極爲痛憤。全羅右道, 則臣使從事官丁景達, 巡檢整飭, 馳送于右水使李億祺期會處。臣所屬, 各官浦戰船, 艱難整齊, 今正月十七日, 還向陣中。

부록: 사실의 기록

　황제국 명나라 원외랑(員外郞) 양위(楊位)가 찬획주사(贊畫主事)로서 들어와 접반사 정경달에게 묻기를, "중국 기주(冀州)에서 출동해 수십만 군사를 이끌고 그대의 나라를 구하러 왔지만, 조선 산천의 형세와 싸움터의 형편을 잘 알지 못하니 그대 나라의 장수와 같이 도모하고 함께 구제하려는데, 지혜가 많고 군사(軍事)에 능숙한 자가 누구이오?" 하자, 대답하기를, "우리나라에 이순신이라는 이가 있어 삼도통제사가 되었는데 귀신처럼 싸움을 잘하여 매우 적은 수의 수군을 거느리고도 백만의 강포한 적군을 제압하였으니, 우리나라가 지금까지 지탱하는 것은 모두 그 사람의 힘입니다." 하니, 양위가 말하기를, "이순신이 싸움 잘하고 기발한 책략을 지녔음은 일찍이 이미 들어 알고 있었는데, 그대의 말은 과연 소문과 같소이다." 하였다.(협주: 반곡집에 있는데, 이하도 같다.)

　삼가 듣건대, 통제사 이순신은 단지 수군 14척을 거느리고도 적선 30여 척을 격파하였고, 지금 또 밤을 틈타 뭍에 내려서 남해안에 둔치고 있던 왜적들을 엄습하여 남김없이 죄다 베었으니, 실로 중국에 자자하고 천하에 진동할 만한 위엄입니다. 거듭 크나큰 전공을 아뢰오니 회복하려는 계책이 이로부터 시행될 수 있을 것입니다. 다만 염려되는 것은 도움을 받지 못하는 군대가 외딴 섬에서 그 형세가 매우 위태로운 것입니다. 근래 들건대 총병 서중소가 수군 3,300여 명을 거느리고 이미 한강으로 향했다는데, 만약 내려가도록 하여 남쪽지방에서 연합하고 전투한다면 탁월한 전공을 이룰 수 있을 것이니, 계책 세우는 것을 어찌해야 하겠습니까?

충무공 이순신이 원균의 모함을 받아 붙잡혀 가자, 공(公: 정경달)이 도체찰사 완평 이원익에게 말하기를, "왜적이 꺼리는 사람은 이순신인데 일이 이미 이 지경에 이르렀으니 나라에서는 할 수 있는 일이 없을 것입니다." 하였다. 이원익도 이 말로써 장계를 올렸지만 조정에서 듣지 않았다.

충무공 이순신은 모함을 받아 감옥에 갇혀 있었다. 공(公: 정경달)이 서애 류성룡과 백사 이항복을 찾아가서 만나자, 두 사람이 묻기를, "그대가 남쪽에서 왔으니 원균과 이순신의 옳고 그름을 들려줄 수 있겠소?" 하니, 공이 대답하기를, "누가 옳고 누가 그른가를 꼭 말로써 밝힐 것은 아닙니다만, 단지 군사들과 백성들을 보아도 '이공(李公)이 죄를 입었으니 우리들은 어떻게 살까?' 하면서 울부짖지 않은 이가 없으니, 이로써 보건대 그 시비는 알 수 있을 것입니다." 하였다.

附錄: 記實[1]

皇明楊員外位[2], 以贊畫主事來, 問接伴使丁景達曰: "中國發冀[3], 揚數十萬衆, 來救你邦, 東國山川之險夷, 戰場之形便, 未能詳知, 欲與你國之將, 同謀而共濟, 多智習兵者, 誰歟?" 答曰: "小邦有李舜臣者, 爲三道統制使, 用兵如神, 提挈少之舟師, 制百萬之强寇, 小邦之至今支撐者, 皆此人之力也." 楊曰: "李某之善戰奇謀, 曾已聞知, 陪臣之言, 果如所聞." (盤谷集, 下同.)

伏聞統制使李舜臣, 只領舟師十四隻, 破賊船三十餘隻, 今又乘夜下陸, 掩擊南海留陣之賊, 盡斬無餘, 實藉中國動天下之威。再奏大功, 恢復之策, 自此可擧矣。第念孤軍絶島, 其勢甚危。近聞徐摠兵仲素,

---

1 이 글은 《李忠武公全書》 권14 '附錄六·紀實(下)'의 〈盤谷集〉에 그대로 실려 있음.
2 楊員外位(양원외위): 兵部職方淸吏司員外郞 楊位를 가리킴.
3 冀(기): 冀州. 중국 하북성 臨漳 서남쪽에 있음.

領水軍三千三百餘, 已向京江⁴, 若令順下而南, 合勢進退, 則奇功可成, 未知籌畫⁵何如?

李忠武, 爲元均所讒, 被拿而去, 公爲都體察使完平李相國曰:"倭賊所憚者, 李舜臣也, 事已至此, 國無可爲." 李相以此啓之, 而朝廷不聽矣.

李忠武之被讒在獄也. 公往見柳西厓·李白沙, 兩公問曰:"君自南中來, 元與李是非, 可得聞歟?" 公答曰:"孰是孰非, 不必言解, 而但見大小軍民, 莫不號泣曰:'李公被罪, 吾等何生?' 以此觀之, 其是非可知也."

---

4 京江(경강): 서울의 뚝섬에서 양화 나루에 이르는 한강 일대를 이르던 말. 서울로 오는 세곡, 물자 따위가 운송되거나 거래되었다.
5 籌畫(주획): 계책을 세우는 것.

정씨 가승

반곡 정공(丁公)의 이름은 경달이고 본관은 오성(筬城: 영광)이다. 경오년(1570) 문과에 급제하고 임진년(1592) 선산부사(善山府使)를 지냈는데, 이때 섬나라 오랑캐 왜적이 쳐들어왔다. 공은 군사를 모집하고 군량을 준비하였으며, 감사 김성일(金誠一), 병사 조대곤과 기묘한 책략을 세우고 사진(四陣)을 설립하여 금오산 아래에서 승전하였다.

갑오년(1594) 충무공 이순신이 장계를 올려 공을 종사관으로 삼겠다고 청하였다. 공은 백성들에게 끼치는 폐단을 기탄없이 말하였는데, 각 고을에 도청을 설립하도록 하여 방비하는 책략으로 삼았다.

이 당시 전쟁에서 세운 공을 기록한 것에 따르면, 공의 휘하에서 왜적을 죽인 것이 165명이었고, 활 쏘아 죽인 것이 94명이었고, 쏘아 맞힌 것이 260명이었고, 왜적의 군막을 불태워 없앤 것이 300여 칸이었는데, 이러한 전공(戰功)으로 통정대부(通政大夫)에 올랐다.

일찍이 대궐에 들어가 임금을 뵙고 독대해 아뢰기를, "이순신이 나라를 위하는 충성과 왜적을 막는 재략은 예로부터 짝할 자가 없사옵니다. 전쟁에서 나가지 않고 머무는 것도 병가에서는 승리를 위한 계책인데, 어찌 기회를 보고 형세를 살펴서 주저하며 싸우지 않는 것을 그의 죄안으로 삼을 수 있겠습니까? 전하께서 만약 이 사람을 죽이시면, 사직의 망함을 어떻게 하시겠습니까?"하였다.

丁氏家乘[1]

盤谷丁公諱景達, 笠城[2]人也。庚午登文科, 壬辰宰善山, 時島夷入寇。 公募軍聚粮, 與監司金公誠一[3]・兵使曺大坤[4], 區畫奇策, 設立四陣, 勝捷於金烏山[5]下。甲午忠武李公啓請公爲從事官。公極陳民弊, 勸令設立各官都廳, 以爲備禦之策。是年錄軍功, 公管下所殺一百六十五級, 射殺九十四, 射中二百六十, 倭幕焚蕩三百餘間, 以此陞通政。嘗入侍[6]陳對云: "李舜臣爲國之誠, 御敵之才, 古無其儔。臨陣逗遛, 亦是兵家之勝籌, 豈可以觀機審勢, 彷徨不戰, 爲其罪案乎? 殿下若殺此人, 其於社稷亡何?(丁氏家乘)

---

1 이 글은《李忠武公全書》권14 '附錄六・紀實(下)'의〈丁氏家乘〉에 그대로 실려 있음.

2 笠城(두성): 靈光의 옛 별호가 簑城이었는데, 이의 오기.《李忠武公全書》에도 오기인 채로 수록되어 있다.

3 誠一(성일): 金誠一(1538~1593). 본관은 義城, 자는 士純, 호는 鶴峰. 1564년 사마시에 합격했으며, 1568년 증광 문과에 급제하였다. 1577년 사은사의 서장관으로 명나라에 가서 宗系辨誣를 위해 노력했다. 그 뒤 나주목사로 있을 때는 大谷書院을 세워 김굉필・조광조・이황 등을 제향하였다. 1590년 通信副使가 되어 正使 黃允吉과 함께 일본에 건너가 실정을 살피고 이듬해 돌아왔다. 이때 서인인 황윤길은 일본의 침략을 경고했으나, 동인인 그는 일본의 침략 우려가 없다고 보고하여 당시의 동인정권은 그의 견해를 채택했다. 임진왜란이 일어나자, 잘못 보고한 책임으로 처벌이 논의되었으나 동인인 유성룡의 변호로 경상우도 招諭使에 임명되었다. 그 뒤 경상우도 관찰사 겸 순찰사를 역임하다 진주에서 병으로 죽었다.

4 曺大坤(조대곤, 생몰년 미상): 본관은 昌寧. 아버지는 曺光遠, 할아버지는 曺繼商이다. 관직은 會寧府使・滿浦鎭僉使・慶尙右道兵馬節度使・建義副將・副總管・行護軍・扈衛大將 등을 역임하였지만, 역모와 관련되어 그의 행적이 뚜렷하지 않다. 1588년 만포진 첨사에 제수되었으나 나이가 너무 많아 평안도 지역을 책임지기에 부족하다는 병조판서 鄭彦信의 상소로 말미암아 체직되었다. 경상우도병마절도사 재임 중이던 1592년에 임진왜란이 일어났는데, 善山郡守 丁景達과 함께 경상북도 龜尾 金烏山 부근에서 왜군을 대파하였고, 또 경상북도 星州에서 많은 적을 생포하였으며, 경상북도 高靈에서 수 명의 적장을 베는 등의 공적을 세웠지만, 겁을 먹어 도망을 가기도 하고 金海 일대에서는 어려움에 처한 아군을 원조하지 않아서 탄핵된다. 그 뒤로 백의종군하다가 1594년 부총관에 제수되었지만 敗戰 장수를 급히 현직에 기용할 수 없다는 상소가 올라와 체차되었다. 1599년 호위대장 재임 시절 中殿이 황해도 遂安에 머무를 때 호위한 공으로 熟馬를 하사받았다.

5 金烏山(금오산): 경상북도 구미시・칠곡군・김천시의 경계에 있는 산.

6 入侍(입시): 대궐에 들어가 임금을 뵙는 일을 이르던 말.

병신년 8월 일기

21일(을유). 정경달이 나를 보러 찾아왔다.

丙申八月日記[1]

二十一日乙酉。丁景達來見。

어떤 사람에게 쓴 편지

　전라도의 새 관찰사와 원수(元帥)가 연해안 수군의 양식에 대해 군관을 보내어 곳간째 실어갔습니다. 저 이순신은 다른 도에 있는지라 먼 바다에서 조치할 길이 없고, 형편이 이 지경에 이르렀으니 어찌하오리까, 어찌하오리까? 만약 수군을 별도로 보내고 어사가 수군에 관한 일을 총괄한다면 일을 이룰 수가 있을 것 같았기 때문에 장계를 하였습니다만 또 조정의 처분을 알 수가 없습니다.

　종사관 정경달은 둔전(屯田)을 감독하는 일에 마음을 다하였는데, 전(前) 방백(方伯: 관찰사)의 공문에는 "도주(道主: 관찰사) 이외에는 둔전을 계속 경작할 수 없으며, 일체 감독하지 말라."고 하니 저는 그 뜻을 알 수 없습니다. 정경달도 지금 함양군수가 되었다고 하니, 그 감독하던 일도 장차 허사로 돌아가게 될 것입니다. 몹시 답답하고 안타까우니 추수할 때까지라도 그대로 유임할 수는 없겠습니까?

○ 정수칠(丁修七)이 살피건대, 선조(先祖)께서 지으신 부해시(浮海詩) 60운은 또 충무공전서에 실려 있지만, 그 시들은 이미 시집에 실었기 때문에 지금 채록하지 않는다.

上某人書[1]

　全羅新方伯及元帥, 沿海舟師之糧, 遣軍官, 轉庫輸去。舜臣在他道, 遠海無措制, 勢至此極, 奈何奈何? 若別遣舟師, 御使摠檢舟師之事, 則似可濟事, 故狀啓, 而且未知朝廷處分也。從事官丁景達, 盡心

1　이 글은 《李忠武公全書》 권1 '襍著' 〈上某人書(二)〉에 실려 있는데, 여기서는 절반에 가까운 앞부분이 생략됨.

《이충무공전서》에서 초록한 것을 첨부하여 보임　223

於監屯, 而前方伯移文曰: "道主之外, 不可續續耕屯, 一切勿檢云." 伏未知其意也。丁公今爲咸陽倅云, 其所檢之事, 將歸虛矣, 仰悶仰悶, 收穫間, 未可仍之耶?

○修七按, 先祖所作, 浮海六十韻詩, 亦載於忠武全書, 然此詩, 旣載於詩集, 故今不採錄。

반곡 정공의 난중일기에 제함

  책을 읽는 것은 모두 방법이 있다. 세상에 이로움이 없는 책이라면 읽을 때는 구름이 떠가듯 물 흐르듯 해도 괜찮지만, 만약 그 책이 백성이나 나라에 보탬이 있는 책이라면 읽을 때는 모름지기 단락마다 글의 이치를 이해하고 구절마다 연구하여 찾아야 하리니, 대낮 창가에서 졸음을 쫓는 방패막이로 삼아서는 아니 된다. 반곡(盤谷)이 이 일기를 쓴 것은 어찌 겨우 그 혹독한 고생이나 말하고 그 수고한 상황이나 드러내어 그 자손들에게 보이고자 한 것이랴. 장차 국가에는 분명한 감계(鑑戒)를 남기고 후세의 현자(賢者)들에게는 귀감을 남기려는 것이리라. 이 일기를 읽는 자는 마땅히 이 뜻을 알아야 할 것이다.

  서애 류성룡의 《징비록》과 백사 이항복의 《임진록》은 상세하면서 일이 실상을 조사하지 않은 것이 아니다. 두 상공(相公)은 모두 의정부의 대신으로서 어가를 호종하고 서쪽으로 나가 군막(軍幕) 속에서 전략을 짜기도 하였고, 부절(符節)을 받들고 남쪽으로 내려가 문서들 속에서 공과(功過)를 살피기도 하였기 때문에, 일국(一國)의 위급한 형세를 결정짓고 팔도(八道)의 온갖 기밀들을 저울질한 데서는 위대하지 않은 것이 아니다. 그러나 물고기가 놀라듯 산짐승이 숨듯 한 상태라든가 비바람과 이슬 맞으며 한데서 먹고 잠잤던 모진 고통에 이르러서는 이 일기가 한 폭의 생생한 그림이 되는 것만 못하다.

이뿐만이 아니다. 벼슬이 낮은 이는 비록 상관이 명령하는 바가 나를 몰아서 함정이나 덫 속으로 넣는다 하더라도 머리를 숙이고 받들어 행할 수만 있다면 그 실패를 감수할 뿐이고, 멀리 사는 이는 비록 마음에 품은 바가 천지(天地)를 바꾸고 일월(日月)을 굴릴 수 있다 하더라도 입을 다물고 침묵할 수만 있다면 그 분수를 지킬 뿐이니, 이를 일러 '유분(幽憤)'이라 한다. 유분을 품은 이는 당세에 쓰이지 못하더라도 오직 필묵에다 발설하여 후세에는 펼쳐지기를 바랄 뿐이니, 이를 일러 '고심(苦心)'이라 한다. 백성들이 믿고서 살아가는 바를 알지 못하면 나라를 다스릴 수가 없으리니, 지사의 유분과 고심을 알지 못하면 나라를 다스릴 수가 없다. 이 일기를 읽는 사람은 먼저 그 유분과 고심에 대해 눈을 밝게 떠야만 이로움이 있을 것이다.

임진년(1592)의 재앙이 고려 말의 왜구가 바람 타고 갑자기 처들어와 엄습했던 것과는 같지 않다. 귤강광(橘康廣)이 병술년(1586)에 그 기미를 실어오고 평조신(平調信)이 신묘년(1591)에 그 야욕을 드러내자, 조헌은 초야에서 가슴을 쳤고 황윤길은 경연석(經筵席)에서 참말을 했으며, 조정에서도 국경 방비의 일을 남몰래 시름으로 여겨서 김수(金睟)를 선택하여 경상도 관찰사(慶尙道觀察使)로 제수하였고 이순신을 발탁하여 전라좌도 수군절도사(全羅左道水軍節度使)로 제수하였다. 기미가 이미 드러났고 재앙이 이미 감돌았는데도, 또 어찌하여 돌 하나라도 쌓고 쇠 하나라도 갈아서 문을 겹겹이 세워 사나운 왜적들을 대비하지 않았던가? 그 당시의 일을 나는 들었었다. 변방에서의 기미라도 말하면 터무니없는 말을 떠벌인다고 하였고, 병화(兵禍)라도 말하면 민심을 현혹시킨다고 하였다. 비변사(備邊司)의 자리에서는 하얗게 질린 얼굴로 서로를 돌아보지 않은 적이 없으면서도 나와서는 사람들에게 태평하다고 말하였고, 집안에서는 귓속말로 남몰래 이야기하지 않은 적이 없으면서도 나와서는 객들에게 아무런 근심거리가 없다고 말하였다. 지방관들은 눈치를 살피고 뜻에 맞추어 날마다 떠들썩한 음악을 연주하며 기생과 즐기면서 말하기를, "이것이 백성들의 마음을 가라앉혀 편안하게 하는 법이다." 하였지만, 가난하고 힘없는 백성들은 여름철 뜨거운 햇볕 아래 밭일을 하는 중에도 시국을 꿰뚫어보는 것이 이미 귀신같다는 것을 알지 못하였다.

반곡공(盤谷公)은 이러한 때를 당해 그의 재주로도 또한 감히 돌 하나라도 쌓고 쇠 하나라도 갈며 눈썹에 불이 붙은 듯한 재앙을 염려하지 못했던 것은 진실로 온 나라에서 하지 않는 것을 선산에서만 하란 법이 없었기 때문이었다. 군사를 징발해서는 사운법(四運法)을 설치하였고 왜적을 막을 때는 사채(四寨)의 장령(將領)을 두었으니, 그의 임기응변 조치는 그 기묘함이 이와 같았다. 그런데도 오히려 4월 15일 이전에는 감히 손가락 하나라도 놀리거나 터럭 하나라도 건드릴 수 없었던 것은 위에서 싫어하는 바를 아래에서 감히 할 수가 없었기 때문이 어찌 아니겠는가?

대저 재난은 숨겨서는 아니 된다. 병을 숨기는 자는 그 몸을 잃고 재난을 숨기는 자는 그 나라를 잃으니, 무릇 숨기는 것은 계책이 아니다. 내 마음만이 아는 것으로 나의 형제들이 알지 못한다면 그것을 형제에게 숨겨도 괜찮다. 형제들만이 아는 것으로 나라 사람이 알지 못한다면 그것을 나라 사람에게 숨겨도 괜찮다. 나라 사람만이 아는 것으로 적국(敵國)이 알지 못한다면 그것을 적국에게 숨겨도 괜찮다. 이제는 그렇지 아니하니, 평수길(平秀吉: 도요토미 히데요시)이 갑옷을 입혀서 군사를 훈련시킨 것이 10여 년이나 되어 일본 사람들은 모두 이를 알고 있었다. 대저 일본 사람들이 모두 알고 있었는데도 오히려 우리나라 사람들에게 그것을 숨기려고 했으니 어찌 미혹된 것이 아니겠는가? 무릇 숨기는 것은 계책이 아니다.

　이 글은 대체로 바람결에 떠도는 소문을 기록하여서 사실이 아닌 것이 많다. 하지만 그래도 산정(刪定)하지 않은 것은 당시 남북으로 멀리 떨어져 있어 소식이 통하지 않았고, 바람 소리나 학의 울음소리에도 두려워하여 근거 없는 그릇된 소문이 날로 일어났던 것을 보이려는 까닭이다. 그 중에서도 사실을 있는 그대로 적어 의당 국사(國史)에 빠진 곳을 보충하는 것이 있을지니, 이 글을 보는 사람들은 살피기 바란다.

열수 정약용 쓰다.

題盤谷丁公亂中日記

　讀書總皆有法。凡無益於世之書, 讀之可如行雲流水, 若其書有裨於民國者, 讀之須段段理會[1], 節節尋究, 不可作午憅禦眠楯而已。盤谷之爲此書也, 豈僅爲說其辛苦, 表其勞勩, 以示其子孫? 蓋將垂炯戒於國家, 留寶鑑於來哲[2]耳。凡讀是記者, 宜知此意。

　西厓懲毖錄·白沙壬辰錄, 非不詳且覈矣。二相公皆廊廟[3]大臣, 或扈駕西出, 運籌於帷幄[4]之中, 或奉節南來, 考功於簿牒[5]之間, 故其於評一國之大勢, 衡八域之棊機, 則非不偉矣。至於魚駭獸竄之狀, 風餐露宿[6]之苦, 不若是記之爲一副活畫[7]。

1　理會(이회): 사물의 이치를 마음속으로 이해함.
2　來哲(내철): 후세의 賢者.
3　廊廟(낭묘): 조정의 정사를 논의하는 건물을 뜻하는 말로, 조선시대에는 議政府를 가리킴.
4　帷幄(유악): 帷와 幄은 모두 陣營에 쓰이는 막인 데서, 軍幕을 일컬음.
5　簿牒(부첩): 관아의 장부와 문서.
6　風餐露宿(풍찬노숙): 바람과 이슬을 맞으며 한데서 먹고 잠잔다는 뜻으로, 모진 고생 또는 객지에서 겪는 고생을 이르는 말.
7　活畫(활화): 살아 있게 그림. 생동성 있는 그림.

不惟是也。官卑則雖上之所令，驅而納諸罟擭之中[8]，而但得[9]屈首奉行，以受其敗，跡遠則雖內之所蘊，有可以旋天地轉日月，而唯有緘口泯默，以守其分，此之謂幽憤也。幽憤者無用於當世，唯有發洩筆墨，以冀抒之於後世，此之謂苦心也。不知小人之依[10]則不可以爲國，不知志士之幽憤苦心則不可以爲國。凡讀是記者，先於其幽憤苦心，明著厥眼，庶乎其有益矣。

壬辰之難，非如麗季倭寇，乘風猝至，掩以襲之也。橘康廣[11]風之於丙戌，平調信[12]露之於辛卯，趙憲[13]擣心於草野，黃允吉[14]質言[15]於筵席，

8　驅而納諸罟擭之中(구이납저정획지중):《중용》7장의 "공자가 말하기를, 사람들은 '자신을 지혜롭다.'고 하나 몰아서 그물이나 덫이나 함정 속으로 넣어도 그것을 피할 줄 모른다.(子曰："人皆曰：'予知.' 驅而納諸罟擭陷阱之中而莫之知辟避也."에서 나온 말.

9　但得(단득): 할 수만 있다면.

10　小人之依(소인지의):《서경》〈周書〉의 "주공이 말하기를, '오호라, 군자는 그 안일하지 않는 바이니라, 먼저 심고 거둠의 어려움을 알고서 이에 편안하면 소인들의 의지함을 알리이다.(周公曰：'嗚呼! 君子, 所其無逸, 先知稼穡之艱難, 乃逸, 則知小人之依.')"에서 나온 말. 그 註에 "의지한다는 것은 심고 거두는 것을 가리켜 말함이니 낮은 백성들이 믿고서 살아가는 것이 되는 바라.(依者, 指稼穡而言, 小民所恃以爲生者也.)"고 하였다.

11　橘康廣(귤강광): 1586년에 온 日本國王使. 그는 일본 국내사정의 변화를 설명하고 통신사의 파견을 요청하면서 요청이 받아들여지지 않으면 병화가 일어날지도 모른다고 암시했으나, 당시 조선은 통신사 파견을 거부하였다.

12　平調信(평조신): 1591년 3월 通信使 黃允吉이 일본에서 돌아올 때 함께 온 倭臣. 그는 玄蘇와 함께 일본이 조선을 침략할 것이라는 최후통첩을 한 인물로, 명나라가 일본의 조공을 거절하는 것에 대해 도요토미 히데요시가 분히 여겨 전쟁을 일으키려 하니, 만일 조선이 명나라에 건의하여 일본에게 조공할 수 있는 길을 열어준다면 조선은 무사할 것이라고 하였다.

13　趙憲(조헌, 1544~1592): 본관은 白川, 자는 汝式, 호는 重峯·陶原·後栗. 1592년 임진왜란이 일어나자 옥천에서 의병을 일으켜 영규 등 승병과 합세해 청주를 탈환하였다. 이어 전라도로 향하는 왜군을 막기 위해 금산전투에서 분전하다가 의병들과 함께 모두 전사하였다.

14　黃允吉(황윤길, 1536~): 본관은 長水, 자는 吉哉, 호는 友松堂. 여러 벼슬을 거쳐 1583년 황주목사를 지내고, 이어 병조참판을 지냈다. 1590년 通信正使로 선임되어 부사 金誠一, 書狀官 許筬과 함께 수행원 등 200여명을 거느리고 대마도를 거쳐 오사카로 가서 일본의 關伯 豊臣秀吉 등을 만나보고 1591년 3월에 환국하여, 국정을 자세

朝廷亦旣以邊事爲隱憂[16]，擇金晬[17]以授嶺南，擢李舜臣以畀湖南。機已發矣，禍已著矣，又何不壘一石磨一鐵，以待重門之暴[18]也？當時之事，吾聞之矣。談邊釁[19]者爲譸張[20]，論兵事者爲搖惑。籌司[21]之席，未嘗不奪色相顧，出而語人則曰太平，閨門之內，未嘗不附耳竊言，出而對客則曰無憂。藩臣[22]・牧臣，承風望旨[23]，日奏繁絃急管[24]，以娛女妓曰："此鎭安[25]民心法。"不知窮䔒[26]夏畦[27]之中，其揣摩[28]猜度[29]，已如鬼

히 보고하였다. 서인에 속한 그가 일본의 내침을 예측하고 대비책을 강구하였으나, 동인에 속한 김성일이 도요토미의 인물됨이 보잘것없고 군사준비가 있음을 보지 못하였다고 엇갈린 주장을 하여 일본 방비책에 통일을 가져오지 못하였다.

15 質言(질언): 참된 사실을 들어 딱 잘라 말함.

16 隱憂(은우): 남에게 알리지 못하고 속으로만 지니는 근심.

17 金晬(김수, 1547~1615): 金睟가 옳은 표기. 본관은 安東, 자는 子昂, 호는 夢村. 1573년 알성문과에 급제하여 평안도관찰사・경상도관찰사를 거쳐 대사헌, 병조・형조의 판서를 두루 지냈다. 임진왜란이 일어났을 때 경상우감사로 진주에 있다가 동래가 함락되자 밀양과 가야를 거쳐 거창으로 도망갔다. 전라감사 李洸, 충청감사 尹國馨 등이 勤王兵을 일으키자 함께 용인전투에 참가했으나 패배한 책임을 지고 한때 관직에서 물러났다. 당시 의령에서 의병을 일으켰던 곽재우와 불화가 심했는데 이를 金誠一이 중재하여 무마하기도 했으며, 경상감사로 있을 때 왜군과 맞서 계책을 세워 싸우지 않고 도망한 일로 사람들의 비난을 받았다. 그러나 李恒福은 그의 죽음을 듣고 나라의 충신을 잃었다고 한탄했다.

18 待重門之暴(대중문지폭):《주역》〈繫辭傳 下〉의 "문을 겹겹으로 세우고 딱따기를 쳐서 도둑을 대비한다.(重門擊柝, 以待暴客.)"에서 온 표현. 처음부터 틈을 주지 않아 밖에서 막는다는 뜻이다.

19 邊釁(변흔): 변방에서 이웃 나라와의 사이에서 일어나는 전투 또는 그러한 기미.

20 譸張(주장): 터무니없는 말로 남을 속임.

21 籌司(주사): 조선시대에 備邊司의 딴 이름.

22 藩臣(번신): 觀察使・兵使・水使를 아울러 가리키는 말.

23 承風望旨(승풍망지): 承望風旨. 윗사람이나 다른 사람의 바라는 바에 영합하고 받드는 것.

24 繁絃急管(번현급관): 번잡한 현악기 소리와 박자가 빠른 관악기 소리. 떠들썩한 음악이란 의미이다.

25 鎭安(진안): 백성의 마음을 가라앉혀 편안하게 함.

26 窮䔒(궁부): 가난하고 힘없는 백성.

27 夏畦(하휴):《맹자》〈藤文公章句〉의 "어깨를 치켜 올리고 남에게 아첨하여 웃는 것은 여름철에 밭일 하는 것보다 어렵다.(脅肩諂笑, 病于夏畦.)"에서 나온 말. 여름철 뜨거운 햇볕 아래 밭일을 함. 일의 어려움을 말한다.

28 揣摩(췌마): 남의 사정을 헤아림. 반복하여 세심하게 따져봄.

如神矣。

盤谷公, 當此之時, 以其之才, 亦不敢壘一石磨一鐵, 以慮燃眉之禍者, 誠以擧國之所不爲, 善山無獨爲之道也。調兵[30]則設四運之法, 禦賊則置四寨之將, 其臨機措畫[31], 若是其奇妙也。而猶不敢搖一指動一髮於四月十五之前者, 豈不以上之所厭, 下不敢爲之歟?

夫禍難不可諱也。諱疾者喪其身, 諱難者喪其邦, 凡諱非計也。吾心之所獨知, 而吾之兄弟不知焉, 則諱之於兄弟可也。兄弟之所獨知, 而邦人不知焉, 則諱之於邦人可也。邦人之所獨知, 而敵國不知焉, 則諱之於敵國可也。今也不然, 平秀吉[32]敕甲鍛兵十有餘年, 日本之人, 皆知之矣。夫日本之人皆知之, 而猶欲諱之於邦人, 豈非惑歟? 凡諱非計也。

此書凡記風聞, 多非實事。然猶不刪者, 所以見當時, 南北阻絶, 聲問[33]不通, 風聲鶴唳[34], 訛言日起也。其中亦有實錄, 宜補國史之闕者, 覽者審焉。

洌水丁鏽識

---

29 猜度(시도): 헤아림.
30 調兵(조병): 군인을 징발함.
31 措畫(조화): 조치 또는 처리.
32 平秀吉(평수길): 豊臣秀吉.
33 聲問(성문): 소식.
34 風聲鶴唳(풍성학려): 바람소리와 학의 울음소리라는 뜻으로, 싸움에 패한 병졸이 바람 소리나 학의 울음소리도 敵軍인 줄 알고 놀라서 두려워함. 곧 겁을 집어먹음 사람이 아무것도 아닌 조그마한 일에도 놀람을 이르는 말이다.

발문

위의 난중일기 6권은 곧 선조(先祖) 반곡공의 일기 가운데 백에 하나를 가려 뽑아서 취한 것이다. 구본(舊本) 일기는 본디 9권으로 대부분 선조께서 손수 쓰신 것이었으나, 세월이 오래되면서 글자들이 뭉개지고 완전하지 못하여 간혹 알 수가 없었다.

건륭 임자년(1792)에 정조(正祖)께서 내각(內閣)으로 하여금 이충무공전서를 찬하게 하셨다. 내각에서 두루 전적들을 찾을 때, 종형(宗兄) 정수익(丁修翼)이 구본 일기를 가지고 상경해 서국(書局)에 바쳐서 채록할 수 있게 하였다. 다음해(1793)에 충무공의 후손 이민수(李民秀)가 운봉 현감이었는데, 종형이 그때 가서 보여드렸더니 이공(李公)이 후하게 온갖 종이들을 내리면서 구본을 탈고하도록 하였다. 이에 구본을 개록하여 4권으로 만들었지만 다시 편(篇)으로 나누지는 않았다.

가경 신유년(1801) 겨울에 승지(承旨) 정약용이 강진에 유배를 왔다. 15년이 지난 을해년(1815)에 정수칠이 사촌동생 정수항과 함께 구본과 신본을 가지고 유배지 다산초암(茶山草庵)으로 찾아가서 산정(刪正)해주기를 청하였다. 승지공이 기꺼이 그 일을 해주었는데, 임진년(1592)과 계사년(1593) 일기는 산정된 것이 적었고, 갑오년(1594)과 을미년(1595) 일기는 산정된 것이 많았고, 병신년(1596) 일기는 본문이 빠졌고, 정유년(1597)과 무술년(1598) 일기는 산정된 것이 적었고, 기해년(1599) · 경자년(1600)·신축년(1601)·임인년(1602) 일기는 거의 다 다듬어지거나 삭제되었는지라, 백에 하나만이 남았다. 그 버리고 취한 것은 오직 사실만을 보인 것인데, 당시의 일과 관계되어 알 수 있는 것과 분주(奔奏)하느라 힘을 다하신 실제는 남겨두고 삭제하지 않았으며, 전원을 소요한 것과 이웃마을에서 즐거이 모였던 것은 야사가 되기에도 부족한 것이라 수록하지 않고 삭제하였으니, 이것이 바로 그러한 사례이다.

글은 무릇 6편으로 편집이 거의 끝나려 할 때, 이민수가 또 수군절도사로서 해남에 부임해 왔다. 정수칠이 이 6편의 글을 가지고 가서 보여주자, 이공(李公)은 정확하게 절도에 부합함을 지극히 칭찬하면서 판각하기를 힘써 당부하였다. 그러나 힘에 부쳐서 잠시 책 상자에 간직해두었다가 훗날을 기다렸던 것이다. 아! 가슴 아프다! 가난함이여.

정축년(1817) 12월 17일 불초 후손 정수칠이 삼가 쓰다.

跋

右亂中日記六卷, 卽先祖盤谷公日記中, 抄取百一者也。舊本日記, 本九卷, 多先祖手筆, 歲久殘缺, 或不可考。

乾隆壬子[1]間, 我正宗大王, 命內閣[2], 撰李忠武公全書。自內閣, 旁搜典籍時, 宗兄修翼[3], 持舊本日記, 上京獻于書局[4], 俾資採錄。厥明年, 忠武之孫, 李公民秀[5]宰雲峯, 宗兄時往見之, 李公厚賜紙物, 令取舊本脫稿。於是, 改錄之爲四卷, 不復分篇。

---

1 乾隆壬子(건륭임자): 正祖 16년인 1792년.
2 《정조실록》 1792년 8월 19일조에 해당 내용이 있음.
3 修翼(수익): 丁修翼(1762~1811). 본관은 靈光, 자는 伯昇, 호는 獨齋. 정경달의 8세 胄孫이다. 丁景達→鳴說→南一→運復→羽徵→載陽→道原→昊弼→修翼으로 이어진다.
4 書局(서국): 서적 제작소. 책을 찍거나 책을 보관하여 두는 기관이다.
5 民秀(민수): 李民秀(생몰년 미상). 본관은 德水. 이순신의 7세손이다. 전라수사를 지냈다. 운봉현감을 1792년 11월에서 1795년 4월까지 역임하였다.

嘉慶辛酉⁶冬, 丁承旨鏞, 謫康津。粵十五年乙亥, 修七與從弟修恒⁷, 持舊本·新本, 就謫居之茶山草庵, 乞其刪正。承旨公樂爲之役, 其萬曆壬辰·癸巳日記少所刪, 甲午·乙未日記多所刪, 丙申日記本缺, 丁酉·戊戌日記少所刪, 己亥·庚子·辛丑·壬寅日記, 刪略殆盡, 惟存百一。蓋其去取, 惟視事實, 其有關於時事而可考, 其奔奏⁸效力之實者, 存而勿刪, 其田園逍遙·隣里歡會, 不足以備野史者, 刪之不錄, 是其例也。

書凡六篇, 工將訖, 李公民秀, 又以水軍節度, 來海南⁹。修七以是書, 往示之, 李公極稱其精確中節¹⁰, 勸付剞劂¹¹。顧力綿, 不能姑藏巾衍¹², 以俟來者。嗟乎, 傷哉! 貧也。

丁丑南至¹³前五日, 不肖孫修七謹識

---

6   嘉慶辛酉(가경신유): 純祖 1년인 1801년.
7   修恒(수항): 丁修恒(1770~1840). 본관은 靈光, 자는 伯淳, 호는 自樂軒. 정수익의 바로 밑 아우이다.
8   奔奏(분주): 임금의 뜻을 효유하고 임금의 聲譽를 선양하는 것.
9   《순조실록》 1815년 2월 17일조 기사에 해당 내용이 실려 있음.
10 中節(중절): 절도에 맞음. 적절한 감정상태의 표현을 일컫는 듯하다.
11 剞劂(기궐): 인쇄를 하기 위하여 나무판에 글자를 새김.
12 巾衍(건연): 책을 넣은 상자.
13 南至(남지): 冬至를 달리 이르는 말.

장계 영위사 행 용양위 부호군 정경달

　신(臣)은 양 어사(楊御史: 양호)와 소 참정(蕭參政: 소응궁)의 의주(義州) 영위사(迎慰使)로서 지난 5월 26일 전하께 숙배하고 하직하여 이달 6일 의주에 도착했습니다. 각 행차를 기다렸는데, 이달 24일 소 참정이 구련성에서 출발해 아침 일찍 압록강을 건너 객관에 들었습니다. 접반사 등이 현관례(見官禮)를 행한 후에 신(臣)이 명함을 드리고 곧 묻기를, "문안할 배신은 어떤 사람인가?" 하자, 통관(通官)을 시켜 답하기를, "형부(刑部) 좌시랑(左侍郎)이다."고 했습니다. 마침내 들어가서 예(禮)를 행한 후에 거듭 문안하자 대답하기를, "매우 감사하다." 하였습니다. 예단으로 바친 것이 4연(四連)의 유지(油紙) 1장(張), 우롱(雨籠) 5사(事), 백면지(白綿紙) 5권(卷)이었는데, 2가지 물건은 붓으로 점을 찍어가며 골라서 받고 유지는 도로 돌려주거늘 흙비 내릴 때에는 쓸 만해서 통관으로 하여금 잘 아뢰게 하였더니 모두 받아들였습니다.

　초청하여 연회를 베풀려고 하자, 대답하기를, "매우 감사하다. 갈 길이 바쁘니 행하지 말라."고 하는지라, 다시 무릎을 꿇고 청하기를, "국왕께서 위임하여 배신(陪臣)을 보냈는데도 노야(老爺)가 연회 베푸는 것을 허락지 않으면 우리 임금의 성의를 펼 수가 없으니, 미안하오나 감히 굳이 청합니다."고 하니, 대답하기를, "평양에 도착하더라도 감히 받을 수 없겠다." 하였습니다.

신(臣)은 이러한 뜻을 본도(本道) 감사(監司)에게 전달하고, 신(臣)은 그대로 머물러서 양 어사를 기다렸거니와, 양 어사는 수일 내에 객관에 들었는데 신(臣) 한 사람이 두 번이나 큰 행사를 거행하기가 미안한 듯해서 접반사 이덕형과 상의하여 처리하려고 망령되이 생각하였으니, 절차를 갖추어 전하께 서면으로 아뢰는 일입니다.

만력 25년(1597) 6월 24일

狀啓迎慰使行龍驤衛副護軍臣丁

臣以楊御史·蕭參政義州迎慰使, 去五月二十六日拜辭, 本月初六日到義州. 各行次待候爲白如乎¹, 本月二十四日, 蕭參政, 自九連城², 早朝越江, 下館³. 接伴使等, 行見官禮⁴, 後臣納名, 則問曰: "問安陪臣, 何如人?"令通官答曰: "刑部左侍郎云." 遂入行禮, 後仍問安, 則答曰: "多謝." 呈禮單, 則四連油紙一張, 兩⁵籠五事, 白綿紙五卷, 打點⁶二物揀受, 油紙還給爲白去乙⁷, 霖雨⁸可用事, 令通官詮告, 則幷受爲白齊⁹. 請宴則答曰: "多謝. 行忙勿爲." 仍跪請曰: "國王委送陪臣, 而老爺不許排宴, 無以伸寡君誠意, 未安敢請." 答曰: "到平壤, 不¹⁰受云." 臣將此意, 通于本道監司爲白遺¹¹, 臣仍留以待楊御史爲白在果¹²,

---

1 爲白如乎(위백여호): '하였는데'의 이두 표기.
2 九連城(구련성): 遼東 三萬衛의 동북쪽에 위치한 성. 아홉 개의 성이 연속하여 있으므로 이렇게 이름한 것이라 한다.
3 下館(하관): 객관에 듦. 사처에 듦.
4 見官禮(현관례): 現任 벼슬아치가 나라의 귀빈에게 인사를 드리던 의식.
5 兩(양): 雨의 오기.
6 打點(타점): 붓으로 점을 찍는 일.
7 爲白去乙(위백거을): '하거늘'의 이두 표기.
8 霖雨(매우): 흙비.
9 爲白齊(위백제): '한다'의 이두 표기.
10 不(불): 不敢의 오기인 듯.
11 爲白遺(위백견): '하였고'의 이두 표기.
12 爲白在果(위백재과): '하거니와'의 이두 표기.

楊御史數日內下館, 則臣以一人, 再行大禮, 似爲未安, 接伴使李德馨,
相議處置, 妄料爲白去乎[13], 詮次善啓向敎是事[14]。

萬曆二十五年 六月二十四日

13　爲白去乎(위백거호): '하니'의 이두 표기.
14　向敎是事(향교시사): '하실 일'의 이두 표기.

양 경리 영위 장계 정주 영위사 통정대부
행 호군 신하 정경달

신(臣)은 어지(御旨)를 공경히 받고 선물 13종을 많이 갖추는 것에 대해 접반사 이덕형과 상의하여 종이, 붓, 벼루, 먹, 유지(油紙), 차, 인삼, 꽃돗자리, 흰 부채로 예단을 고쳐 썼는데, 이달 15일 경리(經理)가 객관에 들어왔습니다. 16일 일찍 패문(牌文: 통지문)을 가지고 이덕형 및 목사 허상(許鐺)이 뜰에 들어가자, 경리가 의자에서 내려 나와 서더니 이덕형 및 저로 하여금 계단 위에서 예를 행하게 하였습니다. 신(臣)이 문안하고 두 단자(單子)를 올렸더니 자세히 살펴본 후에 묻기를, "국왕은 평안하신가? 위임하여 배신(陪臣)을 보내고 멀리 예물까지 보내니 감사하기가 그지없다." 하였습니다. 신(臣)이 머리를 땅바닥에 닿도록 조아리며 감사해 하자, 경리가 말하기를, "예물은 감히 받을 수가 없다."고 하였습니다. 신(臣)이 다시 무릎을 꿇고 말하기를, "국왕께서 다만 보내신 예물을 노야(老爺: 양호)가 받지 않으시면, 소관(小官)은 우리 임금님의 성의(誠意)를 펴지 못한 것이니 장차 어떻게 돌아가서 보고할 수 있겠는가?" 하자, 답하기를, "내가 우선 받아두겠다. 여러 장수들은 반드시 이것을 본받아 감히 받지 않을 것이다." 하였습니다. 신(臣)이 다시 고하기를, "아랫사람들이 몹시 괴로웠을 것이니 어물들을 나누어 주기 바란다." 하자, "결코 불가하다."고 하였습니다. 또 말하기를, "많은 고생 끝에 왔는데, 언제 내려왔는가?" 하자, 답하기를, "6월 초에 내려왔다."고 하였습니다. 또 말하기를, "그렇다면 오래 머물러 더욱 고생스러웠을 것이니, 술잔으로써 위로하려는 것은 사체에 온편하지 않을 듯합니다." 하였습니다. 마침내 은(銀) 넣은 봉투를 주었는데, 봉투 겉면에 씌어 있기를, '술 아낀 값으로 은 5냥.'이었습니다. 이덕형을 돌아보고 말하기를, "이후로 도중 내내 또한 영위사가 있는가?" 하였는데, 답하기를, "국왕께서 정성을 표할 길이 없어 안주와 평양 등의 고을에 또한 문안할 사람을 보냈다." 하자, 경리가 말하기를, "속히 치우라."고 하였습니다. 마침내 신에게 감사하다고 첩문(帖文, 협주: 단지 벽사(壁謝)라는 두 글자만 씀)을 주었거늘 동봉해서 보내 올리오니, 절차를 갖추어 전하께 서면으로 아뢰는 일입니다.

楊經理迎慰狀啓定州迎慰使通政大夫行護軍臣丁

臣祗受有旨, 多備物膳[1]十三種, 與接伴使李德馨相議, 以紙筆·硯墨·油紙·茶蔘·花席·白扇, 改書禮單, 本月十五日, 經理下館。十六日早牌, 與李德馨·牧使許鐫入庭, 經理下交倚出立, 令李德馨及臣, 階上行禮。臣問安, 呈兩單則審見, 後問曰: "國王平安乎? 委送陪臣, 遠呈禮物, 感謝無涯." 臣叩頭以謝, 經理曰: "禮物不敢受云." 臣更跪曰: "國王只送禮物, 老爺不受, 卑職[2]無以伸國王誠意, 將何回報乎?" 答曰: "吾先受之。諸將必効玆, 不敢受也." 臣更告曰: "下人甚苦, 願分[3]魚物云." 曰: "決不可也." 又曰: "辛苦來矣, 何日下來耶?" 答曰: "六月初, 下來矣." 曰: "然則, 久留尤苦, 欲以酒椀慰之, 事體非便, 未果." 遂給銀子封, 面書曰: '折酒, 銀子五錢云.' 顧李德馨曰: "此後一

---

1 物膳(물선): 임금과 왕족의 생일에 선물로 바치는 물건.
2 卑職(비직): 小官. 자신을 낮추어 일컫는 겸양어.
3 分(분): 分給의 오기.

路, 亦有迎慰使乎?"答曰:"國王, 無以表忱, 安州·平壤等官, 亦送問
安矣."經理曰:"速令撤去."遂給臣謝帖(只書壁謝二字)爲白去乙, 同封
送上爲白去乎, 詮次善啓向敎是事。

영위사가 치른 행사

인사를 드리는 의식: 두 번 절하고 한 번 읍한 뒤에 무릎을 꿇고서 문안을 여쭙고 나온다.

예단 올리는 의식: 읍을 행하고 가운데 서 있다가 향교 생도가 두 예단을 올리면 집어서 중국 사신에게 바치고 자리로 돌아온다.

차를 마시는 의식: 찻통을 각기 자리에 내려놓고 찻잔을 집어서 들어 보이면 각기 꿇어앉아 들어 보이며 마신다.

반찬을 올리는 의식(협주: 풍악이 울림): 먼저 기둥 밖으로부터 도와서 올리되 중간치의 쟁반이 식탁 안에 놓이면, 모두는 읍하고 자리로 돌아가 제자리에 앉는다.

음식을 올리는 의식: 먼저 기둥 밖으로부터 중간에 서서 도와 올리되 음식 쟁반이 음식상에 늘어놓이면, 읍하고 자리로 돌아가 제자리에 앉는다.

첫 번째 안주: 각기 젓가락으로 집어 안주를 떠놓으면, 소반(小盤)의 과일들이 들여져 둥근상에 늘어놓는다.

영접하는 의식: 준소(尊所: 술 담는 그릇이 있는 곳)에 이르러(협주: 서쪽을 향해) 술잔을 잡고서 들어가 중국 사신에게 읍하며 올렸다가 읍하며 받아서는 모두에게 읍하고 또 3번 읍하면서 잔대를 잡는다. 중국 사신이 술 마시고 마음 달래는데, 과일을 진설하도록 한다. 또 술 한 잔이 그전대로 해서 끝마치면, 중국 사신에게 읍하고 각기 다시 3번째 안주를 젓가락으로 집어서 먹는다.

술 따르는 의식: 원접사는 영위사처럼 술 두 잔으로 예를 갖추고, 두목은 술을 따라 상사(上使)에게 권하는데, 원접사에게 허락하면 원접사는 3번 읍하고 그전대로 술을 마신다. 부사(副使)는 앞과 같다. 영위사 앞에서 집사는 술잔을 가지고 와서 원접사가 술 한 잔을 올리도록 하는데, 이전 법식 중의 배례처럼 예를 갖춘다.

술잔을 비우는 의식: 원접사는 두 중국 사신 앞에서 각기 술 한 잔씩 비운다. 영위사는 두 중국 사신 앞에서 각기 술 한 잔씩 비운다.

재배(再盃)하는 의식: 원접사는 당연히 중앙에 서서 통사로 하여금 재배하는 의식을 청하게 하되, 사양하여 받아들이지 않으면 영위사가 당연히 중앙에 서서 통사로 하여금 두 중국 사신 앞에 국왕의 교지를 드리고 각기 두 번 절하고는 한 번 읍하고서 나온다.

시중을 든 아전은 정주 강여인·곽산 조여신이었다. 역마를 맡아본 사람은 평산의 난국·중화의 김언·평양의 한억벽·안주의 김수이었다. 정주와 의주의 노막수·박언호·박군세는 모두 행차에 데리고 갔던 사람들이었다.

迎慰使禮

見官禮: 再拜一揖, 跪告問安出。

宴享[1]禮: 行揖中立, 校生進二禮單, 執呈天使復位。

行茶禮: 茶入[2]各降位, 執鍾擧示, 各坐擧示飮。

擧饌(樂作): 先由柱外助進, 中盤置卓內, 各位揖還位稱坐。

大小膳[3]: 先由柱外, 中立助進, 膳盤卓床排, 揖還位稱坐。

初味: 各擧筋下味, 盤果入陳圓床。

迎慰: 詣尊所[4](西向)執盃, 入揖進天使, 揖受揖各位, 又三揖執臺。天使飮慰, 使助進行果[5]。又一盃如前畢, 揖天使, 各還三味, 擧筋而食。

行酒禮: 遠使如迎慰行禮二盃, 頭目[6]酌進上使, 許遠接, 遠接三揖, 飮如前。副使前同。迎慰前執事酌來, 遠使進一盃, 禮如前式中盃禮。

行完盃[7]禮: 遠接兩天使前各一盃。慰使兩天使前各一盃。

再盃禮: 遠使當中立, 令通事請再盃禮, 辭不受, 則迎慰當中立, 令通事下旨兩天使前, 各行再拜, 一揖而出。

隨陪[8], 定州姜汝仁 · 郭山曹汝信。馬頭[9], 平山蘭國 · 中和金彦 · 平壤韓億壁 · 安州金守。定州 · 義州, 盧莫水 · 朴彦豪 · 朴君世, 皆帶行[10]者

---

1 宴享(연향): 나라의 귀한 손님을 대접하는 잔치.
2 茶人(다입): 차를 담아두는 도자기 재질의 그릇.
3 大小膳(대소선): 음식을 일컫는 말. 소선은 소고기와 양고기 수육 각 한 접시로 차리며, 대선은 소선에 비해 돼지고기와 닭고기가 한 접시씩 많다.
4 尊所(준소): 祭享 때에 樽床을 차려놓는 곳. 樽床은 술을 담는 그릇을 올려놓는 상이다.
5 行果(행과): 行果盤. 과일을 담은 소반을 차림.
6 頭目(두목): 중국 國使 일행 중 무역을 목적으로 하여 따라온 북경 상인을 일컫는 말.
7 完盃(완배): 정해진 禮數대로 술잔을 드는 일을 일컫는 말.
8 隨陪(수배): 시중을 들던 구실아치.
9 馬頭(마두): 驛馬에 관한 일을 맡아보는 사람.
10 帶行(대행): 중국에 사신으로 가거나 지방관으로 파견되어 나갈 때 임무의 수행을 위해 관원 등을 데리고 가는 것을 말함. 또는 단순히 사람을 데리고 다니는 것을 말하기도 한다.

찾아보기

인명록*

西行錄(丁酉)

楊經理　　接伴使 李德馨　　從事官 金藎國·洪慶臣

蕭兵備　　接伴使 李景麟

張參議　　接伴使 兪大進　　接伴官 丁景達

麻摠兵　　接伴使 張雲翼

楊摠兵　　接伴使 鄭期遠

吳摠兵　　接伴使 尹泂

陳同知　　接伴官 金玄成

頗參將　　接伴官 張五誠

楊經理　　問禮官 李馨郁　　接伴使 丁景達

劉經歷　　接伴官 李舜民 (平安)

周經歷　　接伴官 尹逸民 (黃海)

吳經歷　　接伴官 李璡 (京畿)

羅經歷　　接伴官 沈彦明·鄭浹 (忠淸)

沈冊使　　接伴從事 鄭淙

萬都使　　接伴官 尹滉 (全羅)

分戶曹郎廳　　邊以中·金德誠

兵郎中　　接伴使 閔仁伯

---

* 『盤山世稿』(한국학문헌연구소 편, 아세아문화사, 1987)의 《반곡집》 권8·9 〈목록〉에
　수록된 것을 옮긴 것임. 오자가 있는데, 그 오자에 대해서는 이미 교정된 바가 있어
　그대로 두니 실상을 참고하기 바란다.

戶郎中　接伴使 韓德遠

兵主事　接伴使 白唯咸

戶主事　接伴使 金穎男

撰察使 柳根

迎攸使 李蘋

從事 崔東望

海道　接伴 成啓善

劉摠兵　接伴 申礈

頗參將　接伴 申忠一

義州同話錄(丁酉六月日)

左參贊 李德馨 (明甫)

監司 韓應寅 (春卿)

兵判 李恒福 (子祥)

工判 申點 (聖輿)

府尹 黃璡 (景美)

陳奏使 沈喜壽 (伯惧)

調度使 洪世恭 (仲安)

奏聞 尹惟幾 (成甫)

告急使 權悏 (思省)

聖節使 南復興 (起夫)

從事官 趙挺 (汝豪)・金藎國 (景進)・洪慶臣 (德公)

書狀官 李軫賓・尹星 (子昭)・許筠 端甫

接伴使 李景麟 (應星)・俞大進 (新甫)

通判 權晫 (明遠)

迎慰使 丁景達 (而晦)

戶議 柳思瑗 (景悔)

察訪 韓彥忱 (仲孚)

朔州 成大業 (亨叔)

麟山 韓德耆

方山 尹應三

承旨 權憘 (思悅)

宣川 金廷睦

郭山 吳定邦

定州 許鐺 (行遠)

問安 李馨郁

安州 李起賓

肅川 崔沂

順安 柳時會

平壤 姜大虎·李伯福

中和 李光俊

鳳山 邊好謙

殷栗 金起南

瑞興 趙庭堅

開城 黃佑漢 (汝忠)

平安兵使 李慶濬

接伴 白惟咸 (仲閎)

平山 李世溫

迎慰 李德悅 (安州)

迎慰 尹仁涵 (黃州)

嘉山 金公輝

松和 柳希聃

祥原 尹慶復

龍川 都元亮

迎慰 柳思規·尹國衡 (粹夫)·閔仁伯·韓德遠·李準 (平卿)

接伴 李好閔 (孝彦)

丁酉天將姓名錄

經理朝鮮都察院右僉都御史 楊鎬

按察兵備 蕭應宮

布政右參議 張登雲

摠兵 楊元 (遼兵三千南原敗一百四十二名生來)

摠兵 吳惟冲 (忠州南岳三千七百八十五)

都督 麻貴

副摠兵 解生 (綏軍五百)

游擊 牛伯英 (京中三屯營兵三千)

游擊 陳愚衷 (二千)

參將 楊登山 (達子五百)

都事 萬柳茂 (塩柒銀賽來)

游擊 高應賢 (海道官)

吏目 王河

參將 頗貴 (二千五百)

參將 擺洒 (二千五百)

楊游擊

崔遊擊

副摠兵 李汝梅 (二千二百)

副總兵 李芳春 (千五百)

柴遊擊

遊擊 茅國器 (二千九百三十二軍器百十六駄)

義州　迎慰 柳憘·柳思規

安州　李德悅·尹國衡

平壤　順寧君·尹仁涵

黃州　尹仁涵·順寧君

開城　李一輅·崔山高

碧蹄　接伴 表憲

坡州　洪秀元

東坡　韓允福

朝峴　李海龍

開城　朴春發

金郊　尹淵

興義　朴義儉

金巖　安廷蘭

寶山　朴仁儉

安城　朴仁祥

劍水　鄭得

龍泉　趙安仁

鳳山　朴彭祖

黃州　李希仁

中和　柳渭賓

平壤　權祥

順安　李億禮

肅川　李麟祥

嘉山　朴應世
京　　李彦華
定州　朴免祥
郭山　柳宗白
宣川　朴元祥
鐵山　金吉孫
龍川　全弘龜

반곡난중일기(곤)
盤谷亂中日記(坤)

여기서부터는 影印本을 인쇄한 부분으로 맨 뒷 페이지부터 보십시오.

1

盤山　丁景達　著

後孫　洌水　丁修七　校刊

正月初一日壬辰在家行祭與隣里飲

四月十一日辛未兵曹關到知去月二十日除五衛將

十九日己卯發行上京副使來餞夕宿社倉　二十四

日午到古阜與郡守任孜英話 ○二十八日八平澤縣

稷山宰李信義見我曰中原置都督府校我國置布政

司於平安黃海京城置按察御史於八道云日本送船

2

一千七百隻於我國其人數八南蠻清正以白金二百
兩募軍於其國而以杯酒慰我許指路人○三十日渡
漢水八段尚云家必憩八京城心關蕪沒萬家顧斁不
勝哀淚投朴殷龍冢聞五衛將已遞
五月初一日辛卯留京
聞中國置都督及布政於京城又置布政按察御史於
八道云且聞倭船一百五十隻以我國被虜人李文旭
領送中路叛八南蠻云　初三日丁泰議允祐送簡慰
之　初六日夕拜吏判李丈書名付官案曰每有擇差
之命不得其人今則得人矣又拜領相柳西崖先生話

到夜澄且勉余曰今後不須出外○初七日夕拜左相

東巖公握手嘆曰不圖生存今復相見也更淒敘懷萬

討時艱又許舘屋於同里極示東亦

初八日戊戌天將楊元領遼兵三千四百餘人入城

主上郊迎

唐人覓家紛紜僅得無事夕見洪知事希古聞　皇帝

咨曰因粮於朝鮮而不我給求戰於倭奴而不我應以

都御史及八道都司代朝鮮經理云云故沈判書以娄

聞使發行吳惟冲軍三千亦已渡江云洪知事吐示心

肝夜淒而還崔正言弘載來見話以心肝亦極從容○

十一日夕爲五衛將夜拜首相

十三日癸卯楊摠兵兀八南別館自　上慰宴

臣於逆之餘挾轝待衛咫尺　天顏不勝欣感四味

五爵而罷○十四日奴馬爲唐人所借○十六日世

子八學○十七日朝見兵議鄭淑夏談兵吏曹備邊司

同議以我爲張叅議接伴使政院以張叅議位在麻都

督之上而麻以嘉善爲接伴張之接伴以通政爲之不

可遣出給吏曹叅判答曰與備邊司同議何爲不可遣

送政院八　啓昏歸見同副承旨權悏權曰今日啓

下則明日當馳行張乃文翰之人故別擇接伴云書

5

啓雲積公事出納夜淺不已國事紛擾從此可知二更

乃下來○十八日 啓尚未下左相書問曰此時遽行

何可得兎或欲 啓遮吾止之亦有意也

庭中見沈叅議友勝話舊尹校理曔在偁不言○是日

十九日己酉時御所接見劉都司應浩

上命接伴使改擬余得兎行○二十日 上就見揚摠兵

於南別宮三酌而罷○二十一日曉頭 上餞揚摠兵

於南大門外還宮夕見左相暫話○二十二日見李大

成海壽吏叅許筬兩還○二十三日朝見金令億秋夕

聞差揚都御史迎慰使○二十四日夕下豆於領相領

相勸以愚行路見權承旨惜問行事答曰明日似愚退

行可也問於左相則曰尹僉知雖幾在義州如君行未

及則欲以尹代行大縣一路多弊代行為便尹左相之

言亦如此尹府院曰按中朝官案揚御史乃山東參政

楊鎬也○二十五日朝簡於領相陳左相意領相答書

曰果為便當佃　上教嚴峻八　啓未安速行為可遂

任夕見李同知增柳同知根話舊左相使人問行故又

就別

二十六日丁巳拜辭宿坡州

宿于坡州陣晰州城閭里皆空他無寄足處陣將朴乃

成自備供飯○二十七日八開城留守黃汝忠來見

六月初一日庚申過黃州遇具惟冲大軍

初二日夕向順安路見監司韓應寅○初三日朝飯于

肅川聞都察院渡江八于安州促向嘉山○初四日曉

蔽八定州麻總督大軍八州與調度使洪仲安話

初六日乙丑朝發八義州

判官權晫府尹黃璉陳奏使尹惟幾告悉使權悏見千來

後見接伴使李德馨及聖節使南復興書狀官李彰賓

初七日丙寅腹痛而痢留義州

見接伴使之書狀曰經理體貌嚴峻迎慰使丁某近到

本府官秩似卑閒送承旨宣送于江上以示致敬盡禮

之意又見府尹書狀曰丁某當日到本府而張僉議接

伴不來是爲憫慮盖兩書狀皆於六日成貼也通事朴

仁祥自遼東來日經理初旬起馬下人則曰秋涼當發

諸使會于統軍亭屢請不赴夕府尹來見○初八日痢

少差判官權曄來見府尹與李判書御漢議以我爲張

僉議接伴余日地埶素輕不敢承當○初九日朝方伯

關內丁僉知爲接伴夕方伯八府與接伴使定我爲張

僉議接伴

初十日巳巳留義州

聞張參議將渡江逐訪李判書及方伯韓應寅同坐兩
人日空以禮參借御即向鴨江依幕未及冠帶唐軍下
人皆渡忽聞俞接伴大進馳來逐脫帶而還聞楊都御
史蕭參政皆近日敦牌午時張參議八府鼓笛乘輦而
行○十一日夕與方伯及告急使權悏聖節使南復興
接伴使李德馨俞大進奏聞使尹惺幾接伴官李鐵從
事官趙挺書狀官尹惺李軫賓等話
聖節使敦行病未徃別以書慰之他人盡出泛舟九龍
十二日辛未朝張參議先出
津○十三日食後見李判書杻陳時事李公亦陳慶初

10

與賊相話事又見權使思省聞經理十六起馬日

十五日甲戌午後與李判書及金從事蓋國洪佐郎慶臣

告忠使權悏奏聞使尹惟幾府尹黃埏接伴官李鐵書

狀官尹偓等會于統軍亭爲陞官之戲李判書洪佐郎

及我爲一邊尹告忠使接伴官爲一邊奏聞修撰

狀爲一邊我邊再勝乘月酒數巡而下來○十六日午

後歸奏聞使下處與成甫及李接伴官金修撰洪佐郎

尹書狀爲陞官之戲 修七接陞官之戲似是今
俗所云政圖也

十九日戊寅雨收而不晴蕭按察陳同知牌文出來

歸見李判書李曰今到有吉日天粮來到大軍渡江事

星咨面告扵經理云欲歸中路何如余曰遠歸而言之
則似若爲此阻搪先送咨文令公歸鎭江城無以伺候
則可也李快然之遂改　啓草先送表憲且改禮單事
促拿寧遞禮物歷見修撰佐郎仍見陳葵使沈判書與
權使尹使李使等同話見陳葵咨文夕還○二十日夕
聞經理直到鎭江城歸見接伴李判書話仍歸見陳葵
使沈判書喜壽與景美同話夕還○二十一日食後見
李判書改咨有憂服之中及三曹官未及來到等語與
兩從事話仍歸沈判書昕與書狀許佐郎筍同話暫見
咸甫剛仲及尹書狀等還夕見李潭陽景擗以蕭叅政

接伴來聞首相及兵工判戶叅來○二十二日午後見

私通頒叅將二十一日起遼陽領軍二千五百云

二十三日壬午金應雲曰經理初一日渡江唐人云倭賊

進陣二百里

午時府尹來見以經理荅咨云倭兵大軍已集對馬島

前渡孤軍猶可塞也後來四萬馬兵六千其餘作步兵

兩南之民有同赤子云午後歸見尹書狀許書狀沈判

書仍與權使同話或云沈使赴京未安余曰必見明甫

今公聽經理之言然後發行

二十四日癸未迎接蕭叅政

13

辰時忽聞蕭叅政方渡江㢱到舘中待下舘行一再拜禮
退曰國君安問荅曰多謝通事李希仁進禮草余請宴
蕭云行㢱勿爲又云多謝跪而更告曰國王委送陪臣
兩老爺不許排宴無以伸寡君誠意敢固以請荅曰到
平壤當受也扇子三十柄白紬五疋兩籠五事白綿紙
一卷綵席三張四連油紙一丈维油紙白紙兩籠打點
八之油紙始亦還給李通官告曰霪雨之備不可無也
扵是受之蕭行即出尹使尹書狀李接伴府尹送行與
沈使許書狀泛舟鴨江蕩漾終日飲酒夕以迎慰事修
狀啓

14

二十五日朝見工判申點及調度從事趙挺食後歸見
監司韓應寅仍與尹使書狀官李接伴趙從事柳恭議
思瑗等同話作陞官之戲歸見兵判李恒福力言先抄
敢死人答曰甚善吾所知亦五十餘人又告沿邊設立
判官事鄉兵老弱水軍糧事皆心受之聞經理七月望
後當渡江云申判書曰倭賊十五萬先八兩湖又棄濟
州以待命云兵判曰倭百萬作十三旗出來云〇二十
六日獨坐午後監司來見從容見我浮海詩及時獎說
聞經理甚嚴李曰經理問戶曹事答以議官已來經理
曰佾國五萬人一年軍粮湏卽備出又聞來十一日

15

當渡江云　○二十七日聞要時羅言八月初一日舉兵

先八兩湖及濟州參賛監司成甫等話又見兵判戶議

聞經理問時事兵判誤答關山軍數戶議不能答關山

軍吩貪粮數余曰關山軍一萬一朔六千石而除黜心

故四千石也滿座皆愕曰君去則必無事也兵判曰令

監接伴之薦寶出於我而久在遼外故　上不知耳

二十九日陳登同知以管粮渡江李剛中為接伴

七月初一日庚寅接伴為經理府拓往鎮江還來

權憘以問慰八州備邊司關云承旨問慰於義州丁

某問慰於定州○初二日夕參賛李德馨監司韓應

寅調度洪世蕃府尹黃璉書狀官尹煋告急使權悏以
我明日嶽行來見夜判官亦來叅賀等曰病患未差不
可强行調理數日嶽行何如余曰今日必差當寸〻進去
初三日壬辰嶽行宿龍川
叅賀夜爲楊經理所拮八鎮江朝見洪使權承吉兄弟
得一盃○初四日間御史之行餞車董見老松有唐人
詩滿壁此館乃第一也夕投井畔仍宿路見金指揮通
事經理十二日當八定州○初五日早飯馳來路見宣
川守金廷睦暫話八郭山與李接伴剛中及趙毅叔話
朝泄痢甚夕飲胃苓湯○初六日留郭山夢與倭水戰

17

初七日俞接伴新甫來見後移其所舘聞經理十日分

明越江午後八定州見體察副使柳根昏間我軍捉平

調信

初八日丁酉朝爲唐人所侵移八內房

午時伏奉　聖旨曰經理起復出來若不受宴實果生

物多備進呈可也即送祗受狀　啓○初九日朝聞經

理十一日起馬夕方伯韓春卿八來聞經理來時不八義

州各掌官貞勿爲待令云又聞我國捕倭五十圍平調

信寶城守安弘國逢丸致死沈惟敬又作和說麻總兵

使人捉來○初十日方伯早出兵使昨昏八來頷然將

之軍二千五百向嘉山終日雨甚主家兒姜汝溫汝恭

兄弟學棊白仲說以兵部主事接伴來同話聞倭陣

宣寧慶州以講和事固請沈使○十一日夜大雨午後

聞經理十六日當越江白㫌來到廬以大雨不越江也

夕歸客館與朴元祥議禮節○十三日聞御使過行千

聞經理十一日渡江留一日權承旨思悅來問其行禮

荅曰庭中路臺跪起揖跪三叩頭問安後進禮單措辭

而退議政叅賀階上行禮副察以下庭中行禮云○十

四日聞經理到宿林畔歸館凡事預備○十五日到安

定館欲迎道左接伴使曰不須出迎末時經理八來卽

閉門使通事告迎慰使來荅大禮曉牌不可爲也遂與

接伴及從事金藎國都差員朔州成大業雲山朴慶先

价川李希閔熙川玄 揖荅話經理相見之禮別無定例

接伴乃惕呈文使表憑取禀定奪

十六日乙巳行迎慰禮

曉頭冠帶坐于交椅而卓子上諸物排設以待經理下

入莫不來見稱好辰時與接伴及牧使八庭彼令接伴

及余階上行禮跪起揖跪三叩頭起揖西向立遂還就

前告國 王問安呈兩單彼荅曰國王平安乎委送陪

臣遠呈禮物感謝無涯我叩頭以謝彼又曰此物不受

我更跪曰國　王祗送禮物老爺不受早職無以伸賽
君誠意將何以回報答曰俺先受之諸將必效蒭不敢
受也仍曰辛苦遠來何日下來答曰六月初下來曰然
則久留无苦欲以酒紙慰之事體非便遂給銀封之而
書曰折酒銀五戔又給謝帖只書壁謝二字曰此後迎
慰使一路皆令勿來遂出來許鎛庭中行禮前日副使
柳根以下及迎慰使承吉皆拜於庭中令我獨許階上
之拜接對懃懃感喜〻遂與諸友告別又告接伴曰
齊以漢法等勅書時未分付其分付時今公若不盡力
防禦將為國家無窮之禍李曰善我言乎當力圖之仍

21

鼕來午飯于衲淸亭八嘉山郡守金公暉來見都事尼

睗亦來見○十七日朝見都事寧邊判官朴東亮亦來

舟渡兩江直登百祥樓觀望迎慰使李德悅來見遂成

迎慰狀 啓付定州人夕到肅川與主守崔泝慈山守

金克孝話金乃同庚故人極喜開懷○十八日到順安

見監司曰迎慰使李頔見于嘉山之路略聞其言矣令

公何不於沿海官聚糧與船及撫軍以待之耶韓曰吾已

以來百五十石令龍川守送于薪島荅曰旅順口東來

水兵七千名一日之粮乃四十百石若不意到某邑移文

聚米何可及也韓曰果然當卽送都事矣又見迎候

22

從事崔東望曰君可在陸指揮勿湏登舟云崔亦喜謝

夕宿平壤○十九日朝薆馳向黃州判官金志男受罪

不見兵使在他頻丞將大軍八州接伴使申忠一來見

夕見迎慰使尹仁涵○二十日曉頭舟渡前江朝蹄洞

仙嶺八鳳山主守邉好識相見羅經歷及接伴官鄭曄

二更八來○二十一日大雨薆行川渠漲溢八宿山家

極無聊主人以雞泰供之終夜憂之○二十三日八開

聞倭艇八百艘渡留海守黃汝忠留之強來扶醉泥落

到東坡無人家冒夜渡臨津亦無一人家宿于舟中風雨

愁吟○二十四日路見王春府開關山敗報夕八京城

23

以敗軍之故中外洶〻

二十五日甲寅未時八 闕後命

與俞接伴大進八庭 肅拜領相及吏判送人問安路

見尹府院根壽金禮判瑱鄭恭知叔夏而話○二十七

日朝拜柳相極穩 話無見韓典籍浚謙夕爲左相所招

叙話極穩二更還余見兩相公以舟師設立事力言之

曰船隻三道各官浦排定軍人以免死帖送御倭召募

散軍中銃者空名帖下送使之收用則事可速成矣兩

相皆喜聽○二十八日見洪吏判進請勿出使又見許

僉議箴聞元帥狀啓二十一日倭船不知其數向閒

24

山云大憂也吏爹姜紳崔遠權悏等來話兩相 啓辭

筒鈗等事丁某云：依允○二十九日朝高彥伯狀

啓八來賊水陸並進於湖南云備邊司八對

八月初一日己未大雨夜襄楑狀 啓八來

狀啓云平古老云淸正二十七日由宓寧晉州向順天水路三運

南原平行長二十八日由宓寧晉州向順天水路三運向

七隻陸路二運蹂躪全羅還陣釜山待朝鮮之和云又

下陸身死者元均孝億祺生存者李儉使應麃 劍使 加里浦

孫咸平景祉等餘無去處○初二日見金刑判命元觀

衆監洪遴祥金宅得見慶尚軍切冊云善山守丁某斬

25

二十三級倭幕焚蕩二百間病倭十名軍器軍粮射段

五名問曰此外又有冊乎曰有七冊各人所斬都合則

數多彼曰餘功可用於代加也○初三日四更入户曹

與崔二相滉朴判書忠侃申四宰礫李㤗判㦤話仍受

誓戒朝報云黃海道島中捕倭四級李守備所指揮正

中軍陸路來葛省察二人水路來李景撑李屹黃致敬

罷職御史　啓曰天粮四百五十石船到廣梁聞麻都

督㩦户兵叅判直下湖南云夕謁領相不見○初四日

聞倭人云壬辰則牛馬布野米豆滿國故入寇今則皆

是清野難進云全羅監司　啓聞云倭聲言入湖南直

上京城、○初五日朝尋左相不見夕尋領相不見昏見
全羅監司黃愼仍話兵事尹昉亦來○初六日夕拜左
相大言 中殿不可出去及謹烽燧望及城中東伍等
左相曰吾將論 啓凡有可言者每ゝ書送則當記念
次ゝ 啓達也聞舟師在蛇梁賊在閑山時京中士民
動搖太半出去云故余力言鎭定之方○初七日長興
新府使田鳳來辭去送家書全州壯士崔永吉來告閑
山敗報獻生芋○初八日聞倭入全羅道賊船七隻收
防踰軍粮而去長興等官一空襄慶男無賊而火左營
元帥請罪晉州則已空於賊手云終夜掩淚不眠○一一

27

初九日朝報云全羅監司請舟師敗衄諸將姑令從軍
自效夕見崔正言及權僉知悄然不樂曰賊已入順
天求禮家人不得已出送郊外又見兵僉盧士馨則亦
然〇初十日倭聲甚惡京城多出避夕聞沈天使言曰
倭無緊惡云未知然否〇十一日闉瀋以揚元接伴自
南原來南邊不至危懇夕兵判遞金命元爲之聞倭入
昌原等地韓明璉等與之接戰斬先鋒四十餘級賊陣
乃退〇十二日以危急事條陳左相又乞外補答曰無
唐兵無倭賊之處求之我國難得何不向桃源問主人
耶遂咄く〇十五日見洪判書聞倭掩襲南原必退據

28

山城〇十六日聞倭至任實大憂也送救惠十策於左
相〇十七日聞任實賊退〇十八日送八條時務於崔
正言使之論　啟未時聞南原敗報崔弘載以正言曉
諭討賊事牌招見我問時事許潛以出使來李儉知潔
來話夜淡悲泣相對聞玄風寺官軍小捷〇十九日朝
聞八家唐人作亂聞通事張春悅所言南原未敗云不
可知也　二十日李軸許潚相見又見李應教尚毅力言元帥宣□□
二十一日巳卯差揚總兵元問安接伴使
與通事柳宗白將往迎中路夕拜辭治行〇二十二日
曉羲向水原路聞擁兵留公州城修七而逃北還京城也

29

二十三日辛巳迎揔兵於郊外且文對泣夕八館中揔

兵哀乞曰告國王活我又受有旨給衣資仍狀　啓○

二十四日餕于果川陪八京城　上迎于南大門楊不

見而八夕肅拜

二十五日癸未楊揔兵不意西出余拜辭追出

八備邊司聽左台秘言與領相及諸大臣議事宿于家

二十六日曉歕夕餕臨津徹夜前進八開城府鷄數聲

矢○二十七日朝問安于揔兵留守都事來慰餕于猪

灘昏八平山官人盡逃艱得食○二十八日先向安城

聞揔兵還向京城仍宿○二十九日與揔兵手書問答

其言在記行中集見文○三十日朝見都事朴東悅府使

李世溫延安南宮惶聞康津來船乃唐船云八見李接

伴德馨從事金蓋國聞唐船八康津倭退南原

九月初一日己丑餒于金郊還八開城

見左相金重叔李頔承吉鄭光績應教李馨郁金尚容

等聞康律艇不實倭分三路八又聞摠兵還向義州○

初二日花美兄象落後隨摠兵還向平山渓下無數餒

于川邊八平山○初三日餒于安城八瑞興甫山先文

不傳者乃瑞興逃止吏房也移文推捉○初四日餒于

川邊八鳳山支應晚來人馬俱困摠兵叱之日可退去

大風宿冷房郡下人皆逃家眷存止至今未聞日夜溸下

初五日大風到黃州飯後到中和宿村家○初六日午

後發行十里聞蕭布政來還八府俄又聞布政慟摠兵

還向開城沈惟敬欲成和事亦上去接伴尹國馨曰唐

般盧言也摠兵初以白衣從事後以推考伸禀公支來

到云我以病故呈文則摠兵曰五六日內吾當下來其

間留調也

初七日乙未楊摠兵還向京城

驛馬見棄於唐兵留練軍亭寂寥悽愴以摠兵上去病

未追行事狀　啓上書于柳相公請遞接伴○初八日

朝見朴毅世持救摠兵咨文前往乃初四日出來也盖
姑緩其罪以唐舡接待事下送摠兵于康津云〇初九
日夢見鳴說是日李如梅領軍二千二百過行驛官鄭
生來見仍曰菁陳楊三遊擊近日出來劉摠兵亦已渡
江云今乃重陽邑供酒餅心酸不食婢萬化之夫李永
來見其居乃祥原東酉亦巖里去郡十里冒實居生云
初十日戊戌作詩二十七韻寄上揚總兵留中和府
洪佐郎慶遐過行相叙請改差此郡進士鄭應獜善書
令書上摠兵詩〇十一日朝服藥聞林鵬言麻將等初
八到天安斬倭三十一級粢馬二百五十疋倭盡退

33

檮

又聞京采人去二十七日自羣山倉來倭陣益山全州
任實南原焚蕩無餘監司無營吏與奴屬浮海又聞
皇帝命牌福建南北浙江南北遼陽南北十三道布政
兵七十萬出去二十萬自寧波府直擄日本二十萬直
對馬十萬以舟師遮截二十萬以陸路衝擊云○十三
日朝聞賊入稷山唐兵退漢城與主倅咄ゝ長憂茅國
罷游擊領三千過去茅游擊軍器一百十六駄過去陳
德昌自柳根慶來曰水軍八千到泊于閑山島○十四
日尹鯤奉使來言　中殿初九日菼向揚州　大殿將
行於十一日倭兵到公州云○十六日朝聞倭將一人

34

下卒三十人來議和盡斬之只送一倭縋聞　主上與

麻都督渡江大戰我軍殺三千唐人殺二萬又見崔德

老十一日書云慶尚道無倭金應瑞到雲峰斬七十級

忠清右道無倭左道清州都元帥斬二十級楊經理十

一日向水原之大駕隨之又見金好成書初七日稷山

牛游擊斬三十級賊退于錦江家屬七日向平壤云洪

判書答書曰示事如狀　啟則似可因此而圖之○十

七日朝見尹之屏初五日書交通人之慶尚左道兵使狀啓清正

於南原中丸死平行長亦中丸倭無主將不得長驅又

天將云十五日以二百精兵送探逢賊斬三十三級經

35

理之法斬賊一級者賜銀十兩得馬一匹者賜銀三兩

以故人爭赴戰 修七按此時傳聞摩多訛誤如所云清正 中丸行長中矢者皆非實音然皆存錄之

亦所以見當時 之汯之也

十八日曉敦到祥原李永必家留息○二十日聞清正

乾捕或云被虜人斬來或云摠兵軍斬來 大殿留京

中殿亦止東宮還京察院水原留陣云○二十五日四

五日來連以冷氣作痛人曰久行素食之故也以燒酒

暫下馬頭金彥朝來中和報狀云摠兵二十二日發京

二十四日寅時過行其札云兩湖掃清 宗社之慶也

接伴已遞按察則剝去云通事柳宗白札云摠兵以令

36

監病重之意告于（ ） 上前故以尹壽益改差今將陪行

通事林鵬扎云十七日清州斬賊七千賊喫稻糠飢死

遍野焚蕩賊窟及賊艇只有零賊云金应云行長以五

十兵偷乘一艇渡海清正騎馬奔竄希良持帖納摠兵

還授通事（ ）二十七日難鳴惡氣上衝以雞黃燒酒調

下見中和守書清正中矢而死云送其子李民竂筆法

十張（ ）二十九日送奴京中問本家安否及倭奇聞賊

留南原全州光陽久留湖南柢震而乃尹國馨書狀也

摠兵二十四日已過平壤云

盤山 丁景達 著

洌水 丁 鏞 剛
後孫 丁修七 校

亂中日記五 丁酉下

十月初一日戊午仍留祥原李永立家

初二日京來人李啟世云賊退釜山人多八京

初八日允權來聞湖南悉平賊留智異山下云

初十日金正仲李云賊無歸處又無狀 啓經理以軍

糧事送左相於兩南送領相於湖圻云奉事全億鯤云

官軍追賊下去至仁同九月二十七日平安兵使等以

絕糧還元帥以湖南諸邑蕩殘之故欲見形止移駐南

原倭則盡八東萊經理約於仲冬限十日赴戰大駕

亦從之列邑蕩然無一守令村無一人野田禾實離披

綿花散落無人收拾云

十一日戊辰聞差安州迎慰使

仁世來蘆嶺以下賊方焚蕩任實南原尚留賊兵慶尚

無賊云天朝監軍御史來時安州迎慰使有旨初一日

下來云還停京行〇十二日送貴孫於平壤問迎慰事

〇十三日貴孫來迎慰有旨來燈下出庭祗受禮吏關

子禮單並受(〇十七日平安監司處禮物預備事行關

39

十八日齒痛百藥無效以蠟着齒以鐵筋灼之午後差

後聞御史接伴李好閔十三日過去

二十日丁丑朝餕于祥原申時八平壤

見方伯韓應寅○二十一日朝判官來見曰賊船到琈

嶺李統制使撞破三十一隻其六隻生擒令公家眷千

萬勿疑也夕見尹接伴國馨○二十二日齒痛朝以水

清木灼之即差尹接伴向順安金應教尚容以問禮○

來曉歸聞潮賊太甚云○二十六日夕沈知事喜壽以

陳奏使出來往話從容書其覆題○二十七日朝薇前

進見沈使於馬上八廂與主倅崔沂其兄崔南原濂及

40

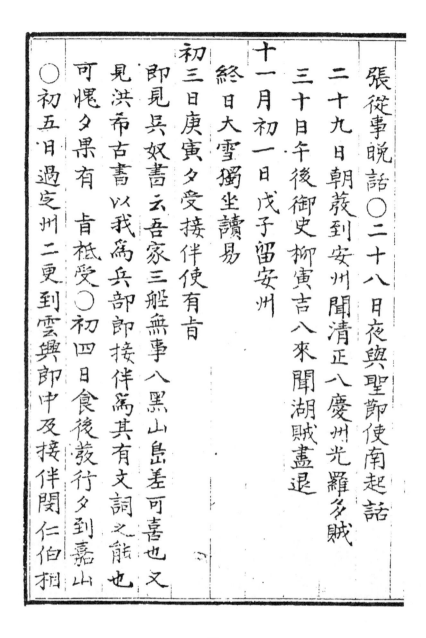

張從事晩話○二十八日夜與聖節使南起話

二十九日朝發到安州聞清正八慶州光羅多賊

三十日午後御史柳寅吉八來聞湖賊盡退

十一月初一日戊子留安州

終日大雪獨坐讀易

初三日庚寅夕受接伴使有吉

即見吳奴書云吾家三艇無事八黑山島差可喜也又

見洪希古書以我爲兵部卽接伴爲其有文詞之能也

可愧夕果有　吉柢受○初四日食後發行夕到嘉山

○初五日過定州二更到雲興卽中及接伴閔仁伯拊

41

逢同話即中令曰明日相見○初六日行見官禮到定
州修狀 啓仍留與牧使許錦細話○初七日到嘉山
即中曰陪臣不八納淸支應極爲未安今後陪陞不餕
毌得獨進扵吾前○二十三日冒寒先行貟外八來後
問安荅曰公病中冒寒未安見通判○二十四日極寒
先八義州暫見府尹通判貟外八　行宦○二十六日
朝韓萬壽以軍器官來見食後戶部卽八來貟外往見
府尹及戶部接伴韓令公德遠話夕見許從事諳尹從
事轂立還○二十七日夕進禮單硯二墨五席二刀三
白翁五也○二十八日朝進貟外貟外以靑布二疋藥

囊二金扇二靴青一贈我我冠帶謝惠先往江上與府

官等祗送還來與吾稟帖答曰來十五日可到義州以

此狀　啓見禮判李好閔同知李準兩令公穩話

二十九日得十五日京書知統制使以十月十四日夜

大破海南屯賊糧米三百四十八石隻之康津長興寶

城之賊皆遁順天光陽之賊亦將遁走

十二月初一日留義州

聞負外陸兵備其代兵部主事徐中素差出云

初四日朝發還向京城

見府尹及李公於衙內餉于所串宿于良箣

初五月飯于車輦宿林畔宣川守以　運米事不見

初六日飯于雲興夕八定州○

初七日飯于郭山夕八嘉山○

初八日夕到安州○

初九日路見監司夕八肅川

初十日夕到順安、

十一日八平壤、

十二日尹國馨曰令公病重不可徃仍調此處余曰徐

主事出來我或仍差接伴此宣狀　啓而決之也又與

尹公議　皇朝秘事我得聞來可送扰相公使之上聞

云遼吊尹仁涵客廻以迎慰使到祥原飯後轉到赤巖里得

見鳴說書及夫人書知聲日之喪終夜痛哭長叔父及

之敬亦死於兇鋒舍弟等已在羅州其餘乘舟在木浦

是則可喜○十三日因韓德敏便上左相書言秘密軍

機事又書于吏判李㮰吏正金蓋國請得僻郡○十八

日謝　恩副使鄭昌衍書狀李尚毅中和守李光俊黃

海伯權悏等慶裁書付之○二十二日聞左相及洪吏

判見遠軍門及　大駕留都餘皆南下云○二十五日

黃海伯權悏答書云要須來見有功議事○三十日乃

立春也送歲於赤巖里

45

戊戌正月初一日丁亥在赤巖里

祥原公兄來拜

初三日祥吏告目云陳御史二日宿嘉山

初八日朝見中和書去月二十四日蔚山之戰斬倭四
百四十五級其後斬積至千餘清正圍而未捕其妻出
來曰飢渴極困云通事林鵬告目云清賊已捕獻察院
未滿信也○十二日送貴孫於家戒兒輩曰賊平則入
家不平則上京賊在釜山則農于靈光○十三日定州
軍官辛貴克送奴差備通事朴元祥告目云徐主事十
二月初六日間當來到趁此敬何如

十四日中和守書云劉都督關玄清正在圍有如罔魚

唐人八西生浦勝勢可知斬首級千六百而行長觀望

不救清正又光陽之軍討滅順天賊賊畏走吏序告目

云梁按察與尹國馨十日過去藍游藥游擊領六千十

二日過去董都督與接慰官洪奉祥十二日過去賊在

天城加德及蔚山ゝ上清正在圍十四日行長不出清

正覘倭當即降云毛游擊斬一千五百級朝夕可見勤

十五日監司書云條至事甚甚無聞事

滅云田生負富民來話從容○二十一日聞唐兵退來

京城奔散中和書云賊死者一萬我軍數百不得已回

駐安東察院都督將入京○二十三日聞京中撥亂勢

47

難接足倭聲大出道路斷絶○二十四日與田生負語

云賊向京中必轉及西路終若勢迫則西來更無可避

靈光距蔚山六百曾已蕩敗之地欲令家僮避亂於其

地○二十五日京人過去者云楊麻兩將之八京云○

二十六日趙鼇麟曰赴戰人過宿吾家曰清正分作三

陣渠則上峯堅陣我軍伐盡初二陣方伐三陣大賊來

吹甬退守安東唐馬盡斃飢死彼我兩軍凡十一戰皆

力盡清正軍只有眼前所帶軍器盡付於唐人兩陣皆

無鬭心必待秋成更戰云夕見吏曹關知十二月二十

日差兵部主事接伴而關文直到義州乙送于監司乙

48

送于祥原甚可歎也

二月初一日丙辰在赤巖里

初二日得京書領左相及吏曹參判洪判書申副學崔正

言皆有書○初十日聞徐主事有越江之聲初四日南

僉知促向順安云○十一日聞楊經理初五日八京麻

提督亦初七八八京唐兵多八京兵曹奏請柳相朴弘

老尸敬立成先文尹承勳為慶尚左監司李時發為右

監司云○十三日朝見中和書聞經理在忠州提督在

安東唐軍三千餘人入京賊還動心又聞王按察徐主

事近到云○十四日聞徐主事接伴初四日更以崔天

健差出吾則推考 云聞賊在順天〇十九日聞中和見

罷監司書云軍門念間來住平壤徐劉尚遠 云金正仲

孚來話聞義州狀 啓云丁景無端上京

二十二日丁丑還向京城薨行宿遂安地

〇二十五日早薨宿吹笛院〇二十六日朝八兔山

二十三日早薨八遠安主守請留〇二十四日到新溪

二十七日到朔寧〇二十八日八麻田以下缺 〇

三十日八節義鄉申兵使家唐人許接一邊 修七宗是 日當八京

城而原本缺 落無而考

三月初一日 病卧掃家不出兩嫂來見

初二日聞尹左相見駁○初七日朝八南於與柳知事

永慶兩 拜而出馬上見姜吏叅紳訪李判書好閔不

遇而還○初八日拜柳相公相公以中原直代日本秘

書出示又見貟外前三慶請糧拜帖甚奇之曰如是接

伴者無矣歷訪吏議金弘徵見金復禮乃尚州壬癸同

事人極喜訪吏判李德馨不過○初十日聞軍門偕行

○十一日朝見李知事好閔聞茅國器全州趙正誼南

原吳唯忠冲州及公州醴泉龍宮安東作大陣周挼兵

于德領兵二萬載舩向聞山劉綎領兵二萬出來倭將

清正書乞講和而退次頗見麻都督云經理被論再上

51

題本 皇上不答 其題本曰臣被叅使臣兎於賊所或
重究勿令快乀徒兎云○十三日夕聞有全羅分戶曹
叅議之命○十五日聞自 上政叅議付李民覽或曰
大臣 啓遞○十六日力疾拜金左相乞解任下鄉推
考傳 旨不下○十七日見朝報 上曰丁某似不可
爲如此速爲慶置可也備邊司回啓事悉令吏曹從
速政差○十八日推考以答五十解現任功減一等
啓下答四十不解任云初度抗拒二度修餝咨通不當
從實記下云三度抗拒不當從實記下云遲晩一○
二十日李知事孝彦卿好子景嚴來訪夕謁鄭政丞琢

52

穩話如一家訪兵議丁天錫穩話○二十一日見禮參

金宇顯話遂拜柳相公相公甚問病狀見我天使時偕

作詩溪歡○二十二日八驪州首望未蒙點○二十三

日尋尸子固不見見洪判書議呈病答曰三度見迹後

可以往來見京圻監司韓俊謙謁左相穩話又訪李接

伴孝彦夜深醉中李先作詩令我次韻○二十四日陳

御史出去夕聞北胡進隘四堡倭以講和書進呈通事

云○二十六日是日　傳曰文官有職者或觧職或公

歸臥鄉曲令監司督送頑不動念者抄　啓治罪○二

十七日柳相公答我書曰遞職往還或似無碍處也肴

53

行不便鄕無醫具在此調治爲宜未前韋謀一叙也金

相公亦荅曰當不忘○二十九日聞順天平行長軍三

萬平水義軍九千築三重城子云夕見金僉議荅書云

此時私省似難何如

四月初一日乙卯再度辭狀今日始八得蒙給由

初二日五衛將無帶職不可不遞差送人權孟初囑之

○初四日朝報云茂朱倭來○丁某無帶職名並遞差

聞昨夜江華首望　上曰丁某病甚五衛亦不行何以

擬之仁川及廣州首擬上又曰改望西崖相公極從容

問我軍功百二十級猶有餘在荅曰可陞嘉善我乞遞

贈答曰監司府尹可爲嘉善亦不難云又言以金之明

內兄事曰能文章而有辨事之才不用何也答曰吾同

年也余曰及第何年〃亦幾何不亦憐乎乃曰年近衰

可惜文章及有才吾未知之相公又曰今公湖南八弊

誠是格言須告右相余曰病狀人出八難矣相公曰湖

士之善者願聞余曰何敢以其歷告捐公曰恐自上

非之速來爲聖又見東巖病甚暫言○初六日晚蔎渡

漢水夕八水原府使崔鐵堅在外不見○初七日早蔎

夕八溫陽○初八日早蔎跣見愼余慶聞賊警過長興

夕八定山○初九日早蔎夕宿咸悅○初十日到新君

55

初四日朝過夫山見李昇等入府見府使轉至碧沙
漲江艱辛跋涉夕宿有耻村崔廷彦張大絃相話一○
初二日扶病敦行路逢大雨忍飢耐寒○初三日大水
五月初一日乙酉將徃故鄉治行具
殲○二十四日丁應壁丁鐵壽來
十四日丁應龍應虎丁鳳來話○十八日聞茂朱賊盡
八地莊與家屬會○十三日留臥困憊見丁仲誠話○
馬陌橋穴顚仆水田中落身馬底僅活出滿身污泥遂
夕八茂長地聞家屬來靈光北面地莊里○十二日朝
浦朝飯夕宿毘井金靈光家○十一日自龍安歷古阜

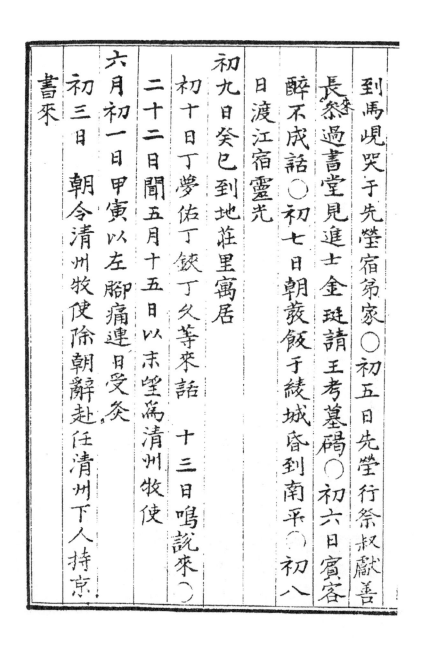

到馬峴哭于先塋宿弟家○初五日先塋行祭叔獻善

長祭過書堂見進士金斑請王考墓碣○初六日賓客

醉不成話○初七日朝餕飯于綾城昏到南平○初八

日渡江宿靈光

初九日癸巳到地莊里寓居

初十日丁夢佑丁鋏丁久等來話　十三日鳴說來○

二十二日間五月十五日以末望爲淸州牧使

六月初一日甲寅以左脚痛連日受灸

初三日　朝令淸州牧使除朝辭赴任淸州下人持京

書來

初九日壬戌敵行

初十日飯于興德見主監李凌雲宿古阜○十一日夕

宿金堤○十二日夕宿益山見守李尚吉○十三日夕

宿連山○十四日夕宿鎮岑○十五日雨中艱到荆角

江宿文義

十六日己巳朝雨忽晴巳時赴任○十七日總管使從事

官朴震元自報恩到州相會○二十日分戶曹參議李

時藏自文義來到與從事官相會○二十四日楊布政

委官五人唐戰馬五十五疋押領自木川到宿○二十

五日以迎命事到金城倉　教書䌽與巡察使相會

58

二十六日己卯還清州

二十七日星州站運糧夫馬催促使巡事察使軍官指
關來

七月初一日甲申在清州麻提督差官三人自木川到宿

初三日五運運糧夫馬吾山中點事到彼軍人點送

宿村家承吉尹敬立遣軍官問安○初四日午後還官

德平撥唐兵一人到宿陳游擊千總一負寧通事自

忠州到宿劉提督刷馬一百四疋督○初六日收米四

百餘石沃川等官分載事關到○初八日劉提督行次

刷馬差使負報恩縣監柳沃自來到○十一日分左右

収米先給沃川王叅政下來時以余都差使員差定關
到而身病不進乞改差収米督運總管使從事官軍官
自清安來到即歸燕岐牧使至誠諭民書
十二日劉提督行次未収刷馬三十六匹修身坊處以
刷出事分遣鄉所○十七、日總管使從事官朴震元自
文義到州○二十一日菁游擊接伴官正卽安睟屬游
擊接伴官都事申某兩行自鎮川到州相會與之卽向
文義○二十二日渭原郡守尹定來話　廉津人
二十三日從事官嚴向清安揚布政差官一員家丁三
人領戰馬九十八匹自木川到宿麻提督家丁一人初

昏到宿是日布政差官出去〇二十六日巡察使以麻

提督行次迎候事本營離慸向清安梧根出站事關到

即慸行宿瓦孔里都元帥軍官領倭頭來宿〇二十七

日巡察使午時來會即向清安都元帥軍官出去木川

票信宣　傳官上來即向鎮川都元帥軍官領降倭二

名到宿〇二十八日忠州站麻提督支待雜物〇二十出送

九日蔣叅將差官一人家丁一人自清安到宿運糧人

夫督促事分戶曹軍官來宿

八月初一日甲寅在清州

初二日茂朱之境倭賊衝突事傳通到付所屬各官軍

61

兵整齊待變事傳令馳撥布政唐馬一匹病斃○初五
日諸色軍兵點閱事西林坐起楊布政差官一人家丁
二人領戰馬二十三匹自木川到宿巡察使中林秀蘅軍
聚軍士來謁是日總理使從事官姜節自梧根到州相
會選鋒軍代將柳之榮押領送于沃川○初六日巡察
使關云麻提督祗送後還營時梧根出站從事官與領
馬唐兵往文義德平站撫撥唐兵亦出去巳時兵使關
云初六日午時領軍馳到○初七日領軍往文義○初
八日聚軍仍留兵使不題報狀歎怒云○初九日晨歎
夕到沃川橋柳里○初十日丑時歎行到梁山地兵使

62

結陣處以不即領來之故陰吏論杖是日兵使相會良
久談論運發牛本峴點心到周串里宿○十一日還官
○十二日忠州麻提督董都督支應人發送
十三日分戶曹僉議李時發自文義到州點心後即向
梧根○十六日諸色軍士點考事西林坐起總理使從
事官姜節自懷德到州
是日發行宿清安
十七日庚午董提督下來時忠州站支以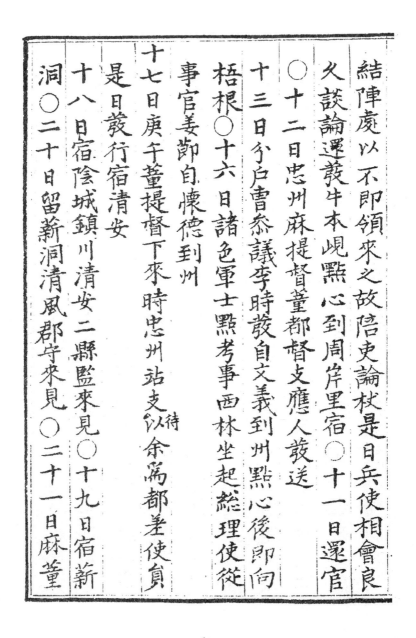余爲都差使員
待
十八日宿陰城鎮川清安二縣監來見○十九日宿新
洞○二十日留新洞清風郡守來見○二十一日麻董

兩提督到龍安點心後申時到忠州董接伴使李忠元

麻接伴使李光庭爭馬守令多罪從事官李必榮夜半

乃散○二十二日兩提督之行蓋向安富而火藥所載

刷馬十餘匹未及辦出故馳進告由午時還到忠州地

宿村家○二十三日還官○二十四日西林起坐諸色

軍士點考頒游擊接伴官申忠一相會○二十五日師

游擊自鎮川到州事接伴官關子到付領兵親進兵使

傳令到○二十六日領軍蓋行到文義槐木亭坐起軍

人照黙○二十七日先運軍二百餘名親領至于懷德

是日兵使到縣相會還蓋宿懷德村家師游擊自鎮川

64

不由本州向忠州○二十八日後軍八十餘名由中路照

點後軍官鄭敏德哨官鄭海立等使之領去文義椵木

亭點心夕還官

九月初一日癸未在清州

馬游擊接伴官先文到付○初二日票信宣　傳官自

鎮川到州董提督差官二人家丁四人自木川到宿○

初三日湖南總理使從事兵曹正郎閔汝信自清安到

宿○初五日固城縣令李大樹來見○初六日金山站

軍糧五百石以本州人夫督運事總管使關到○初七

日星州站軍糧人夫催督都差使員以余差定關到椵

山等邑夫馬督送事移文成送忠州唐火器所載牛馬
百餘匹人夫百五十名卜定關到○初八日星州站軍
糧夫馬督促事恭原縣監自文義到宿○初十日以事
兵查藪事兵曹佐卽李德洞自文義到州○十一日鳥
嶺撥兵唐人五山場市人處相鬪稱以被打淸安縣監
封牒持來大擧運糧人夫整齊事分戶曹泰議陪吏委
來○十二日劉總兵千總率家丁一人自文義到宿○
十五日票信宣　傳牌恭自文義到宿總管使從事官
朴震元自長命到州
十九日辛丑赴梁布政支站

66

梁布政十六日京中起馬忠州站支待都差使貟差定
事見傳令即蔽宿陰城甫川里〇二十日夕到忠州則
按察使已到巡察使以諸差貟與支待諸官皆不來到
故以延豐縣監爲分戶曹叅議以余爲夫刷馬差使貟
接伴使尹先覺相會唐人以夫馬事終夜侵之捉八兵
經歷及中軍兩人送于接伴推閱〇二十一日布政蔽
向聞慶後余還蔽到灘倉與吳經歷叅議御使相會〇
二十二日還官〇二十七日訓錬都監卽廳貿木花事
到宿〇二十八日總理使從事官蔽向鎮川錬訓卽廳
蔽向報恩是日董督提行中賞給馬十三匹到宿一〇

二十九日聞梁布政以落後事狀 啓○三十日督運

御史鄭思愼自清安到宿

十月初一日癸丑在清州

翌日
巡察使關清安槐山等官罷黜以余爲封庫官即日馳

進■到清安封庫○初四日轉到槐山封庫運到清安

宿是日黃海兵使姜潔自報恩到宿楊叅將接伴官自

木川到宿○初六日總理使姜節從事官自懷仁到州

○初七日巡察使從事宋英耉以年分查覈事自清安

到宿○初九日盧游擊董提督兩喪柩自文義到宿接

伴官申應潭領到○初十日兩喪柩轉向鎭川總管使

軍官持傳令到○十五日早駿到長命與監司相會還

駿宿仇地是日催運 御史宋錫慶自報恩不意到宿

○十六日還官○二十三日接伴官兵曹佐郎朴孝誠

校書著作李汝河兩行自報恩到宿 二十七日天

兵師期太迫諸色軍兵親領趂初五日赴陣事傳令酉

時到付即刻傳令諸坊里聚軍 二十八日嚴令抄軍

招諸將結束代將李邦彥軍官等來現兵使曰領軍巡

使曰勿往進退爲難○二十九日以點軍事往新灘

十一月初一日壬午在淸州

留新灘點軍

初二日還官〇初三日以給事中行中都差使員將往
忠州羕行夕宿陰城南川〇初四日到用安是日給事
徐觀瀾到站鎮川縣監清安假官同爲支待〇初五日
陰給事中到忠州宿所

初六日丁亥厄於忠州
給事中之行護送于聞慶是日丁主事應行到忠州以泰
刷馬不齊事重杖四度終夜困辱從事官宋英耆忠牧
金明允同苦其行西自浿西南至嶺南而道路橫絮纙
之者即厚誼我邦之選人也其爲人如是
美此乃我國險之歸未可忘也
初七日丁應之行出泰
往聞慶〇初八日陳劾御史之行到忠州接伴李好閔

○初九日還齩宿甫川里○初十日還官○十二日呈
由于金監司信元給由五日○十三日董都督戰馬一
百十九匹自鎮川來到○十四日總理使從事官到宿
○十七日總管使從事官盧景任自報恩來到○十八
日姜從事官蔲向文義董都督中軍師游擊馬游郝游
等領學姜官家丁並五十五人到宿　十九日　天將
等出往懷德○二十六日間賊退
十二月初一日戊申在清州
十一日朝見貴孫自京來聞司憲府啓曰清州牧使丁
某丁主事南下時酷被棍傷專廢官事吏緣爲奸百獘

71

俱滋要衝重地將爲棄邑請罷職依　啓盖聞知舊諸

公爲我圖之云遂治重記

十四日曉餀餁于新灘宿維城

十五日宿連山〇十六日宿盆山〇十七日窗盆山

十八日宿金溝主監李希謙出見〇十九日宿頭東山

下〇二十路逢安習讀父子飲宿卜竹〇二十一日夕

八靈光地藏里〇二十二日淸州下人歸

三十日在地藏里餞歲

余念今年困於兵賊家業蕩盡春憂家屬夏困淸州至

冬厄於忠州平生大不幸之年也

盤谷遺稿卷之十二

盤山 丁景達 著

洌水 後孫 丁鏞刑 修七 校

亂中日記 六

已亥正月初一日壬午在靈光寓所

初五日聞陳都督璘八靈光

初八日己丑羲故鄉之行

十一日八霜山蕩爐無餘寄宿旁家謁廟與墓自然盡

淚 ○十二日迎家屬修舊基作厨屬生居之計○十

三日金兄公喜以統營從事官赴營歷訪

十七日戊戌往會寧

將簑室於會寧是日開基

二月初一日辛亥在會寧

初二日鳴說得說載儏伙雜物自法聖浦由舟來到

三月初一日庚辰在會寧

初七日還霜山路遇綾城守羅大用飲○十一日會飲

于畵堂歌笛八夜此亂離後初事爲唱二絶曰此聲何

使此心悲八箇年來始此聲紅杏綠楊皆喜色當盃休

說亂離情昨日次廢池詩源頭草沒不通波榭水成泥

半侵蛙多謝東風知我至故吹新雨促開花

74

十五日甲午夕雨萬物皆新梅杏先發十七日騎驢至白沙亭結漁簑吟詠徃還百花成林一盃陶然○二十二日曹吉遠諸人爲我觳酌登西峯大酌歌笛相和遂與少年吟落花飲一絶云一年春事不多時蒲樹妖紅又欲飛強折一枝裁醉鬢飛來飛去我何知○二十四日駕妻與妾登西山煎花篆遨游○二十五日杏花已飛桃花正發與而性往白沙亭夕雨騎驢還○二十六日與吉遠兩爭瞰景彥及里中諸人游鳳林油茶爛蕘石泉蕭灑春興方融忽有戀闕之思爲吟一絶云萬事如今白髮新碧山花落又傷春登高

75

不是探幽興薄採芝蘭堂美人飲于西澗乘夕歌詠而
還興書文兩友開懷猶不足別時相顧恟然○二十
鳥啼花落無事畫眠○三十日百花盡落春懷寂く興
文爻尹進士騎驢往牛巖文酒歌詠而還
四月初一日庚戌在會寧
聞李守非領水軍八古今島○初三日送海菜於霜山
○初四日鑿池修井遂作柳臺以爲長夏徘徊之地
十三日壬戌還霜山
十五日令書堂學徒分曹爲楓亭絶句以賭勝敗爲山
採之期○十七日興諸人煑菜於大谷出韻共賦詩曰

76

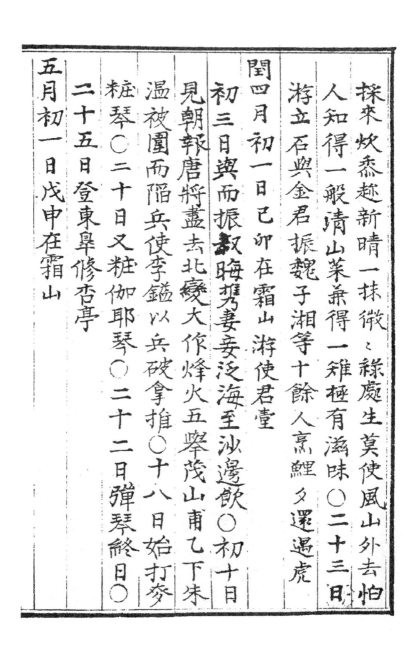

採來炊黍趂新晴一抹微〻祿處生莫使風山外去怕

人知得一般清山菜兼得一雉極有滷味○二十三日

游立石與金君振魏子湘等十餘人烹鯉夕還遇虎

閏四月初一日己卯在霜山游使君壹

初三日與而振叔晦携妻妾泛海至汕邊飲○初十日

見朝報唐將盡去北邊大作烽火五峯茂山甫乙下朱

温被圍而陷兵使李鎰以兵破拏推○十八日始打麥

粧琴○二十日又粧伽耶琴○二十二日彈琴終日○

二十五日登東臯修杏亭

五月初一日戊申在霜山

77

初七日綾城守羅大用來見聞唐兵將下兩南○十八

日見京書知未解由未叙用○二十一日見朝報知唐

將皆八去○二十五日聞監司向羅州左相下來云

六月初一日戊寅在會寧

十三日聞左相八長興府上書問安亦致書于監司韓

孝純○十四日見舜擧書知本道有已丑雪寃疏鳴說

亦同叅云○十五日左相醫李德答書大略云目下民瘼

閑居溪念何不一教也○修七祭是時兵革之餘元旱

無未八道同饒故左相問救民之筞也

十六日歸霜山留書齋

夕與相公飲且話挺陳民瘼相公且問且喜所言皆從

又曰朝廷方亂以柳相國鋤西為趙倭賣李元翼救之

同被斥右相李恒福亦以鋤削月之指以為非我亦

不得挍：上不久當遞職話至二更乘月上來書堂見

朝報五月十七日蒙叙十九日付護軍○洌水宗人丁

鏞案當此之時干戈甫定黨人後用事卽此大元老元勳

並被斥逐西厓梧里白沙漢陰盡在屏黜之中盤谷公

之平日所吹噓汲引者卽此三四大臣而時事如此公

安得而後用哉此所以清州罷歸之後消搖林泉放浪

79

湖海不復爲北涉漢水之計而竟以清州爲末職嗚呼
悲夫君子之道進則同進退則同退小人則不然東附
西趨唯利之所在故其進退不必同也公所守堅確國
亂則與君子同進以共患難平則與君子同退不求利
祿其視不義之富貴如浮雲然方且命其胤子爲己丑
霅寃之疏其志操斯可見矣孔子曰甯武子邦無道則
愚邦有道則智邦無道愚者國亂君圮之時橐饘賂醫
之謂也邦有道智者亂定之後孔達專政而退然自晦
之謂也若甯武子之愚且智盤谷有焉觀此曰此記與
漢陰酬酢數語而公之不踰漢之志庶可以見此不可

80

以不明也
十九日丙申往會寧
七月初一日戊申在會寧游鳳林
初五日叔獻送酒秋風蕭瑟人愛溫衣天淡山色灑落
八月初一日丁丑在會寧
十四日歸霜山○十九日游白沙○二十五日與諸人
上寺鳴琴酌酒時滿山楓葉
九月初一日丁未在霜山
初七日監司韓公孝純歷訪懸 教書於楓樹植玉節
於盤松秋興玲瓏故情融洽傳盃無數穩討民弊令鳴

81

說敎筆書格軍移營等事藏囊而去

十五日使靈僧粧房灑塌精明有讀書意思○十六日

雨中山菊玲瓏香滿西圍與兒輩吟詠

十月初一日丁丑少飲登東皐秋興蒼然

初十日督餉使李判書光庭八府即往八謁

十一月初一日丙午文僉知携酒與琴而至

初十日八府見判官又見兵馬使與李海美自海琹歌

爲歡○十三日八城見統制使右水使兵馬使文友弘

道以從事官至夕見觀察使陳民獎○十六日道伯送

示冊師磨鍊記

82

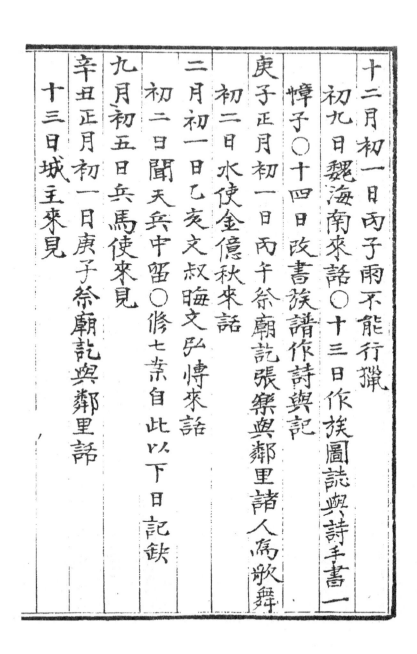

十二月初一日丙子雨不能行獵

初九日魏海南來話○十三日作族圖誌與詩手書一

惇子○十四日改書族譜作詩與記

庚子正月初一日丙午祭廟訖張樂與鄰里諸人爲歌舞

初二日水使金億秋來話

二月初一日乙亥文叔晦文弘傳來話

初二日聞天兵中留○修七柰自此以下日記缺

初五日兵馬使來見

九月初五日兵馬使來見

辛丑正月初一日庚子祭廟訖與鄰里話

十三日城主來見

83

二月初一日庚午樂安守洪祉來見

初六日入府見城主及兵馬使夕見道伯彼先謝過我

亦謝之○初七日朝見道伯論學○初八日珍島倅李

聖任有饋○初九日道伯歷八霜山移時打話逢單之

光也

三月初一日己亥梅花蕊

二十七日副體察使送營吏貽書相問

四月初一日戊辰聞功臣錄券成、

二十四日訪安悉奉○二十五日李察訪長源來訪

五月初一日戊戌與宗族飲生辰酒

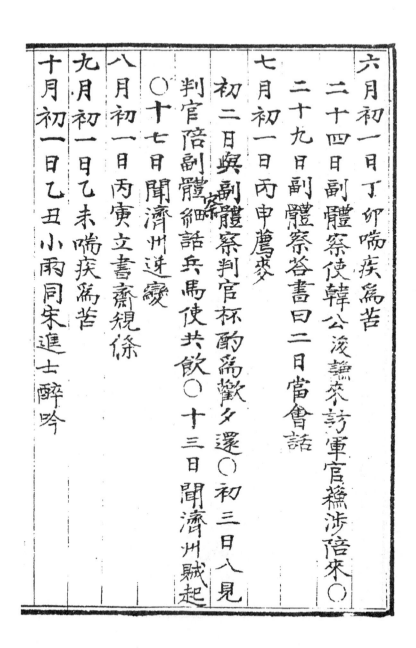

六月初一日丁卯喘疾爲苦
二十四日副體察使韓公後藥茶訪軍官穢涉陪來○
二十九日副體察咨書曰二日當會話
七月初一日丙申鷹麥
初二日與副體察判官杯酌爲歡夕還○初三日八見
判官陪副體細話兵馬使共飮○十三日聞濟州賊起
○十七日聞濟州逆變
八月初一日丙寅立書齋規條
九月初一日乙未喘疾爲苦
十月初一日乙丑小雨同宋進士醉吟

85

288 부록

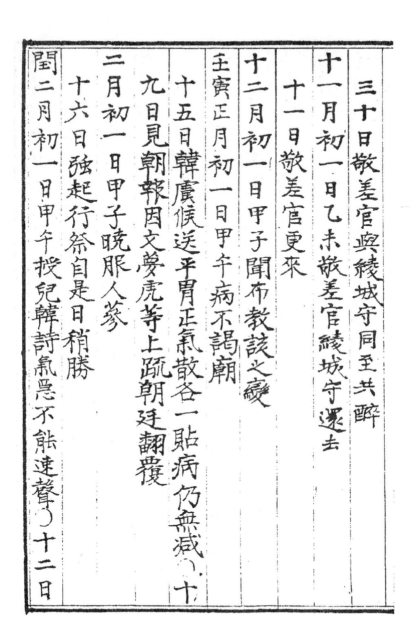

三十日敬差官與綾城守同至共醉

十一月初一日乙未敬差官綾城守還去

十一日敬差官更來

十二月初一日甲子聞布教誘之變

壬寅正月初一日甲午病不謁廟

十五日韓虜候送平胃正氣散各一貼病仍無減〇十

九日見朝報因文夢虎等上疏朝廷翻覆

二月初一日甲子曉服人蔘

十六日強起行祭自是日稍勝

閏二月初一日甲午授兒韓詩氣患不能速聲〇十二日

86

道伯韓公浚謙來討移時打話○十五日贐書于道伯

請速啓移營○十六日道伯答書云移營事將狀啓

三月初一日癸亥病之進退無常

初四日宣琄島來見上書于領相李公德馨○二十八

日與室人子姪養蔬于北谷乘轎往來

四月初一日壬辰痰喘少歇

二十六日自是日又有吐血之證

五月初一日壬戌痰喘無減

初三日服人參○初四日聞付軍職○初七日自是日

有痢疾

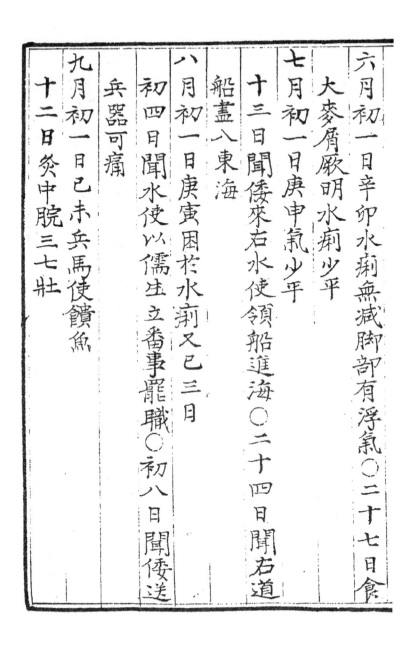

六月初一日辛卯水痢無減脚部有浮氣〇二十七日食

大麥屑厥明水痢少平

七月初一日庚申氣少平

十三日聞倭來右水使領船進海〇二十四日開右道

船盡八東海

八月初一日庚寅困於水痢又巳三月

初四日聞水使以儒生立番事罷職〇初八日聞倭送

兵器可痛

九月初一日己未兵馬使饋魚

十二日灸中脘三七壯

88

十月初一日己丑腹平而喘如故

十七日聞有倭變

十一月初一日戊午喘如故

十五日病極苦自是日飲食全減

十二月初一日戊子脹甚服土猪九五九

初二日巡使八府送醫藥〇初三日巡使送審藥食物

兵馬使亦送饌物〇十二日得京書以軍功陞嘉善大

夫〇是月以來病勢彌重十五日以後面目有浮氣

十七日

是日之夜子時先生考終于霜山本第〇是日稍醒命

89

作明文至昏猝重夜分而絶

90

附見李忠武全書鈔

修七棗先祖被李忠武辟召其事實載於忠武全書旣

因　健陵恩命開離有年矣今抄取其關於先祖者附

錄於盤谷日記之末

狀啓

請以文臣差從　事官狀

臣旣兼統制之任三道水兵將官皆在部下檢餉措制之

事非止一再而臣在嶺海文移遠道許多兵務趂未舉行

都元帥巡察使所駐慶尙議定奪者亦多有之而相距隔

遠或未及期限事事非方極爲可慮臣之妄意文官一員

91

282　부록

依巡邊使例從事官搆弊往來通議所屬沿海列邑巡檢

措置射格軍粮連續調入則將來大事庶濟萬一諸島牧

塲開曠之地耕墾慶亦有審檢之事故妄料敢　稟伏願

朝廷十分商量若扵事體無妨則長興居前府使丁景達

時在本家云　　特命差下

　還陣狀

謹

　啓爲還陣事蕩本道加造戰船親按調整狀　啓後

去十二月十二日還本道檢飭矣所屬舟師五官順天戰

船十隻興陽十隻寶城八隻先陽四隻樂安三隻已爲畢

造許多射格軍一時充立不得勢難一齊回泊故順天五

92

隻光陽二隻興陽五隻寶城四隻樂安二隻爲先檢督寧

領今正月十七日馳向巨濟境閑山島陣中未整齊戰船

使隨後不分晝夜回泊事傳令而右道戰船之數倍於

左道許多射格必未能及期整齊臣使從事官丁景達巡

檢措置右水使李億祺期會慶送事申飭伏請巡察使

李廷馣慶並爲各別督令八送事令該司申飭行移

八二

謹　啓爲還陣事前加造船射格軍欲親按整理姑還本

道緣由馳　啓後去十二月十二日還本道檢飭沿海五

官括壯軍曾因陸戰徵馳太半流亡名存實㷀水軍則各

93

官守令等狃於怠緩無意點選今則簇隣勿侵事有巡察

使李廷馣行移一不整齊時存之人亦不挺送尤甚官吏

傳令推捉則稱頉下不來戰船已爲加造格軍充立無路

極爲痛憤全羅右道則臣使從事官丁景達巡檢整飭馳

送于右水使李億祺期會慶臣所屬各官浦戰船艱難整

齊今正月十七日運向陣中

附錄

記實

皇明楊貞外位以贊畫主事來問接伴使丁景達曰中國

發冀揚數十萬衆來救价邗東國山川之險夷戰塲之形

便未能詳知欲與你國之將同謀而共濟多智習兵者誰
歟答曰小邦有李舜臣者爲三道統制使用兵如神提褊
少之舟師制百萬之強寇小邦之王今支撐者皆此人之
力也楊曰李某之善戰奇謀曾已聞知陪臣之言果如所
聞 醫谷集 下同
伏聞統制使李舜臣只領舟師十四隻破賊船三十餘隻
今又乘夜下陸掩擊南海留陣之賊盡斬無餘實藉中國
動天下之威再奏大功恢復之策自此可擧矣第念孤軍
絕島其勢甚危近聞徐捴兵仲素領水軍三千三百餘已
向京江若令順下而南合勢進退則奇功可成未知籌畫

95

何如

李忠武為元均所讒被拿而去公謂都體察使完平李相

國曰倭賊所憚者李舜臣也事已至此 國無可為李相

以此 啓之而 朝廷不聽矣

李忠武之被讒在獄也公往見柳西厓李白沙兩公問曰

君自南中來元與李是非可得聞歟公答曰就是就非不

必言解而但見大小軍民莫不歔泣曰李公被罪吾等何

生以此觀之其是非可知也

盤谷丁公諱景達笠城人也庚午登文科壬辰宰善山時

島庚八寇公募軍聚粮與監司金公誠一兵使曹大坤區

96

畫奇策議立四陣勝捷於金烏山下甲午忠武李公啓

請公為從事官公極陳民弊勸令議立各官都廳以為備

禦之策是年錄軍功公管下所殺一百六十五級射殺九

十四射中二百六十倭幕焚蕩三百餘間以此陞通政嘗

八侍陳對云李舜臣為國之誠御敵之才古無其儔臨迊

迊亦是兵家之勝籌豈可以觀機審勢彷徨不戰為其罪

乎　殿下若殺此人其於　社稷亡何哉耗

丙申八月日記

二十一日乙酉丁景達來見

上慕人書

全羅新方伯及元帥沿海舟師之糧遣軍官轉庫輸去舜

臣在他道遠海無措制勢至此極奈何奈何若別遣舟師

御使惣檢舟師之事則似可濟事故狀 啓而且未知

朝廷慮分也從事官丁景達盡心扵監屯而前方伯移文

曰道主之外不可續續耕屯一切勿檢云伏未知其意也

丁公今爲咸陽倅云其所檢之事將歸虛實仰悶仰悶收

穡間未可仍之耶

修七按先祖所作浮海六十韻詩亦載扵忠武全書然

此詩既載扵詩集故今不採錄

98

讀盤谷丁公亂中日記

讀書總皆有法凡無益於世之書讀之可如行雲流水
若其書有裨於民國者讀之須段、理會節、尋究不
可作午憁儗眠楯而已　盤谷之為此書也豈僅為說
其辛苦表其勞勩以示其子孫蓋將垂炯戒於　國家
留寶鑑於來哲耳凡讀是記者宜知此意
西厓懲毖錄白沙壬辰錄非不詳且覈矣二相公皆廊
廟大臣或扈駕西出運籌於帷幄之中或奉節南來考
功於簿牒之間故其於評一國之大勢衡八域之摩機
則非不偉矣至於魚駭獸竄之狀風餐露宿之苦不若

是記之爲一副活畫不唯是也官卑則雖上之所令驅

而納諸穽擭之中而但得屈首奉行以受其敗跡遠則

雖內之所蘊有可以旋天地轉日月而唯有緘口泯默

以守其分此之謂幽憤也幽憤者無用於世唯有發洩筆

墨以冀抒之於後世此之謂苦心也不知小人之依則

不可以爲國不知志士之幽憤苦心則不可以爲尺牘讀

是記者先於幽憤苦心明著厥眼庶乎其有益矣

壬辰之難非如麗李倭寇乘風猝至掩以襲之也橘康

廣風之於丙戌平調信露之辛卯趙憲撓心於草野黃

允吉質言於　遶席朝廷旣以邊事爲隱憂擇金晬以

100

授嶺南擢李舜臣以卑湖南機已發矣禍已著矣又何
不壘一石磨一鐵以待重門之暴也當時之事吾聞之
矣談邊釁者為講論兵事者為搖惑籌司之席未嘗
不棄色相顧出而語人則曰太平閭門之內未嘗不附
竊言出而對客則曰無憂藩臣牧臣承風望旨日奏繁
結謷管以娛女妓故曰此鎮安民心法不知窮蔀夏畦之
中其揣摩猜度已如兔如神矣　鹽谷公當此之時以
其之才亦不敢壘二石磨一鐵以慮燃眉之禍者誠以舉
國之所不爲善山無獨篇之道也調兵設四運之法禦
賊則置四寨之將其臨機措畫若是其奇妙也而猶不

101

敢搖一指動一髮扵四月十五之前者豈不以上之所
厭下不敢爲之歟夫禍難不可諱也吾心所獨知而吾
之兄弟不知焉則諱之扵兄弟之所獨知而
邦人不知焉則諱之扵邦人之所獨知而敵
國不知焉則諱之扵敵國可也今也不然平秀吉嚴甲
鍛兵十有餘年日本之人皆知之矣夫日本之人皆知
之而猶欲諱之扵邦人豈非惑歟凡諱非計也
此書凡記風聞多非實事然猶不刪者所以見當時南
北阻絶聲問不通風聲鶴唳訛言日起也其中亦有實
錄宜補國史之闕者覽者審焉

洌水丁鏞識

102

跋

右亂中日記六卷即先祖藍谷公日記中抄取百一者
也舊本日記本九卷多先祖手筆歲久殘缺或不可考
乾隆壬子間戎

正宗大王命內閣撰李忠武公全書自內閣旁搜典籍時
宗兄修翼持舊本日記上京獻于書局俾資採錄厥明
年忠武之孫李公民秀宰雲峯宗兄時往見之李公厚
賜紙物令取舊本脫稿於是改錄之篇四卷不復分篇
嘉慶辛酉冬丁承吉鑴謫康津粤十五年乙亥修七與
從孫修怕持舊本新本就謫居之茶山草菴乞其刪正

103

承吉公樂嵩之役其萬曆壬辰癸巳日記少所刪甲午
乙未日記多所刪丙申日記本缺丁酉戊戌日記少所
刪己亥庚子辛丑壬寅日記刪畧殆盡惟存百一盖其
去取惟視事實其有關於時事而可考其奔袞効力之
實者存而勿刪其田園逍遙鄰里歡會不足以備野史
者刪之不錄是其例也書凡六篇工將訖李公民秀又
以水軍節度來海南修七以是書往示文李公丕稱其
精確中節勸付剞劂顧力綿不能姑藏巾衍以俟來者
嗟乎傷哉貧也
丁丑南至前五日不肖孫修七謹識

104

狀啓迎慰使行龍驤衛副護軍臣丁

臣以楊御史蕭叅政義州迎慰使去五月二十六日拜辭

本月初六日到義州各行次待候爲白如乎本月二十四

日蕭叅政自九連城早朝越江下館接伴使等行見官禮

後臣納名則問曰問安陪臣何如人令通官答曰刑部左

侍郞云遂八行禮後仍問安則答曰多謝呈禮單則四連

油紙一張兩籠五事白綿紙五卷打黜二物揀受油紙還

給爲白去乙霎雨可用車令通官詮告則并受爲白齊請

宴則答曰多謝行快勿爲仍跪請曰國王委送陪臣兩老

爺不許排宴無以伸寡君誠意未安敢請答回到平壤不

受云臣將此意通于本道監司爲白達 臣仍留以待楊御

史爲白在果楊御史斁日內下館則臣以一人再行大禮

似爲未安接伴使李德馨相議處置爲白去乎詮次

善 啓向教是事 萬曆二十五年六月二十四日

楊經理迎慰狀 啓定州迎慰使通政大夫行護軍臣丁

臣祗受有 旨多備物膳十三種與接伴使李德馨相議

以紙筆硯墨油紙茶蔘花席白扇改書禮單本月十五日

經理下館十六日早骿與李德馨牧使許錦八庭經理下

交倚出立 令李德馨及臣階上行禮臣問安呈兩單則審

見後問曰 國王平安子委送陪臣遠呈禮物感謝無涯

106

臣叩頭以謝經理曰禮物不敢受云臣愛跪曰國王只送
禮物老爺不受早職無以伸國王誠意將何回報乎答曰
吾先受也諸將必効玆不敢受也臣愛告曰下人甚苦願
分魚物云曰決不可也又曰辛苦來矣何日下來耶答曰
六月初下來矣曰然則久留无益欲以酒椀慰之事體非
優未果遂給銀子封面書曰折酒銀子五銭云顧李德馨
曰此後一路亦有迎慰使乎答曰國王無以表悃安州平
壤等官亦送問安矣經理曰速令撤去遂給臣謝帖只書
字二馬白去乞同封送上馬白去乎詮次善 啓向教是事

迎慰使禮

107

見官禮　每拜一揖　跪告間安出

宴亭禮　行揖中立　校生進二禮單　執呈天使後位

行茶禮　茶入各降位執鐘舉示　各坐舉示飲

擧饌作樂　先由柱外助進中盤置卓内　各位揖還位稱坐

大小膳　先由柱外中立助進膳盤　卓床排揖還位稱坐

初味　各舉筋下味　盤果入陳圓床

迎慰　諸尊所舶執盃入揖進天使揖受揖各位又三揖

執臺天使飲慰使助進行果　又一盃如前畢揖

天使各還三味舉筋而食

行酒禮　遠使如迎慰行禮二盃　頭目酌進上使許遠

108

반곡난중일기(곤)

盤谷亂中日記(坤)

丁景達 원저 · 丁若鏞 산정

1817년, 국립중앙도서관 영인본(林海鎬 소장본)

여기서부터 영인본을 인쇄한 부분입니다. 이 부분부터 보시기 바랍니다.

역주자 신해진(申海鎭)

경북 의성 출생
고려대학교 국어국문학과 및 동대학원 석·박사과정 졸업(문학박사)
현재 전남대학교 인문대학 국어국문학과 교수
BK21플러스 지역어 기반 문화가치 창출 인재양성 사업단장

저역서 『반곡난중일기(상)』(보고사, 2016), 『호산만사록』(보고사, 2015)
     『쌍렬순절록』(역락, 2015), 『향병일기』(역락, 2014)
     『심양왕환일기』(보고사, 2014), 『우산선생병자창의록』(보고사, 2014)
     『강도충렬록』(공역, 역락, 2013), 『호남병자창의록』(태학사, 2013)
     『호남의록·삼원기사』(역락, 2013), 『심양사행일기』(보고사, 2013)
     『17세기 호란과 강화도』(편역, 역락, 2012), 『남한일기』(보고사, 2012)
     『광산거의록』(경인문화사, 2012), 『강도일기』(역락, 2012)
     『병자봉사』(역락, 2012), 『남한기략』(박이정, 2012)
     『역주 난적휘찬』(역락, 2010), 『역주 창의록』(역락, 2009)
     이외 다수의 저역서와 논문

반곡난중일기 하

2016년 9월 30일 초판 1쇄 펴냄

원저자 丁景達
역주자 신해진
펴낸이 김흥국
펴낸곳 보고사

책임편집 이경민
표지디자인 오동준

등록 1990년 12월 13일 제6-0429호
주소 경기도 파주시 회동길 337-15 보고사 2층
전화 031-955-9797(대표)
     02-922-5120~1(편집), 02-922-2246(영업)
팩스 02-922-6990
메일 kanapub3@naver.com / bogosabooks@naver.com
http://www.bogosabooks.co.kr

ISBN 979-11-5516-601-7
     979-11-5516-534-8 94810(세트)
ⓒ 신해진, 2016